"Hiç kimse hayal kurmak için yaşlı değildir.
Hem hayaller yaşlanmaz ki…"

L. M. Montgomery

YEŞİLİN KIZI ANNE

RÜZGÂRLI KAVAKLAR

L. M. Montgomery

KORİDOR

KORİDOR YAYINCILIK – 480

ISBN: 978-625-7781-16-9

YAYINEVİ SERTİFİKA NO: 49242
MATBAA SERTİFİKA NO: 19039

Yeşilin Kızı Anne Rüzgârlı Kavaklar
Lucy M. Montgomery

Özgün Adı: **Anne of Windy Poplars**

Yayın Yönetmeni: Bülent Oktay
Editör: Çağla Dirice Çakır
Çeviren: Yasemin Büte
Kapak Tasarım: Tuğçe Ekmekçi

Baskı: Ekosan Matbaacılık, İstanbul

EKOSAN MATBAACILIK
Maltepe Mah. Hastaneyolu Sok. No: 1 (Taral Tarım Binası)
Zeytinburnu - İstanbul

Cilt: Derya Mücellit, İstanbul

1. Baskı: Koridor Yayıncılık, İstanbul, 2021

KORİDOR YAYINCILIK
Maltepe Mah. Davutpaşa Cad. MB İş Merkezi
No: 14 Kat: 1 D: 1 Zeytinburnu / İstanbul
Tel.: 0212 – 544 41 41 / 544 66 68 / 544 66 69
Faks.: 0212 – 544 66 70
info@koridoryayincilik.com.tr
www.koridoryayincilik.com.tr

YEŞİLİN KIZI ANNE

RÜZGÂRLI KAVAKLAR

L. M. Montgomery

Çeviren: Yasemin Büte

KORİDOR

BİRİNCİ YIL

BİRİNCİ BÖLÜM

(Lisans mezunu ve Summerside Lisesi Müdürü Anne Shirley'den Kingsport Redmond Koleji tıp öğrencisi Gilbert Blythe'a mektup)

"Rüzgârlı Kavaklar,
"Hayalet Yol,
"S'side Prens Edward Adası,
"12 Eylül Pazartesi,
"SEVGİLİM:

"Şu adresi görüyor musun?! Hayatında daha önce böyle muhteşem bir isim duydun mu hiç? Rüzgârlı Kavaklar benim yeni evimin adı, bu isme bayıldım. Ayrıca Hayalet Yol'u da çok sevdim, gerçekte böyle bir yol yok. Büyük olasılıkla gerçek adı Trent Caddesi ama *Weekly Courier*'da haber olduğu ender durumlar haricinde buraya kimse Trent Caddesi demiyor. Hatta insanlar birbirlerine bakıp "Orası da neresi?" diye soruyor çünkü bahsi geçen yer aslında Hayalet Yol… Buraya neden bu ismin verildiği hakkında en ufak bir fikrim yok. Tabii ki Rebecca Dew'a nedenini sordum fakat bana sadece o caddenin her zaman Hayalet Yol olarak bilindiğini ve vakti zamanında perili olduğuna inanıldığını söyledi. Öte yandan o yoldan giderken *kendisi* haricinde daha korkunç bir şey hiç görmemiş.

"Ancak anlatacaklarım bundan ibaret değil. Rebecca Dew'u henüz tanımıyorsun. Ah, ama elbette tanıyacaksın. İlerleyen zamanlarda Rebecca Dew'un mektuplarımda fazlasıyla yer alacağını seziyorum.

"Dışarısı alacakaranlık, sevgilim. (Hazır lafı geçmişken 'alacakaranlık' çok hoş bir kelime, değil mi? Bence tan kelimesinden çok daha güzel. Bıraktığı etki öyle kadifemsi, öyle hülyalı ve… Ve… Öyle alacalı ki…) Gündüzleri kendimi hayatın koşturmacasına bırakıyorum. Geceleri de uykuya ve sonsuzluğa... Ama tam bu vakitte, alacakaranlıkta her ikisinden de sıyrılıp tamamen kendime ait oluyorum… Ve *sana*. Bu yüzden bu vakitleri sana yazmaya ayırıyorum. Her ne kadar durum böyle olsa da *bu* bir aşk mektubu olmayacak. Yazdıkça gıcırdayan bir kalemim var. Gıcırdayan bir kalemle… Ya da sivri uçlu bir kalemle… Hatta ucu küt bir kalemle aşk mektubu yazamam. Bir aşk mektubunun hakkını verecek doğru bir kalemim olduğunda benden *böyle* bir mektup alacaksın. Bu arada sana kaldığım yerden ve buranın sakinlerinden bahsetmek istiyorum. Gilbert, bu insanlar öylesine *tatlı* ki.

"Dün bir pansiyon bulmak için dışarıya çıktım. Bayan Rachel Lynde de benimle birlikteydi. Her ne kadar alışveriş için geldiğini söylese de pansiyon seçmemde bana yardım etmek için geldiğini biliyordum. Aldığım sanat dersleri ve lisans eğitimime rağmen Bayan Lynde benim hâlâ rehberlik edilmesi, yönlendirilmesi ve göz kulak olunması gereken tecrübesiz, genç bir kız olduğumu düşünüyor.

"Yolculuğumuzu trenle yaptık. Ah, Gilbert, yaşadığım en eğlenceli maceraydı. Bilirsin, maceralar gelip beni en umulmadık zamanlarda bulur. Sanırım onları bir mıknatıs gibi kendime çekiyorum.

"Bu seferki maceramı tren istasyona yanaşırken yaşadım. Ayağa kalkıp Bayan Lynde'in bavulunu (kendisi pazar gününü Summerside'daki bir arkadaşında geçirmeyi planlıyordu) almak için doğrulurken, parmaklarımı bir koltuğun parlak kolçağı olduğunu düşündüğüm bir şeye sertçe çarptım. O an eklemlerim öyle bir çıtırdadı ki neredeyse çığlık atacaktım. Gilbert, koltuk kolçağı sandığım şey bir adamın kel başıymış! Adam benden yana dönüp ateş püsküren gözlerle bana bakmaya başladı, uykusundan yeni uyandığı her hâlinden belli oluyordu. Defalarca özür diledim ve kendimi trene atmak için koşturmaya başladım. Adamı en son gördüğümde bana hâlâ öfkeyle bakıyordu. Bayan Lynde ise dehşet içinde kalmıştı. İnanır mısın, parmaklarım hâlâ ağrıyor!

"Bayan Tom Pringle, son on beş senedir lisenin birçok müdürünü misafir olarak kabul ettiğinden bir pansiyon bulmakta zorlanacağımı sanmıyordum. Ancak anlamadığım bir nedenden ötürü *rahatsız edilmekten* bıktığını söyleyerek beni kabul etmedi. Münasip yerler de kendilerince bahanelerini sundu. Diğer yerler de cazip *değildi*. Kan ter içinde kalmış, yorgun düşmüş bir şekilde ve müthiş bir baş ağrısı eşliğinde akşama kadar neredeyse bütün kasabayı dolaştık. Neyse ki sonunda bir yer bulabildim. Tam hüsrana uğramak üzereyken Hayalet Yol karşıma çıktı!

"Bayan Lynde'in eski bir arkadaşı olan Bayan Braddock'u görmeye gitmiştik. Bayan Braddock 'dulların' beni kabul edebileceğini söyledi.

"'Rebecca Dew'un maaşını ödemek için bir kiracıya ihtiyaçları olduğunu duydum. Başka bir gelir kaynağı bulamazlarsa Rebecca'nın maaşını karşılamaya güçleri yetmeyecek. Rebecca giderse *kim* o yaşlı, kızıl inekten süt sağar?

"Bayan Braddock, kızıl ineği sağmam gerektiğini düşünüyormuş gibi sert bir ifadeyle beni süzdü ama eminim yapabileceğimi iddia etsem, hatta bunun üzerine yemin etsem bile bana inanmazdı.

"'Hangi dullardan bahsediyorsun?' diye sordu Bayan Lynde.

"'Kate Teyze ile Chatty Teyze'den elbette,' dedi Bayan Braddock, sanki herkes, hatta burnu havada bir lisans mezunu bile bunu bilmek zorundaymış gibi. 'Kate Teyze, Bayan Amasa MacComber, bir zamanlar kaptanın eşiydi. Chatty Teyze de Bayan Lincoln MacLean, kendisi sıradan bir duldur ama herkes onlara 'teyze' der. Hayalet Yol'un sonunda oturuyorlar.'

"Hayalet Yol! Tam isabet. Bu ismi duyar duymaz dullarla birlikte kalmam gerektiğini anlamıştım.

"Bayan Lynde'e, 'Haydi gidip onları ziyaret edelim,' dedim. O an bir dakika daha kaybedersek Hayalet Yol peri diyarına geri dönüp kaybolacakmış gibi hissediyordum.

"'Elbette, gidip onları görebilirsiniz ancak yanlarında kalmanı kabul edip etmeyeceklerine karar verecek olan kişi Rebecca olacaktır. Rüzgârlı Kavaklar'da Rebecca Dew'un sözü geçer, benden söylemesi.'

"Rüzgârlı Kavaklar! Bu doğru olamazdı. Gerçekten olamazdı. Rüya görüyor olmalıydım. Öte yandan Bayan Rachel Lynde bunun, bir yer için fazlasıyla komik bir isim olduğunu söyledi.

"'Ah, oraya bu adı veren kişi Kaptan MacComber. Tahmin edebileceğiniz gibi orası onun eviydi. Etrafını kavaklarla çevirmişti ve eseriyle pek bir gurur duyardı ama ne yazık ki eve çok nadir gelirdi, çok da uzun kalamazdı zaten. Kate Teyze bunun uygun olmadığını dile getirirdi ama böyle söyleyerek kocasının evde pek vakit geçirmediğini mi yoksa tamamen eve dönmesini mi kastettiğini hiç anlamazdık. Evet, Bayan Shirley, umarım oraya kabul edilirsiniz. Rebecca Dew iyi bir aşçıdır ve soğuk patates konusunda uzmandır. Gözü seni tutarsa gül gibi yaşayıp gidersin. Ama seni beğenmezse... Kendini ona sevdirmenin hiçbir yolu yoktur. Kasabaya taşınan yeni bir bankacının da pansiyon aradığını duydum, belki onu tercih eder. Bayan Tom Pringle'ın seni kabul etmemesi pek bir tuhaf. Summerside neredeyse Pringle Ailesi'nin fertleriyle dolu. 'Kraliyet Ailesi' olarak bilinirler ve onlarla iyi geçinmen gerekir, Bayan Shirley. Yoksa Summerside Lisesi'nde fazla kalamazsın. Buralarda onların sözü geçer. Öyle ki ihtiyar Kaptan Abraham Pringle'ın vefatının ardından adamın ismini bir sokağa verdiler. Onları bir klan olarak düşünebilirsin ancak bu klanın başı Maplehurst'teki iki yaşlı kadın ve duyduğuma göre sana karşılarmış.'

"'Neden olsunlar ki?' diye bağırdım. 'Beni henüz tanımıyorlar bile.'

"'Üçüncü kuzenleri okul müdürü görevi için başvuruda bulundu ve onun kazanacağını düşünüyorlardı. Senin başvurun kabul edilince bütün aile karalar bağladı. İnsanlar böyledir işte. Onları oldukları gibi kabul etmeliyiz, anlıyorsundur diye düşünüyorum. Yüzüne gülseler bile arkandan kuyunu kazabilirler. Cesaretin kırılsın istemem ama seni uyarayım ki sen de tedbirini al. Umarım onları alt edebilirsin. Eğer dullar seni yanına alırsa Rebecca Dew ile aynı sofraya oturmaktan rahatsız olmazsın değil mi? O bir *hizmetçi* değil. Kaptanın uzaktan bir akrabası. Biri varsa masaya gelmez, yerini bilir ama sen orada kiracı olarak kalacaksın, seni bir misafir olarak görmeyecektir, elbette.'

"Bayan Braddock'a Rebecca Dew ile aynı sofraya oturmanın hoşuma gideceğini belirttikten sonra Bayan Lynde ile oradan ayrıldık. Şu bankacıdan önce oraya *gitmeliydim*.

"Bayan Braddock bize kapıya kadar eşlik etti.

"'Bir de Chatty Teyze çok hassastır, onu incitme olur mu?' dedi. 'Çabuk kırılan biri. Öyle hassas ki ah, zavallı kadın. Kate Teyze kadar varlıklı biri değil, aslında Kate Teyze de öyle çok varlıklı değildir. Ayrıca Kate Teyze kocasını pek bir sever, o adamı beğenirdi. Chatty Teyze'nin kocası ise… Yani demem o ki Chatty Teyze kendi kocasını pek sevmezdi. Buna şaşmamak gerek! Lincoln MacLean ihtiyar bir kaçıktı ama Chatty Teyze de insanların bu durumu ona karşı kullandığını düşünüyor. Neyse ki bugün cumartesi. Eğer günlerden cuma olsaydı Chatty Teyze seni almayı düşünmek bile istemezdi. Batıl inançları olan kişinin Kate Teyze olduğunu sanıyordun değil mi? Çünkü denizciler böyledir. Ah, ama batıl inançları olan o değil, Chatty Teyze. Her ne kadar kocası bir marangoz olsa da Chatty Teyze'nin batıl inançları vardır. Ah, onu gençliğinde görmeliydin, çok güzeldi, zavallı kadın.'

"Bayan Braddock'a Chatty Teyze'nin duygularının benim için kutsal olduğu konusunda güvence versem de kadın bizi yola kadar takip etti.

"'Kate ve Chatty, sen dışarıdayken eşyalarını karıştırmazlar. O konuda dikkatlidirler ama Rebecca Dew yapabilir, tabii bunu sana söylemez. Yerinde olsaydım ön kapıya gitmezdim. O kapı ancak çok mühim bir durum varsa kullanılır. Yan kapıyı tercih et. Anahtarı pencere eşiğindeki saksının altında tutuyorlar, böylece onlar yokken biri gelirse içeri girip onları bekleyebiliyor. Ne yaparsan yap kedilerden bahsetme çünkü Rebecca Dew kedi sevmez.'

"Kedilerden bahsetmeyeceğime dair söz verdim de sonunda yolumuza devam edebildik. Çok geçmeden kendimizi Hayalet Yol'da bulduk. Aslında burası açıklığa çıkan bir yan yol ve uzaklardan görünen mavi bir tepe de buraya çok güzel bir manzara sunuyor. Yolun bir tarafında hiç ev yok ve arazi limana doğru eğilimli. Diğer tarafında ise sadece üç tane ev bulunuyor. İlki sadece bir ev… Yani ondan bahsetmeye gerek yok. İkincisi ise sağrılı çatısı, balkon kısmını çevreleyen demir parmaklıkları olan çatı penceresi ile kırmızı briketten yapılmış büyük, muhteşem, kasvetli bir malikâne. Etrafında o kadar çok ladin ve köknar ağacı vardı ki evi doğru düzgün göremiyorsun bile. İçerisi ürkütücü bir şekilde karanlık olmalı. Üçüncü ve son ev olan Rüzgârlı Kavaklar ise hemen köşede yer alıyor. Bir tarafı muhteşem ağaçlarla çevrili, evin hemen önünde de çimlerin oluşturduğu bir yol var, tam bir kır evi yolu.

"Buraya ilk görüşte âşık oldum. Bilirsin, bazı evler anlamlandıramadığın bir nedenden ötürü seni ilk bakışta etkiler. Rüzgârlı Kavaklar'ın da öyle bir etkisi var. Evi sana tarif etmek istesem şöyle derdim: Beyaz… bembeyaz bir pencere çerçevesi ile yeşil… yemyeşil panjurları olan bir ev. Evin bir köşesinde küçük bir 'kule', her iki tarafında da birer çatı penceresi yer alıyor ve ev, pek de yüksek olmayan, iç kısmında aralıklarla çam ağaçlarının yükseldiği taş bir duvarla yoldan ayrılıyor. Arka tarafta çiçek ve sebzelerle dolup taşan kocaman bir bahçesi de var ama bu sözler evin cazibesini sana anlatmaya yetmez. Özetle, bu evin insana keyif veren bir ruhu var. Bazı yönlernden bana Green Gables'ı hatırlatıyor.

"Evi görür görmez, 'Tam istediğim gibi,' diye bağırdım coşkuyla. 'Bu ev benim kaderim olmalı.'

"Bayan Lynde kader kısmına pek de inanamıyormuş gibi baktı.

"'Okula biraz fazla yürüyeceksin,' dedi şüpheli bir ifadeyle.

"'Umurumda değil. Yürümek iyidir, hem hareket etmiş olurum. Ah, şu yolun karşısındaki muhteşem huş ağacı ve akçaağaç korusuna bir baksana!'

"Bayan Lynde gösterdiğim yere baksa da söylediği tek şey, 'Umarım sivrisinekler seni delik deşik etmez,' oldu.

"Umarım çünkü sivrisineklerden nefret ederim. Bir sivrisinek uykularımı vicdan azabından daha çok *kaçırabilir*.

"Ön kapıdan içeri girmek zorunda kalmadığımıza sevindim çünkü gerçekten fazlasıyla yasaklı görünüyordu. Kırmızı renkli çiçek yaprağı desenleriyle süslü cam panellerle desteklenmiş kocaman, çift kanatlı bir ahşap kapıydı. Aslında bu eve ait değil gibiydi. Düz taşların çimlere aralıklı bir şekilde yerleştirilmesiyle yapılmış tatlı bir patikadan yürüyerek ulaştığımız küçük, yeşil yan kapı ise çok daha sevimli ve davetkârdı. Yol, kanarya otu, şebboy, kaplan zambağı, hüsnüyusuf, karapelin otu, gelin çiçeği, kırmızı ve beyaz papatyalar ile Bayan Lynde'in 'çamlık' dediği bitkilerden oluşan fazlasıyla düzenli çiçek tarhlarıyla çevriliydi. Elbette, yılın bu zamanında hiçbiri çiçek açmamıştı ama vakti gelip de çiçeklendiklerinde ne kadar da muazzam görünecekleri anlaşılıyordu. Uzak bir köşede, Rüzgârlı Kavaklar ile dalları, rengi solmuş yeşil kapının tepesinde bir kubbe oluşturan asmayla çevrili tuğla duvarın yanındaki kasvetli evin hemen arasında güllerle dolu bir kısım vardı. Asma kapıyı da sardığından uzun zamandır o kapının açılmadığı anlaşılıyordu. Aslında ona kapı demek tam anlamıyla doğru olmayabilir çünkü üst taraftan bakılırsa neredeyse ormana dönüşmüş bir bahçeyi andırıyordu.

"Rüzgârlı Kavaklar'ın bahçe kapısından içeri girdiğimiz anda yolun hemen kenarında bir yonca öbeği dikkatimi çekti. Kendime engel olamayarak eğilip incelemeye başladım. Şimdi söyleyeceklerime inanır mısın, bilmiyorum Gilbert ama gözlerimin önünde tam üç tane dört yapraklı yonca duruyordu! Bu bir işaret değil de nedir? Pringle Ailesi bile buna karşı çıkamaz. Böylece ben de bankacının hiç şansının olmadığından emin olmuş oldum.

"Evin yan kapısı açık olduğundan evde birilerinin olduğu kesindi. Durum böyle olunca saksının altına bakmadık bile. Kapıyı tıklattık ve Rebeca Dew kapıya geldi. Gelen kişinin Rebecca Dew olduğunu biliyorduk çünkü bu kişi, şu koca dünyada ondan başkası olamazdı. Ayrıca ona daha çok uyacak başka bir isim de düşünemiyorum.

"Kırklı yaşlarında bir kadın. Bir domatesin alnından fırlayan siyah saçları, parıldayan küçük siyah gözleri, sivri uçlu küçük bir burnu ve küçük bir ağzı olsaydı, tam olarak Rebecca

Dew'a benzerdi. Her şeyi kısaydı. Kolları, bacakları, boynu ve burnu... Gülüşü hariç. O kadar büyük bir gülümsemesi var ki gülerken ağzı resmen kulaklarına değiyor.

"Tabii, gülümsemesini hemen o an görmedik. Bayan MacComber'ı görebilir miyim diye sorduğumda yüzünde beliren korkunç ifadeyi tahmin bile edemezsin.

"'Bayan Kaptan MacComber demek istediniz sanırım?' dedi azarlar gibi, sanki evde bir düzine Bayan MacComber yaşıyordu.

"'Evet,' diye yanıt verdim uysal bir ifadeyle. Sonrasında salona alındık ve orada beklemeye başladık. Koltuk örtüleri yüzünden dağınık görünse de hoş, küçük bir odaydı. Sessiz, sevimli havası oldukça hoşuma gitti. Her bir mobilya parçasının yıllardır orada olduğunu kanıtlayan kendine has bir yeri vardı. Mobilyalar nasıl da ışıl ışıldı! Üretilen hiçbir parlatıcı onları böyle ayna gibi parlatamazdı. Bunun Rebecca Dew'un el emeği olduğunu hemen anlamıştım.

Şömine rafında duran şişe içindeki yelkenli gemi Bayan Lynde'in ilgisini çekmişti. O geminin şişenin içine nasıl girdiğini hayal edemese de odaya 'deniz havası' getirdiğini düşünüyordu.

"'Dullar' içeri girer girmez onlardan ne kadar hoşlandığımı fark ettim. Kate Teyze uzun boylu, zayıf, saçlarında gümüş renkli parıltılar olan, biraz ciddi görünümlü bir kadın. Tam Marilla'nın seveceği türden biri yani. Chatty Teyze ise kısa boylu, zayıf, aynı şekilde saçlarında yer yer beyazlıklar olan ve biraz özlem dolu bir kadın. Bir zamanlar güzel bir kadın olduğu aşikâr ama gözleri haricinde o güzelliğinden eser kalmamış. Yumuşak, iri ve kahverengi gözleri öyle güzel ki...

"Geliş nedenimi açıklayınca dullar birbirine baktı.

"'Önce Rebecca Dew'a danışmamız lazım,' dedi Chatty Teyze.

"'Kesinlikle,' diye onayladı Kate Teyze de.

"Bunun üzerine Rebecca Dew mutfaktan çağrıldı. Kedi de hemen peşindeydi. Beyaz gövdesi, beyaz yelesi olan kocaman pofuduk bir Malta kedisi. Normalde onu hemen sevmeye kalkardım ama Bayan Braddock'in uyarısını hatırlayarak bundan vazgeçtim. Rebecca ciddi bir ifadeyle beni baştan aşağı süzdü.

"'Rebecca,' dedi Kate Teyze, lafı dolandırmayan biri olduğu hemen anlaşılıyordu. 'Bayan Shirley burada kalmak istiyor. Onu kabul edeceğimizi sanmıyorum.'

"'Neden olmasın?' diye sordu Rebecca Dew.

"'Sana sıkıntı çıkarabilir diye çekiniyorum,' dedi Chatty Teyze.

"'Ben sıkıntılara alışkınım,' dedi Rebecca Dew. Normalde bu isimleri *ayıramazsın*, Gilbert. Bu imkânsız, ancak bu dullar bunu yapabiliyor. Dullar ona sadece Rebecca diye hitap edebiliyorlar ve bunu nasıl yaptıklarını bilmiyorum.

"'Yanımızda genç birini barındıramayacak kadar yaşlıyız,' diye ısrar etti Chatty Teyze.

"'Kendi adınıza konuşun,' diye terslendi Rebecca Dew. 'Ben daha kırk beş yaşındayım, hem gücüm kuvvetim de yerinde. Ayrıca evde genç birinin kalmasının hoş olacağı inancındayım. Genç bir kız bir erkekten her zaman daha iyidir. Gelen *adam* gece gündüz sigara içip gece biz uyurken evi yakabilir. Eğer bir kiracı alacaksanız *benim* tavsiyem *bu kızı* kabul etmenizdir. Yine de elbette, burası sizin eviniz.'

"Rebecca Dew sözlerini dile getirdikten sonra geldiği gibi kayboldu, tıpkı Homeros'un da söylediği gibi*. O an tüm umutlarımın yıkıldığını sandım ama Chatty Teyze yukarı çıkıp odama bakmamı istedi.

"'Sana kule odasını vereceğiz, tatlım,' dedi. 'Diğer boş oda kadar büyük değil ama kışın soba kurabilmen için soba borusu deliği ve hoş bir manzarası var. Oradan eski mezarlığı görebilirsin.'

"*Kule odası*... Orayı seveceğime emindim. Adı bile tüylerimi diken diken etmeye yetmişti. Kendimi Avonlea Okulu'nda söylediğimiz 'gri denizin yanındaki yüksek kulede yaşayan' genç kızı anlatan o şarkıda yaşıyormuş gibi hissettim. Gerçekten de muhteşem bir odaydı. Merdiven sahanlığından yukarıya doğru uzanan küçük köşe merdivenden çıkarak odaya ulaştık. Gerçekten küçük olsa da Redmond'daki ilk senemde kaldığım o korkunç yatak odasından büyüktü. Çatı penceresi batıya, duvar penceresi ise kuzeye bakan iki penceresi vardı. Ayrıca kulenin şeklinden dolayı oluşan köşe kısımda da dışarıya açılan üç kanatlı başka bir penceresi ve hemen alt kısımda da kitaplarım için kullanabileceğim bir raf bulunuyordu. Yere yuvarlak, saçaklı bir kilim seriliydi. Sayvanlı, büyük yatakta kaz tüyünden bir yorgan duruyordu ve öylesine pürüzsüz, düzgün görünüyordu ki içinde uyumak için onu bozmak utanç verici olurdu. Ah, Gilbert, yatak o kadar yüksek ki üzerine çıkabilmek için gündüzleri yatağın altına ittiğim küçük, bir iki basamaklı komik bir tabure kul-

---

* Burada Homeros'un yarattığı İlyada destanına atıfta bulunulmuştur. (Ç.N.)

lanmak zorundayım. Görünüşe göre Kaptan MacComber tüm eşyaları 'yabancı' bir yerden alıp eve getirmiş.

"Ayrıca odada rafları beyaz oymalı kâğıtla süslenmiş, kapısına da çiçek buketi resmedilmiş sevimli, küçük bir köşe dolabı vardı. Pencere oturağında duran yuvarlak, mavi yastığın ortasında düğme olmadığından şişman mavi bir çörek gibi görünüyordu. İki raflı hoş bir lavabo da bulunuyordu. Üst kısmı üzerinde duran yüz yıkama kâsesi ile camgöbeği mavisi testi, alt kısmı ise bir kalıp sabunla sıcak su sürahisi için yeterliydi. Pirinç kulplu çekmecelerden biri havlularla doluydu. Bir rafta pembe ayakkabıları, yaldızlı kemeri, sarı saçında ise kırmızı bir gül olan beyaz renkli, porselen bir kadın biblosu duruyordu.

"Her yer mısır renkli perdelerin arasından süzülen ışıkla yıkanıyordu ve dışarıdaki kavakların gölgesinin düştüğü beyaza boyalı duvarlarda ender bulunan bir kilim asılıydı. Âdeta hayat dolu olan bu kilim hafifçe titreşirken desenleri sürekli değişiyormuş gibiydi. Her nasılsa burası neşeyle dolu bir odaydı ve sanki ben de dünyadaki en zengin kızdım.

"Evden ayrıldığımızda, 'Söyledikleri gibi orada güvende olursun,' dedi Bayan Lynde.

"'Patty'nin Yeri'ndeki özgür hayatımdan sonra burada biraz sıkılırmışım gibi geliyor,' diyerek ona takıldım.

" 'Özgürlük mü?!' diye homurdandı Bayan Lynde. 'Özgürlükmüş! Bir Yankee gibi konuşma, Anne.'

"Çantamı, valizimi topladım ve buraya daha bugün geldim. Green Gables'tan ayrılmak hiç hoşuma gitmiyor. Oradan ne kadar sık ve uzun süre ayrı kalırsam kalayım, tatil zamanı geldiğinde oradan hiç ayrılmamış gibi hissediyorum ama ne zaman uzaklaşacak olsam kalbim orayı terk edeceğim için bin parçaya bölünüyor. Yine de burayı seveceğimi biliyorum. Burası da beni sevecek. Bir evin beni sevip sevmeyeceğini her zaman bilmişimdir.

"Penceremden beni karşılayan manzara muhteşem... Hatta su kanallarının ortasındaki kavisli bir dönemece çıkan, etrafı kara köknar ağaçlarıyla çevrili şu eski mezarlık bile güzel. Batı tarafındaki penceremden uzaktaki limanı, sisli kıyıyı, çok sevdiğim sevimli, yelkenli küçük tekneleri ve 'bilinmeyen limanları' birbirine bağlayan gemileri görebiliyorum. Ah, bu ifade çok güzel değil mi?! Tam anlamıyla 'hayal kurmaya olanak'* sağlıyor! Kuzeydeki penceremden yolun karşısındaki huş ağacı ve akçaağaç korusunu görebiliyorum. Ağaçlara ne kadar düşkün bir kız olduğumu bilirsin. Redmond'da İngilizce dersinde Tennyson'ı okuduğumuzda, zavallı Oinone ile birlikte acı çekip mahvolan o çam ağaçlarının yasını tutmuştum.

"Koru ile mezarlığın ötesinde, içinden geçen parlak kırmızı şeritli bir yol ve üzerinde noktalı beyaz evler olan sevimli bir vadi var. Nedenini asla bilemesek de bazı vadiler gerçekten çok sevimli. Onlara bakmak bile insana huzur veriyor. O vadinin ötesinde ise benim mavi tepem var. O tepenin adını Fırtına Kralı koydum. Tutkuları yöneten kral gibi bir şey.

"Burada istediğim zaman gerçekten yalnız olabilirim. Bilirsin, arada sırada yalnız kalmak, tek başına olmak iyidir. Burada rüzgârlar benim arkadaşım olacak. Kulemin etrafında ağıt yakıp iç çekecek ve şarkılar mırıldanacaklar. Kışın beyaz rüzgârları...

---

* Laurence Sterne'in *Duygusal Bir Yolculuk* kitabında geçen bir ifade. (Ç.N.)

İlkbaharın yeşil rüzgârları... Yazın mavi rüzgârları... Sonbaharın kızıl rüzgârları... Ve tüm mevsimlerin o boyun eğmez rüzgârları... 'Rüzgâr fırtınası yüce yaratıcının kelamını tamamlıyor.'* Kutsal kitaptaki bu deyişi her zaman sevmişimdir. Sanki her rüzgâr bana bir mesaj getiriyor gibi. George MacDonald'ın o güzel, eski hikâyesindeki poyraz rüzgârıyla kaçan çocuğu hep kıskanmışımdır. Gilbert, bazı geceler kule penceremi açıp kendimi o rüzgârın kollarına bırakacağım. Rebecca Dew da yatağımın bütün gece neden hiç bozulmadığını asla bilemeyecek.

"Sevgilim, umarım *hayallerimizin evini* bulduğumuzda, orası da burası gibi rüzgârın kucak açtığı bir yer olur. O henüz bilmediğimiz evin nerede olacağını merak ediyorum. Acaba en sevdiğim zamanlar evimizin ay ışığı ya da gün doğumuyla aydınlandığı zamanlar mı olacak? Gelecekteki evimiz... Aşkımızı, arkadaşlığımızı, işimizi ve yaşlılığımızda bizi kahkahalara boğacak türlü türlü komik macerayı paylaşacağımız yer. Yaşlılık! Acaba yaşlılığımızı görebilecek *miyiz*, Gilbert? Kulağa imkânsızmış gibi geliyor.

"Kulenin sol taraftaki penceresinden kasabadaki evlerin çatılarını görebiliyorum. Burada en az bir sene yaşayacağım... Henüz kimseyle tanışmamış olsam da o evlerde arkadaş olabileceğim insanlar yaşıyor. Kim bilir belki düşmanlarım da olur. Pye gibi tipler her zaman her yerde karşımıza çıkabilir, sadece isimleri değişir. Sanırım Pringlelar da onlardan biri. Okul yarın başlıyor. Geometri öğretmek zorundayım! Öğrenmekten daha kötü olamaz herhâlde. Pringlelar arasından bir matematik dâhisi çıkmaması için dua ediyorum.

---

* Zebur 148:8'e atıfta bulunuyor. (Ç.N.)

"Henüz yarım gündür buradayım ama sanki bu pencerelerle Rebecca Dew en başından beri benimleymiş gibi hissediyorum. Benden onlara 'teyze' dememi istediler, ben de onlara bana 'Anne' diyebilirsiniz dedim. Bir keresinde Rebecca Dew'a 'Bayan Dew' diye hitap ettim.

"'Bayan ne?' diye sordu Rebecca Dew.

"'Dew' diye karşılık verdim çekimser bir ifadeyle. 'Adınız bu değil mi?'

"'Evet, bu ama uzun zamandır Bayan Dew diye çağrılmadığım için biraz şaşırdım. Bir daha böyle demezsen iyi olur, Bayan Shirley, alışkın değilim.'

"'Tamam, bunu aklımda tutacağım Rebecca… Dew,' deyiverdim. Dew adını kullanmamaya çalıştıysam da başarılı olamadım.

"Bayan Braddock, Chatty Teyze'nin hassas olduğu konusunda çok haklıymış. Bir akşam yemeğinde ben de şahit oldum. Kate Teyze 'Chatty Teyze'nin altmış altıncı doğum günü' ile ilgili bir şey söylemişti. Chatty Teyze'ye baktığımda onun… Hayır, gözyaşlarına *boğulmamıştı*. Bu ifade, şahit olduğum şey için asla yeterli değil. Gözyaşları resmen sular seller gibi aktı. O gözyaşları iri, kahverengi gözlerinden öylece, zahmetsiz ve sessizce akıp gidiyordu.

"'Yine ne oldu, Chatty?' diye sordu Kate Teyze, yüzünü asarak.

"'Sadece… Sadece altmış altıncı doğum günümdü,' diye yanıt verdi Chatty Teyze.

"Bunun üzerine Kate Teyze sadece, 'Çok affedersin, Charlotte,' diye karşılık verdi. Sonra hepsi yine o eski neşeli hâllerine büründü.

"Kedi ise altın gibi gözleri, zarif pofuduk bir kürkü ve kusursuz hatlarıyla bir kedi işte. Kate ve Chatty Teyzeler ona Pasaklı Miller diyor çünkü adı bu ama Rebecca Dew O Kedi demeyi tercih ediyor çünkü onu hiç sevmiyor. Sabah akşam ona ciğer vermekten, ne zaman sinsice içeri girip koltuğa çıksa etrafa yapışan tüylerini diş fırçasıyla temizlemekten ve geceleri dışarı çıktığında onu yakalamaktan hiç hoşlanmıyor.

"'Rebecca Dew kedilerden her zaman nefret etmiştir,' dedi Chatty Teyze bana. 'Ancak Tozlu'dan özellikle nefret eder. Yaşlı Bayan Campbell'ın köpeği... O zamanlar bir köpeği vardı ve iki sene önce o kediyi ağzında taşıyarak buraya getiren de o köpekti. Sanırım köpek, kedinin Bayan Campbell'ın işine yaramayacağını düşündü. Öyle zavallı küçücük bir şeydi ki... Islanmış, üşümüştü. Zavallcığın kemikleri sayılıyordu. Göğsünde kalp yerine taş taşıyan biri bile ona kol kanat germek isterdi. Bu yüzden Kate ile birlikte onu sahiplendik ama Rebecca Dew bunu yaptığımız için bizi hiç affetmedi. O zamanlar pek diplomatik davranmıyorduk, aslında onu sahiplenmeyi reddetmeliydik. Bilmiyorum, fark ettin mi ama...' Chatty Teyze yemek odasıyla mutfağın arasındaki kapıya şöyle bir göz attı... 'Rebecca Dew'u bir şekilde idare ediyoruz.'

"Aslında bunu *fark etmiştim* ve bence bunun farkında olmak iyi bir şey. Rebecca Dew ve hatta tüm Summerside bu evde onun sözünün geçtiğini düşünebilirdi ama dullar farklı düşünüyordu.

"'Bankacıyı yanımıza almayı hiç istemedik. Bir delikanlı bizi huzursuz edebilirdi, hem düzenli bir şekilde kiliseye gitmiyorsa endişeleneceğimiz çok şey var demekti. Fakat adamı istiyormuşuz gibi yaptık, Rebecca Dew'un bundan haberi yoktu, tabii. Seni yanımıza aldığımız için çok mutluyum, tatlım. Yemek pişirmeye değer biri olacağına eminim. Umarım sen de bizi seversin. Rebecca Dew'un kendine has özellikleri var. On beş sene önce buraya geldiği zaman şimdiki gibi tertipli, düzenli değildi. Bir keresinde Kate, ne kadar tozlu olduğunu göstermek için salondaki aynaya 'Rebecca Dew' yazmıştı. Ancak sonrasında bunu bir daha yapmak durumunda kalmadı. Rebecca Dew anlaması gerekeni anlamıştı. Umarım odanda rahat edersin, tatlım. Geceleri pencereni açabilirsin. Kate gece havasını pek sevmez ama kiracıların ayrıcalıkları olması gerektiğini de bilir. Onunla aynı odada kaldığımız için bu durumu düzene sokmak zorunda kaldık. Bir gece pencereyi onun için kapalı tutuyorsak, diğer gece benim için açık bırakıyoruz. Böyle küçük problemler her zaman çözülebilir, sence de öyle değil mi? Bir şeyi yeterince istersen onu gerçekleştirmenin yolunu da her zaman bulursun. Rebecca'nın geceleri dolaştığını duyarsan sakın korkma. Sürekli bir ses duyar ve ne olduğunu anlamak için kalkıp ortalığı kolaçan eder. Sanırım bu yüzden bankacıyı istemedi. Üstünde gecelikle onunla karşılaşmaktan çekindi. Kate'in pek konuşmamasını umursamazsın diye düşünüyorum. O böyledir. Oysaki anlatacak ne çok şeyi var… Gençliğinde Amasa MacComber ile dünyayı dolaşmış. Keşke bende de ondaki gibi anlatacak bir sürü anı olsaydı ama Prens Edward Adası'ndan dışarı hiç çıkmadım. Genelde her şeyin neden böyle olduğunu sorgularken buluyorum kendimi. Konuşmayı seven benim ama konuşacak bir şeyim yok. Kate'in ise anlatacak çok şeyi olsa da konuşmaktan hiç hoşlanmıyor. Yine de sanırım Tanrı her şeyin en iyisini bilir.'

"Chatty Teyze konuşmayı sevse de tüm bunları tek seferde söylemedi. Bazı yerlerde uygun bir şekilde araya girdim ama buraya dökecek kadar önemli olduklarını düşünmüyorum.

"Yolun yukarısında Bay James Hamilton'un otlattığı bir inekleri var ve Rebecca Dew onu sağmaya gidiyor. Bolca tereyağı elde ediyorlar. Anladığım kadarıyla Rebecca Dew sabah akşam, duvardaki kapının arasından Bayan Campbell'ın *Kadın*'ına bir bardak süt uzatıyor. Süt, doktorların önerisine uyan *küçük Elizabeth* için olmalı. Kadın'ın ya da küçük Elizabeth'in kim olduğunu ben de henüz bilmiyorum. Bayan Campbell ise buranın sakinlerinden ve ismi Evergreen olan yandaki evin sahibi.

"Bu gece gözüme uyku gireceğini sanmıyorum. Yabancı bir yatakta ilk gece hiç uyuyamam. Dahası bu, hayatımda gördüğüm en tuhaf yatak ama umurumda değil. Geceleri hep sevmişimdir. Uyumayıp hayatımdaki her şeyi, geçmişi, şu anı ve gelecek günleri düşünmeye bayılıyorum. Özellikle *gelecek günleri*...

"Ah, bu ne acımasız bir mektup oldu böyle, Gilbert. Bir daha asla sana böyle uzun bir mektup yazmayacağım. Ancak yaşadığım bu yeni yeri gözünde canlandırabilmen için sana her detayı anlatmak istiyorum. Şimdi bu mektubu sonlandırmalıyım çünkü limanın tepesindeki ay 'gölge diyarda batmakta'*. Daha Marilla'ya mektup yazmak zorundayım. Mektubum iki

* E. Pauline Johnson'ın 'Ay Batımı' adlı şiirinden bir alıntı. (Ç.N.)

gün sonra Green Gables'a ulaşır ve Davy onu postaneden alıp eve götürür. Marilla mektubu açarken Dora ile birlikte onun başında beklerler. Tabii, Bayan Lynde de kulaklarını dört açar. Ah… Evimi özledim. İyi geceler, sevgilim.

"Sonsuza dek senin olacak olan,

"ANNE SHIRLEY."

İKİNCİ BÖLÜM

(Aynı kişiden aynı kişiye çeşitli mektuplardan alıntılar.)

"26 Eylül

"Mektuplarını okumak için nereye gidiyorum biliyor musun? Yolun karşısındaki koruya. Orada gün ışınlarının eğrelti otlarına düştüğü, içinden dere akan küçük bir vadi var. Yan yana dizilmiş genç kız kardeşlere benzeyen huş ağaçlarının karşısındaki yan yatmış, yosun kaplı bir kütüğe oturup türlü hayallere dalıyorum. Altın sarısının yeşile karıştığı, kızıl-damarlarla süslü hayaller… Burada, hayallerimin benim gizli huş ağacı vadimden çıkıp geldiğine ve ağaç kız kardeşlerden en uzun ve zarif olanıyla şarkı söyleyen derenin mistik birleşiminden doğduğuna inanarak hayal dünyamın sınırlarını zorlayabiliyorum. Orada öylece oturup korunun sessizliğini dinlemeye de bayılıyorum. Sessizliğin ne kadar çeşitli olabileceğini düşündün mü hiç, Gilbert? Ormanın, sahilin, kırların, gecenin ve yaz akşamlarının sessizliğinin… Hepsi bambaşka alt tonlardan dokunduğundan her biri birbirinden farklı. Tamamen kör ve sıcakla soğuğu ayırt edemeyecek durumda olsam bile, etrafımı saran sessizliğin nasıl bir sessizlik olduğunu rahatlıkla söyleyebileceğimden eminim.

Okul başlayalı iki hafta oldu ve işlerimi oldukça iyi planladığıma inanıyorum. Ancak Bayan Braddock haklıydı. Pringlelar başıma dert olacak. Şans yoncalarıma rağmen bu problemi nasıl çözeceğimi henüz bilmiyorum. Bayan Braddock'in dediğine göre Pringlelar insanın yüzüne gülerken arkasından kuyusunu kazan tiplerdenmiş.

Onlar kesinlikle birbirini tutan, kendi içlerinde çekişme yaşasalar da bir yabancıya karşı omuz omuza duran bir tür klan. Summerside'da insanların ikiye ayrıldığı sonucuna vardım: Pringle olanlar ve olmayanlar.

Sınıfım Pringle Ailesi'nin fertleri ve farklı isimlere sahip olsalar da damarlarında Pringle kanı dolaşan iyi öğrencilerle dolu. Görünüşe bakılırsa çete başları, *Becky Sharp*'ın on dört yaşındaki hâline benzeyen yeşil gözlü yumurcak Jen Pringle. İçimden bir ses kasti olarak itaatsizlik ve saygısızlık eylemi başlattığını söylüyor ve sanırım bununla mücadele etmekte biraz zorlanacağım. Yüzünü kolaylıkla şekilden şekle sokabiliyor. Bu zamana kadar onu suçüstü yakalama şansım olmadı ama arkamı döndüğümde ne zaman sınıfta bir kahkaha tufanı kopsa, buna kimin sebep olduğunu hemen anlıyorum. Ah, küçük yaramaz, öyle akıllı bir kız ki! Edebi sayılabilecek kompozisyonlar yazabiliyor, matematikte de çok başarılı. Yani başım dertte! Yaptığı ve söylediği her şeyde zekâsını ortaya koyabiliyor. Benden nefret etmeyi seçmeseydi sahip olduğu mizah anlayışı sayesinde aramızda bir tür bağ kurulabilirdi. Hâl böyle olunca Jen ile *birlikte* kahkaha atacağımız zamanlara daha çok var gibi duruyor.

Jen'in kuzeni Myra Pringle, okulun en güzel kızlarından... Ama görünüşe bakılırsa biraz aptal. Sürekli kötü şakalar yapıyor. Örneğin, bugün tarih dersinde Kızılderililerin, Champlain ve adamlarını tanrı ya da 'insan dışı varlık' olarak gördüklerini söyledi.

"Sosyal anlamda Pringle Ailesi, Rebecca Dew'un da dediği gibi Summerside'ın ışığı. Bu arada şimdiye kadar iki Pringle ailesi akşam yemeği için beni davet etti çünkü yeni gelen bir öğretmeni akşam yemeğine davet etmek münasip bir davranıştır ve Pringle Ailesi de bundan geri kalmaz. Dün akşam James Pringle'ın evindeydim. Kendisi daha önce bahsettiğim Jen'in babası. Adam bir üniversite profesörüne benziyor ama gerçekte aptal ve kibirli. Yemek boyunca parmağını masaya vurarak *disiplinden* bahsedip durdu, bunu yaparken bir yandan da dil bilgisini katlediyordu. Summerside Lisesi'nin her zaman sağlam bir yönetime ihtiyaç duyduğunu anlattı. Yani tecrübeli bir öğretmene, tercihen de bir erkeğe... Ama korkarım ben biraz fazla gençmişim. Bana bakıp yüzünü asarak, 'Zamanın çok yakında telafi edeceği bir hata' olduğumu söyledi. Herhangi bir yorumda bulunmadım çünkü konuşursam ağzımı bir daha kapatamamaktan korktum. Bu yüzden ben de elimden geldiğince Pringlelar gibi yüzlerine gülüp arkalarından konuşmayı tercih ettim. Adamın yüzüne tatlı bir ifadeyle bakarken içimden, 'Seni önyargılarından kurtulamayan, inatçı, yaşlı bunak!' diye söylendim.

"Jen zekâsını annesinden almış olmalı. Annesi hoş bir kadın ve Jen de ailesinin yanındayken oldukça terbiyeli davranıyor. Öte yandan kelimeleri nezaketle seçse de ses tonu fazlasıyla küstah. Ne zaman 'Bayan Shirley' dese sözler ağzından küfrediyormuş gibi çıktı. Ayrıca saçlarıma attığı bakışlar da bir havuç kadar turuncu olduğumu hissetmeme neden oldu. Hiçbir Pringle'ın, saçlarımın kızıl kahve olduğunu kabul etmeyeceğine bahse girerim.

"Morton Pringle'ı daha çok sevdim. Gerçi söylediğin hiçbir şeyi dinlemiyor. Sana bir şey söylüyor ama sen ona yanıt verirken o çoktan bir sonraki lafını düşünmeye başlıyor.

"Bayan Stephen Pringle... Dul Pringle... Summerside dullarla dolu... Dün bana bir mektup yazdı. Gayet hoş, kibar ama bir o kadar da zehirli bir mektuptu. Millie'nin çok fazla ev ödevi vardı. Millie hassas bir çocuktu, bu kadar yoğunluğun altından kalkamazdı. Bay Bell ona *hiçbir zaman* ev ödevi vermezdi. Kendisi anlayış gösterilmesi gereken *hassas* bir çocuktu. Bay Bell onu gerçekten *anlıyordu*! Ve son olarak Bayan Stephen, eğer yeterince çabalarsam benim de onu anlayabileceğime emindi!

Benim emin olduğum şeyse Bayan Stephen'ın, Adam Pringle'ın burnunu benim kanattığımı ve çocuğun bu yüzden eve gitmek zorunda kaldığını düşündüğü. Dün gece uykumdan uyandım ve bir daha da uyuyamadım çünkü tahtaya yazdığım bir sorudaki *i* harfine nokta koymadığımı hatırladım. Jen Pringle'ın bunu fark edip durumu herkese anlatacağından eminim.

Rebecca Dew, Maplehurst'teki yaşlı kadınlar dışında tüm Pringleların beni akşam yemeğine davet edeceğini, sonra da beni sonsuza kadar görmezden geleceklerini söylüyor. Kendileri buranın 'ışığı' olduğu için bu, Summerside'daki sosyal çevre tarafından dışlanacağım anlamına gelebilir. Pekâlâ, göreceğiz bakalım. Savaş başlasa da henüz kazananla kaybeden belli değil. Yine de kendimi kötü hissediyorum çünkü önyargıları yıkmak gerçek anlamda zor bir iş. Hâlâ tıpkı çocukluğumda olduğum gibiyim; insanların benden hoşlanmamasına dayanamıyorum. Öğrencilerimin çoğunun ailesinin beni sevmediğini düşünmek hiç hoş değil. Özellikle de hiçbir suçum yokken... Bu *adaletsizlik* beni huzursuz ediyor! Aslında buraya bir sürü italik kelime yazabilirim! Ancak birkaç tanesi de hislerimin şiddetini anlatmaya yetiyor.

"Pringleları bir kenara koyarsak öğrencilerimi gerçekten çok seviyorum. Bir şeyler öğrenmeyi gerçekten isteyen zeki, hırslı, çalışkan öğrencilerim de var. Lewis Allen, kaldığı pansiyonda *ev işleri* yaparak kirasını ödüyor ve bundan bir nebze de olsa utanmıyor. Sophy Sinclair babasının yaşlı gri kısrağına yaklaşık on kilometre içeride ve on kilometre dışarıda olacak şekilde eyersiz biniyor. Tam senin göstereceğin türden bir cesaret! Böyle bir kıza faydam dokunduğu sürece Pringleları neden kafama takayım ki?

"Öte yandan... Şu Pringleların gönlünü fethedemezsem birilerine yardım etme şansını kaçırmaktan da korkuyorum.

"Ama Rüzgârlı Kavaklar'a bayılıyorum. Burası bir pansiyon değil, bir yuva! Ve buradakiler beni seviyor. Pasaklı Miller bile beni seviyor. Gerçi bazı zamanlar benden hoşlanmadığını seziyorum, bilerek arkası bana dönük şekilde oturuyor ve altın sarısı gözleriyle yandan yandan bakarak çaktırmadan tepkimi ölçmeye çalışıyor. Rebecca Dew etraftayken onu pek sevmemeye çalışıyorum çünkü bu durum onu gerçekten kızdırıyor. Gündüzleri sakin, rahat, biraz da dalgın bir hayvan ama gece olunca korkunç bir yaratığa dönüşüyor sanki. Rebecca karanlık çökünce dışarı çıkılmasına izin verilmediği için böyle olduğunu söylüyor. Arka bahçede durup ona seslenmekten nefret ediyormuş çünkü komşular o hâline kahkahalarla gülüyormuş. Öfkeli ve tiz bir sesle, 'Pisst! Pisst, pist!' diyerek kediye seslenirken sesi, gece vakti tüm kasabadan duyulabiliyormuş. Yatmaya gittiklerinde Pasaklı Miller içeride olmazsa dullar isteri nöbeti geçirebilirlermiş. 'O Kedi yüzünden neler yaşadığımı kimse bilmiyor... *Kimse*,' diye dert yandı Rebecca temin edercesine.

Dulların yıllara meydan okuyacağına eminim. Her geçen gün onları daha çok seviyorum. Kate Teyze roman okumanın pek de münasip bir davranış olduğunu düşünmüyor ama okuduklarıma da karışmayacağını belirtti. Chatty Teyze ise romanları seviyor. Kasaba kütüphanesinden yürüttüğü romanlarını sakladığı bir 'gizli yeri' varmış. Tek kişilik kart oyunları oynamak için kullandığı iskambil kartları ve Kate Teyze'nin görmek dahi istemediği birçok şeyle birlikte onları orada tutuyor. Bu gizli yer ise Chatty Teyze haricinde kimsenin bilmediği tek kişilik bir koltuğun içinden ibaret. Sırrını benimle paylaştı çünkü sanırım söz konusu kaçakçılık meselesi için ona yardım ve yataklık etmemi isteyecek. Aslına bakarsan Rüzgârlı Kavaklar'da gizli yere ihtiyaç olduğunu bile sanmıyorum, hayatımda daha önce buradaki kadar gizemli dolapları olan bir ev daha görmedim. Öte yandan elbette, Rebecca Dew onların gizemli olarak *kalmasına* izin vermiyor. Dolapları sürekli temizleyip duruyor. Dullar itiraz ettiğindeyse, 'Bu ev kendi kendini temizlemiyor,' diye karşılık veriyor ters bir ifadeyle. Dolapların içinde bir roman ya da bir deste kâğıt bulsa anında yok edeceğine eminim. Her ikisi de inançla dolu ruhuna aykırı şeyler. Rebecca

Dew, iskambil kâğıtlarıyla romanların şeytanın işi olduklarına inanıyor. Rebecca'nın İncil haricinde okuduğu tek şey Montreal *Guardian*'ın cemiyet köşesi. Milyonerlerin evlerine, mobilyalarına, hayatlarına bakmak hoşuna gidiyor.

"Bir keresinde yanıma gelip, 'Altın bir küvette duş aldığını bir düşünsene, Bayan Shirley,' dedi.

"Gerçekten tuhaf biri. Geçenlerde rengi solmuş, eski bir kumaşla kaplı ama kıvrımları vücut hatlarıma tam uyan, rahat bir tek kişilik koltuk bulmuş. Bana, 'Bu senin koltuğun, senin için saklayacağız,' dedi. Okula giderken üstüme tüy yapışır da Pringlelara konuşacak daha fazla malzeme çıkar diye Pasaklı Miller'ın koltuğun üstüne çıkmasına asla izin vermiyor.

"Üçü de inci kolyemle… ve taşıdığı anlamla pek yakından ilgilendi. Kate Teyze bana turkuvaz taşlı evlilik yüzüğünü (artık çok küçük geldiği için takmıyormuş) gösterdi. Ancak zavallı Chatty Teyze gözyaşları içinde bana bir evlilik yüzüğü olmadığını söyledi. Kocası yüzüğü gereksiz bir masraf olarak görmüş. Bunu söylerken odamdaydı ve yüzünü ekşi sütle yıkıyordu. Ten rengini korumak için bunu her akşam yapıyor. Kate Teyze'nin öğrenmemesi için bana kimseye söylemeyeceğime dair yemin ettirdi.

"'Benim yaşımdaki bir kadın için bu tarz şeylerin saçmalık olduğunu düşünüyor. Rebecca Dew'un da inançlı bir kadının güzel olmak gibi bir çabaya girmesini onaylayacağını sanmıyorum. Normalde bunu, Kate uyuduktan sonra mutfağa giderek yapıyordum ama Rebecca Dew her an çıkıp gelecek diye yüreğim ağzımda oluyordu. Uyurken bile her şeyi duyuyor, kulakları tıpkı bir tavşanınki gibi. Bunu her akşam odanda yapsam… Ah, canım, çok teşekkür ederim.'

"Komşularımız Evergreenler hakkında az çok bir şeyler öğrenebildim. Bayan Campbell (tabii, o da bir Pringle!) seksen yaşında. Onu hiç görmedim ancak öğrendiklerime bakılacak olursa fazlasıyla zalim bir kadınmış. En az ev sahibesi kadar yaşlı ve zalim olan Martha Monkman adında bir hizmetçisi varmış. İnsanlar genelde ondan 'Bayan Campbell'ın Kadını' diye bahsediyor. Bir de onunla birlikte yaşayan torunu küçük Elizabeth Grayson var. İki haftadır burada olmama rağmen hiç denk gelmediğim Elizabeth, sekiz yaşında ve arka yolu, yani bahçelerin içinden geçen bir kestirmeyi kullanarak devlet okuluna gidiyormuş. Bu yüzden eve gelip giderken onunla hiç karşılaşmadım. Hayatını kaybeden annesi, Bayan Campbell'ın torunuymuş. Aslında Elizabeth'in annesini de ebeveynleri hayatlarını kaybettiği için Bayan Campbell büyütmüş. Fakat kadın gidip Bayan Rachel Lynde'in tabiriyle bir 'Yankee' olan Pierce Grayson ile evlenmiş. Elizabeth'i dünyaya getirirken de hayatını kaybetmiş. Pierce Grayson'ın ise işleriyle ilgilenmek için Amerika'dan Paris'e gitmesi gerekiyormuş, hâl böyle olunca bebek de Bayan Campbell'ın yanına getirilmiş. Hikâye babanın 'çocuğu görmeye katlanamadığı' çünkü annesinin hayatına mal olduğu ve bebeği hiç umursamadığı şeklinde devam ediyor. Tabii, bu dedikodu asılsız da olabilir çünkü ne Bayan Campbell ne de Kadın bebeğin babasından hiç bahsetmiyorlarmış.

"Rebecca Dew, küçük Elizabeth ile pek ilgilenmediklerini, çocuğun da onlarla çok vakit geçirmediğini söylüyor.

"'O kız diğer çocuklar gibi değil. Asla sekiz yaşında olduğuna inanamazsın. Ettiği lafları bir duysan! Bir keresinde bana, "Rebecca, tam da yatağına yattığın sırada birinin bileğini çimdikle*diğini* bir düşünsene…" dedi. Hiç şüphe yok ki karanlıkta uyumaktan korkmasına rağmen kızı zorla karanlıkta uyutuyorlar. Bayan Campbell evinde korkaklara yer olmadığını söyler hep. Bir fareyi izleyen iki kedi gibi kızı sürekli izleyip hayatının her zerresine karışıyorlar. Kız ufacık ses yapsa neredeyse korkudan ölecekler. 'Şişşt, sessiz ol' lafları o evden asla eksik olmaz. Ben sana söyleyeyim, bu çocuk sürekli susturuluyor. Bu konu hakkında ne yapılabilir?'

"Gerçekten, ne yapılabilir?

"İçten içe o kızı görmeyi çok istiyorum. Bana kalırsa durumu içler acısı. Kate Teyze dışarıdan bakıldığında fiziksel olarak gayet iyi göründüğünü söylüyor yani aslında 'kızı güzelce besleyip pahalı giysilerle donattıklarını,' kastediyor. Öte yandan bir çocuk sadece bunlarla yaşayamaz. Green Gables'a gelmeden önceki hayatımı asla unutamıyorum.

"Gelecek cuma akşamı muhteşem bir hafta sonu geçirmek için eve, Avonlea'ye gideceğim. Tek çekincem karşılaşacağım herkesin Summerside'da eğitim vermenin nasıl bir şey olduğunu soracak olması.

"Ah, Gilbert, şimdi Green Gables'ı düşünüyorum da… Mavi sisiyle Pırıltılı Sular Gölü'nü… Derenin karşısındaki akçaağaçların yaprakları kırmızıya çalmaya başlamıştır. Büyülü Orman'daki eğrelti otları da kahverengiye dönmüştür. Ve en sevdiğim yer, Âşıklar Yolu'ndaki günbatımı gölgeleri… Kalbimin derinliklerinde şimdi orada olmayı diliyorum, bil bakalım kiminle?

Biliyor musun, Gilbert, bazen sana gerçekten âşık olduğumu düşünüyorum!"

"Rüzgârlı Kavaklar,

"Hayalet Yol,

"Summerside,

"10 Ekim

"ONURLU VE SAYGIDEĞER BEYEFENDİ:

"Chatty Teyze'nin büyükannesinin bir aşk mektubu yazarken nasıl başladığını görüyor musun? Harika değil mi? Büyükbaba bunu okurken nasıl da gururlanmıştır! 'Gilbert, sevgilim ya da başka bir şey?' yerine sana böyle hitap etmemi ister misin? Öte yandan senin büyükbaba... Esasen bir büyükbaba olmadığına memnunum. Genç olduğumuzu ve tüm hayatı *birlikte* geçireceğimizi düşünmek ne muhteşem, değil mi?"

(Birkaç sayfa çıkarıldı. Görünüşe bakılırsa Anne'nin kalemi ne keskin ne sivri uçlu ne de kör.)

"Kuledeki pencere koltuğuna oturmuş, kehribar rengi gökyüzü ile ötedeki limana karşı salınan ağaçları izliyorum. Dün gece tek başına yürüyüşe çıktım, harikaydı. Rüzgârlı Kavaklar biraz kasvetli olduğundan gerçekten bir yere gitmem gerekiyordu. Duyguları incinen Chatty Teyze oturma odasında ağlarken Kate Teyze de Kaptan Amasa'nın ölüm yıldönümü olduğu için yatak odasında ağlıyordu ve Rebecca Dew da anlayamadığım bir nedenden ötürü gözyaşları içindeydi. Sorunun ne olduğunu anlamaya çalışırken, "İnsan sırf istediği için ağlamanın tadına varamaz mı!" diyerek bana çıkıştı. Bunun üzerine ben de onu bu zevkle baş başa bırakarak oradan uzaklaştım.

"Dışarı çıkıp limanın yolunu tuttum. Ekim ayının havada süzülen o serin kokusu, yeni sürülmüş tarlaların taze kokusuna karışıyordu. Alacakaranlık sonbahar akşamını aydınlatan ayın ışığına karışana kadar yürümeye devam ettim. Yalnız olsam da öyleymişim gibi hissetmiyordum. Hayali arkadaşlarımla ettiğim hayali sohbetler sırasında öyle nükteli cümleler kurdum ki ben bile kendime şaşırdım. Pringlelar'dan birine yakalanma korkuma rağmen oldukça eğlendim.

"Öye bir ruh hâlindeydim ki içimden Pringle Ailesi yüzünden çığlık atmak geliyordu. İtiraf etmek hoşuma gitmese de Summerside Lisesi'nde işler pek de iyi gitmiyor. Bana karşı bir komplo düzenlendiğine hiç şüphe yok.

"Öncelikle verdiğim hiçbir ödev Pringlelar ya da yarı Pringlelar tarafından yapılmıyor. Bunu ailelerine söylemenin de bir faydası yok çünkü beni gayet kibar bir şekilde başlarından savıyorlar. Benim gibi bir Pringle olmayan tüm öğrencilerim benden hoşlanıyor olsa da Pringle itaatsizlik virüsü tüm sınıfın moralini etkiliyor. Bir sabah sınıfa geldiğimde masamın altüst olduğunu gördüm. Elbette, kimse bunu kimin yaptığını bilmiyordu ve bana ertesi gün masamın çekmecesini açtığımda dışarıya fırlayan oyuncak yılanı oraya kimin koyduğunu da söyleyemezdi. Ancak okuldaki bütün Pringlelar yüzüme bakarak kahkaha attılar. Sanırım dehşet verici bir şekilde korkmuş görünüyordum.

"Jen Pringle genellikle okula geç geliyor, her seferinde de bir bahanesi var. Mazeretini kibarca dile getirse de dudaklarını kibirle bükmeyi ihmal etmiyor. Gözümün önünde notlarını sınıfa dağıtıyor. Bugün montumu giydiğimde cebimde soyulmuş bir soğan buldum. O kız aklını başına toplayana kadar onu bir yere kapatmak ve sadece ekmekle su vermek gerçekten çok hoşuma giderdi.

"En kötüsü de bir sabah sınıfa geldiğimde tahtada resmimi görmekti. *Kızıl* saçlarımı beyaz tebeşirle çizmişlerdi... Jen dâhil herkes bunu inkâr etse de sınıfta böyle bir çizimi yapabilecek tek kişinin Jen olduğunu biliyorum. Başarılı bir çizimdi. Burnum... Bildiğin üzere kendimle ilgili tek gurur kaynağım... Kancalıydı ve ağzım otuz yıldır Pringlelar ile dolu bir okula ders veren bir kız kurusunun ağzı gibiydi. Yine de o *bendim* işte! O gece saat üçte uyanıp olan biteni yeniden düşündüm. Geceleri üzerine kafa yorduğumuz olayların genelde kötü şeyler olması tuhaf değil mi? Sadece kendimizi kötü hissetmemize neden olan şeyleri düşünüyoruz.

"Hakkımda birçok şey söyleniyor. Hattie Pringle'ın sınav kâğıtlarını sırf Pringle olduğu için 'işaretlemekle' suçlandım. Çocuklar yanlış yaptığında kahkaha atıyormuşum. (Pekâlâ, Fred Pringle bir yüzyılı, yüz yıl yaşamış biri olarak tanımlayınca gerçekten kahkaha attım ama elimde değildi.)

"James Pringle ise, 'Okulda *disiplin* yok. Disiplinin d'si bile yok,' diyor. Ayrıca 'terk edilmiş bir çocuk' olduğuma dair de bir söylenti yayıldı.

"Öte yandan diğer yerlerde de Pringle karşıtlığına denk gelmeye başladım. Hem sosyal hem de eğitimsel anlamda Summerside, Pringleların parmağının ucunda dönüyor gibi. Onlara boşuna Kraliyet Ailesi demiyorlar. Geçcn Cuma Ailice Pringle'ın ilk adım partisine çağrılmadım. Bayan Frank bir kilise projesine (Rebecca bana yeni bir kule 'yapılacağını' söyledi) yardım toplamak için çay daveti verdiğinde, kilisede yer almak ister misin sorusunu duymayan tek kız yine bendim. Summerside'a yeni gelen papazın karısı, koroda şarkı söylememi önermiş ama böyle bir şey olursa tüm Pringleların korodan çekileceği bilgisini almış. Kimse kalmayacağı için koronun devam etmesi imkânsız olurmuş.

"Elbette, bu öğrencilerle sıkıntı yaşayan tek öğretmen ben değilim. Diğer öğretmenler kendi öğrencilerini 'disiplin cezası' için (ah, şu kelimeden nasıl nefret ediyorum!) bana gönderdiklerinde yarısının Pringle olduğunu görüyorum. Yine de haklarında herhangi bir şikâyet bulunmuyor, tabii.

"İki akşam önce Jen'i bilerek yapmadığı bazı ödevleri yapması için kasıtlı olarak okuldan sonra tuttum. On dakika geçmemişti ki Maplehurst aracı okulun önünde belirdi. Bayan Ellen da kapıda duruyordu. Şahininki gibi güzel bir burnu, dantelli hoş eldiveni, şık giyimi ve gülümsemesiyle yaşlı kadın, 1840'lı yıllardan gelmiş gibi duruyordu. Çok üzgündü ama Jen'i alabilir miydi? Lowvale'deki arkadaşlarını ziyarete gideceklerdi ve Jen'i de yanında getireceğine dair söz vermişti. Elbette, Jen zafer kazanmış bir edayla gitti. O an tüm güçlerin bana karşı olduğunu anladım.

"Öyle olmadığını bilsem de o kadar berbat bir hâldeydim ki Pringleların, Sloanelarla Pyeların bir birleşimi olduğunu düşündüm. Düşmanım olmasalar onları sevebileceğimi hissediyorum aslında. Genelde dürüst, neşeli ve sadık insanlar. Bayan Ellen'ı bile sevebilirim. Bayan Sarah'yı ise hiç görmedim çünkü kendisi on yıldır Maplehurst'ten hiç çıkmamış.

"'Fazla narin ya da öyle olduğunu düşünüyor,' dedi Rebecca Dew burun kıvırarak. 'Önemli olan tek şey gururu. Tüm Pringlelar gururludur ancak şu iki yaşlı kadın bir başkadır. Atalarından bahsederken onları duymalısın. Yaşlı babaları Kaptan Abraham Pringle, çok iyi bir adamdı. Erkek kardeşi Myrom için aynı şeyi söyleyemem fakat Pringlelar ondan çok bahsetmezler. Korkarım hepsiyle zor zamanlar geçireceksin. Herhangi bir şey ya da biri hakkında bir karar verdiklerinde, bunu değiştirdikleri görülmemiştir. Sen başını dik tut, Bayan Shirley. Başını dik tut!'

"'Ah, keşke Bayan Ellen'ın kek tarifini alabilseydim,' diye iç çekti o sırada Chatty Teyze de. 'Her seferinde söz verse de hiçbir zaman bana o tarifi vermedi. Eski bir İngiliz aile tarifidir. Ellerinde çok özel tarifler var.'

"Bazen gece rüyalarımda kendimi, Bayan Ellen'ı söz konusu tarifi Chatty Teyze'ye diz çökmüş bir hâlde vermeye, Jen'i de *p* ve *k* harflerine dikkat etmeye zorlarken görüyorum. Tüm aile onun bu şeytani tavırlarını desteklemiyor olsaydı Jen'e bunu kolayca yaptırabileceğimi bilmek, beni gerçekten öfkelendiriyor."

(İki sayfa eksik.)

"Sadık hizmetkârınız,

"ANNE SHIRLEY.

"Not: Chatty Teyze'nin büyükannesi mektuplarını böyle bitiriyor."

“15 Ekim

“Bugün dün gece kasabanın diğer ucunda bir hırsızlığın yaşandığını duyduk. Bir eve hırsız girmiş ve paralarla bir düzine gümüş çatal bıçak çalınmış. Bu yüzden Rebecca Dew köpeği ödünç alabilmek için Bayan Hamilton’a gitti. Onu arka bahçeye bağlamak niyetindeydi, bana da nişan yüzüğümü düzgün bir yere kilitlemem gerektiği tavsiyesinde bulundu!

“Bu arada Rebecca Dew’un neden ağladığını da öğrendim. Görünüşe göre evde bir sıkıntı yaşanmış. Pasaklı Miller ‘yine yaramazlık yapmış’ Rebecca Dew da Kate Teyze’ye O Kedi hakkında gerçekten bir şeyler yapması gerektiğini söylemiş. Kedi, kadının bam teline basmanın yolunu bir şekilde buluyormuş ki bu bir sene içinde üçüncüymüş. Rebecca Dew, kedinin bunu bilerek yaptığından emin olduğunu dile getirmiş. Kate Teyze ise kedi miyavladığında onu dışarı salarsa herhangi bir sıkıntı yaşanmayacağını savunmuş.

“‘Bu bardağı taşıran son damla,’ diye karşılık vermiş Rebecca Dew.

“Sonuç, elbette gözyaşı!

“Pringle meselesi her hafta biraz daha şiddetleniyor. Dün kitaplarımdan birine çok küstahça bir şey yazılmıştı ve Homer Pringle, okuldan ayrılırken koridordan takla atarak geçti. Ayrıca korkunç şeylerle dolu isimsiz bir mektup aldım. Aslında hem kitap hem de mektup için Jen’i suçlamıyorum. Jen afacan bir kız olsa da tenezzül etmeyeceği şeyler var. Rebecca Dew bu duruma çok öfkelendi. Pringleları eline geçirirse neler yapacağını düşünürken bile içim ürperiyor. İmparator Nero’nun yaptıkları yanında hafif kalabilirdi! Aslında Rebecca’yı suçlayamıyorum çünkü bazen ben de tüm Pringleların eline neşeyle birer bardak zehirli bira tutuşturabilirmişim gibi hissediyorum.

“Sana diğer öğretmenlerden bahsettiğimi pek hatırlamıyorum. Bildiğin üzere iki tane öğretmen var… İlköğretim sınıfından sorumlu, müdür yardımcısı Katherine Brooke ve hazırlık sınıfının öğretmeni George MacKay. George hakkında söyleyecek pek bir şeyim yok. Çobanları ve puslu adaları hatırlatan muhteşem Kuzey İskoçya aksanıyla utangaç, iyi huylu, yirmi yaşında bir delikanlı. Büyükbabası Skye Adası’ndanmış. Hazırlık sınıfını iyi idare ediyor, tanıdığım kadarıyla da hoş biri ama Katherine Brooke için aynı şeyleri söyleyemeyeceğim, onunla biraz sıkıntı yaşayacakmışız gibi duruyor.

“Sanırım Katherine yirmi sekiz yaşlarında ama yirmi beş yaşındaymış gibi gösteriyor. Bana anlatılanlara göre terfi alıp müdür olmayı umuyormuş. Özellikle de ondan yaşça bir hayli küçük olduğumu göz önünde bulundurursak bana kızgın olduğunu düşünüyorum. Kendisi iyi bir öğretmen, kurallara da fazlasıyla bağlı ama pek popüler değil, üstelik bu konuda kesinlikle endişelenmiyor! Arkadaşı veya akrabası yokmuş gibi duruyor ve pek de temiz olmayan Temple Caddesi’ndeki kasvetli bir evde kalıyor. Çok paspal giyiniyor, asla dışarı çıkmıyor, ‘kaba’ biri olduğuna dair de dedikodular var. İğneleyici tavrı yüzünden öğrencileri onun zehir zembelek sözlerinden çekiniyor. Kalın, siyah kaşlarını kaldırıp konuşmaya başladığı an sınıftaki herkesin taş kesildiğini duydum, keşke bu yöntem Pringlelarda da işe yarasa! Yine de öğrencilerime onun gibi davranmak hoşuma gitmiyor. Ben öğrencilerimin beni sevmesini istiyorum.

"Her ne kadar öğrencilerini hizaya sokmakta sıkıntı çekmese de bazılarını bana göndermekte ısrarcı... Özellikle de Pringleları. Katherine'in bunu bilerek yaptığını biliyorum ve bu beni üzse de emin olduğum başka bir konu daha var: Katherine sıkıntı çekmeme seviniyor ve beni zor durumda gördüğü için memnun.

"Rebecca Dew kimsenin onunla arkadaşlık kurmadığından bahsetti. Dullar onu birkaç kez pazar günleri akşam yemeğine davet etmiş. Ah, şu ince ruhlu kadınlar, yalnızlık çektiğini düşündükleri herkes için aynı şeyi yapıyor, onlara en lezzetli tavuklu salatalarından ikram ediyorlar fakat Katherine bu davetlerin hiçbirine katılmamış. Bu yüzden onlar da artık davet etmeyi bırakmışlar çünkü Kate Teyze'nin dediğine göre 'bir sınırları varmış.'

"Katherine'in aslında çok zeki olduğuna ve harika şarkı söyleyip alıntı yaptığına dair dedikodular da dönüyor. Rebecca Dew, hitabet sanatı konusunda yetenekli olduğunda ısrarcı ama Katherine toplum içinde hiçbirini yapmıyormuş. Chatty Teyze bir keresinde bir kilise yemeği için ondan ilahi söylemesini istemiş.

Kate Teyze o günü anlatırken, "'Fazlasıyla nezaketsiz bir şekilde bizi reddetti,' dedi.

"'Sadece homurdandı,' diye ekledi Rebecca Dew da.

"Katherine'in derinden gelen bir ses tonu var, neredeyse bir erkeğin ses tonuna benziyor ve keyfi yerinde değilken gerçekten de homurdanıyormuş gibi konuşuyor.

"Pek güzel biri olmasa da kendine çekidüzen verebilir. O muhteşem siyah saçlarını sıkı sıkı geriden toplayıp ensesinde dağınık bir topuz yapan esmer bir kadın. O siyah kaşlarının altında kehribar renginde ışıltılar saçan gözleri, saçlarıyla pek uyumlu değil. Birilerinin görmesinden çekinmeyeceği kadar hoş, biçimli kulaklara ve hayatımda gördüğüm en güzel ellere sahip, ağzının şekli de gayet muntazam ama korkunç giyiniyor. Giymemesi gereken renkte ve türde kıyafetleri giymek konusunda özel bir yeteneği varmış gibi görünüyor. Yeşil ve grileri giyemeyecek kadar soluk benizli olduğundan daha koyu yeşil ve gri renkleri tercih ediyor, bir de çizgili desenler seçiyor ki bu da onu daha uzun ve zayıf gösteriyor. Ayrıca kıyafetleri her zaman sanki yatağa da onlarla giriyormuş gibi duruyor.

"Rebecca Dew'un da hemfikir olacağı üzere tavrı biraz nahoş ve her an kavga edecekmiş gibi bir hâli var. Merdivenden çıkarken önüne geçtiğim zaman hakkımda korkunç şeyler düşündüğünü hissediyorum. Ne zaman onunla konuşsam yanlış bir şey söylüyormuşum gibi geliyor. Yine de ona üzülüyorum ki üzüldüğümü bilseydi eminim buna da öfkelenirdi. Kendisine yardım edilmesinden hoşlanmadığı için ona yardım da edemem. Benden gerçekten nefret ediyor. Bir gün, üç öğretmen öğretmenler odasındayken görünüşe bakılırsa okulun yazılı olmayan kanunlarından birini çiğnedim. Bunun üzerine Katherine sert bir ifadeyle, "Belki de kuralların *size* işlemeyeceğini düşünüyorsunuzdur, Bayan Shirley," dedi. Başka bir zaman okul için faydalı olacağını düşündüğüm bazı değişiklikleri önerdiğimde yüzünde küçümser bir ifadeyle, "Ben peri masallarına inanmıyorum," diye karşılık verdi. Kendisinin çalışma şeklini ve yöntemlerini övdüğümde ise, "Tüm bu güzel sözlerin altından ne çıkacak bakalım?" deyiverdi.

"Ama beni en çok kızdıran şu oldu: Bir gün öğretmenler odasından onun kitabını alıp arkasına baktım ve 'Adını K harfiyle yazdığına sevindim. Katherine, Catherine'den çok daha çekici, tıpkı K'nin kendini beğenmiş C'den çok daha egzotik bir harf olması gibi.'

"O gün bana hiç cevap vermese de bir sonraki notunu 'Catherine Brooke' olarak imzalamıştı!

"Eve ağlayarak gittim.

"Tüm acımasızlığının ve mesafeli tavrının altında aslında benimle arkadaş olmak için yanıp tutuştuğuna dair içimde tuhaf, açıklanamaz bir his olmasaydı, onunla arkadaş olmaktan gerçekten vazgeçerdim.

"Hepsi bir yana Katherine'in düşmanlığı ve Pringleların tavırları arasında sevgili Rebecca Dew, senin mektupların ve küçük Elizabeth olmasaydı ne yapardım bilmiyorum.

"Sonunda küçük Elizabeth'le tanıştım, gerçekten çok tatlı bir kız.

"Üç akşam önce süt dolu bardağı duvardaki kapıya ben götürdüm, sütü almaya ise Kadın yerine küçük Elizabeth geldi. Açık tenli, sarı saçlı, hevesli küçük bir kız. Kafası kapının düz kısmına denk geldiğinden yüzü sarmaşıklarla çevriliymiş gibi duruyordu. Gümüş rengine çalan sarı saçları, tarakla düzgün bir şekilde taranıp ortadan ikiye ayrılmıştı ve dalgalar hâlinde omuzlarına dökülüyordu. Açık mavi, çizgili bir elbise giymişti, yüzünden elf diyarlarında yaşayan bir prensesin ifadesi okunuyordu. Rebecca Dew'un da dediği gibi 'hoş bir havası' var ama bana yeterli beslenemiyormuş izlenimi verdi. Bedenen değil, ruhen… Sanki gün ışığından değil de sadece ay ışığından besleniyormuş gibi.

"'Karşımdaki Elizabeth mi?' diye sordum.

"'Bu akşam değil,' diye yanıt verdi usulca. 'Dünyadaki her şeyi sevdiğim için bu akşam Betty'yim. Dün akşam Elizabeth'tim, yarın büyük ihtimalle Beth olacağım. Nasıl hissettiğime bağlı.'

"İşte, o an kafa dengi bir ruhla daha karşılaştığımı anladım. Ah, öyle heyecanlandım ki.

"'Kolayca değiştirebildiğin ve hepsinin de sana ait olduğunu hissettiğin isimlere sahip olmak ne kadar güzel!'

"Küçük Elizabeth başını sallayarak onayladı.

"'İsmimden bir sürü isim türetebiliyorum,' dedi. 'Elsie, Betty, Bess, Elisa, Lisbeth ve Beth… Ama Lizzie olmaz. Kendimi hiç Lizzie gibi hissetmiyorum.'

"'Kim hisseder ki?'

"'Benim aptal olduğumu mu düşünüyorsunuz, Bayan Shirley? Büyükannem ve Kadın öyle olduğumu düşünüyor.'

"'Bu, kesinlikle aptalca değil. Dâhiyane ve çok da güzel,' diye yanıt verdim.

"Küçük Elizabeth iri iri açtığı gözleriyle gözlüğünün üzerinden bana baktı. İçten içte ruhsal bir terazide tartıldığımı hissederken şükürler olsun ki kusurlu bulunmadığımı fark ettim çünkü küçük Elizabeth benden bir iyilik istedi… Küçük Elizabeth hoşlanmadığı insanlardan iyilik istemez.

"'Rica etsem sevebilmem için kediyi yukarı kaldırabilir misiniz?' diye sordu utangaç bir ifadeyle.

"O sırada Pasaklı Miller bacaklarıma sürtünüyordu. Onu kaldırdım ve küçük Elizabeth minik eliyle kedinin başını okşamaya başladı.

"'Kedi yavrularını bebeklerden daha çok seviyorum,' dedi. Bana bakarken yüzünde meydan okur gibi bir ifade vardı, sanki şaşıracağımı bilse de gerçeği söylemek zorundaydı.

"'Sanırım bebeklerle çok vakit geçirmedin, bu yüzden onların gerçekte ne kadar tatlı olduklarını bilmiyorsun," dedim gülümseyerek. 'Kedi yavrusu sahiplendin mi hiç?'

"Elizabeth başını iki yana salladı.

"'Ah, hayır. Büyükannem kedileri sevmez. Kadın da onlardan nefret eder. Kadın bu akşam dışarıda olacağı için sütü almaya ben geldim. Sütü kendim almayı seviyorum çünkü Rebecca Dew anlaşılabilir biri.'

"'Peki, bu akşam o gelmediği için üzgün müsün?' diyerek güldüm.

"Küçük Elizabeth başını iki yana salladı.

"'Hayır. Sen de anlaşılması kolay birisin. Seninle tanışmayı istiyordum ama Yarın'dan önce gerçekleşmezse diye de korkuyordum.'

"Orada durduk ve Elizabeth sütünü güzelce içip bitirene kadar sohbet ettik. Bu sırada bana Yarın'dan bahsetti. Kadın ona Yarın'ın hiçbir zaman gelmeyeceğini söylemişti ama Elizabeth işini aslını, o Yarın'ın bir gün elbette geleceğini biliyordu. Bir gün güzel bir sabaha uyandığında o günün Yarın olduğunu anlayacaktı. O gün bugün değil, Yarın olacaktı ve harika şeyler yaşanacaktı. Kimsenin onu gözetlemediği, canının istediğini yapabildiği bir gün olacaktı. (Öte yandan sanırım Elizabeth içten içe *bunun* Yarın bile gerçekleşemeyecek kadar güzel bir şey olduğunu düşünüyor.) Ya da liman yolunun sonunda ne olduğunu keşfedebilecekti. Elizabeth'e göre âdeta kırmızı bir yılan gibi kıvrıla kıvrıla giden o yol dünyanın sonuna çıkıyor. Belki de Mutluluk Adası oradadır. Elizabeth, asla geri dönmeyen tüm gemilerin demir attığı bir yerde bir Mutluluk Adası olduğundan emin ve Yarın geldiğinde orayı bulacakmış.

"'Yarın geldiğinde,' dedi Elizabeth, 'bir milyon tane köpeğimle kırk beş tane kedim olacak. Büyükanneme yavru kedi sahiplenmeme izin vermediğini söylediğimde bana kızarak şöyle dedi, Bayan Shirley, 'Benimle bu şekilde konuşamazsın, Bayan Edepsiz.' Sonra da akşam yemeği yemeden doğruca odama gönderildim ama ben edepsizlik yapmak niyetinde değildim. O gece uyuyamadım bile çünkü Kadın böyle edepsiz bir şekilde davrandıktan sonra uykusunda ölen bir çocuktan bahsetti.'

"Elizabeth sütünü bitirdiğinde ladin ağaçlarının arkasında kaldığı için görünmeyen bir pencereye tıklandığını duydum. Tüm zaman boyunca gözetlenmiş olmalıydık. Benim peri kızım gözden kayboluncaya kadar kara ladin ağaçlarının arasından koştu, koşarken o sarı saçları ışıl ışıl parlıyordu.

"Yaşadığım küçük macerayı anlatınca, 'O küçük kız sanki masallardan kopup da gelmiş gibi,' dedi Rebecca Dew. (Gerçekten bir nevi macera sayılır, Gilbert.) 'Bir gün bana, 'Aslanlardan korkuyor musun, Rebecca Dew?' diye sordu. 'Hiç görmedim ki böyle bir soruya yanıt vereyim,' dedim. 'Yarın geldiğinde bir sürü aslan olabilir,' diye karşılık verdi, 'ama o aslanlar arkadaş canlısı olacak.' 'Çocuğum, eğer böyle bakmaya devam edersen bir göze dönüşmen yakındır,' deyiverdim.

Bana öyle bir bakıyordu ki sanki şu bahsedip durduğu Yarın'ında benimle ilgili bir şey görmüş gibiydi. 'Sadece derin düşünüyorum, Rebecca Dew,' diye yanıt verdi. Bence bu çocuğun sıkıntısı yeterince gülmemesi.'

"Elizabeth'in konuşmamız boyunca gerçekten de bir kere bile gülmediğini hatırladım. Nasıl kahkaha atılır bilmiyormuş gibi hissediyorum. O kocaman ev öyle sessiz, ıssız ve kahkahadan yoksun ki... Dünya coşkuyla dolu sonbahar renklerine teslim olurken bile orası sıkıcı ve kasvetli duruyor. Küçük Elizabeth'in kafasının içindeki fısıltıların arasında kaybolması işten bile değil.

"Summerside'daki görevlerimden biri de ona nasıl kahkaha atıldığını öğretmek sanırım.

"En hassas ve sadık arkadaşın,

"ANNE SHIRLEY

"Not: Chatty Teyze'nin büyükannesinden bir alıntı daha!"

ÜÇÜNCÜ BÖLÜM

"Rüzgârlı Kavaklar,

"Hayalet Yol,

"Summerside,

"25 Ekim

"Gilbert, sevgilim,

"Sıkı dur! Bu akşam Maplehurst'te akşam yemeğindeydim!

"Bayan Ellen davetiyeyi kendi elleriyle yazmış. Rebecca Dew çok heyecanlandı çünkü onların beni davet edeceklerine ihtimal dahi vermiyordu. Yine de bu davetin dostça bir yaklaşım olmadığından emin.

"'Bu işin içinde kesin bir iş vardır, eminim!' diye bağırdı.

"Açıkçası benim de aynı düşünceleri paylaştığımı itiraf etmeliyim.

"'Elinden geleni yap,' diye emretti Rebecca Dew.

"Üstünde mor menekşe motifleri olan krem rengi çok hoş bir elbise giydim ve saçımı da farklı bir şekilde toplayıp alnıma doğru hafifçe şekillendirdim, çok hoş oldu.

"Maplehurst hanımları kendi hâllerinde gayet hoş insanlar, Gilbert. Kendilerini tanımama izin verselerdi onları gerçekten sevebilirdim. Maplehurst etrafını çevreleyen ağaçlarıyla tam bir gurur kaynağı, bildiğin evlere asla benzemiyor. Yaşlı Kaptan Abraham'ın ünlü gemisi *Go and Ask Her*'ün* pruvasındaki büyük, beyaz renkli ahşap kadın oyması meyvelikte duruyor. İlk göçmen Pringle tarafından, yüz yılı aşkın bir süre önce eski ülkeden getirilen ön basamakları ise kara pelin otları sarmış. Minden Savaşı'nda savaşan bir ataları daha varmış. Adamın kılıcı salonda, Kaptan Abraham'ın portresinin yanındaki duvarda asılıydı. Kaptan Abraham'la yani babalarıyla gurur duydukları aşikârdı.

"Eski, siyah, yivli şömine rafının olduğu duvarda gösterişli aynalar, rafın hemen üstünde ise içinde balmumu çiçeği olan bir vazo, muhteşem gemilerin uzun zaman önce çekilmiş fotoğrafları, bilinen her Pringle'ın saçından bir tutam barındıran bir saç çelengi ve büyük deniz kabukları vardı. Boş odada duran yatakta ise küçük, yelpaze şeklindeki parçalardan dikilmiş yama işi bir yorgan seriliydi.

"Salondaki maun rengi Sheraton sandalyelerde oturduk. Duvarlar gümüş çizgili duvar kâğıdıyla kaplı, pencerelerde ağır sırma kumaştan perdeler asılıydı. Mermer masalardan biri kar beyazı yelkenleri olan, kırmızı gövdeli muhteşem bir geminin motifini taşıyordu... *Go and Ask Her*. Tavandan sarkan, tüm taşlarının ihtişamla parıldadığı kocaman bir avize odayı aydınlatıyordu. Ve ortasında saat olan bir ayna... Kaptan Abraham'ın *yabancı diyarlardan* getirdiği parçalardan sadece biriydi. Tek kelimeyle muhteşem. Hayallerimizin evinde böyle bir eşyamız olsun çok isterdim.

---

* *İng.* Git de Ona Sor. (Ç.N.)

"Duvara yansıtılan gölgeler oldukça anlamlı ve gelenekseldi. Bayan Ellen bana bir milyon tane Pringle fotoğrafı göstermiş olabilir! Birçoğu dagerreyotipi* şeklindeydi ve deri kılıflara yerleştirilmişti. O sırada siyah desenleri olan kocaman, kahverengi bir kedinin içeri gelip dizlerimin üstüne zıplamasıyla Bayan Ellen'ın onu mutfağa kovalaması bir oldu. Ardından gelip benden özür diledi ama açıkçası mutfağa kovaladığı kediden özür dilese yeriydi.

"Çoğunlukla konuşan Bayan Ellen'dı. Bayan Sarah ise üstündeki siyah ipek elbisesi ve ona uyumlu iç etekliği, kar beyazı saçları, elbisesi kadar siyah gözleri, kucağına yerleştirdiği dantelle kaplı ince, damarlı elleriyle konuşamayacak kadar üzgün, sevimli ve neredeyse kırılgan görünüyordu. Ah, ama Gilbert, nedense Bayan Ellen da dâhil Pringle Ailesi'ndeki herkesi parmağında oynatıyormuş gibi bir izlenim aldım.

"Harika bir akşam yemeği yedik. Su soğuk, keten peçeteler çok hoş, tabak ve bardak takımı da oldukça zarifti. Bizimle en az kendileri kadar mesafeli ve aristokrat görünen bir hizmetçi ilgilendi. Öte yandan Bayan Sarah, ne zaman onunla konuşacak olsam beni duymazlıktan geldiğinden kelimelerim boğazıma diziliyormuş gibiydi ve bir anda tüm cesaretimi kaybettim. Kendimi sinek kapanıyla yakalanmaya çalışılan bir sinek gibi hissediyordum. Gilbert, ben bu Kraliyet Ailesi'ni ne fethedebilirim ne de onların gönüllerini kazanabilirim. Hiç şansım yok. Yeni yılda istifa edersem hiç şaşırmayacağım. Böyle güçlü bir aileye karşı hiç şansım yok.

* Bakır levhaların cıva buharına tabi tutulup ışığa duyarlı hâle getirilmesiyle fotografik görüntü elde edilmesi yöntemidir. (Ç.N.)

"Yine de eve şöyle bir bakınca yaşlı hanımlar için üzülmeden edemedim. Bir zamanlar o evde doğup büyüyen yaşayan ve ölen insanlar olmuş. Sevinci, hüznü, korkuyu, neşeyi, aşkı, umudu ve nefreti yaşayan insanlar… Ancak şimdi ellerinde yaşadıkları anılardan ve onlara sahip oldukları için duydukları gururdan başka bir şey kalmamış.

"Chatty Teyze fazlasıyla üzgün çünkü bugün benim için açtığı temiz nevresim takımının ortasında elmas şeklinde bir kırışıklık gördü. Ona göre bu ev içinde bir ölümün yaşanacağına işaretmiş. Kate Teyze bu tür batıl inançlardan hiç hoşlanmasa da ben batıl inançlı insanları seviyorum. Hayata renk kattıklarını düşünüyorum. Herkes bilge, duyarlı… Ve *iyi* olsaydı dünya çok sıkıcı olmaz mıydı? O zaman konuşacak neyimiz kalırdı ki?

"İki gece önce burada bir felaket yaşadık. Rebecca Dew, arka bahçede tiz bir sesle 'Pisi pisi!' diye bağırmasına rağmen Tozlu Miller bütün gece dışarıda kaldı. Ve sabah ortaya çıktığında… Ah, hâlini görmeliydin! Bir gözü tamamen kapalıydı ve çenesinde yumurta büyüklüğünde bir yumru vardı. Kürkü çamur yüzünden sertleşmiş, bir pençesi ısırılmıştı. Ancak geriye kalan o tek gözünde asla pişmanlık duymayan, muzaffer bir bakış vardı! Dullar dehşet içinde olsa da Rebecca Dew coşkulu bir şekilde, 'O Kedi hayatı boyunca böyle sıkı bir kavgaya girişmemişti,' dedi heyecanla. 'Bahse girerim diğer kedi ondan çok daha kötü durumdadır!'

"Limanı saran sis, bu akşam Küçük Elizabeth'in keşfetmek istediği kırmızı yola doğru ilerliyor. Neredeyse kasabadaki tüm bahçelerde yanan yabani otlarla yapraklardan yayılan duman, Hayalet Yol'un daha da ürkütücü, büyüleyici ve perili bir yermiş gibi görünmesine neden oluyor. Saat geç oldu ve yatağım beni, 'Gel de uyu,' diye çağırıyor. Şu tuhaf basamaklı merdiveni kullanarak yatağa inip çıkmaya alıştım. Ah, Gilbert, sana bundan hiç bahsetmemiştim ama o kadar komik ki daha fazla içimde tutamayacağım. Rüzgârlı Kavaklar'da uyandığım ilk sabah şu basamakları unutup heyecanla yataktan fırladım ve sonuç olarak Rebecca Dew'un dediğine göre bir patates çuvalı gibi yere yuvarlandım. Şansıma hiçbir yerim kırılmadı ama bir hafta boyunca her tarafım mosmor bir hâlde gezdim.

"Küçük Elizabeth ile artık çok güzel bir dostluğumuz var. Her sabah sütünü içmeye kendi geliyor çünkü Kadın, Rebecca Dew'un 'baloncit' adını verdiği bir şeyden mustarip. Her gittiğimde onu, duvardaki kapıda beni beklerken alacakaranlığı andıran gözlerini iri iri açmış bir hâlde buluyorum. Yıllardır açılmamış olan kapı aramızda öylece durmaya devam ederken onunla sohbet ediyoruz. Elizabeth sohbetimizi uzatmak için sütünü elinden geldiğince yavaş içiyor. Sütünün son yudumunu içtiğinde ise pencereden gelen tıklama sesini duyuyoruz.

"Yarın gerçekleşecek olan şeylerden birinin de babasından gelecek bir mektup olduğunu öğrendim. Bu zamana kadar ondan hiç mektup almamış. O adamın aklından neler geçiyor gerçekten merak ediyorum.

Elizabeth bana, "'Biliyorsunuz, beni görmeye dayanamamış, Bayan Shirley,' dedi, 'ama bu, bana yazmasına da engel değil.'

"'Seni görmeye dayanamadığını kim söyledi?' diye sordum öfkeyle.

"'Kadın.' (Elizabeth ne zaman 'Kadın' kelimesini kullansa gözümde hep üstünde irice bir çarpı işareti olan bir 'K' harfi beliriyor.) 'Doğru olmalı, yoksa beni görmeye gelirdi.'

"O akşam Beth olmuştu. Babasından bahsettiği zamanlar sadece Beth oluyor. Betty olunca büyükannesine dudak bükük Kadın'ın arkasından konuşuyor. Elsie'ye büründüğünde ise yaptıkları için üzülüp af dilemesi gerektiğine inanıyor ama böyle bir şeyi yapamayacak kadar da korkuyor. Elizabeth olduğu zamanlar ise çok nadir ama Elizabeth olduğunda perilerin şarkısını dinleyen, güllerin ve yoncaların fısıltılarını anlayabilen birinin yüzüne sahip oluyor. Çok ilginç bir çocuk, Gilbert... Rüzgârlı kavaklarda uçuşan yapraklar kadar hassas. Bu kızı gerçekten seviyorum. O iki korkunç yaşlı kadının onu karanlıkta uyumaya zorladığını bilmek beni çileden çıkarıyor.

"'Kadın ışık olmadan da uyuyacak kadar büyüdüğümü söylüyor ama ben kendimi hâlâ küçük bir kız gibi görüyorum, Bayan Shirley çünkü gece gerçekten çok büyük ve korkunç. Odamda bir pelüş karga var ve ondan da korkuyorum. Kadın bana ağlarsam onun benim gözlerimi oyacağını söyledi. Elbette buna inanmıyorum Bayan Shirley ama yine de çok korkuyorum. Odadaki her şey sanki geceleri birbirine *fısıldıyor*. Yine de Yarın hiçbirinden korkmayacağım... Kaçırılmaktan bile korkmayacağım!'

"'Kaçırılma korkusu yaşamanı gerektirecek bir durum yok, Elizabeth.'

"'Kadın tek başına bir yere gidip yabancılarla konuşursam kaçırılabileceğimi söyledi ama siz yabancı sayılmazsınız, değil mi Bayan Shirley?'

"'Hayır tatlım. Biz daima, hatta Yarın bile birbirimizi tanıyor olacağız,' dedim."

DÖRDÜNCÜ BÖLÜM

"Rüzgârlı Kavaklar,

"Hayalet Yol,

"Summerside,

"10 Kasım

"Sevgilim,

"Eskiden olsa dünyada en çok nefret ettiğim kişi kalemimin ucunu bozan kişi olurdu. Oysa şimdi, ben okuldayken yemek tariflerini kopyalamak için benim kalemimi kullanma alışkanlığına rağmen Rebecca Dew'dan nefret edemiyorum. Her neyse, yine böyle bir durumla karşı karşıya kaldığım için kalemim berbat hâlde. Sonuç olarak bu sefer uzun ya da sevgi dolu bir mektup alamayacaksın. (Biricik sevgilim.)

"Son cırcır böcekleri de şarkısını tamamladı. Akşamları artık o kadar soğuk ki Rebecca Dew odama küçük, tombul, dikdörtgen bir odun sobası koydu. Bu yüzden kalemime yaptıkları için onu affediyorum. Şu kadının yapamayacağı hiçbir şey yok. Okuldan eve geldiğimde sobam hep yanıyor. Hayatımda gördüğüm en küçük soba öyle ki ellerimle tutabilirim. Dört çarpık demir bacağı üzerinde duran şımarık, küçük, siyah bir köpeğe benziyor ama onu odunlarla doldurduğunda pembe kırmızı çiçeklerini açıp etrafa muhteşem bir ısı yayıyor. Bunun ne kadar sıcak bir his olduğunu hayal dahi edemezsin. Şimdi önünde oturup ayaklarımı minik gövdesine dayamışken, dizlerimin üzerine koyduğum kâğıda mektubumu yazıyorum.

"Summerside'daki aşağı yukarı herkes Hardy Pringles'ın dansında. Ben tabii ki davet edilmedim. Rebecca Dew o kadar öfkeli ki şu an Pasaklı Miller'ın yerinde olmayı hiç istemezdim. Öte yandan ne zaman Hardy'nin güzel ama bir o kadar da akıl yoksunu kızı Myra'yı, sınav kâğıdında bir ikizkenar üçgenin tabanındaki *alçıların* eşit olduğunu kanıtlamaya çalışırken düşünsem tüm Pringle klanını affediyorum. Geçen hafta yaptığımız bir ağaç listesine hiç çekinmeden *darağacını* da ekledi! Ancak adil olmak gerekirse, sınıfı kahkahalara boğan kişiler sadece Pringlelar değil. Blake Fenton da son zamanlarda bir timsahı 'büyük bir böcek türü' olarak tanımladı. İşte, bir öğretmenin hayatının en ışıltılı anları!

"Bu gece kar yağacak gibi. Karın gelişini fısıldayan böyle akşamları çok seviyorum. Rüzgâr 'kuleyi ve ağacı'* esintisiyle âdeta uçururken odam sanki daha da sıcak oluyor. Muhtemelen kavakların tepesinde kalan son yapraklar da bu gece düşecek.

"Sanırım şu ana kadar herkes tarafından akşam yemeğine davet edildim. Yani hem kasabadaki hem de şehirdeki öğrencilerimin evlerine demek istedim. Ah, Gilbert, sevgilim, bal kabağı tatlısından çok sıkıldım! Asla, asla hayallerimizin evinde bal kabağı tatlısı yememize izin verme.

---

* Alfred Lord Tennyson'un *Kız Kardeş* şiirine bir gönderme. (Ç.N.)

"Neredeyse bir ay boyunca gittiğim her evde akşam yemeğinde kabak tatlısı yedim. İlk başta tadına bayılmıştım. O bal sarısının rengi öyle güzeldi ki sanki gün ışığının tadına bakıyormuşum gibi hissetmiştim. Dilime hâkim olamayarak tatlının ne kadar güzel olduğunu söyledim. Bal kabağını sevdiğim anlaşılınca insanlar da sürekli önüme onu çıkarmaya başladı. Dün gece Bay Hamilton'a gidecektim, Rebecca Dew da bana bal kabağı yemem gerekmeyeceğine dair güvence verdi çünkü Hamiltonların hiçbiri bal kabağını sevmiyordu. Ancak akşam yemeğine oturduğumuzda, büfede kaçsam da kurtulamayacakmışım gibi görünen, bal kabağı tatlısıyla dolu cam bir kâse vardı.

"'Ben hiç kabak tatlısı yapmadım,' dedi Bayan Hamilton, koca bir tabak dolusu tatlıyı bana uzatarak. 'Ama senin çok sevdiğini duydum, geçen pazar Lowvale'deki kuzenime gittim ve ona 'Bayan Shirley bu hafta bize yemeğe gelecek, bal kabağı reçelini pek bir seviyormuş. Bana bir kavanoz verir misin?' diye rica ettim. O da verdi, işte istediğin kadar yiyebilir, kalanı da eve götürebilirsin.'

"Eve üçte ikisi bal kabağı reçeliyle dolu bir kavanozla geldiğimi görünce Rebecca Dew'un yüzünün hâlini tahmin edemezsin! Buradaki kimse bu reçeli sevmediğinden onu gecenin bir yarısı bahçeye gömdük.

"'Bunu hikâyene yazmayacaksın, değil mi?' diye sordu Rebecca Dew endişeyle. Dergi için arada sırada hikâye yazdığımı öğrendiğinden beri Rüzgârlı Kavaklar'da olan her şeyi hikâyelerime yazacağım diye ya korkuyor ya da umut ediyor, hangisinin daha ağır bastığını bilmiyorum. Benden Pringleları abartılı bir şekilde yazmamı istedi ama zaten Pringlelar'ın her yaptıkları abartı olduğundan buna gerek bile yok. Ayrıca bunca işin arasında hikâye yazmaya çok az zamanım kalıyor.

"Artık bahçemiz dökülen yapraklarla buz tutmuş filizlerden ibaret. Rebecca Dew, donmamaları için gülleri ip ve patates çuvallarıyla sardı. Alacakaranlıkta bastondan destek alarak yürüyen yaşlı amcalara benziyorlar.

"Bugün Davy'den üzerinde on tane öpücük olan bir kartpostal ve Priscilla'dan da bir mektup aldım. Japonya'daki arkadaşından aldığı mektubun arkasını kullanmıştı ve ipek gibi ince kâğıdın üstünde bir kiraz çiçeğinin hayaletvari silüeti vardı. O arkadaş her kimse ondan gerçekten şüphelenmeye başladım. Ancak senin birçok sayfadan oluşan uzun mektubun günün en güzel hediyesiydi. Her bir cümlesi zihnime kazınsın diye mektubu tam dört kez okudum. Tabağının dibini diliyle sıyıran bir köpek gibiydim! Biliyorum, *bu* romantik bir benzetme değil ama aklıma ilk bu geldi. Öte yandan en güzel mektup bile yetmiyor. Ben artık seni görmek istiyorum. Noel tatiline beş hafta kaldığı için o kadar mutluyum ki anlatamam!"

BEŞİNCİ BÖLÜM

Bir kasım akşamıydı. Kasım ayının son demlerinde bir akşam kule penceresinin kenarında oturan Anne, dudaklarının arasındaki kalemi ve hülyalı bakışlarıyla alacakaranlığın bürüdüğü dünyaya bakarken, birden eski mezarlığa doğru bir yürüyüş yapmaya karar verdi. Akşam yürüyüşleri için genellikle huş ağaçlarıyla akçaağaçlardan oluşan koruyu ya da liman yolunu tercih ettiğinden orayı ziyaret etmeye henüz fırsatı olmamıştı. Ancak kasım ayının belirli bir döneminde ormana girmenin uygun olmadığını düşündüğü bir zaman hep yaşanırdı çünkü yaprak dökümünün ardından orman, o dünyevi ihtişamından sıyrılır ve kışın neşesinin, saflığının, beyazlığının o kutsal görkemi de henüz üzerine çökmemiş olurdu. Bu yüzden Anne koru yerine mezarlığa gitmeye karar verdi. Kendini o kadar keyifsiz ve umutsuz hissediyordu ki o an bir mezarlık bile ona neşeli bir yer olarak görünebilirdi. Ayrıca Rebecca Dew'un dediğine göre orası Pringle Ailesi'nin fertleriyle doluydu. Nesiller boyudur o mezarlığı kullanıyorlardı ve görünüşe göre "daha fazla insan almayacak hâle" gelene kadar da yeni bir mezarlığı tercih etmeyeceklerdi. Anne, mezarlık gibi artık kimseyi rahatsız edemeyecekleri bir yerde kaç tane Pringle olduğunu görmenin cesaret verici olacağını hissetti.

Pringlelar ile ilgili olarak Anne, tahammül sınırına yaklaşmak üzereydi. Durum giderek kâbusa dönüşüyordu. Jen Pringle'ın başı çektiği, kurnazca planlanmış itaatsizlik ve saygısızlık kampanyası sonunda doruğa ulaşmıştı. Geçen hafta bir gün öğrencilerden "Haftanın En Önemli Olayı" konulu bir kompozisyon yazmalarını istemişti. Jen Pringle da gerçekten zekâsını konuşturduğu bir kompozisyon yazmıştı. Ah, o küçük şeytan tam bir dâhiydi. Öğretmenine ettiği hakareti kompozisyonun içine öyle bir ustalıkla yerleştirmişti ki dikkatli bakmadan görmek de görmezden gelmek de gerçekten imkânsızdı. Anne, özür dileyene kadar bir daha okula gelmemesi gerektiğini söyleyerek onu eve yollamış, bu da savaş ateşini iyice körüklemiş ve Pringle Ailesi, Anne'e açıkça savaş ilan etmişti. Ve zavallı Anne'in kimin zafer bayrağını göğüsleyeceği konusunda hiç şüphesi yoktu. Okul yönetimi Pringle Ailesi'ni destekleyecek ve Anne'den, Jen'in geri gelmesine izin vermekle istifa etmek arasında bir seçim yapmasını isteyeceklerdi.

Anne, kendini o kadar kötü hissediyordu ki. Elinden geleni yapmıştı. Bu adil bir savaş olsaydı başarılı olacağını bile biliyordu.

"Benim suçum değil," diye düşündü biçare Anne. "Birbirine böylesine bağlı bir topluluk ve onların taktiklerine karşı kim başarılı *olabilir*?"

Öte yandan eve, Green Gables'a dönmek yenilgiyi kabul etmekti! Bayan Lynde'in öfkesine ve Pyeların küçümsemelerine maruz kalmak demekti! Arkadaşlarının onu teselli etme çabası bile sinir bozucu olacaktı. Üstelik Summerside'daki başarısızlığı etrafta duyulursa başka bir okula kabul edilmeyebilirdi.

Ama en azından oyun konusunda onu alt edememişlerdi. O günü hatırlayan Anne, biraz muzır bir ifadeyle kahkaha atarken gözleri hissettiği tatmin duygusuyla ışıldıyordu.

Bir Lise Drama Kulübü kurmuş ve evcil hayvan projelerinden biri adına biraz para toplamak için küçük bir oyun yönetmiş, odalar için bazı güzel gravürler satın almıştı. Katherine Brook genellikle bu tarz şeylere dâhil edilmediğinden Katherine'den de yardım istemişti. Ancak bu yüzden pek çok kez pişmanlık duymaktan da kendini alamamıştı çünkü Katherine her zamankinden daha sert ve alaycı bir tavır içerisindeydi. Sürekli havaya kalkan kaşlarıyla bir provanın iğneleyici sözleri olmadan tamamlanmasına nadiren izin veriyordu. Daha da kötüsü, Jen Pringle'ın İskoç Kraliçesi Mary rolünü alması konusunda ısrar eden de Katherine'di.

"Okulda bu rolü oynayacak başka kimse yok," demişti sabırsızlıkla. "Bu kişiliği yansıtacak kimse yok."

Anne'in bu konu hakkında şüpheleri vardı. Kraliçe Mary'yi, Jen'den ziyade uzun boylu, ela gözlü, kahverengi saçlı Sophy Sinclair'in daha iyi canlandıracağını düşünüyordu. Ancak Sophy kulübün üyesi bile değildi ve daha önce hiçbir oyunda rol almamıştı.

"Oyunu acemilere teslim edemeyiz. Başarısızlıkla sonuçlanacak şeylerin bir parçası olmak istemem," demişti Katherine itiraz ederek, Anne de boyun eğmişti. Jen'in oyunda kısmen iyi olduğunu da inkâr edemezdi. Oyunculuk için doğal bir yeteneğe sahip olduğu aşikârdı ve genç kız tüm kalbiyle kendini oyuna kaptırmıştı. Haftada dört akşam prova yapmışlardı ve sahnede de her şey yolunda gitmişti. Jen kendini rolüne o kadar kaptırmıştı ki oyun söz konusu olduğunda tamamen başka bir kimliğe bürünüyor, hiç aksilik yapmıyordu. Anne de bu süreçte ona karışmayarak Katherine'in koçluk yapmasına izin vermişti. Bir iki kez Jen'in yüzünde belli belirsiz sinsi bir ifade görerek şaşırsa da bunun ne anlama geldiğini tahmin edememişti.

Bir akşamüstü, provaların başlamasından hemen sonra Anne, Sophy Sinclair'i kızların giyinme odasının köşesinde ağlarken buldu. Kızcağız önce o ela gözlerini kırpıştırıp ağladığını inkâr etse de sonra kendini tutamayıp her şeyi anlattı.

"Ben aslında... Kraliçe Mary'yi oynamayı çok istiyordum," dedi gözyaşları içinde. "Ama hiç şansım olmadı. Ödeme zorunluluğu olduğundan babam kulübe katılmama asla izin vermezdi çünkü her kuruşa ihtiyacımız var. Elbette, tecrübem de yok. Kraliçe Mary'yi hep sevmişimdir. Adını söylemek bile içimi titretir. İnanamıyorum... Darnley cinayetinde onun bir payı olduğuna hiç inanmadım. Kısa bir süreliğine de olsa onun yerinde olmak ne kadar müthiş olurdu!"

Sonrasında Anne, vereceği yanıtı kendisine koruyucu meleğinin fısıldadığı sonucuna vararak, "Senin için de bir kısım yazacağım, Sophy ve seni çalıştıracağım," dedi. "Seni çalıştırmak çok keyifli olacak. Oyunu farklı yerlerde de oynamayı planladığımız için Jen'in her yere gelememe olasılığını hesaba katarak yedek bir oyuncu olması iyi olur. Ancak bunu kimseye söyleme, aramızda kalsın."

Sophy ertesi günü ezberini yapmıştı. Her öğleden sonra okul çıkışında Anne ile birlikte Rüzgârlı Kavaklar'a geliyor ve Anne'in kuledeki odasında provalarını yapıyorlardı. Sophy şen şakrak bir kız olduğundan çokça da eğleniyorlardı. Oyun belediye binasında kasım ayının son cuma günü izleyicileriyle buluşacaktı. Herkese duyurulmuş, tüm biletler tükenmişti. Anne ile Katherine her akşam gidip oyunun gösterileceği salonu hazırlıyorlardı. Bir orkestra kiralanmıştı ve sahne arasında şarkı söylemesi için tanınmış bir soprano da gelecekti. Kostüm provaları başarılıydı. Jen gerçekten mükemmeldi ve tüm oyuncu kadrosu onu yere göğe sığdıramıyordu. Öte yandan cuma sabahı gelip çattığında Jen okulda değildi ve öğleden sonra annesi Jen'in boğazının fena hâlde ağrıdığı haberini verdi. Bademcik iltihabından korkuyorlardı. Herkes çok üzgün olsa da o gece oyunda yer alması söz konusu değildi.

Şaşkınlıkla birbirine bakan Katherine ile Anne, ilk defa hiç de hoşnut olmadıkları bir durumda hemfikirlerdi.

Katherine usulca, "Ertelememiz gerekecek," dedi. "Ve bu da başarısızlık demektir. Aralık ayında yapmamız gereken çok şey var. Her zaman yılın bu zamanında bir oyun hazırlamaya kalkışmanın aptalca olduğunu düşünmüşümdür."

"Bunu ertelemeyeceğiz," dedi Anne, en az Jen'inki kadar yeşil gözleriyle. Katherine Brooke'a söylemeyecekti ama Jen Pringle'ın bademcik iltihabı geçirmediğini adı gibi biliyordu. Diğer Pringlelar'ın bu işte parmağı olsun ya da olmasın bu, oyunu mahvetmek için kasıtlı olarak yapılmış bir hamleydi çünkü oyunu düzenleyen kişi Anne Shirley'ydi.

"Ah, sen öyle diyorsan!" dedi Katherine omzunu silkerek. "Peki, ne yapmayı planlıyorsun? O kısmı okuması için birini bulmayı mı? Bu oyunu mahveder. Oyunun tamamı Mary'nin üzerine zaten!"

"Sophy Sinclair de bu rolü en az Jen kadar iyi oynayabilir. Senin sayende kostüm ona uyacak. Sen hazırladığın için kostüm sende Jen'de değil."

Oyun, o gece kalabalık bir seyirci kitlesi önünde oynandı. Mary'yi canlandırdığı için gerçekten mutlu olan Sophy... Tam anlamıyla, hatta Jen Pringle'ın asla olmayacağı kadar gerçekçi bir Mary'ydi çünkü Jen Pringle, kadife cüppeler, fırfırlar ve mücevherler içinde asla Mary'ye benzeyemezdi. Sophy'yi sade, yırtık pırtık, koyu renkli ince yün elbiseleri, şekilsiz paltosu ve eski püskü şapkalarından başka hiçbir şeyle görmemiş olan Summerside Lisesi öğrencileri, ona hayretle bakıyorlardı. Drama Kulubü'nün üyesi olması için ısrar edildi ve Anne de onun üyelik ücretini ödeyince Sophy, Summerside Lisesi'in "sayılan" öğrencilerinden biri oldu. Ancak hiç kimse, Sophy'nin kendisi bile, o geceden sonra onun yıldızlara uzanan basamakları hızla tırmanacağını ne biliyor ne de hayal edebiliyordu. Yirmi sene sonra Sophy Sinclair, Amerika'nın önde gelen kadın oyuncularından biri olacaktı. Öte yandan büyük olasılıkla daha sonra duyduğu hiçbir alkış kulağına, o gece Summerside belediye binasındaki perde kapanırken ortalığı yıkan çılgın alkışlar kadar tatlı gelmeyecekti.

Bayan James Pringle, o gece olanları anlattığında Jen o kadar üzüldü ki gözleri yeşil olmasa bile üzüntüden yeşile dönebilirdi. Rebecca Dew'un da coşkuyla dile getirdiği gibi Jen ettiğini bulmuştu. Öte yandan bu olayın nihai sonucu, Önemli Olaylar'ı içeren kompozisyondaki hakaret olmuştu.

Anne, donmuş eğrelti otlarıyla ve yosunlarla kaplı yüksek su yolunun arasında kalan derin tekerlek izleriyle dolu yol boyunca yürüyerek eski mezarlığa indi. Kasım rüzgârlarının henüz tüm yapraklarını dökmediği, aralıklarla dikilmiş ince, sivri uçlu kavak ağaçları, uzaktaki mor tepelere karşı karanlık birer kule gibi yükseliyordu. Ancak âdeta birer sarhoş gibi yan yatmış olan mezar taşlarıyla dolu eski mezarlık, hüzünlü bir karanlığa sahip uzun köknar ağaçlarıyla çevriliydi. Anne orada birilerini görmeyi beklemiyordu bu yüzden Bayan Valentine Courtaloe'yi orada görünce biraz şaşırdı. Uzun, tatlı bir burnu, ince hoş bir ağzı, zarif omuzları olan ve bir hanımefendi edasına sahip güzel bir kadındı. Anne de Summerside sakinleri gibi Bayan Valentine'i tanıyordu. Kendisi kasabanın "tek" yerel terzisiydi ve hayatta olsun ya da olmasın insanlar hakkında bilmediği pek az şey vardı. Anne kendi başına dolaşıp mezar taşlarının üzerindeki eski tuhaf yazıtları okumak ve unutulmuş âşıkların, üzerlerinde büyüyen yosunların altında kalan isimlerini çözmeye çalışmak istiyordu. Ancak Bayan Valentine genç kızın koluna girip Pringle Ailesi kadar Courtaloe Ailesi'nin fertlerinin de bulunduğu mezarlığı şereflendirmek için onunla birlikte yürümeye başladı. Bayan Valentine'in damarlarında bir damla bile Pringle kanı yoktu ve Anne'in en sevdiği öğrencisi onun yeğeniydi bu yüzden ona iyi davranmak zor değildi ancak *geçimini terzilikten kazandığını* ima etmekten kaçınması gerekiyordu. Bayan Valentine'in bu konuda hassas olduğu söyleniyordu.

"Bu akşam buraya geldiğime sevindim," dedi Bayan Valentine. "Burada ebedi istirahate çekilmiş herkesi sana anlatabilirim. Bir mezarlığı gerçekten eğlenceli bulabilmek için cesetlerin içini dışını bilmen gerektiğini her zaman söylemişimdir. Yeni mezarlıktan ziyade buraya gelmek daha çok hoşuma gidiyor. *Eski* aile fertleri burada gömülü, ancak bütün Tom, Dick ve Harry'ler yeni mezarlığa gömülüyor. Courtaloe Ailesi de şu köşede gömülü. Ah... O kadar çok kayıp verdik ki."

"Her köklü aile aynı şeyi yaşamıştır diye düşünüyorum," dedi Anne çünkü Bayan Valentine'in ondan bir şeyler duymayı beklediği ortadaydı.

"Ah, sakın bana *her* köklü ailenin bizim kadar çok kayıp verdiğini söyleme," dedi Bayan Valentine kıskanırcasına. "Ah, biz çok tükendik. Çoğumuz bir öksürükten hayatını kaybetti. Bu, benim Bessie Teyzem. Olsa olsa ancak bir aziz olurdu ama hiç şüphe yok ki kız kardeşi Cecilia Teyze'nin sohbeti çok daha ilginçti. Onu en son gördüğümde bana, 'Otur canım, otur. Bu akşam on biri on geçe bu dünyadan göçüp gideceğim ama bu son kez gerçekten iyi bir dedikodu yapmamamıza engel değil,' demişti. Garip olan şey ise Bayan Shirley, gerçekten de o gece on biri on geçe ölmüş olması. Bunu nasıl bildiğini bana söyleyebilir misin?"

Elbette Anne hiçbir şey söyleyemedi.

"Büyük büyük büyükbabam Courtaloe burada yatıyor. 1760 yılında doğmuş ve hayatını çıkrık işiyle kazanmış. Duyduğuma göre hayatı boyunca toplam bin dört yüz adet çıkrık yapmış. Bu dünyadan göçüp gittiğinde başkan şöyle dua etmiş, 'Dünyada yapılan işler kişiyi takip eder.' Bunun üzerine ihtiyar Myrom Pringle, büyük büyük büyükbabam için cennete giden yolun çıkrıklarla bezeli olacağını söylemiş. Sence bu hoş bir yorum mu, Bayan Shirley?"

Bu lafı Pringle dışında herhangi biri söylemiş olsaydı Anne, kafatasları ve kemiklerle süslenmiş bir mezar taşına bu nasıl bir zevk dercesine bakarken, "Kesinlikle hoş olduğunu düşünmüyorum," demeyebilirdi.

"Kuzenim Dora da *burada* yatıyor. Üç kere evlendi, üç kocası da aniden öldü. Zavallı Dora sağlıklı bir adamla evlenme şansını hiç elde edemedi. Son kocası Benjamin Banning, burada değil. Adam Lowvale'de *ilk* karısının yanına gömüldü. Ölmeyi hiç istememişti. Dora ona buradan çok daha güzel bir dünyaya göç edeceğini söyledi. 'Belki de, belki de,' dedi zavallı Ben, 'ama ben bu dünyanın kusurlarına da razıyım.' Altmış bir tane farklı ilaç kullanmasına rağmen yine uzun yaşadı. David Courtaloe amcanın tüm ailesi burada. Her mezarın dibinde bir gül ağacı dikili, öyle güzel açıyorlar ki! Her yaz buraya gelir, vazoya koymak için biraz toplarım. O güller ziyan mı olsun, değil mi?"

"Ben… Yani, evet."

"Zavallı kız kardeşim Harriet ise burada yatıyor," diye iç çekti Bayan Valentine. "Çok güzel saçları vardı… Seninkiler gibiyd… Ya da yok bu kadar kırmızı değildi. Dizlerine kadar uzanırdı. Hayatını kaybettiğinde nişanlıydı. Bana senin de nişanlı olduğunu söylediler. Evlenmeyi hiç istemedim ama nişanlı olmak güzel olabilirdi. Ah, tabii, böyle fırsatlarım oldu… Galiba biraz zor beğenen bir insanım ama bir Courtaloe her önüne gelenle evlenmemeli, değil mi?"

Zaten istese de evlenemezmiş gibi duruyordu.

"Frank Digby… Sumakların altındaki o köşede yatıyor… Benimle evlenmek istemişti. Onu reddettiğim için biraz pişmanlık duysam da neticede bir Digby'ydi, canım! Ardından Georgina Troop ile evlendi. Giydiği kıyafeti herkes görsün diye kiliseye biraz geç gelirdi. O kadın kıyafetlere o kadar düşkündü ki sonunda güzel mavi bir elbiseyle gömüldü. O elbiseyi bir düğünde giymesi için dikmiştim ama sonunda kendi cenazesinde giydi. Çok tatlı üç tane küçük çocuğu vardı. Kilisede önümde otururlardı, ben de onlara hep şeker verirdim. Sence kilisede çocuklara şeker vermek yanlış bir şey mi Bayan Shirley? Nane şekeri değil, gerçi olsa güzel olurdu. Nane şekerinin *dini* bir boyutu var gibi sanki, değil mi? Ah, yine de zavallı çocuklar o şekeri sevmiyor."

Courtaloe Ailesi'nin ana fertlerine ait mezarların sonuna gelince Bayan Valentine'in anıları daha da çok canlanır gibi oldu. Hakkınızda bir şey bilmesi için Courtaloe olup olmamanızın bir önemi yoktu.

"İhtiyar Bayan Russell Pringle da burada. Cennete gidip gitmediğini sık sık düşünürüm."

"Ama neden?" diye soludu Anne, biraz şaşkın bir ifadeyle.

"Birkaç ay önce vefat eden kız kardeşi Mary Ann'den oldum olası nefret etmiştir. 'Eğer Mary Ann cennetteyse ben orada olamam,' derdi. Ayrıca sözünün arkasında duran bir kadındı, canım. Tipik bir Pringle. Bir Pringle olarak doğdu ve kuzeni Russell ile evlendi. Bu da Bayan Dan Pringle… Janetta Bird. Hayatını kaybetmeseydi bir gün sonra yetmiş yaşına basacaktı. İnsanların dediğine göre kendisi yetmiş yaşına bastıktan bir gün sonra vefat etmenin yanlış bir şey olduğunu düşünürmüş çünkü Kutsal Kitap'ta öyle yazıyormuş. İnsanlar her zaman böyle saçma şeyler söylerler, değil mi? Hatta kocasına sormadan bir başına yapabildiği tek şeyin ölmek olduğunu bile söylüyorlar. Zavallı kadın, kocasının beğenmediği bir şapkayı aldığında kocası şapkaya ne yaptı, biliyor musun tatlım?"

"Hayal dâhi edemiyorum."

"Yedi!" dedi Bayan Valentine ciddi bir ifadeyle. "Tabii, küçük bir şapkaydı. Dantel ve çiçeklerden oluşuyordu, tüy de yoktu. Yine de sindirmesi zor olmuştur. Anladığım kadarıyla bir süre boyunca midesine durmadan kramp girmiş. Elbette, şapkayı yediğini görmedim ama hikâyenin doğru olduğundan her zaman emin olmuşumdur. Sence de öyle miydi?"

"Ben bir Pringle'dan her şeyi beklerim," dedi Anne acı acı.

Bayan Valentine anlayışlı bir tavırla genç kızın kolunu okşadı.

"Seni anlıyorum... Gerçekten anlıyorum. Sana davranış şekilleri gerçekten çok kötü ama Summerside *sadece* Pringlelardan oluşmuyor, Bayan Shirley."

"Bazen gerçekten öyle olduğunu düşünüyorum," dedi Anne yüzünde kederli bir gülümsemeyle.

"Hayır, öyle değil. Onlar alt ettiğini görmeyi bekleyen birçok kişi var. Ne yaparlarsa yapsınlar sakın onlara yenilme. İçlerine şeytan kaçmış olsa da birbirlerini tutan bir ailedirler. Bayan Sarah senin olduğun pozisyona kuzenlerinin gelmesini istemişti.

"Nathan Pringle ve ailesi de *burada*. Nathan her zaman karısının onu zehirlemeye çalıştığına inansa da bunu pek umursamıyor gibiydi. Hayatına heyecan kattığını söylüyordu. Bir keresinde karısının yulaf lapasına sıçanotu kattığından şüphelenmiş ve dışarı çıkıp lapayı bir domuza vermiş. Bundan üç hafta sonra domuz ölmüş ama adam ya bunun bir tesadüf ya da ölen domuzun başka bir domuz olduğunu söylemiş. Nihayet karısı kendisinden önce öldü ve Nathan Pringle arkasından tek bir şey haricinde karısının kendisine karşı çok iyi bir eş olduğunu söyledi. Bu konuda yanıldığına inanmak fazla iyimser bir tavır olsa gerek."

"'*Bayan Kinsey*'nin kutsal anısına,'" diye okudu Anne şaşkınlıkla. "Ne olağanüstü bir yazı! Başka adı var mıydı?"

"Olsaydı da kimse bilmezdi," dedi Bayan Valentine. "Nova Scotia'dan gelip kırk yıl boyunca George Pringle ve ailesi için çalıştı. Adının Bayan Kinsey olduğunu söylemişti, bu yüzden herkes onu öyle çağırırdı. Zavallı kadın aniden ölünce kimsenin onun gerçek adını bilmediği ve bilen biriyle de herhangi bir yakınlığı olmadığı anlaşıldı. Bu yüzden mezar taşına bilinen adı yazıldı. George Pringle onu güzelce defnedip mezarını yaptırdı. Sadık, çalışkan bir kadındı, onu tanımış olsan sen de Bayan Kinsey olarak doğduğuna inanırdın. James Morley Ailesi *burada* yatıyor. Ah, yaptıkları o muhteşem düğüne gitmiştim. Hediyeler, konuşmalar, çiçekler… Eve doluşan çocuklar, gülüşmeler, birbirlerine selam veren ve varlıklarının son damlasına kadar birbirlerinden nefret eden insanlar…"

"Birbirlerinden nefret eden insanlar mı?"

"Maalesef, tatlım. Herkes bunu bilir, yıllardır didişip durdular. Aslında tüm hayatları öyle geçti. Düğünden sonra kiliseden eve gidene kadar kavga edip durdular. Burada huzur içinde yan yana nasıl yattıklarını gerçekten çok merak ediyorum."

Anne bir kez daha ürperdi. Ne kadar korkunçtu… Aynı masada karşılıklı oturduğun, her gece yan yana uyuduğun, bebeklerini vaftiz ettirmek için birlikte kiliseye götürdüğün kişiden nefret etmek! Öte yandan içlerinde bir yerlerde tüm bunların başlamasına neden olan bir sevgi olmalıydı. Acaba kendisiyle Gilbert da böyle... Yok, bu tamamen saçmalık olurdu! Şu Pringle Ailesi sinirlerini bozuyordu.

"Yakışıklı John MacTabb burada gömülü. Annetta Kennedy'nin kendisini boğma sebebinin o olduğuna inanılırdı. MacTabbların hepsi yakışıklıydı ama söyledikleri hiçbir şeye inanmamalısın. Elli yıl önce denizde boğularak ölen amcaları Samuel için şurada bir mezar taşı vardı, adam sağ salim ailesine geri dönünce taşı kaldırdılar. Mezar taşını satın aldıkları adam taşı geri almayınca Bayan Samuel onu fırın taşı niyetine kullandı. Ekmek yoğurmak için o mermer taşı kullandı! O eski mezar taşının gayet iş gördüğünü söylerdi. MacTabb çocukları okula her zaman üzerinde harfler ve şekiller olan kurabiyeleri getirirdi. O kurabiyeleri bol bol dağıtırlardı ama ben bir tane bile almadım. Ben de böyleyim işte. Bay Harley Pringle da *burada* yatıyor. Bir keresinde bir seçim bahsi yüzünden Peter MacTabb'ı el arabasına koyup başında bonesiyle caddede gezdirmişti. Tüm Summerside sakinleri onları izledi... Tabii, Pringlelar hariç. *Onlar* neredeyse utançtan ölecekti. Milly Pringle burada. Bir Pringle olmasına rağmen Milly'yi çok severdim, çok tatlı, peri gibi sessiz bir kadındı. Bazen bunun gibi gecelerde o kadının mezarından çıkıp eskisi gibi dans etmesini diliyorum ama dini bütün bir insanın bu tür düşüncelere kapılmaması gerekir. Burası da Herb Pringle'ın mezarlığı. Şen şakrak Pringlelardan biriydi, her zaman karşısındaki kişiyi güldürürdü. Bir keresinde farenin teki, dua eden Meta Pringle'ın şapkasındaki çiçeklerin üzerine atlayınca kilisede kahkaha atmıştı. Bense ortada gülünecek bir şey görememiştim açıkçası. Farenin nereye gittiğini bilmiyordum bu yüzden eteklerimi hemen ayaklarımın dibine topladım ve dua bitene kadar da öyle kaldım. Ancak o dakikadan sonra bir daha da duaya odaklanamadım. Herb o kahkahayı attığında tam arkamda oturuyordu. Fareyi görmeyenler onun aklını kaçırdığını sanmıştı. Ah, adam ölmüş olsa bile kahkahası hâlâ yaşıyor sanki. Eğer hayatta olsaydı, şu Sarah'ya rağmen destek olurdu. *Burası* da Kaptan Abraham Pringle'ın anıtı, elbette."

Anıt neredeyse bütün mezarlığı kaplıyordu. Dört adet yükselen taş platform, üzerinde büyük bir mermer sütunun yükseldiği kare bir kaide oluşturuyordu. Borazan üfleyen tombul, melek şeklindeki bir çocuğun altında da tuhaf şekilli bir ayaklı vazo duruyordu.

"Ay, ne çirkin!" dedi Anne açık yüreklilikle.

"Ah, böyle mi düşünüyorsun?" diye sordu Bayan Valentine, şaşırmış görünüyordu. "Yapıldığında herkes çok beğenmişti. Borazanını üfleyen Cebrail'in tasvir edildiği düşünülüyor. Mezarlığa hoş bir dokunuş kattığına inanıyorum, tam dokuz yüz dolara mal olmuştu. Kaptan Abraham çok iyi bir adamdı. Onun bu dünyadan göçüp gitmesi çok kötü oldu. Eğer hayatta olsaydı, o aile sana böyle davranamazdı. Sarah ve Ellen'ın onunla gurur duyduklarından şüphem yok ancak onu bile biraz fazla abarttılar."

Anne mezarlığın kapısındayken dönüp arkasına baktı. Bu dingin yerde tuhaf, huzurlu bir sessizlik hâkimdi. Ay ışığının uzun parmakları siyah köknarları aydınlatarak mezar taşlarına dokunup aralarında garip gölgeler oluştursa da bu mezarlık hüznün hâkim olduğu bir yer değildi. Aslında Bayan Valentin'in anlattığı hikâyelerin ardından sanki buranın sakinleri hayata dönmüştü.

"Senin yazdığını duydum," dedi Bayan Valentine endişeli bir tavırla, yoldan aşağıya inerken. "Sana anlattığım hikâyelerden yazılarında bahsetmezsin, değil mi?"

"Yer vermeyeceğime emin olabilirsiniz," diye söz verdi Anne.

"Sence ölünün arkasından kötü konuşmak yanlış... Ya da tehlikeli midir?" diye fısıldadı Bayan Valentine endişeli bir ifadeyle.

"Öyle olduğunu sanmıyorum," dedi Anne. "Sadece biraz adaletsiz olabilir... Kendisini savunamayan birini arkasından vurmak gibi... Ancak siz kimsenin arkasından kötü konuşmadınız, Bayan Courtaloe."

"Nathan Pringle'ın karısının onu zehirlemeye çalıştığını düşündüğünden bahsettim..."

"Fakat sadece bir şüphe olduğunu da söylediniz..." Böylece Bayan Valentine sakinleşti.

ALTINCI BÖLÜM

Eve gittikten sonra, "Bu akşam mezarlığa doğru yola koyuldum," diye yazdı Anne, Gilbert'a. "Bence 'yola koyulmak' deyimi öylesine hoş ki ne zaman kullansam kendimi kaptırıyorum. Kulağa tuhaf geliyor olsa da mezarlıkta yaptığım yürüyüşten gerçekten çok hoşlandım. Bayan Courtaloe'nin hikâyeleri de oldukça eğlenceliydi.

"Hayat komediyle trajedinin karışımından ibaret, Gilbert. Beni rahatsız eden tek şey, elli yıl birlikte yaşayan ve bunca zaman birbirlerinden nefret eden çiftin hikâyesi. Bunu gerçekten yaptıklarına inanamıyorum.

"'Nefret, aşkın başka bir yüzüdür,' deyişinde olduğu gibi tüm o nefretin altında birbirlerini gerçekten sevdiklerinden eminim... Tıpkı bunca yıl seni gerçekten severken senden nefret ettiğimi düşünmem gibi... Bence ölüm bu gerçeği onlara göstermiştir. Henüz bu dünyada gözlerim hâlâ açıkken bunu öğrendiğime öyle mutluyum ki. Ayrıca bazı nezaket sahibi Pringleların olduğunu da öğrendim. Fakat elbette, hayatta değiller.

"Dün akşam su içmek için aşağıya indiğimde Kate Teyze'yi yüzünü sütle temizlerken buldum. Benden bunu Chatty Teyze'ye söylemememi istedi… Bunu aptalca bulabilirmiş. Ben de bir şey demeyeceğime söz verdim.

"Kadın bronşit hastalığını yense de Elizabeth hâlâ sütünü almak için kendi geliyor. Özellikle de Bayan Campbell bir Pringle olduğundan o küçük kıza bunun için izin veriyor olmalarına şaşırıyorum. Geçen cumartesi akşamı Elizabeth… O akşam için Betty olduğunu düşünüyorum… Eve dönerken şarkı söylüyordu. Kadın onu sundurma kapısında karşıladığında, 'O şarkıyı söylemen gereken güne daha çok var,' dediğini duydum. Adım gibi eminim, Kadın, elinden gelse Elizabeth'in şarkı söylemesini tamamen engelleyecek!

"Elizabeth akşam yeni bir elbise giymişti. Koyu şarap rengi bir elbise... Küçük kızı gerçekten çok güzel giydiriyorlar. Özlem dolu bir sesle, 'Bu gece üstümü giyerken biraz güzel göründüğümü düşündüm, Bayan Shirley ve babamın beni böyle görmesini diledim. Elbette, beni Yarın da görecek… Ama bazen o günün gelmesi çok gecikiyor. Keşke zamanı hızlandırabilseydik, Bayan Shirley,' dedi.

"Sevgilim, biraz geometri çalışmam gerekiyor. Geometri çalışmaları, Rebecca'nın tabiriyle *edebi çabalarımın* yerini almış gibi görünüyor. Şimdi de içimi ya sınıfta karşıma çözemeyeceğim bir soru çıkarsa korkusu sardı. Tabii, bir de Pringlelar ne der korkusu!

"Bu arada beni de kedileri de çok sevdiğini bildiğimden zavallı, kırık kalpli, hırpalanmış Kedi Thomas için dua etmeni rica ediyorum. Geçen gün bir fare kilerde Rebecca Dew'un ayağına çıktı, o günden beri fazlasıyla sinirli. 'O Kedi yiyip uyumaktan başka bir şey yapmıyor, fareler her yerde cirit atıyor. Bu bardağı taşıran son damlaydı,' dedikten sonra kediyi sütundan direğin oraya kadar kovaladı. Zavallı Thomas'ı kışkışlayarak en sevdiği yastıkta yatmasına bile izin vermiyor. Biliyorum çünkü onu kediyi ayağıyla kapı dışarı ederken yakaladım."

YEDİNCİ BÖLÜM

Aralık ayının güneşli, ılık bir bir cuma akşamında Anne, menüde hindinin olduğu bir akşam yemeğine katılmak için Lowvale'e gidiyordu. Wilfred Bryce'ın evi Lowvale'deydi. Orada amcasıyla birlikte yaşayan Wilfred, çekimser bir ifadeyle Anne'e okuldan sonra kilisedeki akşam yemeğine katılıp cumartesi gününü de orada geçirmesini teklif etmişti. Anne, Wilfred'in liseye devam etmesine izin vermesi için amcasını etkileyebileceğini umarak bu teklifi kabul etti. Wilfred, yeni yıldan sonra okula geri dönemeyeceğinden korkuyordu. Zeki, hırslı bir çocuktu ve Anne'in ona özel bir ilgisi vardı.

Wilfred'i mutlu etmesi dışında, Anne'in ziyaretinden pek hoşlandığı söylenemezdi. Öğrencisinin amcası ile karısı oldukça garip ve kaba bir çiftti. Cumartesi sabahı ise rüzgârlı ve karanlık bir güne uyanmış, kar şiddetli bir şekilde yağarken günü nasıl geçireceğini merak etmişti. Geç saate kadar süren ziyafetten sonra kendini yorgun ve uykusuz hissediyordu. Wilfred'in harman dövme işine yardım etmesi gerekiyordu, görünürde kitap falan da yoktu. Sonra yukarıdaki koridorun arkasında gördüğü eski, iyice hırpalanmış denizci sandığını düşündü ve Bayan Stanton'ın ricasını hatırladı. Bayan Stanton, Prince County'nin tarihini yazıyordu ve Anne'e kendisine yardımcı olabilecek eski günlükleri, belgeleri bilip bilmediğini veya bulup bulamayacağını sormuştu.

"Kullanabileceğim her şey Pringlelarda var," demişti kadın Anne'e. "Ama *onlara* soramam. Pringlelar ile Stantonların dost olmadıklarını biliyorsundur."

"Maalesef ben de onlara soramam," diye karşılık vermişti Anne.

"Ah, sormanı beklemiyordum açıkçası. Tek istediğim, diğerlerinin evini ziyarete gittiğinde gözlerini dört açman ve eski günlük, harita gibi bir şeyler bulursan ya da duyarsan benim için ödünç alman. O eski günlüklerde neler bulduğuma inanamazsın... Eskileri yeniden hayata döndüren gerçek yaşam kırıntıları... İstatistik ve soy ağaçları gibi şeyler haricinde kitabımda bu tarz bilgilere de yer vermek istiyorum."

Anne, Bayan Bryce'a eski bir kayıt defteri olup olmadığını sorunca Bayan Bryce başını iki yana salladı.

"Bildiğim kadarıyla yok. Aslında..." Birden aklına bir şey gelmiş gibi baktı. "Yukarıda ihtiyar Andy Amca'nın sandığı var. İçinde bir şeyler olabilir. Vakti zamanında ihtiyar Kaptan Abraham Pringle ile denize açılırmış. Dışarı çıkıp Duncan'a içine bakıp bakamayacağını bir sorayım."

Duncan, Anne'in sandığa istediği gibi bakabileceğini ve herhangi bir belge bulursa alabileceğini söylemişti. Öyle ya da böyle zaten içindeki her şeyi yakıp sandığı alet çantası yapmak niyetindeydi. Anne sandığa baktı ama tek bulabildiği Andy Bryce'ın seyir yıllarında tutmuş olduğunu düşündüğü eski sararmış bir günlük ya da seyir defteriydi. Anne, o fırtınalı sabahı günlüğü ilgi ve şaşkınlıkla okuyarak geçirmeye karar verdi. Andy deniz konusunda bilgiliydi ve hayranlık duyduğu Kaptan

Abraham Pringle ile birçok yolculuğa çıkmıştı. Günlük, Kaptan'ın cesareti ve becerikliliği, özellikle de Haliç'in etrafındaki bir savaşa katılma girişimi hakkında yazılan kötü hecelemeli, dil bilgisi hataları barındıran övgülerle doluydu. Görünen o ki hayranlığı, Abraham'ın farklı bir geminin kaptanı olan erkek kardeşi Myrom'a kadar uzanmıyordu.

"Myrom Pringle bu akşam buradaydı. Karısı onu kızdırınca ayağa kalkıp kadının yüzüne bir bardak su fırlattı."

"Myrom evde. Gemisi yanmış, herkes botlara binip kaçmış. Neredeyse açlıktan ölmek üzereyken sonunda kendini vuran Jonas Selkirk'ü yemeye başlamış ve *Mary G.* gelip onları kurtarana kadar bu şekilde yaşamışlar. Myrom bunu bana kendi söyledi. Kötü bir şaka gibi..."

Anne bu kısmı okuyunca ürperdi. Andy'nin zaten yeterince korkutucu olan bu acı gerçekleri duygusuz bir şekilde aktarması daha da ürkütücüydü. Günlükte Bayan Stanton'ın işine yarayacak hiçbir şey yoktu ancak Bayan Sarah ve Bayan Ellen, çok sevdikleri babasını anlattığı için bununla ilgilenmezler miydi? Bu günlüğü onlara gönderebilirdi. Nasılsa Duncan Bryce günlükle istediğini yapabileceğini söylemişti.

Hayır, yapamazdı. Neden onları memnun edecek ya da zaten yeterince şişkin olan egolarını daha da şişerecekti ki? Okuldan gitmesi için ellerinden geleni yapmışlardı ve başarılı da oluyorlardı. Onlar ve o koca aileleri Anne'i alt etmişti.

O akşam Wilfred, Anne'i, Rüzgârlı Kavaklar'a geri getirdiğinde ikisi de çok mutluydu. Anne, Wilfred'in liseyi bitirmesine izin vermesi için Duncan Bryce ile konuşmuştu.

"Bir sene Queen's'i idare edebilirim, ardından kendi kendimi eğitirim," dedi Wilfred. "Size nasıl teşekkür etsem bilemiyorum,

Bayan Shirley. Amcam başka kimseyi dinlemezdi ama sizi sevdi. Ahırda birlikte çalışırken, 'Kırmızı saçlı kadınlar benden ne isterlerse istesinler yaparım,' dedi. Ancak sizin saçınızdan bahsettiğini sanmıyorum, saçınız çok güzel. Bu tam... *Size* göre."

Anne, o gece saat ikide uykusundan uyanıp Andy Bryce'ın günlüğünü Maplehurst'e göndermeye karar verdi. Ne de olsa o iki yaşlı kadını az da olsa sevmişti. Hem ellerinde hayatlarını güzelleştirecek çok az şey kalmıştı ki o da sadece babalarıyla duydukları gururdu. Saat üçte tekrar uyandı, bu sefer de bunu yapmamaya karar vermişti. Yani sonuçta Bayan Sarah sağır taklidi yapmamış mıydı!? Saat dört olunca Anne'in kalbi yeniden yumuşadı. Sonunda günlüğü onlara göndermeye karar verdi. Acımasız olamazdı. Anne... Pyelar gibi acımasız olmaktan korkardı.

Kesin kararını veren Anne, gece uyanıp kışın ilk kar fırtınasını kuleyi saran seslerini duymanın ve ardından battaniyelere sarılıp tekrar düşler diyarına sürüklenmenin ne kadar güzel olduğunu düşünerek uzun bir uykuya daldı.

Pazartesi sabah eski günlüğü dikkatlice paketleyip küçük bir notla Bayan Sarah'ya gönderdi.

"Sevgili Bayan Pringle,

"Bu eski günlükler ilginizi çeker mi bilmiyorum. Bay Bryce bu günlüğü bana eyalet tarihini kaleme alan Bayan Stanton'a iletmem için verdi ancak ona bir faydası olacağını düşünmüyorum, bu yüzden bu günlük sizde kalsa daha iyi olur.

"Saygılarımla,

"Anne Shirley.

"Ne korkunç bir not," diye düşündü Anne, "ama onlara içimden geldiği gibi de yazamam ki... Bu günlüğü kibirli bir tavırla bana geri gönderirlerse hiç şaşırmam."

Gökyüzünün masmavi olduğu bir kış akşamı Rebecca Dew hayatının şokunu yaşadı. Maplehurst'ün at arabası kar kaplı Hayalet Yol'da ilerleyip tam kapılarının önünde durmuştu. Bayan Ellen arabadan aşağıya indi… Daha da şaşırtıcı olanı ise yıllardır evinden çıkmayan Bayan Sarah'nın da onunla beraber olmasıydı.

"Ön kapıya geliyorlar," diye soludu Rebecca Dew, paniklemişti.

"Bir Pringle başka nereye gelir ki zaten?" diye sordu Kate Teyze.

"Elbette… Elbette… Ama o kapı zor açılıyor," dedi Rebecca dehşet içinde. "O kapı sıkışıyor… Sıkıştığını biliyorsun. Geçtiğimiz yıl yaptığımız ilkbahar temizliğinden bu yana o kapıyı hiç açmadık. Ah, şimdi düşüp bayılacağım."

Ön kapı sıkışmış olsa da Rebecca Dew gücünü çaresizce son damlasına kadar kullanarak onu açtı ve Maplehurst hanımefendilerini salona alabildi.

"Neyse ki salondaki şömineyi yakmıştık," diye düşündü Rebecca Dew. "Umarım O Kedi koltukları kıllarıyla kirletmemiştir. Salonumuzdaki koltuk yüzünden Sarah Pringle'ın üstü başı kıl olsun istemeyiz…"

Rebecca Dew, böylesi bir durumun sonuçlarını hayal dahi edemiyordu. Bayan Sarah, Bayan Shirley'nin evde olup olmadığını sorunca Rebecca Dew, Anne'i kuledeki odasından çağırdı ve mutfağa geçti. Yaşlı Pringle hanımlarının Bayan Shirley'yi görmek için onca yolu neden kat ettiklerini fena hâlde merak ediyordu.

"Bu kadınları hangi rüzgâr attı ki?" diye sordu Rebecca Dew gizemli bir ses tonuyla.

Aşağıya inerken Anne'in de içi içini yiyordu. Acaba yüzlerinde küçümser bir ifadeyle günlüğü geri getirmeye mi gelmişlerdi?

Anne odaya girdiğinde ayağa kalkıp doğrudan söze giren, küçük, buruşuk ve oldukça katı biri olan Bayan Sarah oldu.

"Anlaşmaya geldik," dedi yaşlı kadın yüzünde acı dolu bir ifadeyle. "Elimizden başka bir şey gelmiyor. Zavallı Myrom Amca hakkında yazılan o dehşet verici yazının doğru olmadığını biliyorsun. Doğru olamaz, doğru olmamalı... Myrom Amca, Andy Bryce'ı öfkelendirmeye çalışmıştır. Andy her şeye inanan biriydi. Öte yandan ailemizin dışındaki herkes burada yazılanlara inanmak isteyecektir, hatta bundan hoşlanacaktır. Bunun yüzünden alay konusu olacağımızı biliyorsun. Ah, sen çok zekisin. Bunu kabul etmek zorundayız. Jen senden özür dileyecek ve terbiyeli davranacak. Ben ve Sarah Pringle bunun teminatını veriyoruz. Bu günlükte yazanları Bayan Stanton'a, hatta hiç kimseye söylemeyeceğine söz verirsen... Her şeyi yaparız. *Her şeyi...*"

Bayan Sarah mavi damarlı, küçük elindeki dantelli mendili büküp duruyor, resmen tir tir titriyordu.

Anne hem şaşkınlıktan hem de... Korkudan öylece kalakaldı. Ah, zavallı yaşlı kadınlar! Anne'in onları tehdit ettiğini düşünmüşlerdi.

"Ah, siz beni tamamen yanlış anladınız," dedi Anne, Bayan Sarah'nın titrek ellerini tutarak. "Ben... Aklınıza böyle bir şey geleceğini hayal bile edemezdim. Yani benim... Ben sadece muhteşem babanız hakkındaki bu ilginç bilgileri öğrenmek istersiniz diye düşündüm. İçindekileri birilerine göstermek de anlatmak da aklımdan bile geçmedi. Bunun bu kadar önemli olduğunu düşünemedim. Ben hayatta öyle bir şey yapmam."

Bir an kısa bir sessizlik oldu. Ardından Bayan Sarah ellerini nazikçe çekip mendiliyle gözlerini silerek koltuğa oturdu. Yaşlı kadının kırışık yüzü kızarmıştı.

"Biz... *Biz* seni yanlış anladık, hayatım. Biz... Sana çok kötü davrandık. Bizi affedebilecek misin?"

Yarım saat sonra ki Rebecca Dew o yarım saat içinde neredeyse bu dünyadan göçüp gidecekti... Bayan Pringlelar ayrıldı. Yarım saat boyunca Andy'nin günlüğü hakkında tatlı bir şekilde sohbet edip tartıştılar. Bayan Sarah ön kapıda dururken –orada kaldığı süre boyunca hiçbir şekilde işitme problemi yaşamamıştı- bir an arkasına döndü ve çantasından güzel, keskin bir el yazısıyla yazılmış bir not çıkardı.

"Ah, neredeyse unutuyordum. Uzun zaman önce Bayan MacLean'a kek tarifimizi vereceğimize dair söz vermiştim. Sakıncası yoksa bunu bizim için ona verebilir misin? Bir de terleme süresinin önemli olduğunu da ekle, lütfen, aslında zorunlu. Ellen, bonen biraz bir kulağının üstüne inmiş. Gitmeden ayarlasan iyi olur. Hazırlanırken biraz acele ettik de..."

Anne, dullarla Rebecca Dew'a, Andy Bryce'ın eski günlüğünü Maplehurst'teki kadınlara gönderdiğini ve onların da ona teşekkür etmek için geldiğini anlattı. Rebecca Dew, bunun arkasında çok daha fazlası olduğunu düşünse de bu açıklamayla yetinmeleri gerekiyordu. Eski, solmuş, tütün lekeli bir günlük, Sarah Pringle'ı Rüzgârlı Kavaklar'ın ön kapısına getirmeye yetmezdi. Bu işin içinde Bayan Shirley'nin anlattığından çok daha fazlası vardı.

"Bundan sonra o ön kapıyı günde bir kez açacağım," diye yemin etti Rebecca. "Sıkışıp kalmasın. Açana kadar kapı beni dümdüz edecekti neredeyse! Neyse, en azından elimizde kekin tarifi var. Otuz altı yumurta! O Kedi'den kurtulup tavuk beslememe izin verirseniz senede bir kez o kekten yapabiliriz."

Tam bu lafın üzerine Rebecca Dew mutfağa gitti ve ciğer istediğini bildiği hâlde kadere karşı gelerek O Kedi'ye süt verdi.

Böylece Shirley ve Pringle savaşı da bitmiş oldu. Pringle Ailesi dışında hiç kimse nedenini bilmese de Summerside halkı, Bayan Shirley'nin gizemli bir şekilde avucunun içine aldığı klanı bozguna uğrattığını anladı. Jen ertesi gün okula gelip bütün sınıfın önünde Anne'den özür diledi. Göz önünde bir öğrenci olduğundan bütün Pringle öğrencileri de onu örnek aldı. Yetişkin Pringlelara gelince, düşmanlıkları âdeta güneşin önündeki sis gibi kaybolup gitti. Artık "disiplin" ya da ev ödevi ile ilgili şikâyetler de yoktu. Kinayeler, küçümseyici tavırlar yoktu. Hepsi Anne'e gerçekten kibar davranmak için yarışıyordu. Anne olmadan ne dans ne de paten etkinlikleri düzenleniyordu. O korkunç günlük Bayan Sarah'nın kendi elleri tarafından ateşe atılıp yok edilse de hafızalar yok edilemiyordu ve Bayan Shirley'nin anlatmayı seçip seçmemekte özgür olduğu bir hikâyesi vardı. O meraklı Bayan Stanton'ın, Kaptan Myrom Pringle'ın bir yamyam olduğunu bilmesine asla gerek yoktu!

SEKİZİNCİ BÖLÜM

(Gilbert'a yazılan mektuptan bir kesit)

"Kuledeki odamdayım ve mutfaktan *Tırmanabilir miyim?* ilahisini neşeyle söyleyen Rebecca Dew'un sesi geliyor. Bu da bana papazın karısının, koroya katılmamı teklif ettiğini hatırlatıyor! Elbette, ona bunu yapmasını söyleyen Pringlelar'dı. Green Gables'ta olmayacağım için pazar günleri koroda yer alabilirim. Pringlelar bana intikam duygusuyla karışık bir dostluk eli uzattı… Ve beni tamamen kabullendiler. Ne klan ama!

"Şimdiye kadar üç Pringle Ailesi'nin düzenlediği partiye katıldım. Kötü niyetle söylemiyorum ama sanırım tüm Pringle kızları benim saç modelimi taklit ediyor. Neyse 'taklit en içten iltifattır.' Gilbert, onları gerçekten seviyorum. Önceden bir şans verselerdi onları gerçekten sevebileceğimi de biliyordum. Er ya da geç Jen'i bile sevebileceğimden şüpheleniyorum. İstediği zaman öyle büyüleyici oluyor ki ve bu da öyle olmak istediğinin bir kanıtı zaten.

"Dün gece aslanın inine girdim. Yani Evergreen'in merdivenlerini çıkıp doğruca beyaza boyalı demir vazolarla çevrili kare şeklindeki verandaya gittim ve zili çaldım. Bayan Monkman kapıya gelince ona küçük Elizabeth ile birlikte biraz yürüyüşe çıkabilir miyim diye sordum. Olumsuz yanıt alacağımı düşünüyordum ancak Kadın içeri girip Bayan Campbell ile görüştükten sonra geri geldi ve asık suratla Elizabeth'in benimle gelebileceğini ama geç saate kadar oyalanmamam gerektiğini söyledi. Bayan Campbell bile emirlerini Bayan Sarah'dan mı alıyor acaba diye merak etmedim değil.

"Elizabeth karanlık merdivenden hoplaya zıplaya aşağıya indi, kırmızı paltosu ve yeşil şapkasıyla âdeta bir peri gibi görünüyordu ve mutluluktan neredeyse dili tutulmuştu.

"'Fazlasıyla heyecanlıyım, Bayan Shirley,' diye fısıldadı, dışarı çıkar çıkmaz. 'Bugün Betty'yim… Böyle hissettiğim zamanlar hep Betty oluyorum.'"

"Dünyanın Sonuna Uzanan Yol'dan gidebildiğimiz kadar aşağıya yürüyüp geri geldik. Bu gece liman, kızıl bir gün batımının altında karanlığa bürünüyordu ve keşfedilmemiş denizlerdeki 'masalsı topraklarla' gizemli adaların hayaletleriyle doluymuş gibiydi. Ben de elinden tuttuğum küçük kız da… İkimiz de çok heyecanlıydık.

"'Bayan Shirley, eğer hızlı koşarsak gün batımını yakalar mıyız?' diye sordu küçük Elizabeth. O an aklıma Paul ve 'gün batımı diyarı' hakkındaki hikâyeleri geldi.

"'Bunu yapmamız için Yarın'ı beklemeliyiz,' dedim. 'Elizabeth bak, limanın ağzının hemen orada buluttan bir altın ada var. Haydi, orası senin Mutluluk Ada'n olsun.'

"'Aşağıda bir yerde bir ada daha var,' dedi Elizabeth, hayaller âlemine dalmış bir hâlde. 'Oranın adı da Uçan Bulut.

Sevimli bir isim, öyle değil mi? Tıpkı Yarın gibi... Pencereden bakınca bir ev görüyorum. Aslında Boston'lı bir beyefendiye ait, yazları orada kalıyor ama orası benimmiş gibi davranıyorum.'

"Evin kapısına vardığımızda, Elizabeth içeri girmeden önce eğilip onu yanağından öptüm. O gözleri asla unutamam. Gilbert, o çocuk sevgiye aç.

"Bu akşam süt içmeye geldiğinde ağlıyordu.

"'Yüzümü yıkamamı istedikleri için öpücüğünüzü silmek zorunda kaldım, Bayan Shirley,' diye hıçkırdı. 'Yüzümü hiç yıkamak istememiştim. Yıkamayacağıma *yemin* etmiştim çünkü öpücüğünüzün gitmesini istemiyordum. Bu sabah yüzümü yıkamadan okula gidebildim ama akşam olduğundan Kadın beni tutup yüzümü *ovaladı.*'

"Yüzümdeki ifadeyi bozmamaya çalıştım.

"'Tatlım, hayatın boyunca yüzünü yıkamadan yapamazsın,' dedim. 'Hem o öpücüğü de dert etme. Sütünü içmeye geldiğin akşamlarda ben seni yine öperim. Ertesi sabah yüzünü yıkasan da sorun olmaz.'

"'Bu dünyada beni gerçekten seven bir tek siz varsınız,' dedi Elizabeth. 'Benimle konuştuğunuz zaman sanki menekşeleri kokluyormuşum gibi hissediyorum.'

"Bundan daha güzel bir iltifat var mı? Öte yandan söylediği ilk cümleyi de atlayamazdım tabii.

"'Büyükannen de seni seviyor, Elizabeth,' dedim.

"'Sevmiyor. Benden nefret ediyor.'

"'Ah, seni küçük, tatlı budala. Büyükannenle Bayan Monkman yaşlılar. Yaşlı insanlar da kolayca huzursuz olup çabucak endişelenirler. Bazen onları sinirlendirebiliyor olabilirsin. Küçükken çocuklar şimdi olduğundan çok daha katı bir şekilde yetiştirilirdi. Onlar da büyüklerinden nasıl gördülerse sana o şekilde davranıyorlar.'

"Ancak içimden bir ses Elizabeth'in ikna olmadığını söylüyordu. Ne de olsa o kadınlar bu kızı *sevmiyordu* ve o da bunun farkındaydı. Sonra arkasına dönüp kapı kapalı mı diye baktı ardından şöyle dedi:

"'Büyükanne ile Kadın yaşlı zorbanın teki. Yarın geldiğinde onlardan kaçıp sonsuza kadar kurtulacağım.'

"Sanırım korkudan donup kalmamı bekliyordu. Elizabeth'in bunu sadece merak uyandırmak için söylediğinden bile şüpheleniyorum. O yüzden sadece kahkaha atıp onu yanağından öpmekle yetindim. Umarım, Martha Monkman mutfak penceresinden bunu görmüştür.

"Kulenin sol penceresinden Summerside'ı görebiliyorum. Tüm bu beyaz çatıların altında dostane bir topluluk var artık. Yani en azından Pringlelar arkadaşım olduğundan beri öyle... Orada burada çatı katlarındaki ışıklar yanıp sönüyor. Kimi bacalardan hayaleti andıran grimsi dumanlar yükseliyor. Gökyüzünde yıldızlar parıldıyor. Burası tam bir 'hayaller şehri.' Bu söz ne kadar da güzel değil mi? Ah, şu dizeleri hatırlıyor olmalısın... 'Hayaller şehrinden geçen Galahad'?*

"Öyle mutluyum ki, Gilbert. Noel'de yenik ve yıkık bir hâlde Green Gables'a dönmek zorunda kalmayacağım. Hayat... Gerçekten çok güzel!

---

* İngiliz şairi Alfred Lord Tennyson'a ait *Sir Galahad* isimli şiire gönderme. (Ed.N.)

"Tabii, Bayan Sarah'nın keki de öyle. Rebecca Dew keki yaptı ve tarife göre de tatlandırdı. Hem kat kat kahverengi kâğıda hem de kat havluya sararak üç gün dinlendirdi... Bu keki gönül rahatlığıyla tavsiye edebilirim.

"(Mükemmel kelimesinde iki tane mi 'm' oluyordu? Edebiyat mezunu olmama rağmen hâlâ bundan emin değilim. Andy'nin günlüğünü bulmadan önce Pringleların bunu anlamaması ne kadar da iyi oldu!)"

DOKUZUNCU BÖLÜM

Trix Taylor, şubat ayında bir akşam kuledeki odaya geldi. Hafiften yağan kar pencereye ufak ufak çarparken, küçük soba öfkeden kıpkırmızı kesilmiş kara bir kediye benziyordu. Trix ona sürekli içini dökerdi öyle ki Anne bir süre sonra kendini her yönden bir sır küpü olarak görmeye başlamıştı. Kendisinin nişanlı olduğu bilindiğinden, Summerside'ın genç kızları onu olası bir rakip olarak görmüyordu ve sırlarını onunla paylaşmak kendilerini iyi hissetmelerini sağlıyordu.

Trix, ertesi akşam Anne'i yemeğe davet etmek için gelmişti. Parıldayan kahverengi gözleri ve pembe yanakları olan neşeli, tombul biriydi. Yirmi yıllık hayatı ona pek zorluk yaşatmışa benzemiyor olsa da kendince sıkıntıları vardı.

"Dr. Lennox Carter bu akşam yemeğe geliyor. Özellikle bu yüzden gelmeni istiyoruz. Kendisi Redmond'ın Modern Dil Bölümü dekanı ve son derece zeki biri, bu yüzden yanımızda onunla sohbet edebilecek akıllı biri olsa iyi olur. Biliyorsun, ne ben ne de Pringlelar övünülecek bir zekaya sahibiz. Esme'ye gelince… Anne, sen de biliyorsun, Esme çok tatlıdır, zekidir ancak çok çekingendir bu yüzden Dr.Carter ortalıktayken aklını kullanamaz çünkü ona âşık. Zavallı şey. Ah, ben de Johnny'ye hayranım. Karşısında eriyip biteceğim diye çok korkuyorum!"

"Esme ile Dr. Carter nişanlı mı?"

"Henüz değil ama genç doktorun bu sefer ona teklif etmesini umuyor. Eğer niyeti bu olmasaydı dönemin ortasında kuzenini ziyaret etmek için Ada'ya gelir miydi? Umarım Esme'ye bu iyiliği yapar çünkü yapmazsa kızcağız ölür. Aramızda kalsın ama kendisi pek de onayladığım bir enişte adayı değil. Esme, onun çok titiz biri olduğunu söylüyor ve onun da bizi onaylamayacağından korkuyor. Eğer bizden hoşlanmazsa ona evlilik teklifinde bulunmayacağını düşünüyor. Eh, tahmin edersin ki bu yüzden yarın akşamki yemekte her şeyin mükemmel gitmesini istiyor. Yani aslında ben bir sorun olacağını sanmıyorum... Annem dünyanın en harika aşçısı, çok iyi bir hizmetçimiz var. Pringle'a da iyi davranması için haftalık harçlığımın yarısını verdim çünkü kendisi Dr. Carter'dan hoşlanmıyor. Onun kafa şişirdiğini söylüyor ama Esme'ye de çok düşkün. Umarım babam suratını asıp oturmaz!"

"Bundan korkman için özel bir sebep mi var?" diye sordu Anne. Summerside'daki herkes Cyrus Taylor'ın asık suratlı bir adam olduğunu bilirdi.

"Babamın ne zaman suratını asıp oturacağını bilemezsin," dedi Trix hüzünlü bir ifadeyle. "Bu akşam yeni fanila pijamasını bulamadığı için fena hâlde canı sıkkındı. Esme onu yanlış çekmeceye koymuş. Yarın akşama kadar bu durumu atlatabilir de atlatamayabilir de... Eğer atlatamazsa bütün akşam suratını çekmek zorunda kalacağız demektir. Dr. Carter da böyle bir aileye damat olarak gelmek istemeyebilir. En azından Esme böyle düşünüyor, ben de onun haklı çıkmasından korkuyorum. Anne, aslında ben Lennox Carter'ın Esme'den hoşlandığını düşünüyorum. Bence onun kendisi için 'uygun bir eş' olacağı kanaatinde ama kendince bir şeyleri aceleye getirmek istemiyor olabilir. Kuzenine, damat olarak gideceği aileyi iyi seçmesi gerektiğini söylediğini duydum. Bu konuda o kadar hassas ki en ufak bir aksilikte fikrini değiştirebilir. Hâl böyle olunca babamın asık suratlı hâlleri kesinlikle o aksiliğin ta kendisi olabilir."

"Baban Dr. Carter'ı sevmiyor mu?"

"Ah, sevmez olur mu, seviyor. Hatta Esme için uygun bir eş adayı olduğunu düşünüyor fakat babamın canı sıkkın olduğunda hiçbir şey onu düzeltemez. Pringleların sana neler hissettirdiğini düşün, Anne. İşte, tam olarak aynısı. Büyükanne Taylor bir Pringle'dı, biliyorsun. Ailece neler yaşadığımızı hayal bile edemezsin. Aslında babam George Amca gibi ortalığı ayağa kaldırmaz. Hoş George Amca'nın ailesi öfkesine aldırmıyor bile. O adam sinirlendiğinde âdeta yer yerinden oynar. Üç ev öteden kükreyişini duyabilirsin ama sonra bir kuzu gibi sessizleşir ve barışmak için evdeki herkese yeni bir elbise alır. Babamsa sinirlenince suratını asar ve yemek saatlerinde kimseye tek kelime etmez. Esme, sonuçta bunun her zaman masada alaycı şeyler söyleyen ve karısına hakaret eden kuzen Richard Taylor'ın davranışından daha iyi olduğunu söylüyor. Yine de bana kalırsa hiçbir şey babamın sessizliğinden daha ürkütücü olamaz. Bizi huzursuz ettiği için ağzımızı açmaya korkuyoruz. Elbette, kendi hâlimizdeyken o kadar da kötü olmazdı ama misafir gelince işler değişiyor. Esme ile ben, babamın hakaretvari sessizliklerini açıklamaya çalışmaktan bıktık. Zavallı kız babamın yarın akşama kadar bu pijama olayını atlatamayacağından endişeleniyor. Lennox ne düşünür, kim bilir? Bu arada senin de mavi elbiseni giymeni istiyor. Kendisine yeni bir elbise aldı çünkü Lennox mavi rengi seviyor. Babamsa nefret eder. Sen de mavi giyersen onu maruz görebilir."

"Başka bir elbise giyse daha iyi olmaz mı?"

"Noel'de babamın ona aldığı yeşil elbise haricinde böyle önemli bir yemek için giyeceği başka bir elbisesi yok. Aslında güzel bir elbise. Babam bizi güzel elbiseler içinde görmekten hoşlanır ama Esme yeşil renkler içinde pek hoş görünmüyor, yani ne kadar kötü göründüğünü tahmin bile edemezsin... Pringle, o elbiseyi giydiğinde veremin son safhasındaymış gibi göründüğünü söylüyor. Lennox Carter'ın kuzeni, Esme'ye Lennox'ın hassas biriyle asla evlenmeyeceğinden bahsetmiş. Johnny bu kadar 'titiz' olmadığı için memnunum."

"Pek, babana Johnny ile nişanlanacağını söyledin mi?" diye sordu Anne, Trix'in aşk hayatının tüm ayrıntısını biliyordu.

"Hayır," diye inledi zavallı Trix. "Bir türlü cesaretimi toplayamadım, Anne. Sert bir tepki vereceğini biliyorum. Babam Johnny varlıklı olmadığı için ondan pek hoşlanmaz. Hırdavat işine başladığında Johnny'den daha fakir olduğunu unutuyor. Elbette, yakında kendisine söylemem gerekecek... Ama Esme'nin meselesi hallolana kadar beklemek istiyorum. Bir kez öğrendikten sonra babamın haftalarca hiçbirimizle konuşmayacağını biliyorum. Annem de telaşlanacak, babamın o somurtkan hâllerine dayanamıyor artık. Babam karşısında hepimiz süt dökmüş kedi gibiyiz. Elbette, annemle Esme geri kalanlarımıza göre daha çekingen. Özellikle de Pringle'la ben daha hareketli ve atılganız. Bizi dizginleyen babam. Bazen bizi destekleyen biri olup çıkar mı diye düşünmeden edemiyorum... Ama yok maalesef, onun yüzünden felce uğramış gibi kalıyoruz, işte. Ah, tatlım, babam suratını astığı zaman o yemeğin nasıl geçeceğini tahmin bile edemezsin. Yarın akşam düzgün davranırsa diğer zamanlarda yaptığı her şey için onu affedeceğim. İstediği zaman çok uysal olabiliyor... Babam gerçekten Longfellow'un küçük kızı** gibi... 'İyi olduğunda çok, çok iyi ama kötü olduğunda korkunç.' Parti havasında olduğu zamanlara da şahit olmuşluğum vardı."

"Geçen ay size yemeğe geldiğim zaman çok iyiydi."

"Ah, dedim ya, seni seviyor. Bu yüzden senin gelmeni çok istiyoruz. Ona iyi geleceğini düşünüyoruz. Onu mutlu edecek hiçbir şeyi göz ardı etmemeye kararlıyız. Yine de keyfi olmadığında her şeyden ve herkesten nefret edebiliyor. Her neyse hoş bir portakallı muhallebi tatlısı ile harika bir akşam yemeği planladık. Annemse turta yapmamızı istedi çünkü babam hariç dünyadaki her erkeğin turtayı çok sevdiğini söyledi. 'Eminim Modern Diller Profesörü bile seviyordur,' dedi... Ama babam sevmiyor, bu yüzden yarın akşamı şansa bırakmamak gerekiyor çünkü her şey babama bağlı. Portakallı muhallebi babamın en sevdiği tatlı. Zavallı Johnny ile bana gelince, sanırım bir gün onunla kaçmam gerekecek ve babam beni asla affetmeyecek."

"Ona söyleyecek kadar cesaretli olup bütün o somurtmalarına katlanırsan, bu durumu güzellikle karşılayacağına ve aylarca süren ıstıraptan kurtulacağına inanıyorum."

---

* Amerikalı şair Henry Wadsworth Longfellow'a ait *There Was A Little Girl* (Küçük Bir Kız Vardı) isimli şiire gönderme. (E. N.)

"Babamı tanımıyorsun," dedi Trix karamsar bir ifadeyle.

"Belki de senden daha iyi tanıyorumdur. Babana farklı bir bakış açısıyla yaklaşmayı denemelisin."

"Neyi denemeliyim? Anne, tatlım, ben senin gibi üniversite mezunu değilim. Ancak liseye kadar okudum. Üniversiteye gitmeyi istemiştim ama babam kadınların yüksek öğrenim görmesini desteklemiyor."

"Demek istediğim, aynı evin içinde olup ona çok yakın olduğundan babanı anlayamıyorsun. Bir yabancı onu çok daha iyi görüp… daha iyi anlayabilir."

"Anladığım tek şey babamın… hiçbir şeyi umursamamaya karar vermişse ne olursa olsun fikrinin değiştirmeyeceği. Bu konuda fazlasıyla gururlu."

"O zaman neden gidip hiçbir şey olmamış gibi konuşmuyorsunuz?"

"Yapamayız… Donup kalıyoruz dedim ya. Eğer bu akşamki pijama meselesini atlatamazsa yarın akşam kendi gözlerinle görürsün. Bunu nasıl yapıyor bilmiyorum ama yapıyor işte. Ah, bir konuşsa o huysuzluğunu umursayacağımızı sanmıyorum. Bizi paramparça eden sessizliği. Her şey bu denli pamuk ipliğine bağlıyken yarın akşam böyle davranırsa onu asla affetmeyeceğim."

"İyi düşünelim iyi olsun, tatlım."

"Deniyorum. Ve sen de orada olursan işe yarayacağını biliyorum. Annem Katherine Brooke'u da çağırmayı düşündü ancak babam açısından pek bir yararı olmaz. Babam ondan nefret eder. *Bu* konuda onu suçlayamam. O kadına sen nasıl o kadar iyi davranıyorsun anlamış değilim."

"Onun için üzülüyorum, Trix."

"Üzülüyor musun?! İnsanlar ondan hoşlanmıyorsa onun yüzünden. Ah, nasılsa bu dünyada her türden insan var ama Summerside, Katherine Brooke'tan özellikle hoşlanmaz. Asık suratlı kedi!"

"O kadın muhteşem bir öğretmen, Trix."

"Bilmez miyim? Ben onun sınıfındaydım. Dersteki bilgileri kafama vura vura öğretirdi. O iğneleyici laflarıyla etlerimi kemiklerimden ayırırdı resmen. Bir de o giyinme şekli yok mu! Babam kötü giyinmiş bir kadına asla dayanamaz. Pasaklı insanlara katlanamadığını ve Tanrı'nın da onlardan hoşlanmadığını söyler. Ah, Anne, eğer bunu sana anlattığımı annem bilseydi dehşete düşerdi. Bir erkek olduğu için annem babamı hoş görüyor. Keşke hoş göreceğimiz tek şey bu olsa! Zavallı Johnny, babam ona karşı çok sert davrandığı için artık eve gelmeye çekinir oldu. Havanın güzel olduğu geceler dışarı çıkıp soğuktan donmuş bir hâlde meydanda geziyoruz, ne yapalım…"

Trix sonunda gittiğinde Anne rahat bir nefes aldı ve Rebecca Dew'dan biraz atıştırmalık almak için aşağıya indi.

"Akşam yemeği için Taylorlara mı gideceksin? Umarım, şu ihtiyar Cyrus'ın huysuzluğu üstünde olmaz. Ailesi o ihtiyarın surat asmalarından bu kadar korkmasaydı o da bunu aklına estikçe yapmazdı, eminim. Bak sana söyleyeyim, Bayan Shirley, o ihtiyar surat asmaktan *keyif alıyor*. Neyse gideyim de O Kedi'nin sütünü ısıtayım. Şımarık hayvan!"

ONUNCU BÖLÜM

Anne ertesi akşam Cyrus Taylor'ın evine vardığında daha kapıdan içeri adımını atar atmaz gergin havayı hissetmişti. Şık görünümlü bir hizmetçi onu misafir odasına yönlendirdi. Anne merdiveni çıkarken Bayan Cyrus Taylor'ın bir hışımla yemek odasından çıkıp mutfağa gittiğini gördü. Bayan Cyrus her ne kadar yıpranmış ve solgun olsa da hâlâ hoş görünen yüzünden süzülen gözyaşlarını siliyordu. Cyrus'ın pijama olayını atlatamadığı gayet net bir şekilde anlaşılıyordu.

Trix üzgün bir ifadeyle odaya gelip gerginlikle konuşmaya başlayınca Anne'in tahmini doğrulanmış oldu.

"Ah, Anne, babamın keyfi hiç yerinde değil. Sabah uyandığında son derece neşeliydi, onu öyle görünce biz de heveslendik ama öğleden sonra Hugh Pringle, babamı dama oyununda yenince babam oyundaki başarısızlığını *atlatamadı*. Böyle bir şeyin olması da bugünü bulacaktı, tabii. Esme'yi aynada kendine bakarken görünce hemen odasından çıkıp kapıyı da kızcağızın üzerine kilitledi. Zavallı kız, tek yaptığı Doktor Lennox Carter'ı etkileyecek kadar hoş olup olmadığından emin olmak için aynaya bakmaktı. İnci kolyesini boynuna takma fırsatı bile olmadı. Bir de benim hâlime bak. Buklelerimi yapamadım. Babam saçların sarılmasından nefret ediyor, doğal durmuyormuş. Bir ucubeden farkım yok. Konu ben değilim tabii. Durumun ne kadar vahim olduğunu sana göstermeye çalışıyorum. Babam, annemin yemek odasındaki masaya koyduğu çiçekleri de attı. Zavallı kadın onları toplayacağım diye ne zahmet çekmişti. Sonra lal taşından yapılma küpelerini takmasına izin vermedi. Geçen baharda batıdan gelip de annemin salona onun istediği dut rengi yerine kırmızı perde astığını gördüğü günden bu yana babam bu kadar kötü olmamıştı. Ah, Anne, babam konuşmasa bile ne olur sen hiç susma. Yoksa bu yemek hiç çekilmeyecek."

"Elimden geleni yaparım," diye söz verdi Anne, hayatında ilk kez kelimelerinin tükendiğini hissediyordu. Öte yandan daha önce böyle bir durumla da hiç karşılaşmamıştı.

Bir süre sonra herkes yemek masasının etrafında toplanmıştı. Çiçeklerin yokluğuna rağmen özenli bir şekilde hazırlanmış olduğu belli olan bir masaydı. Gri ipek elbisesi içinde oldukça şık görünen Bayan Cyrus'ın yüzü, üstündeki elbiseden daha da gri görünüyordu. Ailenin en güzel kızı Esme… Beyaz teni… Açık sarı saçları, açık pembe dudakları, unutmabeni çiçeği rengindeki gözleri… Ancak o an her zamankinden daha beyaz görünüyordu, sanki bayılacaktı. On dört yaşındaki neşeli, hafif tombul, yuvarlak gözlü, gözlüklü, sarı saçlı Pringle da âdeta kulübesine bağlanmış bir köpek gibiydi. Trix ise ürkek bir öğrenciyi andırıyordu.

İnkâr edilemeyecek kadar yakışıklı, hoş görünümlü, siyah saçlı, parlak koyu renkli gözleri ve gümüş çerçeveli bir gözlüğü olan ancak Redmond'da Yardımcı Doçent olduğu günlerde

Anne'in oldukça sıkıcı olduğunu düşündüğü doktor ise huzursuz görünüyordu. Yolunda gitmeyen bir şeyler olduğunun farkındaydı. Neticede ev sahibi masanın başına geçip tek kelime dahi etmeden sandalyesine oturunca bu düşünceye kapılmamak elde değildi.

Cyrus yemeğe başlarken dua etme inceliğini göstermedi. Yüzü pancar gibi kızaran Bayan Cyrus, neredeyse fısıldayarak, "Yüce Tanrım, verdiğin tüm nimetler için sana şükürler olsun," dedi. Son derece gergin olan Esme de çatalını yere düşürünce yemek pek de iyi başlamadı. Cyrus hariç herkes âdeta bir yay gibi gergin olduğundan hepsi oturduğu yerden sıçramıştı. Cyrus, mavi gözlerini iri iri açarak sessiz bir öfkeyle Esme'ye baktı. Ardından bakışlarını misafirlere çevirdi, herkes bir an öylece kalakalmıştı. Çok geçmeden bakışlarındaki öfkeyi, tabağına biraz yaban turpu alan Bayan Cyrus'a yöneltti, midesinden rahatsız olduğunu zavallı kadına hatırlatmak istermiş gibi bir hâli vardı. O yemeği çok sevmesine ve midesine dokunmayacağına inanmasına rağmen kadıncağız kocasının bakışlarından sonra yemeye devam edemedi. Durum böyle olunca ne Bayan Cyrus ne de Esme ağzına bir lokma koyabildi. Sadece yemek yiyormuş gibi yaptılar. Yemek sessiz sakin devam ederken Trix ile Anne arada sırada sohbet ediyorlardı. Trix, konuşması için Anne'e gözleriyle işaret etse de Anne konuşacak tek bir konu bile bulamıyordu. Konuşmak *zorunda* olduğunu hissetmesine rağmen aklına saçma sapan şeyler geliyordu. Hiçbiri de yüksek sesle dile getirmeye uygun değildi. Herkes büyülenmiş gibiydi. Asık suratlı, inatçı bir adamın üzerlerinde böyle bir etki bırakabilmesi gerçekten ilginçti. Anne bunun mümkün olduğuna inanamıyordu. Dahası bu yaşlı adamın, masa başındaki herkesi bu denli korkuttuğu için içten içe mutlu olduğuna şüphe yoktu. Gerçekten aklından neler geçiyordu ki? Biri iğne batırsa yerinden sıçrar mıydı? Her ne kadar saçı başı ağarmış olsa da Anne karşısındaki bu adamı tokatlamamak, şımarık bir çocukmuş gibi bir köşede ayakta bekletmemek için kendini zor tutuyordu.

Hepsinden öte onunla *sohbet etmek* istiyor çünkü içgüdüsel olarak dünyadaki hiçbir şeyin bu adamı, yapmamaya kararlı olduğu hâlde konuşmasını sağlamak kadar cezalandırmayacağını hissediyordu.

Anne bir an ayağa kalkıp köşedeki masanın üzerinde duran o kocaman, iğrenç, eski moda vazoyu kasıtlı olarak kırdığını hayal etti. Temizlenmesi zor olsa da tertemiz tutulması gereken gül ve yaprak çelenkleriyle kaplı süslü bir vazoydu. Anne tüm ailenin o vazodan nefret ettiğini biliyordu ancak annesinden kaldığı için Cyrus Taylor onun çatıya kaldırılması lafına bile dayanamıyordu. Anne, Cyrus'ın konuşmasını sağlayacak bir öfke patlaması yaşayacağını bilse bunu gerçekten korkusuzca yapardı.

Neden Lennox Carter konuşmuyordu? O konuşsa Anne de konuşacaktı, hatta Trix'le Pringle bile onları saran bu büyüden kurtulup muhtemelen sohbete dâhil olabilecekti. Fakat orada öylece oturup sessiz sessiz yemeğini yiyordu. Belki de yapılacak en iyi şeyin bu olduğunu düşünüyordu… Belki de kız arkadaşının zaten öfkeli olduğu belli olan babasını daha da kızdıracak bir şey söylemekten çekiniyordu.

"Lütfen, turşunun tadına bakın, Bayan Shirley," dedi Bayan Taylor belli belirsiz duyulan bir sesle.

O an Anne'in zihninde âdeta bir şimşek çaktı. Turşulardan yemeye başladığı sırada aklına bir şey daha gelmişti… Hiç düşünmeden öne doğru eğilip o parlak gri-yeşil gözleriyle şöyle dedi:

"Doktor Carter, Bay Taylor'ın geçen hafta aniden sağır olduğunu duymak sizi şaşırtmıştır diye düşünüyorum?"

Anne bombayı ortaya atıp geri çekildi. Böyle yaparak ne beklediğini ya da umduğunu tam olarak bilemiyordu. Dr. Carter, ev sahibinin huysuzluğundan ziyade sağır olduğu için sessiz kaldığından emin olursa belki dili çözülürdü. Anne yalan *söylememişti*… Yani en azından Cyrus Taylor'ın gerçekten sağır olduğunu *belirtmemişti*. Cyrus Taylor'a gelince, Anne onun konuşmasını beklediyse de yanılmıştı çünkü adam ona öfkeli gözlerle bakmakla yetinmişti.

Ancak Anne'in bu yorumunun, Trix ile Pringle üzerindeki etkisi hayal dahi edilemezdi. Trix öfkelenmiş görünüyordu. Anne bombasını patlatmadan önce Esme'nin hüzün dolu mavi gözlerinden bir damla gözyaşının süzüldüğünü görmüştü. Her şey kötüye gidiyordu. Lennox Carter hiçbir zaman Esme'ye evlenme teklifinde bulunmayacaktı. Bu yüzden kimin ne söylediğinin bir önemi yoktu. Trix aniden acımasız babasıyla yüzleşmek için yanıp tutuşmaya başlamış gibiydi. Anne'in konuşması ona garip bir ilham vermiş, bir şey olsa da muzırlık yapsam diye bekleyen Pringle da bir an için beyaz kirpiklerini kırpıştırarak ona destek çıkmıştı. Anne, Esme ya da Bayan Cyrus sonraki bir saatin ilk on beş dakikasının dehşetini hayatları boyunca unutmayacaktı.

"Ah, zavallı babacığım, çok acıklı bir durum gerçekten," dedi Trix, masanın karşısında oturan Dr. Carter'a. "Daha altmış sekiz yaşında."

Cyrus Taylor, yaşının olduğundan altı yaş fazla söylendiğini duyunca öfkeyle derin bir nefes alsa da sessizliğini bozmadı.

"Lezzetli bir sofraya oturmak ne müthiş," dedi Pringle, açık ve net bir şekilde. "Dr. Carter, ailesini meyve ve yumurta ile... Sadece meyve ve yumurta ile besleyen bir adam hakkında ne düşünürsünüz? Merak ettim sadece..."

"Yoksa babanız..." dedi Dr. Carter, yüzünde şaşkın bir ifadeyle.

"Sırf karısı onun sevmediği perdeleri astı diye onu ısıran bir koca hakkında ne düşünürsünüz? Gerçekten ısırmaktan bahsediyorum?" diye diretti Trix.

"Hem de kan çıkana kadar," diye ekledi Pringle.

"Siz babanızın bunları yaptığını mı...?"

"Sırf dikişleri hoşuna gitmedi diye karısının ipek elbisesini kesen bir adam hakkında ne düşünürsünüz?" dedi Trix.

"Ya karısının bir köpek sahiplenmesine izin vermeyen bir adam hakkında ne düşünürsünüz?"

"Ki karısı bir köpeği olsun diye yanıp tutuşurken..." diye iç çekti Trix.

"Peki, Noel hediyesi olarak karısına sadece ve sadece bir çift patik hediye eden bir adam hakkında ne düşünürsünüz?" diye devam etti Pringle, bu durum çok hoşuna gitmişti.

"Bir çift patik bir kalbi ısıtmaya yetmez," dedi Dr. Carter. Ardından Anne'e bakıp gülümsedi. Anne daha önce onu hiç gülerken görmediğini fark etti. Gülmek bu adama yakışıyordu.

Trix neler diyordu böyle? Bu kız şeytana pabucunu ters giydirirdi.

"Dr. Carter, sırf rosto kötü olduğu için yemeği hizmetçiye fırlatan bir adamla yaşamanın ne kadar korkunç olabileceğini hayal edebiliyor musunuz?"

Dr. Carter, sanki Cyrus'ın tavuk kemiklerini birilerine fırlatmasından korkuyormuş gibi çekimser bir ifadeyle yaşlı adama baktı. Sonra birden ev sahibinin sağır olduğunu hatırlayarak rahatladı.

"Ya dünyanın düz olduğuna inanan bir adamı düşünebiliyor musunuz?" diye sordu Pringle.

Anne, Cyrus'ın artık konuşacağını düşünüyordu. O kırmızı suratında bir dehşet ifadesi belirdi ancak yaşlı adam hiçbir şey söylemedi. Öte yandan Anne adamın bıyık altından güldüğüne de emindi.

"Teyzesinin... Biricik teyzesinin... Düşkünlerevine gitmesine izin veren bir adam hakkında ne düşünürsünüz?" diye sordu Trix.

"Ve ineğini mezarlıkta otlatan bir adam hakkında da elbette?" dedi Pringle. "Ah, o görüntü tüm Summerside'ın hafızasında tazeliğini koruyor."

"Her akşam ne yediğini günlüğüne yazan bir adam hakkında ne düşünürsünüz?" diye sordu Trix.

"Büyük Pepy de böyle yapardı," dedi Dr. Carter yeniden gülümseyerek. Sesi kahkaha atmak istiyormuş gibi çıkmıştı. Belki de o kadar da kendini beğenmiş biri değildir, diye düşündü Anne... Sadece genç, utangaç ve aşırı ciddi... Yine de kendini çok kötü hissediyordu. İşlerin bu kadar ileriye gideceğini tahmin etmemişti. Bir şeyi başlatmak bitirmekten daha kolaydı gerçekten. Trix ile Pringle gerçekten çok zekilerdi. Bahsettikleri şeylerden tek bir tanesini bile babalarının yaptığını söylememişlerdi. Anne, Pringle'ın iri, yuvarlak gözlerindeki en masum ifadeyle, "Ben Dr. Carter'a tamamen bilgi amaçlı soru sordum," diyeceğini tahmin edebiliyordu.

"Karısının mektuplarını açıp okuyan bir adam hakkında ne düşünürsünüz?" diye sordu Trix, hâlâ devam ediyordu.

"Öz babasının cenazesine iş elbisesiyle gelen bir adam hakkında ne düşünürsünüz?" diye ekledi Pringle.

Bu daha ne kadar böyle devam edecekti? Bayan Cyrus ağlamaya başlamıştı ve Esme ise üzüntüden konuşamıyordu bile. Artık hiçbir şeyin önemi kalmamış gibiydi, döndü ve artık sonsuza kadar kaybettiği Dr. Carter'a baktı. Ardından belki de hayatı boyunca kurduğu en zekice cümleyi dile getirdi:

"Peki, sırf zavallı bir kedinin yavruları ölmesin diye tüm gününü avlanarak geçiren bir adam hakkında ne düşünürsünüz?"

Bir anda oda sessizleşti. Trix ile Pringle utangaç bir ifadeyle birbirlerine baktılar. O sırada Bayan Cyrus, Esme'nin babasına verdiği bu beklenmedik desteğe arka çıkmanın bir eşin görevi olduğunu hissetti.

"Üstelik çok da güzel tığ işi yapar… Geçen kış bel ağrısı yüzünden yattığı zaman oturma masası için çok güzel bir örtü yaptı."

Herkesin bir tahammül noktası olduğu gibi elbette Cyrus Taylor'ın da vardı. Yaşlı adam öfkeli bir tavırla ayağa kalkarak sandalyesini geriye doğru itince, sandalye vazonun durduğu masaya çarptı. Masa düştü ve vazo da parçalara ayrıldı. Gür beyaz kaşlarını çatan Cyrus, sonunda patladı.

"Ben tığ işi falan yapmadım, hanım! Lanet bir bardakaltı bir adamın şanını sonsuza dek lekeleyebilir mi? Geçen sene belimin ağrısından ne yaptığımı biliyor muydum ben? Bayan Shirley, ayrıca ben sağır mıyım?"

"Sana sağır olduğunu söylemedi ki, baba," dedi Trix, artık babası konuşmaya başladığı için korkusu da yatışmıştı.

"Ah, tabii canım, hiç der mi? Kimse bir şey demedi zaten. Sen altmış iki yaşında olmama rağmen altmış sekiz yaşında olduğumu söylemedin. *Sen* de bir köpek almadığımı söylemedin! İstesen yüzlerce köpek alabileceğini biliyorsun, be kadın! Ne zaman seni istediğin bir şeyden mahrum bıraktım? He, ne zaman?"

"Hiçbir zaman, hayatım," dedi Bayan Cyrus hıçkırarak. "Hem ben hiç köpek istemedim ki… Bir köpek almayı düşünmedim bile."

"Ne zaman mektuplarını okudum ben? Hem günlük tuttuğum da nerede görülmüş? Günlükmüş! Bu zamana kadar kimin cenazesine iş elbisesiyle gitmişim? Ne zaman bir ineği mezarlıkta otlatmışım? Hangi teyzem düşkünlerevinde kalıyormuş? Kime rosto fırlatmışım? Kimi meyve ve yumurtayla beslenmeye zorlamışım?"

"Hiçbirini yapmadın, hayatım," diye ağlıyordu Bayan Cyrus. "Sen hep yüce gönüllü oldun. Elinden geleni yaptın."

"Geçen Noel'de sen benden patik *istemedin* mi?"

"Evet, istedim. Tüm kış boyunca da ayaklarım sıcacıktı."

"Ee, daha ne o zaman?!" Cyrus zafer kazanmış gibi bir ifadeyle odaya göz gezdirdikten sonra gözlerini Anne'e dikti. O an beklenmedik bir şey oldu ve Cyrus kıkırdadı. Yanaklarında gamzeler açtı. O gamzeler bu huysuz ihtiyarın tüm çehresini değiştirmişti. Sandalyesini yeniden masaya çekip oturdu.

"Canım sıkkın olunca böyle surat asmak gibi kötü bir huyum var, Dr. Carter. Herkesin bir kusuru vardır. Benimki de bu işte. Tek kusur... Hanım, haydi tamam, ağlama! Tığ işi konusundaki sözlerin dışında işittiğim her şeyi hak ettiğimi itiraf ediyorum. Esme, kızım, benim arkamda duran tek kişinin sen olduğunu unutmayacağım. Maggie'ye söyle de gelip şuraları toplasın. Bu vazodan kurtulduğunuz için sevindiğinizi biliyorum. Haydi, tatlı yiyelim!"

Anne, korkunç başlayan bir akşamın böylesine harika bir şekilde sonlanacağına inanmıyordu. O akşam kimse Cyrus'tan daha güler yüzlü ya da daha iyi bir ev sahibi olamazdı. Üstelik belli ki o güzel akşamın etkileri sonrasında da devam etmişti çünkü Trix birkaç gün sonra geldiğinde, Anne'e babasına Johnny'den bahsedecek cesareti topladığını söyledi.

"Düşündüğün kadar ürkütücü müydü, Trix?"

"Aslında... Değildi," diye kabullendi Trix, utangaç bir ifadeyle. "Sadece homurdandı ve iki senedir ortalarda dolanıp herkesten uzak duran Johnny'nin sadede gelmesinin zamanının geldiğini söyledi. Bilirsin Anne, somurtmak konusunda babamın üzerine yoktur ama bu son olaydan sonra artık somurtacağını sanmıyorum."

"O senin hak ettiğinden çok daha iyi bir baba," dedi Anne, Rebecca Dew'unkine benzer bir tavırla. "O akşam yemekte fazla ileri gittin, Trix."

"Ama sen başlattın," diye karşılık verdi Trix. "Eh, Pringle da yardım etti. Yine de sonu güzel bitti. Tanrı'ya şükür, o çirkin vazonun tozunu bir daha almak zorunda kalmayacağım."

ON BİRİNCİ BÖLÜM

(İki hafta sonra Gilbert'a yazılan mektuptan alıntı.)

"Esme Taylor ile Dr. Lennox Carter'ın nişanı duyuruldu. Kasabalılardan duyduğum dedikodulara bakılırsa, bizim meşhur doktorumuz o korkunç cuma akşamından sonra genç kızı korumak, babasından, ailesinden ve hatta arkadaşlarından kurtarmak istemiş olmalı! Zavallı kızın o hâli, genç adamın şövalyelik duygularını kabartmış olsa gerek. Trix, hepsinin benim sayemde olduğu konusunda ısrarcı ama ben bir daha böyle bir deneyim yaşamak istemiyorum. Bu, tıpkı şimşeği ellerimle tutmak gibi bir şeydi…

"Bana ne oldu bilmiyorum, Gilbert. Pringle Ailesi yüzünden yaşadığım tatsız olaylardan kaynaklanıyor olmalı. Aslına bakarsan köprünün altından çok sular akmış gibi hissediyorum. Olanları neredeyse unuttum ama insanlar hâlâ bunu konuşuyor. Bayan Valentine Courtaloe'nin, Pringle Ailesi'ni yenmeme pek şaşırmadığını çünkü "kendime has bir tarzım" olduğunu söylediğini duydum. Papazın eşi de ettiği duanın kabul olduğunu söylüyormuş. Kim bilir, belki de öyledir…

"Dün okul çıkışı eve giden yolun bir kısmını Jen Pringle ile yürüdüm. Gemilerden, ayakkabılardan ve mühür mumundan konuştuk. Kısacası geometri hariç her şey hakkında sohbet ettik. Bu konudan pek bahsetmiyoruz. Jen, geometriden pek anlamadığımı biliyor ama Kaptan Myrom hakkında bildiklerim bu durumu dengeliyor. Jen'e, Foxe'un *Şehitler Kitabı*'nı ödünç verdim. Verdiğim şekilde geri alamadığım için sevdiğim bir kitabı ödünç vermekten nefret ediyorum. Ve Bayan Allan bir sene önceki Pazar Okulu ödüllerinde bana o kitabı verdiği için Foxe'un Şehitler Kitabı'nı çok seviyorum. Şehitler hakkında bir şeyleri okumayı çok sevmem aslında çünkü utandığımı hissediyorum. Buz gibi havada yataktan kalkıp dişçiye gitmek zorunda kaldığım günlerden nefret ettiğimi söylemekten utanıyorum!

"Her neyse, Esme ile Trix artık mutlu olduğu için seviniyorum. Benim küçük aşk hikâyem çiçek açtığından artık başkalarınınkiyle ilgileniyorum. Bilirsin, bu gerçekten hoş bir ilgi alanı. İçinde herhangi bir merak ya da kıskançlık barındırmıyor, sadece mutlu olan insanları gördükçe sen de mutlu oluyorsun, o kadar.

"Hâlâ şubat ayında olduğumuzdan manastırın çatısındaki karlar ay ışığında elmas gibi ışıldıyor. Sadece manastırınki de değil, Bay Hamilton'ın ahırının çatısı da ışıldıyor ama benim tek düşündüğüm, bahara birkaç hafta, yaza ve tatile ise birkaç haftadan fazla kalması... Green Gables'ı, Avonlea çayırlarını ısıtan gün ışığını görmeme daha çok var. Şafak vakti gümüş pırıltılar saçan, öğlen saatlerinde safirc dönen ve gün batımında kızıla çalan o gölü ve elbette *seni* görmeme daha çok var.

"Küçük Elizabeth ile birlikte bahar için o kadar çok plan yapıyoruz ki... Çok iyi arkadaş olduk. Her akşam ona süt götürüyorum, arada bir de birlikte yürüyüş yapmamıza izin veriliyor. Doğum günlerimizin aynı gün olduğunu keşfettik. Heyecandan yüzü gül kırmızısına döndü. Yüzü kızardığı zaman öyle tatlı oluyor ki… Genelde teni hep soluk, taze süt bile işe yaramıyor. Sadece alacakaranlıkta, akşam esintisi eve dönerken bize eşlik ettiğinde o küçük yanakları gül rengini alıyor. Bir keresinde bana cesur bir ifadeyle, 'Büyüyünce her akşam yüzümü sütle yıkarsam benim de sizinki gibi kremaya benzeyen bir tenim olur mu, Bayan Shirley?' diye sordu. Anladığım kadarıyla süt, Hayalet Yol'da sıkça tercih edilen bir güzellik ürünü. Rebecca Dew'un da süt kullandığını fark ettim. Bu konudan bizim dullara bahsetmemem konusunda beni uyardı çünkü onun yaşında biri için gereksiz buluyorlarmış. Rüzgârlı Kavaklar'da tutmam gereken sırlar boyumu aşmaya başladı! Ben de burnumu şu sütle temizlesem çillerim yok olur mu acaba diye merak ediyorum. Bu arada bayım sizce de tenim krema gibi mi? Eğer öyleyse bana bundan hiç bahsetmediniz. Ayrıca 'nispeten güzel' olduğumu da fark ettiniz mi? Çünkü ben öyle olduğumu fark ettim…

"'Güzel olmak nasıl bir duygu, Bayan Shirley?' diye sordu Rebecca Dew geçen gün. Üzerimde yeni aldığım kurabiye rengindeki pamuklu elbisem vardı.

"'Bunu genelde ben de merak ediyorum,' diye yanıt verdim.

"'Ama *sen* güzelsin,' diye karşı çıktı Rebecca Dew.

"'Senin benimle dalga geçeceğini hiç düşünmemiştim,' dedim gücenmiş bir ifadeyle.

"'Dalga geçmek niyetinde değildim, Bayan Shirley. Sen güzelsin... Nispeten.'

"'Ah, nispeten mi?!'

"'Şu aynaya bak,' dedi Rebecca Dew, aynayı işaret ederek. '*Bana* nazaran güzelsin.'

"Doğru, öyleydim!

"Neyse, Elizabeth ile ilgili anlatacaklarım henüz bitmedi. Rüzgârın Hayalet Yol'da esip gürlediği fırtınalı bir akşamda yürüyüşe çıkmak yerine benim odama gelip bir masal diyarının haritasını çizdik. Elizabeth alçakta kalmamak için benim mavi renkli yuvarlak minderimde oturuyordu. Haritaya doğru eğilirken masallardaki o ciddi ifadeli küçük cüceleri andırıyordu.

"Haritamız henüz tamamlanmadı. Her gün haritamıza yeni bir şeyler ekliyoruz. Geçen akşam Kar Cadısı'nın evini ekledik ve bir tepe çizdik, hemen arkasını da çiçek açmış yabani kiraz ağaçlarıyla süsledik. (Bu arada gelecekteki evimizde yabani kiraz ağaçlarımız olsun istiyorum, Gilbert.) Elbette, haritamıza bir Yarın da ekledik. Bugün'ün doğusunda ve Dün'ün batısında kalıyor. Ayrıca masal diyarımızda *zamanın* ucu bucağı yok. Bahar vakti, uzun zaman, kısa zaman, yeni ay zamanı, iyi geceler zamanı, gelecek sefer... Ancak son kez diye bir kavramımız yok çünkü bir masal diyarı için bu biraz fazla hüzünlü. Eski zaman, yeni zaman... Çünkü eski zaman varsa yeni zaman neden olmasın? Dağ zamanı... Bu da kulağa oldukça ilginç geliyor. Gece zamanı, gündüz zamanı. Fakat yatma zamanı ya da okul zamanı diye bir kavramımız da yok. Noel zamanı... Sadece zaman diye bir kelimemiz de yok çünkü o da hüzün taşıyor. Fakat kayıp zaman kavramı var çünkü onu bulmak zevkli olur.

Bir süre, iyi zaman, hızlı zaman, yavaş zaman, öpücük zamanı, eve gitme zamanı ve kadim zaman… Bu ne muhteşem bir ifade. Haritamızda her yere farklı *zamanları* gösteren küçük kırmızı oklar çizdik. Rebecca Dew'un beni çocuksu bulduğunun farkındayım. Ama ah, Gilbert, lütfen asla masal diyarlarını unutacak kadar yaşlı ve bilge olmayalım.

"Eminim Rebecca Dew, Elizabeth'in hayatını olumlu anlamda etkilediğimi düşünmüyordur. O küçük kızı fazla 'hayalperest' olması konusunda cesaretlendiriyormuşum. Bir akşam ben evde yokken sütü ona Rebecca Dew götürdü, Elizabeth kapıda beklerken gökyüzüne öyle dikkatli bakıyormuş ki Rebecca yerine sanki perilerin ayak seslerini duyuyor gibiymiş.

"'Dinliyordum, Rebecca,' demiş Elizabeth.

"'Fazla dinliyorsun,' diye yanıt vermiş Rebecca hiç onaylamayan bir tavırla.

"Elizabeth hayaller âlemindeymişçesine gülümsemiş. (Rebecca Dew bu sözleri sarf etmedi ama ben Elizabeth'in nasıl gülümsediğini hayal edebiliyorum.)

"'Ne duyduğumu bilseydin şaşırırdın, Rebecca,' diye yanıt vermiş Elizabeth, bu cevabı Rebecca'yı biraz ürkütmüş.

"Ama Elizabeth gerçekten de masal diyarlarından kopup gelmiş gibi… Ne yapabilir ki?

"Biricik Anne'in…

"Not 1: Karısı tığ işi yaptığından bahsettiğinde Cyrus Taylor'ın yüzünün aldığı şekli hayatım boyunca unutmayacağım. Fakat o zavallı yavru kediler için avlandığından o adamı hep seveceğim. Yıkılan umutlarına rağmen babasının arkasında duran Esme'yi de tebrik ediyorum.

"Not 2: Bu arada yeni bir kalem aldım. Ve seni seviyorum çünkü Doktor Carter gibi kendini beğenmiş değilsin. Seni seviyorum çünkü Johnny gibi kepçe kulakların yok. Ve en geçerli sebebe gelince... Sadece Gilbert olduğun için seni seviyorum!"

ON İKİNCİ BÖLÜM

"Rüzgârlı Kavaklar,

"Hayalet Yol,

"30 Mayıs

"BENİM BİRİCİK SEVGİLİM,

"İlkbahar gelip çattı!

"Belki Kingsport'ta bir dizi sınavla boğuştuğun için bunun farkında olmayabilirsin ama ben bunu, baştan aşağı tüm hücrelerimde hissediyorum. Summerside da bunun farkında. En sevimsiz sokaklar bile eski çitlerden uzanan çiçek dalları ve kaldırımlardaki çimleri süsleyen karahindibalar sayesinde muhteşem görünüyor. Rafımda duran porselen hanımefendi bile bunun farkında, gece aniden uyansam onu o pembe topuklu ayakkabılarıyla dans ederken yakalayabileceğimden eminim.

"Her şey bana 'bahar' geldi diyor sanki… Âdeta kahkaha atan dereler, Fırtına Kralı'nı çepeçevre saran mavi ufuk, mektuplarını okumak için gittiğim korudaki akçaağaçlar, Hayalet Yol'daki beyaz kiraz ağaçları, arka bahçede Pasaklı Miller'a meydan okuyan zarif ama bir o kadar sırnaşık kızıl gerdanlar, Elizabeth'in süt içmek için geldiği zamanlarda kullandığı kapının üst kısmını saran yeşil sarmaşık, eski mezarlığı çevreleyen, yeni filiz vermiş köknar ağaçları… Hatta mezarlığın kendisi bile. Mezarlara ekilmiş bitkilerin hepsi çiçek açmış ve sanki, 'Burada bile hayat ölümü alt ediyor!' diyor gibiler. Geçen akşam mezarlıkta yürüyüş yaptım. (Rebecca Dew'un yürüyüş tercihimi kesinlikle hastalıklı bulduğuna eminim. Öylesine ürkütücü bir yeri nasıl sevdiğimi aklı almıyormuş.) Çiçeklerden yayılan kokular eşliğinde loş ışığın altındaki mezarlıkta dolaştım ve Nathan Pringle'ın karısının, onu gerçekten zehirlemeye çalışıp çalışmadığını merak ettim. Kadının mezarı, yeni bitmiş otlar ve haziran zambaklarıyla o kadar masum görünüyordu ki günahının tamamen bağışlanmış olabileceğine karar verdim.

"Önümüzdeki ay izin için evde olacağım! Green Gables'ın şimdi karlar altında olan meyve bahçesini düşünmeden edemiyorum. Pırıltılı Sular Gölü'ndeki köprüyü… Kulaklarımda uğuldayan denizin sesini… Âşıklar Yolu'ndaki günbatımını ve *seni*!

"Bu akşam doğru kalemle yazıyorum, Gilbert ve daha fazlası da var…

(İki sayfa eksik.)

"Bu akşam Gibsonlara çağrıldım. Marilla bir süre önce onları ziyaret etmemi istemişti çünkü onlar, White Sands'te yaşadığı dönemden tanıdıkları. Ben de onları ziyaret ettim, o zamandan beri de her hafta ziyaretlerine gidiyorum çünkü Pauline ziyaretlerimden hoşlanıyor gibi görünüyor ve onun için çok üzülüyorum. Zavallıcık, korkunç yaşlı bir kadın olan annesinin kölesi hâline gelmiş durumda.

"Bayan Adoniram Gibson seksen yaşında ve günleri bir tekerlekli sandalyede geçiyor. On beş sene önce Summerside'a taşınmışlar. Kırk beş yaşındaki Pauline, ailenin en küçüğü, tüm ağabeyleri ve ablaları evlenmiş. İçlerinden biri de Bayan Adoniram'ı yanına almaya kalkışmamış. Pauline de hem evi çekip çeviriyor hem de annesinin başında bekleyip duruyor. Hâlâ parlak ve güzel görünen altın-kahverengi saçları, açık kahverengi gözleri olan soluk tenli bir kadın. Durumları oldukça iyi. Annesi olmasaydı Pauline'in çok rahat bir hayatı olabilirdi. Pauline kilise işlerini çok seviyor, kermeslere katılmak, kilisede düzenlenecek akşam yemeklerini planlamak çok hoşuna giderdi. Ayrıca kasabadaki en güzel telgraf çiçeğinin sahibi olmakla da övünebilirdi ama pazar günleri kiliseye gitmek için bile evden çıkamıyor. Onun için bir kaçış yolu da göremiyorum çünkü yaşlı Bayan Gibson muhtemelen yüz yaşına kadar yaşayacak gibi duruyor. Bacaklarını kullanamasa da dili için aynı şeyi söyleyemeyeceğim. Orada oturup zavallı Pauline ile dalga geçtiğini duymak içimi her zaman çaresiz bir öfkeyle dolduruyor. Yine de Pauline bana annesinin beni 'çok düşündüğünü' ve ben etrafta olduğumda ona çok daha kibar davrandığını söyledi. Eğer öyleyse, ben etrafta yokken ona nasıl davrandığını düşünmek bile istemiyorum.

"Sevgili Pauline, annesine haber vermeden *hiçbir şey* yapmıyor. Kendine kıyafet, hatta bir çift çorap bile alamıyor. Her şey Bayan Gibson'ın onayından geçmek ve iyice eskiyene kadar giyilmek zorunda. Örneğin, Pauline dört senedir aynı şapkayı takıyor.

"Bayan Gibson evde ufacık bir sese, bir nefese bile tahammül edemiyor. Duyduğuma göre kimse onu gülerken görmemiş. Ziyaretlerim sırasında ben de hiç güldüğüne denk gelmedim. Onun yüzüne bakarken gülse nasıl görünür diye düşünmeden edemiyorum. İnanır mısın, Pauline'in kendine ait bir odası bile yok. Annesiyle aynı odada kalmak zorunda. Gecenin bir saati uyanıp Bayan Gibson'ın sırtını ovalıyor, arkasına yastık koyuyor, sıcak su getiriyor… Sıcak, ılık değil!... Ya da yastıkları değiştirip arka bahçeden gelen bir sesi kontrol ediyor. Bayan Gibson öğleden sonraları uyuyor, geceleri de Pauline'e görev vermekle geçiriyor.

"Yine de Pauline ağzını açıp bir şey demiyor. O kadar tatlı, uysal, sabırlı biri ki… En azından sevebileceği bir köpeğinin olması beni mutlu ediyor. Kendine ait olan tek şey o köpek. Bayan Gibson, ona da sadece kasabada bir hırsız kol gezdiği için onları koruyabileceğini düşünerek izin vermiş. Pauline'in o köpeği ne kadar çok sevdiğini annesine söylemeye cesareti bile yok. Bayan Gibson ise hayvancağızdan nefret ediyor, eve kemik getirdiği için sürekli söyleniyor ama kendi bencil sebepleri yüzünden gitmesini de istemiyor.

"Ah, ama nihayet Pauline'e bir şey verme şansım var ve bunu yapacağım. Gelecek hafta sonu Green Gables'a gidemeyecek olsam da onun felekten *bir gün* çalmasına yardım edeceğim.

"Bu akşam içeri girdiğimde Pauline ağlıyordu. Bayan Gibson sağ olsun nedenini sormama bile gerek kalmadı.

"'Pauline beni terk etmek istiyor, Bayan Shirley,' dedi. 'Nasıl da iyi huylu, nazik bir kız yetiştirmişim, değil mi?'

"'Sadece bir gün, anne,' dedi Pauline, hıçkırığını bastırmaya çalışarak gülümserken.

"'Bir günmüş! O günler nasıl olur bilir misiniz, Bayan Shirley? Herkes benim günlerimin nasıl geçtiğini gayet iyi biliyor ama siz bilmiyorsunuz... Yani henüz... Bayan Shirley! Umarım hiçbir zaman da bilmezsiniz, o tek bir günün acı çeken biri için nasıl da geçmek bilmediğini hiç bilmezsiniz.'

"Bayan Gibson'ın acı falan çekmediğinin farkındaydım, bu yüzden onu anlamaya da çalışmadım.

"'Yanında kalması için birini ayarlayacağım, anne,' dedi Pauline, ardından benden yana döndü. 'Önümüzdeki cumartesi kuzenim Louisa, White Sands'te evliliklerin yirmi beşinci yılını kutluyor ve benim de gelmemi istedi. Maurice Hilton ile evlendiğinde nedimelerinden biriydim. Annem izin verirse gitmeyi çok istiyorum.'

"'Demek ölüp gitsem son nefesimi bir başına vereceğim,' dedi Bayan Gibson. 'Bilemiyorum, Pauline, seni vicdanınla baş başa bırakıyorum.'

"Bayan Gibson'ın bu durumu onun vicdanına bıraktığını duyunca zavallı Pauline'in verdiği mücadeleyi kaybettiğini anladım. Bayan Gibson hayatı boyunca her şeyi insanların vicdanına bırakan biri olmuş. Yıllar önce birinin Pauline ile evlenmek istediğini ama Bayan Gibson'ın bunu da onun vicdanına bıraktığını duydum!

"Pauline gözlerini silip hüzünlü bir ifadeyle gülümsedi ve diktiği bir elbiseyi eline aldı. Çirkin, siyah kareli yeşil bir elbiseydi.

"'Sakın surat asayım deme, Pauline,' dedi Bayan Gibson. 'Somurtan insanlara tahammül edemiyorum. Şu elbisenin üzerine de bir yakalık tak. Yakası olmayan bir elbise dikmeye çalıştığına inanabiliyor musunuz, Bayan Shirley? İzin versem kalkıp o yakasız elbiseyi giyecek!'

"Hoş görünümlü bir boynu olan Pauline'e baktım. Kemikleri belirgindi ve hafifçe tombul olan boynunu oldukça güzel gösteriyordu.

"Bayan Gibson'a, 'Yakasız elbiseler son dönemde moda,' dedim.

"'Yakasız elbise edepsizliğin dik âlâsıdır,' diye karşı çıktı Bayan Gibson.

"(Dipnot: Bu arada ben yakasız bir elbise giyiyordum.)

"'Dahası,' diye devam etti Bayan Gibson, sanki konuyla bir ilgisi varmış gibi. 'Maurice Hilton'u da hiç sevmem. Annesi bir Corckett. Hem o adamda edep diye bir şey yok. Olur olmadık yerde karısını öpüp duruyor!'

"(Gilbert, lütfen beni uygun yerlerde öpmeye dikkat et, olur mu? Korkarım, Bayan Gibson, boyun boşluğunu öpmenin uygun olmadığını düşünenlerden.)

"'Ama anne sen de biliyorsun, o gün Harvey Wither'ın atı kilisenin bahçesine dalmıştı ve onu neredeyse ezmek üzereydi, o attan zar zor kurtulmuştu. Maurice'in biraz paniklemesi çok normal.'

"'Pauline, lütfen bana karşı gelme. Ben hâlâ kiliselerin birilerini öpmek için uygun olmadığını düşünüyorum ama benim fikirlerimin ne önemi var ki… Elbette, ben öldüğümde isteyen istediğini yapabilir. Neyse ki mezarlıkta benim için de bir yer var. Sana ne kadar yük olduğumun farkındayım. Keşke hemen ölsem. Kimse beni istemiyor zaten.'

"'Anne, lütfen böyle söyleme,' diye yalvardı Pauline.

"'Söylerim. Al işte, istemediğim hâlde o yıl dönümüne gitmeye kalkışıyorsun.'

"'Anneciğim, gitmiyorum... Senden izin almadan gitmeyi asla düşünmedim. Telaşlanma.'

"'Ah, şu sıkıcı hayatımı azıcık olsun renklendirmek için telaş etmem bile çok görülüyor, değil mi? Umarım hemen gitmezsiniz, Bayan Shirley?'

"O an biraz daha kalırsam ya delireceğim ya da Bayan Gibson'ın o kaşık kadar suratına bir tokat indireceğim diye çok korktum. Bu yüzden incelemem gereken sınav kâğıtlarım olduğunu söyledim.

"'Tabii, bizim gibi iki yaşlı kadın genç bir kadın için yeterli olmaz,' diye iç çekti Bayan Gibson. 'Pauline öyle neşeli biri değildir, değil mi? Hiç neşeli değildir. Bayan Shirley'nin uzun süre kalmak istememesine şaşmamalı.'

"Pauline benimle birlikte verandaya geldi. Pauline'in küçük bahçesinin üzerine düşen ay limanı da aydınlatıyordu. Yumuşak bir esinti elma ağacıyla sohbet ediyordu sanki. Ah, havada ilkbahar kokusu vardı! İlkbahar! İlkbahar! Bayan Gibson bile erik ağaçlarının çiçek açmasını engelleyemezdi. Öte yandan zavallı Pauline'in gri mavi gözleri yaşarmıştı.

"'Louise'in yıl dönümüne gitmeyi öyle çok istiyorum ki,' dedi, çaresiz bir şekilde iç çekerek.

"'Gideceksin,' dedim.

"'Hayır tatlım, gidemem. Zavallı annem izin vermedi. Bu fikri aklımdan çıkarsam iyi olacak,' dedikten sonra, 'bu akşam ay çok güzel değil mi?' diye ekledi, neşeli bir ses tonuyla.

"'Aya bakmak iyi değil derler,' diye seslendi Bayan Gibson oturma odasından. 'Orada lak lak edip durma, Pauline, içeri gel de üstü tüylü kırmızı terliklerimi giydir. Şu ayakkabılar canımı çok yaktı ama benim canım yanmış kimin umurunda!'

"Açıkçası onun canının yanması benim umurumda değildi! Zavallı tatlı Pauline! Yine de o bir gün felekten çalınacak ve Pauline de evlilik yıl dönümüne gidecek! Anne Shirley bunu söylüyorsa bir bildiği vardır.

"Eve geldiğimde olan biteni Rebecca Dew ile dullara anlattım. Bayan Gibson'a söyleyebileceğim tüm o güzel ve bir o kadar da aşağılayıcı şeyleri düşünerek çok eğlendik. Kate Teyze, Pauline'in yıl dönümüne gidebilmesi için Bayan Gibson'ı ikna edebileceğime inanmıyor ama Rebecca Dew'un bu konudaki inancı tam. 'Öyle ya da böyle *sen* yapamazsan kimse yapamaz,' dedi.

"Yakın zamanda beni pansiyonuna kabul etmeyen Bayan Tom Pringle ile akşam yemeği yedim. (Rebecca sık sık akşam yemeğine davet edildiğim için ücretini ödeyen en iyi misafir olduğumu söylüyor.) Beni evine almadığı için memnunum. Hoş, temiz bir kadın, yaptığı turtaları öve öve bitiremiyorlar ama evi bir Rüzgârlı Kavaklar değil, Hayalet Yol'da yaşamıyor ve o bir Kate Teyze, Chatty Teyze ve Rebecca Dew değil. Bu üç kadını o kadar çok seviyorum ki... Önümüzdeki sene, hatta her sene burada kalabilirim. Sandalyem de her zaman *Bayan Shirley'nin sandalyesi* olarak kalır. Chatty Teyze bana ben evde olmasam bile Rebecca Dew'un sandalyemi masaya aynı şekilde yerleştirdiğini söyledi, yalnız olmadıklarını anlıyorlarmış. Bazen Chatty Teyze'nin duygusallığı ortalığı karıştırsa da beni artık çok iyi tanıyor ve onu asla bilerek incitmeyeceğimin de farkında.

"Küçük Elizabeth ile artık iki haftada bir yürüyüşe çıkar olduk. Bayan Campbell daha sık olmaması kaydıyla izin verdi ve bir de pazar günleri hariç olmak zorunda. Bu ilkbaharda her şey Elizabeth için daha da iyiye gidiyor. Güneş ışıkları o eski eve vurduğunda dans eden ağaçların gölgesi sayesinde orası bile güzel görünüyor. Yine de Elizabeth her fırsatta oradan kaçmayı istiyor. Bir keresinde ışıklı vitrinleri görebilmesi için Elizabeth'le kasabaya gittik. Gün batımıyla süslenen yemyeşil tepeler uzaklarda yan yana dizilirken, biz de Dünya'nın Sonuna Giden Yol'da ilerleyebildiğimiz kadar ilerledik ve her köşeyi, sanki karşımızda Yarın'ı bulacakmış gibi büyük bir heyecan ve merakla döndük. Elizabeth'in Yarın geldiğinde yapacağı şeylerden biri Philadelphia'ya gidip kilisedeki meleği görmek. Philadelphia'nın St. John'un bahsettiği Phila *olmadığını* ise söylemedim ve söylemeyi de düşünmüyorum. Yoksa bütün büyü bozulur. Hem Yarın'a ulaşırsak orada ne bulacağımızı kim bilebilir ki? Nasılsa melekler her yerde…

"Bazen ışıltılı suları aşıp gelen görünmez, hoş bir bahar esinti eşliğinde limana gelip giden gemileri izliyoruz, öyle anlarda Elizabeth babasının o gemilerde olup olmadığını merak ediyor. Babasının bir gün geleceği umuduna öyle sarılmış ki… O adamın neden gelmediğini hayal dahi edemiyorum. Onun hasretini çeken tatlı bir kızı olduğunu bilse bence hemen kalkıp gelirdi. Aslında onun bir kızı olduğunu bile bildiğinden şüpheliyim. Büyük ihtimalle onu hâlâ karısını ondan çalan bir bebek olarak görüyor.

"Kısa bir süre sonra Summerside Lisesi'ndeki ilk yılımı tamamlamış olacağım. İlk dönem tam bir kâbus olsa da ikinci dönem gerçekten iyiydi. Pringlelar *hoş insanlar*. O insanları Pyelarla nasıl mukayese edebilirim ki? Sid Pringle bugün bana bir demet zambak getirdi. Jen hâlâ terbiyeli davranıyor ve Bayan Ellen da çocuğunu *gerçekten anlayan* tek öğretmenin ben olduğumu söyledi! Tek sorun, hâlâ mesafesini koruyan Katherine Brooke. Onunla yakın arkadaş olma düşüncesinden tamamen vazgeçtim. Rebecca Dew'un da dediği gibi herkesin bir sabrı var.

"Ah, neredeyse sana söylemeyi unutuyordum. Sally Nelson benden nedimelerinden biri olmamı istedi. Haziran ayının sonunda Bonnyview'da, Dr. Nelson'ın yazlık evinde evlenecek. Neredeyse dünyanın bir ucu… Gordon Hill'de evleniyor. Nora Nelson, Dr. Nelson'ın altı kız kardeşi arasındaki tek bekâr. Jim Wilcox yıllardır onunla birlikte. Rebecca Dew'un dediğine göre sürekli 'ayrıl barış' yaşayıp gidiyorlarmış, asla sonu gelmeyecek gibiymiş… Gerçi şu an bile insanlar bunun gerçekleşeceğine inanmıyor. Sally'yi çok severim ama Nora ile pek samimiyetim yok. Elbette, benden çok daha yaşlı, oldukça çekingen ve gururlu. Yine de onunla arkadaş olmak isterdim. Güzel, zeki ya da çekici olmasa da her nasılsa bir albenisi var. Bu zahmete değeceğine inanıyorum.

"Düğünlerden bahsetmişken Esme Taylor, şu meşhur doktorla geçen ay evlendi. Düğün çarşamba günü akşamüstü olduğundan onu görmeye kiliseye gidemedim ancak herkes onun muhteşem göründüğünü ve çok mutlu olduğunu söylüyor. Lennox da doğru şeyi yaptığından eminmiş gibi duruyormuş, yani anlayacağın üzere vicdanı rahatmış. Cyrus Taylor ile güzel bir dostluğumuz var artık. Genelde harika bir şaka olduğunu düşündüğü o meşhur akşam yemeğini anlatıp duruyor. 'Bir daha surat asmaya cesaret edemiyorum,' dedi bana. 'Bizim hanım kırkyama yaptığımı falan söyler sonra...' Bana 'dulları' sevdiğinden de bahsetti. Gilbert, bu insanlar çok güzel, hayat çok güzel ve ben…

"Sonsuza kadar…

"Seninim!

"Not: Bay Hamilton'ın ahırında duran yaşlı, kızıl ineğimizin benekli bir buzağısı var artık. Üç ay boyunca sütü Lew Hunt'tan alacağız. Rebecca tekrar kaymak yapabileceğimizi söyledi. Söylentilere göre Hunt, yorulmak nedir bilmezmiş, artık buna Rebecca da inanıyor. Bu arada Rebecca aslında o yavrunun doğmasını hiç istememiş. Kate Teyze, onu ikna etmeden önce Bay Hamilton'dan ona, ineğin buzağıya sahip olamayacak kadar yaşlı olduğunu söylemesini istemek zorunda kalmış."

ON ÜÇÜNCÜ BÖLÜM

"Ah, benim gibi yaşlanıp yatalak olunca insan daha çok hâlden anlıyor," diye inledi Bayan Gibson.

"Lütfen, benim anlayış yoksunu biri olduğumu düşünmeyin," dedi Anne, yarım saattir dil döküyordu ve ellerini Bayan Gibson'ın boğazına dolaması an meselesiydi. Zavallı Pauline, arka bahçede yalvaran gözlerle bakmasaydı çaresizlikle verdiği karardan vazgeçip evin yolunu tutabilirdi. "Sizi temin ederim, yalnız ya da görmezden geliniyormuş gibi hissetmeyeceksiniz. Tüm gün burada olacağım ve bir ihtiyacınız olup olmadığını kontrol edeceğim."

"Ah, kimseye bir faydamın olmadığını biliyorum," dedi Bayan Gibson, söylenilenleri önemsemeyerek. "Bunu söylemenize gerek yok, Bayan Shirley. Bu dünyadan her an göçüp gitmeye hazırım. O zaman Pauline de istediği yere gidebilir. Umursanmıyormuş gibi hissetmeme de gerek kalmaz. Bugünün gençleri hiç hâlden anlamıyor. Hepsinin aklı bir karış havada."

Anne, hâlden anlamayan, aklı bir karış havada gençlerin kendisi mi yoksa Pauline'in mi olduğunu bilmiyordu ama elindeki son kozu kullanmaktan da çekinmedi.

"Biliyorsunuz, Bayan Gibson, Pauline kuzeninin evlilik yıldönümüne gitmezse insanlar konuşup duracaktır."

"Konuşmak mı!?" dedi Bayan Gibson sert bir ifadeyle. "Ne konuşacaklarmış?"

"Sevgili Bayan Gibson..." ('Bu kelimeyi kullandığım için Tanrı beni affetsin!' diye düşündü Anne.) "O çatal dillerden neler dökülebileceğini bu uzun yaşamınız boyunca öğrenmişsinizdir. İnsanların ağzı torba değil ki büzesiniz."

"Bana yaşımı hatırlatmana gerek yok," diye söylendi Bayan Gibson. "Bu dünyanın nasıl bir eleştiri yumağı olduğunu da... Bu kasabanın zehirli dilli dedikoducu kurbağalarla dolup taştığını çok iyi bilirim ama benim hakkımda konuşmalarını, yaşlı bir zorba olduğumu söylemelerini hayal edemiyorum. Hem ben Pauline'i gitmesini engellemiyorum ki... Kararı onun vicdanına bırakmadım mı?"

"Buna çoğu kişinin inanacağını sanmıyorum," dedi Anne, üzgün bir ifadeyle.

Bayan Gibson bir iki dakika şiddetli bir şekilde naneli şekerini emdikten sonra konuşmaya başladı.

"White Sands'te kabakulak hastalığı olduğunu duydum."

"Anneciğim, ben kabakulak geçirdim, biliyorsun."

"İki kere yakalananlar da oluyormuş. Sen de ikinci kere yakalanabilirsin, Pauline. Senin her şeyden etkilenen bir yapın var. Seni ne zaman yatağa yatırsam acaba sabah canlı görebilecek miyim diye endişe ederdim! Ah, bu biricik annenin fedakârlığı unutulup gitti, tabii. Hem White Sands'e nasıl gideceksin? Yıllardır bir başına trene bile binmedin. Cumartesi akşamı da dönüş treni yok."

"Cumartesi sabahı gidebilir," dedi Anne. "Bay James Gregor'ın onu geri getireceğine eminim."

"Jim Gregor'dan hiç hoşlanmam. Annesi bir Tarbush'tı."

"Çift koltuklu arabasıyla cuma günü merkeze iniyor, Pauline'i de götürebilirdi ama Pauline trenle de rahatça gidebilir, Bayan Gibson. Summerside'da binecek, White Sands'te inecek. Hepsi bu kadar."

"Bunun altında bir bit yeniği var gibi," dedi Bayan Gibson şüpheli bir ifadeyle. "Neden onun gitmesini bu kadar çok istiyorsunuz, Bayan Shirley? Bunu bana söyler misiniz?"

Anne'in kadının boncuk gibi gözlerine bakarak gülümsedi.

"Çünkü Pauline'in size karşı iyi ve kibar bir kız olduğunu düşünüyorum, Bayan Gibson ve tıpkı herkesin yaptığı gibi ara sıra kendine ayıracak bir günü olması çok doğal."

Çoğu kişi Anne'in gülüşüne karşı koyamazdı. Bu kez de ya Anne'in gülüşü ya da dedikodu korkusu Bayan Gibson'ı alt etmişti.

"Tabii, kimsenin aklına elimden gelse benim de şu tekerlekli sandalyeden sadece bir gün ayağa kalkmak isteyebileceğim gelmiyor ama yapamıyorum işte… Sadece bu acıya sabırla katlanmak zorundayım. Neyse, gitmek istiyorsa gitsin. Pauline bir şekilde hep yolunu bulmuştur zaten. Olur da kabakulağa yakalanır ya da sivrisinekler yüzünden hastalık kaparsa ben karışmam, sonra beni suçlamayın. Elimden geldiğince başımın çaresine bakarım ben. Ah, sanırım siz burada olacaksınız ama benim durumuma Pauline gibi alışık değilsiniz. Bir gün kendi kendimi idare edebilirim. Ya yapamazsam… Her neyse, zaten günlerim sayılı, ne fark eder ki?" Her ne kadar Anne'in hayalindeki gibi bir onay olmasa da bu da bir onaydı işte. Anne hem rahatlama hem de minnet duygusuyla yapacağını hayal dahi edemeyeceği bir şeyi yaptı; eğildi ve Bayan Gibson'ın kayış gibi yanağını öptü. "Teşekkür ederim."

"Beni pohpohlamana gerek yok," dedi Bayan Gibson. "Nane şekeri ister misin?"

"Sana nasıl teşekkür etsem bilemiyorum, Bayan Shirley," dedi Pauline, Anne ile birlikte yolda yürürken.

"Gönül rahatlığıyla White Sands'e gidip her anın tadını çıkararak."

"Ah, bunu kesinlikle yapacağım. Bunun benim için ne demek olduğunu bilemezsin, Bayan Shirley. Görmek istediğim tek şey Louise değil. Evinin yanındaki eski Luckley evi satılacak, yabancıların eline geçmeden önce orayı son bir kez görmek istiyorum. Orada yaşayan Mary Luckley... Evlendikten sonra Bayan Howard Flemming adını aldı ve batıda yaşıyor. Genç bir kızken benim çok yakın arkadaşımdı, kardeş gibiydik. Luckleylere çok sık giderdim, bende ayrı bir yeri vardır. Oraya geri döndüğümü hayal edip dururum. Annemse her zaman hayal kurmak için yaşlı olduğumu söyler. Sence yaşlı mıyım, Bayan Shirley?"

"Hiç kimse hayal kurmak için yaşlı değildir. Hem hayaller yaşlanmaz ki..."

"Senden bu sözleri duymak beni mutlu ediyor. Bayan Shirley, körfezi yeniden göreceğim. Orayı tam on beş senedir görmüyordum. Liman güzel olsa da bir körfez değil. Mutluluktan havada uçuyor gibiyim ve hepsi senin sayende. Annem seni sevdiği için gitmeme izin verdi. Beni çok mutlu ettin… Her zaman insanların mutlu olmasını sağlıyorsun, Bayan Shirley, ne zaman bir yere adımını atsan oradaki insanlar mutlu oluyor."

"Bu zamana kadar aldığım en güzel iltifat bu, Pauline."

"Ah, bir şey daha var, Bayan Shirley. Eski, siyah tafta elbisem dışında giyecek bir şeyim yok. Sence bir düğün için fazla mı kasvetli olur? Zayıfladığım için de artık bol geliyor. O elbiseyi alalı altı sene oldu."

"Yeni bir elbise alman için anneni ikna etmemiz gerek," dedi Anne umut dolu bir sesle.

Ancak bu, Anne'i bile aşıyordu. Bayan Gibson kararlıydı; Pauline'in siyah taftası, Louisa Hilton'un düğünü için kesinlikle uygundu.

"Altı sene önce o kumaşın bir metresine altı dolar verdim, üç dolar da dikimi için Jane Sharp'a ödedim. Jane iyi bir terziydi. Annesi bir Smiley'di. Şuna bak, daha açık renkli bir şeyler giymek istiyormuş! Pauline Gibson! İzin versem baştan aşağı kırmızılara bürünecek, Bayan Shirley. Bunu yapmak için de ölmemi bekliyor. Ah, yakında sana verdiğim tüm sıkıntılardan kurtulacaksın, Pauline. O zaman istediğin bütün o edepsiz kıyafetleri giyersin. Ama ben hayatta olduğum sürece edepli giyineceksin. Hem şapkanın nesi varmış? Zaten artık başlık takma vaktin de geldi."

Zavallı Pauline şimdi bir de başlık takma kâbusu yaşıyordu. Bunu yapmaktansa şu eski şapkayı ömrünün sonuna kadar takabilirdi.

"Mutlu olacağım ve şu kıyafet konusunu da unutacağım," dedi Pauline Anne'e, dullar için zambak ve kanayan kalpler çiçeğinden oluşan bir haziran buketi yapmak üzere bahçeye çıkmışlardı.

"Bir planım var," dedi Anne, Bayan Gibson'ın onu duymayacağından emin olmak için dikkatli bir şekilde etrafına bakarak. Ancak yaşlı kadın, kızları oturma odasının penceresinden izliyordu. "Benim poplin kumaştan yapılma gümüş grisi elbisemi hatırlıyor musun? O elbiseyi sana düğün için ödünç verebilirim."

Pauline bunu duyunca birden çiçek sepetini yere düşürdü, Anne'in ayaklarının etrafı pembe ve beyaz çiçeklerle çevrelenmişti.

"Ah, tatlım, alamam... Annem izin vermez."

"Annen bu konuyla ilgili hiçbir şey bilmeyecek. Dinle. Cumartesi sabahı elbiseyi senin siyah elbisenin altına giyersin. O elbisenin sana olacağını biliyorum. Biraz uzundur ama yarın kenarlarına pili atarım. Pililer bu sıra moda. Kolları dirsekte biten, yakasız bir elbise, bu yüzden kimse şüphelenmez. Gull Cove'a gittiğinde siyah elbiseni çıkarırsın. Gün sonunda da elbiseyi Gull Cove'da bırak, ben önümüzdeki hafta sonu gittiğimde oradan alırım."

"Sence benim için fazla genç işi değil mi?"

"Kesinlikle, hayır. Gri rengi her yaştan insan giyebilir."

"Sence... Annemi kandırmak doğru bir şey mi?" diye bocaladı Pauline.

"Şu durumda gayet doğru," dedi Anne utanma gereği duymayarak. "Pauline, bir düğünde siyah giyinmek hiç uygun değil, biliyorsun. Geline kötü şans getirir."

"Ah, bunu kesinlikle yapmam. Annemi de inciteceğini sanmıyorum. Umarım cumartesi gününü rahat bir şekilde geçirir.

Ben evde yokken pek bir şey yiyemeyecek diye korkuyorum. Kuzen Matilda'nın cenazesine gittiğim zaman yememişti. Bayan Prouty bana hiçbir şey yemediğini söyledi. O zaman Bayan Prouty onun yanında kalmıştı. Kuzen Matilda'nın ölümünden bir hayli etkilendi. Yani annem."

"Merak etme yemeğini yiyecek, ben bununla ilgileneceğim."

"Onu yönetme işinin üstesinden gelebileceğine eminim," diye kabullendi Pauline. "İlaçlarını saatinde vermeyi unutmazsın, değil mi tatlım? Ya da hiç gitmesem mi?"

"Şimdiye kadar kırk kere toplamış olmanız lazımdı o çiçekleri," diye seslendi Bayan Gibson sinir bozucu bir sesle. "Dullar sizden hangi çiçeği istedi bilmiyorum. Zaten kendi bahçeleri çiçek dolu. Rebecca Dew'un bana bir çiçek göndermesini bekleseydim uzun zamandır çiçeksiz kalmış olurdum. Susuzluktan ölüyorum ama kimsenin umurunda değilim."

Pauline, cuma akşamı Anne'e telefon ettiğinde sesi korkunç geliyordu. Boğazı ağrıyordu ve kabakulak geçirip geçirmediğini merak ediyordu. Anne kahverengi bir kâğıda sardığı gri elbiseyi de yanına alıp onu sakinleştirmek için yanına gitti. Paketi leylak çalısının içine saklamıştı. Soğuk terler döken Pauline o gece, paketi alıp kalmasına izin verilmese de kıyafetlerini koyabildiği küçük odaya giden merdiveni güçlükle tırmandı. Belki de yaşadığı bu küçük boğaz ağrısı yaptığı hilenin cezasıydı ama Louisa'nın düğününe o eski siyah elbiseyle gidemezdi ki... Olmazdı.

Anne, cumartesi sabahı erkenden Gibsonların evindeydi. Böylesi ışıltılı yaz sabahlarında Anne daima harika görünürdü. O gün de ışığıyla âdeta ışıldıyor, altın sarısı havada bir Yunan vazosunun üzerindeki zarif figür gibi hareket ediyordu. Adımını içeri attığında o kasvetli oda bile âdeta canlandı.

"Dünyayı sen yaratmışsın gibi yürüyorsun," dedi Bayan Gibson eleştirel bir tavırla.

"Evet, öyle," dedi Anne keyifli bir şekilde.

"Ah, çok gençsin çok," dedi Bayan Gibson, insanı çileden çıkarabilecek bir ses tonuyla.

"'Kalbimden sevgiyi esirgemeyeceğim,'" diyerek alıntı yaptı Anne. "Kutsal Kitap'ta böyle der, Bayan Gibson."

"'Kıvılcımlar etrafa sıçrarken insanoğlu dert içinde doğar.' Bu da kutsal Kitap'ta yer alıyor," diye karşılık verdi Bayan Gibson. Üniversite mezunu Bayan Shirley'ye böyle kurnazca karşılık vermiş olması, iyi bir mizah duygusu olabileceğine işaret ediyordu. "Birilerini pohpohlamayı sevmem, Bayan Shirley ama o mavi çiçekli şapkan sana çok yakışmış. O şapkanın altında saçın o kadar da kırmızı görünmüyor, en azından bana öyle geldi. Böyle gencecik bir kıza hayranlık duyulmaz da ne yapılır, Pauline? Sen de gencecik bir kız olmak istemez miydin, Pauline?"

Pauline o an kendinden başka biri olmak istemeyecek kadar çok mutlu ve heyecanlıydı. Anne elbisesini giymesine yardımcı olmak için onunla birlikte yukarıya çıktı.

"Bütün muhteşem şeylerin bugün gerçekleştiğini düşünmek çok güzel, Bayan Shirley. Boğazımın acısı dindi, annemin keyfi yerinde. Belki sen öyle düşünmüyor olabilirsin ancak iyi olduğunun farkındayım çünkü eleştirse bile konuşuyor. Eğer tepesi atık olsaydı suratından geçilmezdi. Patatesleri soydum, buz kutusunda biftek var. Annemin tatlısı da kilerde. Akşam yemeği için ayırdığım konserve tavukla sünger kek de kilerde. Annem her an fikrini değiştirecek diye çok korkuyorum. Böyle bir şey olursa dayanamam. Ah, Bayan Shirley, bu elbiseyi giymekle iyi mi ediyorum gerçekten?"

"Giy bunu," dedi Anne, en iyi öğretmen tavrıyla.

Pauline denileni yaptı. Elbiseyi giydiğinde ise artık karşılarında farklı bir Pauline duruyordu. Gri elbise ona çok yakışmıştı. Yakasız elbisenin, dirseklerde biten kollarında hoş danteller vardı. Anne saçını yapınca Pauline kendini tanımakta güçlük çekti.

"Ah, şu korkunç eski siyah elbiseyi giyerek bu güzel elbiseyi saklamak hiç hoşuma gitmiyor, Bayan Shirley."

Ancak böyle olmak zorundaydı. Gri elbise, siyah elbisenin altında hiç belli olmuyordu. Pauline eski şapkayı da taktı ama o da elbise gibi Louisalar'a vardığında çıkacaktı. Ayrıca Pauline'in yeni bir çift ayakkabısı da vardı. Bayan Gibson zor da olsa yeni bir ayakkabı almasına izin vermişti ama topuklu ayakkabıyı "edepsiz topuk" olarak adlandırıyordu. "Trende *tek başına* gittiğim için olay olacak. Umarım insanlar cenaze var diye düşünmezler. Louisa'nın düğünün ölüm düşüncesiyle bağdaştırılmasını istemiyorum. Ah, parfüm, Bayan Shirley? Elma çiçeği! Hoş olmaz mı? Sadece bir sıkımlık. Tam bir hanımefendi gibi, hep böyle düşünmüşümdür. Annem almama hiç izin vermedi. Bayan Shirley, köpeğimi beslemeyi unutmazsın, değil mi? Kemiklerini kilerdeki kapaklı tabağa koydum." Sesini alçaltarak konuşmasına devam etti. "Umarım sen buradayken yaramazlık yapmaz."

Pauline gitmeden önce annesi onu baştan aşağı inceledi. Hem dışarı çıkacak olmanın heyecanı hem de üstünde sakladığı elbisenin suçluluk duygusu yüzünden Pauline'in yüzü kızarmıştı. Bayan Gibson memnuniyetsiz bir ifadeyle ona baktı.

"Gözlerime inanamıyorum! Kraliçe'yi ziyarete Londra'ya falan mı gidiyorsun? Yüzünün o hâli ne? İnsanlar makyaj yapıp çıktığını düşünecek. Yapmadın değil mi?"

"Ah, hayır anne, yapmadım!"

"Hareketlerine dikkat et, otururken ayak bileklerinin münasip bir şekilde durmasını sağla. Öyle çok konuşayım da deme."

"Tamam, anneciğim," diye söz verdi Pauline ciddi bir ifadeyle, bir yandan da gergin bir şekilde saate göz atıyordu.

"Kutlamada içilmesi için Louisa'ya saparna şarabı gönderiyorum. Louisa pek umurumda değil de annesi bir Tackaberry. Dönerken şişeyi getirirsin, sakın oradan bir kedi yavrusu alıp da geleyim deme. Louisa her zaman insanlara kedi yavrusu verir."

"Getirmem, anneciğim."

"Sabunu suyun içinde bırakmadığına eminsin, değil mi?"

"Eminim, anneciğim," dedi Pauline, bir kez daha saate bakarak.

"Ayakkabılarının bağcığını doğru düzgün bağladın mı?"

"Evet, anneciğim."

"Pek münasip kokmuyorsun. Kokuyu üzerine boca etmişsin gibi."

"Ah, hayır, anneciğim. Sadece çok az sürdüm."

"Boca etmişsin diyorsam, boca etmişsindir. Senin kolunun altında sökük mü var?"

"Hayır, anne."

"Dur bir bakayım?"

Pauline sanki yer yerinden oynuyormuş gibi titriyordu. Kollarını kaldırdığında gri elbisenin etekleri görünecek diye düşünmüştü.

Ancak Bayan Gibson, "Neyse, haydi git," deyince herkes derin bir nefes aldı. "Geri döndüğünde bu dünyada göçüp gitmiş olursam beni dantelli şalıma sar ve ayaklarıma siyah saten terliklerimi giydir. Saçım da yapılı olsun."

"Anne, kendini kötü mü hissediyorsun?" Pauline gri elbise yüzünden kendini suçlu hissediyordu. "Eğer öyleyse... Gitmem."

"O ayakkabılara boşuna mı para verdim ben! Elbette, gidiyorsun. Tırabzanlardan da kayayım deme."

Bu sözle birlikte kuzu gibi olan Pauline'in içinden âdeta bir kurt çıktı.

"Anne! Bunu gerçekten yapabileceğimi düşünüyor musun?"

"Nancy Parker'ın düğününde yapmıştın."

"Otuz beş sene önce! Şimdi de aynı şeyi yapabileceğimi düşünüyor musun gerçekten?"

"Gitme zamanın geldi. Ne oyalanıp duruyorsun? Treni mi kaçırmak istiyorsun?"

Pauline aceleyle dışarı çıkınca Anne de rahat bir nefes aldı. Bayan Gibson'ın tren saati geçene kadar Pauline'i alıkoymasından korkmuştu.

"Ah, sonunda biraz başımı dinleyeyim," dedi Bayan Gibson. "Bu ev korkunç derecede dağınık, Bayan Shirley. Her zaman böyle olmadığının farkındasındır. Pauline son birkaç gündür ne yaptığını bilmiyordu, aklı karışıktı. Lütfen, şu vazoyu biraz sol tarafa alır mısın? Yok, eski yerine getir. Bu abajur biraz eğik. Tamam, şimdi *biraz* daha düzgün, idare eder ama şu jaluzi diğerine göre biraz daha alçakta sanki. Keşke düzeltsen."

Anne talihsiz bir şekilde jaluziyi sertçe çekiştirince ipi parmaklarının arasından kaçtı ve jaluzi tepeye toplandı.

"Ah, bak, gördün mü?" dedi Bayan Gibson.

Anne cevap vermek yerine jaluziyi dikkatli bir şekilde düzeltti.

"Şimdi bir çay yapmamı ister misiniz, Bayan Gibson?"

"Gerçekten çok ihtiyacım var. Tüm bu karmaşa yüzünden çok yorgunum. Midem kazınıyor sanki," dedi Bayan Gibson acınası bir sesle. "Bana şöyle güzel bir fincan çay yapar mısın? Yoksa az sonra kimilerinin yaptığı gibi bana çay yerine çamur mu içereceksin?"

"Marilla Cuthbert bana nasıl çay yapılması gerektiğini öğretti. Göreceksin harika olacak ama önce seni verandaya götüreyim ki şu güneşli günün tadını çıkar."

"Yıllardır verandaya çıkmadım," dedi Bayan Gibson.

"Hava o kadar güzel ki korkma, sana zararı dokunmaz. Çiçek elması ağacının nasıl çiçek verdiğini bir gör. Dışarı çıkmazsan göremezsin. Hem rüzgâr da bugün güneyden esiyor, bu yüzden Norman Johnson'ın tarlasından gelen yoncaların kokusunu da alabilirsin. Ben de çayı getiririm ve birlikte çay içeriz. Sonra nakış işimi yaparken oturup gelen geçenin dedikodusunu yaparız."

"Ben kimsenin dedikodusunu yapmam," dedi Bayan Gibson vakur bir tavırla. "Dine aykırı. Sormamın sakıncası yoksa saçının rengi doğal mı?"

"Her bir zerresi," diye güldü Anne.

"Kızıl olması ne kötü ama bu aralar kızıl saç da moda oldu. Şu gülüşünü seviyorum. Zavallı Pauline'in kıkırdaması benim sinirimi bozuyor. Neyse, dışarı çıkmam gerekiyorsa çıkarım. Muhtemelen ölüm soğuğu ile yüzleşeceğim ama sorumluluk sana ait, Bayan Shirley. Seksen yaşında olduğumu unutma. Gerçi Davy Ackham'ın kasabanın dört bir yanında sadece yetmiş dokuz yaşında olduğumu söylediğini duydum. Annesi bir Watt. Wattlar kıskanç olurlar."

Anne tekerlekli sandalyeyi dikkatli bir şekilde dışarı çıkardı ve yastıkları dizdi. Bir süre sonra çayı da getirdi. Bayan Gibson çayı içince takdirini esirgemedi.

"Evet, bu içilebilen bir çay, Bayan Shirley. Tam bir sene sıvıyla beslenmek zorunda kaldım. Kurtulabileceğimi sanmıyorlardı. Bazen kurtulmasaydım daha iyiydi diye düşünmeden edemiyorum. Bahsettiğin çiçek elması ağacı şu mu?"

"Evet, koyu mavi göğe karşı yükselen o bembeyaz ağaç muhteşem değil mi?"

"Pek şairane değil." Bayan Gibson'ın yaptığı tek yorum buydu. İki fincan çay içtikten sonra yaşlı kadın biraz daha sakinledi, akşam yemeği vakti gelene kadar orada zaman geçirdiler.

"İçeri gidip yemeği hazırlayayım. Sonra da buraya küçük bir masa kurayım."

"Yok, hayır, genç bayan. Böyle şebeklikler bana göre değil! Herkesin gözü önünde yemek yemek burada uygun karşılanmaz. Buranın hoş olduğunu inkâr etmiyorum. Her ne kadar bu yonca kokusu beni sersemletse de… Akşam güneşi de her zamanki gibi çabucak geçip gitti ama dışarıda yemek yemem. Ben bir Çingene değilim. Sakıncası yoksa akşam yemeğini hazırlamadan önce ellerini yıkar mısın? Bayan Storey daha çok misafir bekliyor olmalı. Boş odalarındaki bütün nevresimleri havalandırıyor. Gerçek misafirperverlik bu değil, tek dertleri hava atmak. Onun annesi bir Carey'di."

Anne'in hazırladığı akşam yemeği Bayan Gibson'ı bile memnun etti.

"Gazeteler için yazı yazan birinin yemek yapabileceğini düşünmemiştim ama Marilla Cuthbert seni iyi yetiştirdi. Annesi bir Johnson'dı. Sanırım Pauline o düğünde kendini hasta edene kadar yiyecek. Ne zaman durması gerektiğini bilmiyor, tıpkı babası gibi. Bir keresinde kaç kilo çileği bir başına yemeye kalkmıştı, aradan bir saat geçti ya da geçmedi iki büklüm kıvranmaya başladı. Sana rahmetli eşimin fotoğrafını göstermiş miydim hiç, Bayan Shirley? Misafir odasına gidip getirir misin? Yatağın altında olacak. Yukarıdayken çekmeceleri karıştırmazsan sevinirim. Yine de bir göz atıp yazı masanın altına toz birikmiş mi diye bakarsan sevinirim. Pauline'e hiç güvenmiyorum… Ah, evet, işte bu benim kocam. Annesi bir Walker'dı. Bugünlerde onun gibi bir adam bulmak zor. Bu nesil maalesef iyice yozlaştı, Bayan Shirley."

"Homeros da aynı şeyi M.Ö. sekizinci yüzyılda söylemiş," dedi Anne, gülümseyerek.

"Bazı Eski Ahit yazarları kurbağa gibi ötüp durmaktan başka bir şey yapmamış," dedi Bayan Gibson. "Bunu söylediğime şaşırabilirsin, Bayan Shirley ama kocam gerçekten dünya görüşüne sahip bir adamdı. Senin nişanlandığını duydum… Bir tıp öğrencisiymiş. Tıp öğrencilerinin genelde çok içtiğine inanırım, özellikle de ölüleri inceledikleri şu odada durabilmek için. Çok içen bir adamla evlenme, Bayan Shirley. Tabii, ailesini doğru düzgün geçindiremeyen biriyle de... Cicim ayları çabuk geçer demişler. Lavaboyu temizleyip kurulama havlularını da yıkar mısın? Yağlanmış kurulama havlularına dayanamıyorum. Sanırım köpeği beslemen gerekecek. Öyle tombullaştı ki... Yine de Pauline onu durmadan besleyip duruyor. Bazen şu köpekten kurtulsam mı diye düşünüyorum."

"Ah, ben olsam bunu yapmazdım, Bayan Gibson. Bu aralar hırsızlar kol geziyor, biliyorsunuz. Hem bu civarda sizin evden başka ev de yok. Bir korumaya ihtiyacınız var."

"Ah, aman iyi öyle olsun. Boynumun arkasında böyle korkunç bir acı varken kimseyle tartışacak gücüm olmuyor. Sanırım yakında felç geçireceğim."

"Uyku saatiniz gelmiştir. Uykunuzu aldığınızda kendinizi daha iyi hissedersiniz. Sizi kaldırıp sandalyeden inmenize yardımcı olacağım. Verandada biraz kestirmek ister misiniz?"

"Ulu orta yerde uyumak mı? Bu yemek fikrinden de kötüymüş. Çok ilginç fikirlerin var. Sen beni oturma odasına götür, jaluzileri çek, sinekler girmesin diye de kapıyı kapat, yeter. Sende şeytan tüyü var diyebilirim, pek tatlı dillisin."

Bayan Gibson güzel bir şekerleme yapsa da uyandığında keyfi hiç yerinde değildi. Anne'in onu verandaya tekrar çıkarmasına izin vermedi.

"Akşamın ayazını yiyip ölmemi mi istiyorsun," diye homurdandı, hâlbuki saat daha beşti. Yapılan hiçbir şeyden hoşnut olmamıştı. Anne'in getirdiği içecek soğuktu. Bir sonraki ise yeterince soğuk değildi. Anne ne yapsa tam tersini istiyordu. Köpek neredeydi? Kesin yaramazlık peşindeydi. Sırtı ağrıyordu. Dizleri ağrıyordu. Başı ağrıyordu. Göğsü ağrıyordu. Kimse onu sevmiyordu zaten. Kimse onun hâlinden anlamıyordu. Sandalyesi çok yüksekti… Şimdi de çok alçaktı. Omuzlarına şal, dizlerine battaniye ve ayakları için de yastık istedi. Ayrıca Bayan Shirley, bu korkunç esinti de nereden geliyordu? Bir fincan çay iyi olurdu ama kimsenin başına bela olmak istemiyordu, hem yakında mezarında dinlenirdi. Belki bu dünyadan göçüp gittiğinde onu takdir edebilirlerdi.

"Gün ister kısa olsun isterse uzun sonunda çalıverir kapımızı akşamın şarkısı." Anne'in hiç bitmeyecek sandığı dakikalar geçip gitmişti. Gün batmıştı ve Bayan Gibson, Pauline'in neden hâlâ gelmediğini merak ediyordu. Alacakaranlık çökmüştü ama Pauline'den iz yoktu. Gece olmuş, ay gökteki yerini almıştı ama Pauline yine yoktu.

"Biliyordum," dedi Bayan Gibson.

"Bay Gregor dönene kadar gelmeyeceğini biliyorsunuz, o da hep en son gelir," dedi Anne. "Sizi yatağa yatırmamı ister misiniz, Bayan Gibson? Yorgunsunuz. Biliyorum, alıştığınız biri dışında yabancı biriyle kalmak biraz zor."

Bayan Gibson'ın dudaklarını çevreleyen çizgiler daha da derinleşti.

"Şu kız eve gelene kadar uyumayacağım ama sen gitmek istiyorsan gidebilirsin. Ben tek başına da kalırım. Ya da ölür giderim."

Akşam saat dokuz buçukta Bayan Gibson, Jim Gregor'ın pazartesi sabahına kadar gelmeyeceğinde karar kıldı.

"Jim Gregor fikrini değiştirmeden bir gün bile duramaz. Üstelik eve gelmek için bile olsa pazar günü seyahat etmenin yanlış olduğunu düşünüyor. Okulun yönetim kurulunda, değil mi? Eğitim konusundaki fikirleri hakkında gerçekten ne düşünüyorsun?"

Anne daha fazla kendine hâkim olamadı. Nasılsa bütün gün Bayan Gibson'a katlanmıştı.

"Onun psikolojik bir tarih hatası olduğunu düşünüyorum," diye yanıtladı ciddi bir ifadeyle.

Bayan Gibson gözünü bile kırpmadan, "Seninle aynı fikirdeyim," dedikten sonra uyuyormuş gibi yaptı.

ON DÖRDÜNCÜ BÖLÜM

Sonunda Pauline geldiğinde saat sabah onu gösteriyordu. Yüzü kızarmış, sevinçten ayakları yere basmayan Pauline, üzerindeki siyah elbise ve eski şapkaya rağmen on yaş gençleşmiş görünüyordu ve kollarının arasında tekerlekli sandalyedeki yaşlı kadına aceleyle verdiği hoş bir buket taşıyordu.

"Gelin, sana çiçeğini gönderdi, anne. Çok hoş değil mi? Tam tamına yirmi beş adet beyaz gül."

"Yok, daha neler! Kimsenin bana azıcık da olsa düğün pastasından göndermeyi akıl ettiğini sanmıyorum. Bugünlerde insanlar ailenin kıymetini bilmiyor. Ah, bugünleri de görecekmişim demek..."

"Ama gönderdiler. Çantamda koca bir dilim pasta var ve herkes seni sordu, sana sevgilerini iletti, anne."

"İyi vakit geçirdin mi?" diye sordu Anne.

Pauline, yumuşak koltuğa oturursa annesinin kızacağını bildiğinden sert bir koltuğa geçip oturdu.

"Çok güzeldi," diye yanıtladı dikkatli bir ifadeyle. "Hoş bir düğün yemeği yedik ve Gull Cove'un başkanı Bay Freeman, Louisa ve Maurice'i yeniden evlendirdi."

"Bence bu düpedüz günahkârlık..."

"Sonra fotoğrafçı fotoğraflarımızı çekti. Çiçekler çok güzeldi. Tören çardakta yapıldı."

"Cenaze töreni gibi..."

"Ama anneciğim, Mary Luckley batılı... Yani Bayan Flemming. İkimizin ne kadar iyi arkadaş olduğumuzu hatırlıyorsundur. Birbirimizi Polly ve Molly diye çağırırdık."

"Ne saçma isimler..."

"Hem onu yeniden görüp eski günlerden bahsetmek çok güzeldi. Kız kardeşi Em de oradaydı, çok tatlı bir bebeği var."

"Peh, sanki yenilecek bir şeymiş gibi konuşuyorsun," diye homurdandı Bayan Gibson. "Bebek bebektir işte."

"Hayır, bebekler öyle sıradan şeyler değiller," dedi Anne, Bayan Gibson'ın gülleri için bir vazoya su doldurup getirmişti. "Hepsi birer mucize."

"Neyse, benim on tane bebeğim vardı. Hiçbirinden de bir mucize görmedim. Pauline, iki dakika oturduğun yerde oturur musun? Beni huzursuz ediyorsun. *Bana* günümün nasıl geçtiğini sormadığını fark ettim. Gerçi sormanı da beklemiyordum."

"Nasıl geçtiğini bunu sana sormadan da söyleyebilirim, anne. Oldukça huzurlu ve neşeli görünüyorsun." Pauline hâlâ yaşadığı günün etkisinde olduğundan annesine karşı anlayışlı davranıyordu. "Bayan Shirley ile iyi vakit geçirdiğine eminim."

"Evet, yeterince iyi anlaştık. Onu kendi hâline bıraktım. Aslında yıllardır ilk kez ilginç konulardan bahsederek sohbet ettiğimi kabul etmeliyim. Mezara bazılarının istediği kadar yakın değilim. Tanrı'ya şükür sağırlaşmadım, aklımı da kaybetmedim. Pekâlâ, bir dahaki sefere aya gideceksin sanıyorum.

Ayrıca görünüşe bakılırsa saparna şarabımı da hiç umursamamışlar."

"Ah, olmaz olur mu? Şarabı çok beğendiler."

"Ah, söylemekle zahmet ettin. Şişeyi geri getirdin mi? Ya da senden şişeyi geri getirmeni beklemek fazla mı olur?"

"Şişe... Kırıldı," diye kekeledi Pauline. "Biri kilerde onu devirdi ama Louisa ona benzer başka bir şişe verdi, anne. Sanırım sıkıntı olmaz."

"Evi idare etmeye başladığım zamanlardan beri o şişeyi saklardım. Louisa'nın verdiği şişe kesinlikle onunla bir olamaz. Bugünlerde öyle şişeler pek yapılmıyor. Keşke bana bir şal getirsen. Hapşırıp duruyorum. Sanırım soğuk aldım. İkiniz de gece soğuğunun beni ne kadar etkileyebileceğini unutmuşa benziyorsunuz. Sanırım sinir uçları iltihabım yine azacak."

Tam bu sırada sokaktan geçen eski bir komşu kapıda belirince Pauline de Anne ile birlikte yürüme fırsatı elde etmiş oldu.

"İyi geceler, Bayan Shirley," dedi Bayan Gibson cana yakın bir tavırla. "Sana borçluyum. Keşke kasabada senin gibi daha çok insan olsa." Dişsiz ağzıyla gülümseyip Anne'i kendine doğru çekti ve fısıldamaya başladı. "İnsanların ne dediği umurumda değil. Sen çok hoş birisin."

Pauline ile Anne, serin ve hoş gece havasında sokakta yürümeye başladılar. Pauline içinde ne varsa anlatmaya koyuldu çünkü annesinin karşısında yapamaya cesaret edememişti.

"Ah, Bayan Shirley, cennet gibiydi. Sana borcumu nasıl ödeyebilirim? Hiç bu kadar harika bir gün geçirmedim. O günü yıllarca unutmayacağım. Yeniden nedime olmak çok eğlenceliydi. Ve Yüzbaşı Isaac Kent sağdıçtı. O… O benim eski erkek arkadaşımdı. Yani, aslında, hayır, tam olarak öyle denemez. Niyetinde ciddi olduğunu sanmıyorum, birkaç kere öylesine görüştük. Bana bir iki kere iltifat etti. 'Louisa'nın düğününde giydiğin şarap rengi elbisenin içinde ne kadar da güzel göründüğünü hatırlıyorum,' dedi. Düğünde o elbiseyi giydiğimi hatırlaması çok hoş, değil mi? 'Saçın karamela gibi görünüyor,' diye de ekledi. Bu cümlede herhangi bir münasebetsizlik yok değil mi, Bayan Shirley?"

"Hem de hiç."

"Lou, Molly ve ben herkes gittikten sonra güzel bir akşam yemeği yedik. Öyle acıkmışım ki… Sanki yıllardır yemek yemiyormuş gibiydim. Kimse ne yediğime karışmadan, yediklerimin midemi bozacağını söylemeden tadını çıkararak yemek yemek çok güzel bir hismiş. Yemekten sonra Mary ile birlikte eski evine gidip bahçede dolaştık, eski günlerden bahsettik. Yıllar önce ektiğimiz leylak ağaççıklarını gördük. Genç bir kızken birçok güzel yaz geçirmiştik. Gün batımında da eski sahile gidip orada bir kayaya oturur sessizliğin tadını çıkarırdık. Limanda çalan bir çanın sesini dinledim. Yeniden denizden esen rüzgârı hissetmek, suya yansıyan yıldızları izlemek öyle güzeldi ki… Akşamları körfezin ne kadar güzel olduğunu unutmuşum. Hava tamamen karardığında eve geri döndük. Bay Gregor yola çıkmaya hazırdı," diyen Pauline bir kahkaha attıktan sonra, "Yaşlı Kadın Bu Akşam Kürkçü Dükkânına Geri Döndü," diye ekledi.

"Keşke… Evinde bu kadar zor zamanlar geçirmesen, Pauline."

"Ah, Bayan Shirley, artık umurumda değil," dedi Pauline hemen. "Ne de olsa zavallı annemin bana ihtiyacı var. Hem birinin sana ihtiyaç duyması harika bir his, tatlım."

Evet, birinin size ihtiyaç duyması harika bir histi. Anne, Pasaklı Miller'ın Rebecca Dew ile dullardan kaçıp yatağına kıvrıldığı kuledeki odasında bunu düşünüp duruyordu. Pauline esaretine geri dönmüş olsa da mutlu bir günün o ölümsüz ruhu ona sonsuza dek eşlik edecekti.

"Umarım ben de birinin her zaman ihtiyaç duyduğu biri olurum," dedi Anne, Pasaklı Miller'a. "Biliyor musun Miller, birilerini mutlu etmek harika bir his. Pauline bugünü yaşadığı için kendimi öyle iyi hissediyorum ki. Pasaklı Miller, seksen yaşına geldiğimde Bayan Adoniram Gibson gibi olabileceğimi düşünmüyorsun, değil mi? Yoksa düşünüyor musun, Pasaklı Miller?"

Pasaklı Miller mırıldanarak düşünmediğini açıkça belirtti.

ON BEŞİNCİ BÖLÜM

Anne, düğünden önceki cuma akşamı Bonnyview'a gitti. Nelsonlar birkaç aile dostuna ve trenle gelen misafirlere yemek veriyordu. Dr. Nelson'ın "yazlık evi" olan büyük, biçimsiz ev, her iki yanından körfezi gören ladinlerin arasında bir yere yapılmıştı ve rüzgârıyla bilinen altın renkli kum tepelerinin göründüğü bir noktadaydı.

Anne orayı görür görmez sevmişti. Eski bir taş ev her zaman sakin ve asil görünürdü. Yağmurun, rüzgârın ya da değişen modanın getireceklerinden korkmazdı. Şimdi, bu haziran akşamında da bu ev, hayat ve heyecan doluydu. Dört bir yanından genç kızların kahkaha sesleri yükseliyor, eski dostlar selamlaşıyor, arabalar gelip gidiyor, çocuklar her yerde koşturuyor, hediyeler getiriliyordu. Herkes kendini düğünün neşesine kaptırmıştı. Dr. Nelson'ın Barnabas ve Saul adlarındaki iki kara kedisi, verandanın korkuluğuna oturmuştu ve olup biteni iki adet sarsılmaz samur sfenks gibi izliyorlardı.

Sally, kendini kalabalıktan kurtararak merdiveni çıkıp Anne'in yanına geldi.

"Senin için kuzey cephesindeki odayı ayırdık ama en az üç kişiyle odayı paylaşmak zorundasın. Burada muazzam bir kargaşa söz konusu. Babam erkek çocukları için ladinlerin arasında bir çadır kuruyor, sonra da arka taraftaki camlı verandaya bebek karyolası koyacağız. Elbette, çocukların çoğuna da samanlıkta yer yapacağız. Ah, Anne, çok heyecanlıyım. Evlenmek gerçekten eğlencenin sonu değil. Gelinliğim bugün Montreal'den geldi. Tam bir *rüya* gibi... Omuzlarında dantelli kurdelesi, inci işlemeli krem rengi ipek bir kuşağı olan bir gelinlik. Öyle güzel hediyeler geldi ki... Ah, bak, burası senin yatağın. Mamie Gray, Dot Fraser ve Sis Palmer da bu odada kalacak. Annem Amy Stewart'ı bu odaya yerleştirmek istedi ancak buna izin vermedim. Amy nedimem olmak istediği için senden nefret ediyor fakat bu kadar şişman ve aptal birini nedime yapamazdım, değil mi? Ayrıca Nil yeşili kıyafetler içinde deniz tutmuş gibi duruyor. Ah, Anne, Meraklı Teyze burada. Sadece birkaç dakika önce geldi. Ne yapacağımızı şaşırmış durumdayız, dehşete düştük. Elbette, onu davet etmemiz gerekiyordu ama yarından önce geleceğini hiç düşünmemiştik."

"Bu Meraklı Teyze de kim?"

"Babamın teyzesi, Bayan James Kennedy. Aslında gerçek adı Grace Teyze ama Tommy ona Meraklı Teyze adını taktı çünkü bilmesini istemediğimiz her şeyi bulup karışıyor. Ondan kaçış yok. Bir şey kaçırırım korkusuyla sabahın köründe kalkıyor ve gece de en son o yatıyor ama bu daha hiçbir şey. Eğer yanlış bir şey söylenmişse bil ki kesin o söylemiştir. Dahası sorulmaması gereken soruları da hep o sorar, bir türlü öğrenemedi. Babam onun konuşma tarzına 'Meraklı Teyze'nin

Patavatsızlığı' diyor. Düğün yemeğinde kesin bir pot kıracak, biliyorum. Al işte, geliyor."

Kapı açıldı ve Meraklı Teyze içeri girdi. Şişman, esmer, iri iri gözleri olan minyon bir kadındı ve naftalin topu gibi yürürken yüzünde meraklı bir ifade vardı. Yüzündeki o ifadeyle gerçekten pusuya yatmış avcı bir kediye benziyordu.

"Demek sürekli bahsi geçen Bayan Shirley sensin. Bir zamanlar tanıdığım diğer Bayan Shirley'ye hiç benzemiyorsun. *Onun* çok güzel gözleri vardı. Ah, Sally, sonunda evleniyorsun demek. Zavallı Nora, geride bir tek o kaldı desene. Neyse, anneniz beşinizden de kurtulduğu için çok şanslı. Ona sekiz sene önce, 'Bak Jane,' demiştim, 'şu kızların hepsini evlendirebileceğine emin misin?' Ah, gördüğüm kadarıyla erkekler dertten başka bir şey getirmiyor ve dünyadaki tüm belirsiz işlerin arasında en belirsizi de evlilik! Altından ne çıkacağını asla bilemezsin yine de işte… Bir kadının bu dünyada başka ne amacı olabilir ki? Zavallı Nora'ya da böyle söyledim. 'Aç kulaklarını dinle, Nora,' dedim. 'Yaşlı bir kız kurusu olmak pek de eğlenceli değil. Jim Wilcox bu konu hakkında ne düşünüyor?'"

"Ah, Grace Teyze, umarım böyle söylememişsindir! Jim ile Nora geçen ocak ayında tartıştılar, o zamandan beri adam ortalıkta görünmüyor."

"Ben düşündüğün her şeyi söylemen gerektiğine inanırım. Hem bazı şeylerin söylenmesi daha iyidir. O tartışmayı ben de duydum. Bu yüzden Nora'ya onu sordum. Ardından da 'Şunu bilsen iyi olur,' diye ekledim, 'o adam Eleanor Pringle ile kırıştırıyor.' Tabii, yüzü kıpkırmızı oldu, öfkeden deliye döndü.

Şu Vera Johnson'ın burada işi ne? Onunla herhangi bir akrabalığımız yok ki…"

"Vera her zaman benim en yakın arkadaşım olmuştur, Grace Teyze. Düğün şarkısını o çalacak."

"Ah, öyle mi? Neyse, umalım da bir hata yapıp Bayan Tom Scott'ın Dora Best'in düğününde yaptığı gibi Ölüm Marşı'nı çalmasın. Ne felaket! Bu akşam onca kalabalığı nerede ağırlayacaksınız bilmiyorum. Bazılarımız çamaşır ipinde uyuyacak sanırım."

"Herkes için yerimiz var, Grace Teyze."

"Neyse, Sally, umarım Helen Summer gibi son dakika fikrini değiştirmezsin, canım. Bu ortalığı fena karıştırır. Baban zaten fazlasıyla gergin. Yani olay çıksın diye bekleyen biri değilim ama umarım adamcağıza inme falan inmez. Böyle şeyler yaşandığını görmüşlüğüm var."

"Babam gayet iyi, Grace Teyze. Sadece biraz fazla heyecanlı."

"Ah, Sally, neler yaşanabileceğini bilemeyecek kadar gençsin. Annen bana törenin yarın öğlen olacağını söyledi. Şu düğün modası da her geçen gün değişiyor ve hiç de iyiye gitmiyor. Ben evlendiğimde düğünler akşam olurdu. Babam düğün için yirmi galon likör ikram etmişti. Ah, canım, nerede o eski günler… Mercy Daniels'ın nesi var? Onunla merdivende karşılaştım, beti benzi atmıştı."

"'Merhamet zoraki olacak şey değildir,**'" diye kıkırdadı Sally, elbisesinin içinde salınırken.

* İngiliz şair ve oyun yazarı William Shakespeare'in *Merchant of Venice* (Venedik Tüccarı) isimli eserinden alıntı. (Ed.N.)

"Kutsal Kitap'tan böyle saygısızca bahsetme," diye azarladı Meraklı Teyze. "Onu kınamalısın, Bayan Shirley. Evli olma fikrine henüz alışmış değil. Neyse, umarım damat bütün erkeklerin takındığı o tuzağa düşürüldüm ifadesini takınmaz. Ben damatların böyle düşündüklerine inanıyorum ama bunu açıkça göstermiyorlar. Umarım yüzüğü de unutmaz. Upton Hardy unutmuştu bu yüzden Flora ile ikisi bir perde halkasıyla evlendiler. Neyse, ben gelen hediyelere bir daha bakacağım. Çok güzel hediyeler gelmiş, Sally. Umarım kaşıkların saplarını parlak tutmak seni düşündüğüm kadar çok uğraştırmaz."

Camlı, büyük verandada düzenlenen akşam yemeği, oldukça neşeli geçti. Her yerde Çin fenerleri asılıydı. Tatlı ışık genç kızların hoş elbiselerine, gösterişli saçlarına ve beyaz, belirsiz kaşlarına düşüyordu. Barnabas ile Saul doktorun sandalyesinin geniş kolçaklarına birer heykel gibi oturmuş, onun verdiği atıştırmalıkları yiyorlardı.

"Parker Pringle kadar kötü," dedi Meraklı Teyze. "Onun da köpeği sandalyede oturup masada yerdi, bir de yakasına peçete takarlardı. Er ya da geç bunun hesabı sorulur."

Hizmetkârların ve nedimelerin yanı sıra tüm evli Nelson kızları ve kocaları da orada olduğundan oldukça büyük bir yemek davetiydi. Meraklı Teyze'nin "patavatsızlıklarına" rağmen hoş bir yemekti ya da belki de onlar yüzünden gayet eğlenceli geçmişti. Sonuç olarak Meraklı Teyze'yi kimse ciddiye almamıştı. Gençler arasında eğlence konusu olduğu ortadaydı. Gordon Hill ile tanıştırıldığında, "Pekâlâ, beklediğim gibi değilsin. Sally'nin hep uzun boylu, yakışıklı bir adamı seçeceğini düşünmüşümdür," dediğinde veranda kahkahadan âdeta yıkılıyordu. Masanın diğer tarafında duran ve arkadaşlarına *güleryüzden* başka bir şey gösteremeyen Gordon Hill, cümlenin sonunu duyamamıştı. Meraklı Teyze, Dot Fraser'a, "Vay, vay, ne zaman görsem üzerinde yeni bir elbise! Umarım baban birkaç yıl içinde meteliğe kurşun atmaz," dediğinde Dot elbette onu kızgın yağda kızartabilirdi ama diğer kızlar bunu komik bulmuştu. Meraklı Teyze düğün yemeği hazırlıkları sırasında acıklı bir ifadeyle, "Umarım herkes çay kaşığını alır. Gertie Paul'un düğününden sonra beş kaşık kayıptı. Bir daha da bulunmadı," dediğinde üç düzine kaşık alan Bayan Nelson ile gelinleri endişeli görünüyordu. Ancak Dr. Nelson buna kahkaha atmıştı.

"Misafirler gitmeden önce herkesin ceplerini kontrol edeceğiz, Grace Teyze."

"Ah, bunu komik bulabilirsin, Samuel. Ailede gerçekleşen hiçbir şey şaka konusu olamaz. *Birileri* bu çay kaşıklarını alır. Ben yerimden ayrılmayıp onlara gözüm gibi bakacağım. Yirmi sekiz sene önce olmasına rağmen o kaşıkları nerede görsem tanırım. Zavallı Nora o zamanlar daha bebekti. Hatırlıyor musun, Jane işlemeli beyaz elbisesi içinde ne de tatlıydı? Yirmi sekiz sene! Ah, Nora, yaşlanıyorsun ama bu ışıklar altında yaşını hiç göstermiyorsun."

Nora bu sözlerin ardından yaşanan kahkaha tufanına katılmadı. Her an patlayacakmış gibi görünüyordu. Nergis rengindeki elbisesine ve koyu saçlarındaki incilere rağmen Anne'e siyah bir güveyi hatırlattı. Kar gibi beyaz tenli ve havalı bir sarışın olan Sally'nin aksine, Nora Nelson'ın muhteşem siyah saçları, kara gözleri, kalın siyah kaşları ve kadifemsi kırmızı yanakları vardı. Burnu da hafiften kemerliydi bu yüzden güzel olduğu düşünülmezdi. Öte yandan Anne, asık suratlı ifadesine rağmen onun cazibeli olduğunu düşünüyordu. Popüler Sally'den ziyade Nora ile arkadaş olmayı tercih edebilirdi.

Yemeğin ardından danslar edildi. Müzik ve kahkaha eski taş evin pencerelerinden dışarıya âdeta bir sel gibi akıyordu. Nora saat onda gözden kaybolmuştu. Anne gürültüden dolayı kendini yorgun hissedince koridordan geçip körfeze açılan arka kapıya gitti. Kıyıya ulaşan taş merdivenden aşağıya inip küçük bir köknar korusunu ardında bıraktı. Boğucu geceden sonra soğuk tuzlu havayı hissetmek ne kadar da muazzamdı! Körfezdeki ay ışığının gümüş desenleri ne kadar da zarifti! Ay doğarken yelken açan ve şimdi limana yaklaşan gemi de rüya gibiydi! Deniz kızlarının dansına eşlik etmeyi bekleyebileceğiniz bir geceydi.

Her zamankinden daha öfkeli görünen Nora ise suyun kenarındaki bir kayanın acımasız siyah gölgesine sığınmıştı.

"Bir süre yanında oturmamın sakıncası var mı?" diye sordu Anne. "Dans etmek biraz yordu. Ayrıca bu muhteşem akşamı kaçırmak geceye saygısızlık olur. Limana bakan bir arka bahçeye sahip olmak gerçekten kıskanılacak bir şey."

"Böyle bir zamanda erkek arkadaşın olmasa kendini nasıl hissederdin?" diye sordu Nora aniden, asık bir suratla. "Ya da günün birinde bir sevgilin olması ihtimali bile olmasa?" diye ekledi, yüzündeki ifade hâlâ hüzünlüydü.

"Eğer sevgilin yoksa bence bu senin kabahatin," dedi Anne, yanına oturarak. Ve Nora kendini her şeyi Anne'e anlatırken buldu. Anne böyleydi işte, bir şekilde herkes onunla dertleşiyordu.

"Bunu kibar olmak için söylüyorsun ama gerek yok. Erkeklerin âşık olabileceği bir kız olmadığımı benim kadar sen de biliyorsun… Ben sadece Bayan Nelson'ım. Yanımda kimsenin olmaması benim kabahatim değil. Orada daha fazla kalamazdım. Buraya gelip mutsuzluğumla yüzleşmek istedim. Yüzümde sahte bir gülümsemeyle insanları anlayışla karşılamaktan, evlilikle ilgili laf çıtlattıklarında umursamıyormuş gibi görünmekten sıkıldım. Artık numara yapmak istemiyorum çünkü bu durumu fazlasıyla önemsiyorum… Hem de korkunç derecede. Nelson kızlarından geride bekâr olarak bir tek ben kaldım. Beş kız kardeşim de evli ya da yarın öyle olacak. Meraklı Teyze'nin yemekte bana ne dediğini duydun. Ayrıca yemekten önce anneme benim geçen yazdan bu yana biraz yaşlandığımla ilgili bir şeyler de söyledi. Elbette yaşlandım. Yirmi sekiz yaşındayım. Kırkıma basmama on iki yıl var. O zamana kadar yuva kurup kök salmazsam kırkımda ben ne yaparım, Anne?"

"O aptal yaşlı kadının ne dediği umurumda değil."

"Gerçekten mi? Elbette, senin benimki gibi bir burnun yok. On yıl içinde babam gibi karga burunlu bir şey olacağım. Bir erkeğin evlenme teklif etmesini yıllarca bekleyip… Sonunda o teklifi almadığında umursamaz mıydın?"

"Ah evet, sanırım bunu *umursayabilirdim.*"

"İşte, benim çıkmazım da tam olarak bu. Jim Wilcox ve beni duymuşsundur. Bu çok eski bir hikâye. Yıllardır benim etrafımda dolanıyor… ama evlenmekten hiç bahsetmedi."

"Onu önemsemiyor musun?"

"Elbette, önemsiyorum. Hep aksiymiş gibi davrandım ama artık öyleymiş gibi yapmaktan da bıktım. Geçtiğimiz ocak ayından beri hiç yanıma gelmedi. Tartıştık, gerçi yüzlerce kez tartışmışızdır. Daha önceleri hep gelirdi ama bu sefer geri dönmedi. Sanırım dönmeyecek de. Gelmek istemiyor. Körfezin karşısında ay ışığı altında parıldayan evi görüyor musun? Onun orada olduğunu sanıyorum. Ben de buradayım ama aramızda kocaman bir deniz var. Her zaman da böyleydi. Bu berbat bir durum! Ve ben hiçbir şey yapmıyorum."

"Ona haber göndersen gelmez mi?"

"Ona haber göndermek mi?! Bunu yapmam gerektiğini mi düşünüyorsun? Ölürüm daha iyi. Eğer istiyorsa gelmesini engelleyen bir şey yok ki… İstemiyorsa ben de onu istemem. Hayır, istiyorum. Hem de çok! Jim'i seviyorum ve onunla evlenmek istiyorum. Kendi yuvam olsun istiyorum. Onun soyadını taşımak istiyorum ve şu Meraklı Teyze'nin ağzını artık kapatmak istiyorum. Ona küfür edebilmek için birkaç dakikalığına Barnabos ya da Saul olabilsem keşke! Bir daha bana 'zavallı Nora' derse yüzüne bir yumruk atacağım. Gerçi o da herkesin düşündüğü şeyi söylüyor. Annem yıllar önce evlilik konusunda benden umudu kesse de geri kalan herkes hâlâ benimle uğraşıyor. Sally'den nefret ediyorum. Biliyorum, bunu söylediğim için çok kötü biri olmalıyım ama nefret ediyorum işte! Yakışıklı bir koca buldu ve güzel bir evde yaşayacak. O her şeye sahipken benim birçok şeyden mahrum kalmam adil değil. Benden daha iyi, zeki ya da güzel değil… Sadece şanslı. Korkunç biri olduğumu düşünüyorsundur ama ne düşündüğün umurumda değil."

"Sadece haftalarca süren hazırlıktan, gerginlikten sonra fazlasıyla yorgun olduğunu ve zaten zor olan şeylerin şimdi sana daha da ağır geldiğini düşünüyorum."

"Beni anlıyorsun. Aslında anlayacağını biliyordum. Seninle arkadaş olmak istiyorum, Anne Shirley. Gülüşünü seviyorum. Her zaman böyle gülebilmeyi istemişimdir. Aslında göründüğüm kadar asık suratlı biri değilim. En büyük sorunum şu kaşlarım. Sanırım bu çalı gibi kaşlar erkeklerin benden kaçmasına neden oluyor. Hayatım boyunca gerçek bir arkadaşım olmadı. Elbette, Jim vardı. Yani biz… Arkadaştık… Çocukluğumuzdan beri. Ah, ne zaman onu görmek istesem tavan arasındaki o küçük pencereye bir fener koyardım ve o da hemen karşı pencereye geçerdi. Her yere birlikte giderdik. Diğer erkeklerin şansı yoktu. Hoş bir şans istedikleri falan da yoktu ya... Şimdiyse her şey sona erdi. Benden sıkıldı ve kurtulmak için kavgayı bahane etti. Tüm bunları sana anlattığım için yarın senden de nefret edeceğim!"

"Neden?"

"Sanırım sırlarımızı döktüğümüz insanlardan her zaman nefret ederiz," dedi Nora, düşünceli bir tavırla. "Bir düğün olunca insanın içinden başka biri çıkıyor. Neyse, umurumda değil. Hiçbir şey umurumda değil. Ah, Anne Shirley, kendimi öyle berbat hissediyorum ki! İzin verirsen omzunda ağlamak istiyorum. Yarın tüm gün boyunca gülümseyip mutluymuş gibi görünmem gerekiyor. Sally, batıl inançlı olduğum için onun nedimesi olmadığımı düşünüyor. 'Üç kere nedime olan asla gelin olamazmış,' derler ya… Hayır! Orada durup, 'Evet,' dediğini duymaya tahammül edemediğimden. Benim bunu Jim'e söyleme şansım olmayacak. Başımı geriye atıp hüngür hüngür ağlasam yeri var. Ben de gelin olmak istiyorum. Bir çeyizim olsun, keten örtülerim olsun, türlü türlü güzel hediyelerim olsun istiyorum. Meraklı Teyze'nin gümüş yağ tabağına bile razıyım. Her geline tereyağı tabağı götürür de. Aziz Petrus kilisesinin resminin olduğu korkunç bir tabak. Sırf Jim gülsün diye o tabağı kahvaltı soframıza koyabilirdim. Anne, galiba ben aklımı kaçırıyorum."

Kızlar el ele içeri girdiğinde dans bitmişti. Misafirler dinlenmek için odalarına çekiliyorlardı. Tommy Nelson, Barnabas ile Saul'ü ahıra götürüyordu. Meraklı Teyze ise hâlâ bir koltukta oturuyor, yarın gerçekleşmesini ummadığı kötü senaryoları düşünüyordu.

"Umarım, tören sırasında kimse ayağa kalkıp evlenmelerine mani olmaz. Hayır, bu, Tillie Hatfield'ın düğününde olmuştu."

"Gordon için bu söz konusu değil," dedi sağdıç. Meraklı Teyze sert bir ifadeyle ona baktı.

"Genç adam, evlilik şakaya gelmez."

"Öyle olmadığına bahse girerim," dedi delikanlı. "Merhaba Nora, ne zaman düğününde dans etme şansımız olacak?"

Nora bu sözlere bir yanıt vermedi. Delikanlının yanına gidip önce bir yanağına, ardından diğer yanına olmak üzere birer tokat attı. Gerçekten sağlam tokatlar atmıştı. Sonra da arkasına bile bakmadan merdiveni çıktı.

"Bu kızın sinirleri harap olmuş," dedi Meraklı Teyze.

ON ALTINCI BÖLÜM

Cumartesi öğlen saatleri hep son dakika işleriyle gelip geçti. Bayan Nelson'ın önlüklerinden birini giyen Anne, salataları yapmak için mutfakta Nora'ya yardım ediyordu. Nora ise huzursuz görünüyordu, daha önce belirttiği gibi dün gece anlattıklarından dolayı pişmanlık duyuyor gibiydi.

"Bir ay boyunca yorgunluktan kendimize gelemeyeceğiz," dedi Nora. "Babam bu düğünün masrafını karşılamakta gerçekten güçlük çekecek ama Sally, 'muhteşem bir düğün' diye tutturunca babam da yelkenleri suya indirdi. O kızı hep şımartmıştır zaten."

"Haset ve kıskançlık seziyorum," dedi Meraklı Teyze, 'umarım' ile başladığı cümlelerle Bayan Nelson'ı çılgına çevirdiği kilerden başını aniden çıkararak..

"Haklı," dedi Nora acıklı bir sesle Anne'e. "Çok haklı. Hasedimden çatlıyorum ve kıskancım. Mutlu insanları görmeye dayanamıyorum ama dün akşam Jud Taylor'ın suratına tokatı yapıştırdığım için de hiç pişman değilim. Dahası o koca burnunu da kırmadığıma üzülüyorum. Neyse, bu salatalarla işimiz bitti. Çok lezzetli görünüyorlar. Keyfim yerindeyken ortalığı karıştırmaya bayılırım. Yine de Sally için her şeyin güzel olmasını isterim, tabii. Her şeye rağmen onu seviyorum fakat şimdilik herkesten ve özellikle de Jim Wilcox'tan nefret ediyorum."

Meraklı Teyze'nin, "Neyse umalım da damat töreni kaçırmasın," diyen sesi duyuldu. "Austin Creed kaçırmıştı. Çocukcağız o gün evleneceğini unutmuştu. Creedler hep unutkan olmuşlardır ama bu kadarı da abartı."

İki kız birbirine bakıp kahkaha attı. Nora güldükçe yüz hatları gevşedi, ışıl ışıl ışıldamaya başladı. Sonra biri gelip Barnabas'ın merdivene kustuğunu söyledi. Muhtemelen çok fazla tavuk ciğeri yemişti. Nora ortalığı temizlemek için hemen koşturdu ve Meraklı Teyze de kilerden çıkıp on sene önce Alma Clark'ın düğününde olduğu gibi düğün pastasının kaybolmamasını umduğunu söyledi.

Öğlen vakti her şey kusursuz bir şekilde hazırdı. Masa hazırlanmış, yataklar düzeltilmişti ve her yerde çiçek sepetleri vardı. Kuzey tarafında kalan üst kattaki büyük odada Sally ve üç nedimesi heyecanlı bir şekilde bekliyorlardı. Nil yeşili elbisesi içinde Anne, aynadan kendine bakıp Gilbert'ın da burada olup onu görebilmesini diledi.

"Çok güzel görünüyorsun," dedi Nora yarı kıskanç bir ifadeyle.

"Sen de çok güzel görünüyorsun, Nora. O duman mavisi şifon elbise ile geniş şapka saçının parlaklığını ve gözlerinin mavisini ortaya çıkarmış."

"Nasıl göründüğüm kimsenin umurunda değil," dedi Nora hüzünle. "Neyse, nasıl gülümsediğimi izle, Anne. Düğün yemeğinde somurtup duramam, sonuçta düğün marşını çalacak kişi benim. Vera'nın başı şiddetli bir şekilde ağrıyor. Aslına bakarsan Meraklı Teyze'nin dediği gibi kendimi daha çok Ölüm Marşı çalacakmışım gibi hissediyorum."

Tüm sabah üstündeki temiz, eski bir kimono ve başındaki başlıkla sağda solda dolanan Meraklı Teyze, yeni giydiği bordo elbiseyle göz alıcı görünüyordu. Sally'ye elbisesinin tek kolunun yeterince iyi bir şekilde oturmadığını söyledi ve Anniew Crewson'ın düğününde olduğu gibi kimsenin elbisesinin altından kombinozunun görünmemesini umdu. O sırada Bayan Nelson içeri gelip ağlamaya başladı çünkü Sally gelinliğin içinde çok hoş görünüyordu.

"Haydi, bu kadar duygusal olma," diye yatıştırdı onu Meraklı Teyze. "Evlenmemiş bir kızın daha var. Muhtemelen hep de sizinle kalacak zaten. Düğünde ağlamak iyi değildir. Neyse, umarım kimse Roberta Pringle'ın düğününde törenin tam ortasında ölen yaşlı Cromwell Amca gibi düşüp ölmez. Zavallı gelin şoktan iki hafta yataktan kalkamamıştı."

Gelin ve beraberindekiler, bu ilham verici uğurlama eşliğinde aşağıya indiler, Nora düğün marşını gergin bir şekilde çalsa da Sally ile Gordon, kimse ölmeden ya da yüzüğü unutmadan evlenebildiler. Harika bir düğündü, hatta Meraklı Teyze birkaç dakikalığına bile olsa tüm endişelerini geride bırakmıştı. "Ne de olsa," dedi Sally'ye umutlu bir şekilde, "evliliğinde çok mutlu olmasan bile fazlasıyla mutsuz olmayacağın da ortada." Nora piyano sandalyesinden bir hışımla kalkıp Sally'nin yanına gitti ve hem kardeşine hem de duvağına sıkıca sarıldı.

"Sonunda bitti gitti," dedi Nora, akşam yemeği sona erip insanların çoğu evden ayrıldığında. Ardından darmadağınık görünen odaya şöyle bir baktı. Muhtemelen diğer odalarda da aynı manzarayla karşılaşacaklardı. Yerde duran, solmuş, ezilmiş bir çiçek buketi... Ters çevrilmiş sandalyeler... Yırtık bir dantel parçası... İki mendil... Ve çocukların saçtığı kırıntılar her yerdeydi. Meraklı Teyze'nin kaldığı misafir odasında devirdiği sürahiden sızan su tavanda leke yapmıştı.

"Tüm bu döküntüyü ben temizlemek zorundayım," diye devam etti konuşmasına Nora. "Gençlerin çoğu treni bekliyor, kimisi de pazar günü gidecek. Sahilde ateş yakıp ay ışığı altında dans edecekler. Ay ışığı altında dansı ne çok sevdiğimi tahmin ediyorsundur. Kendimi yatağa atıp sabaha kadar ağlamak istiyorum."

"Düğün sonrasında evler ıssızlaşıyor," dedi Anne. "Ama sana temizlikte yardım ederim, sonra da kendimize güzel bir çay yaparız."

"Anne Shirley, bir fincan çayın her şeyi iyileştireceğine inanıyor musun? Yaşlı bir kız kurusu olan ben değil de senmişsin gibi davranıyorsun. Neyse, önemli değil. Korkunç biriymişim gibi davranmak istemiyorum ama sanırım bu benim doğal hâlim. Düğünden çok bu sahil dansından nefret ediyorum. Jim her zaman bu sahil danslarına gelirdi. Anne, hemşirelik eğitimi almaya karar verdim. Hiç hoşlanmayacağımı biliyorum. Tanrı, şimdiden bana denk gelecek hastaların yardımcısı olsun ama Summerside'da durup evde kaldım diye dalga geçilmesini duymak istemiyorum artık. Neyse, haydi şu yağlı tabak yığınlarını ortadan kaldıralım ve sanki bunu yapmak çok hoşumuza gidiyormuş gibi davranalım."

"Memnuniyetle. Bulaşık yıkamayı hep sevmişimdir. Bence kirli şeyleri yıkayıp parlatmak çok eğlenceli."

"Ah, gerçekten seni müzeye falan kaldırmaları lazım," diye söylendi Nora.

Ay doğarken sahildeki dans için her şey hazırdı. Delikanlılar sahil kenarında çalılıklardan kocaman bir ateş yakmıştı, körfez de ay ışığı altında ışıldıyordu. Anne, bu anın tadını çıkarmayı dört gözle beklese de diğerleri sandviç dolu sepetlerle merdivenden aşağıya inerken Nora'yla göz göze gelince bir an duraksadı.

"O kadar mutsuz görünüyor ki. Keşke onun için yapabileceğim bir şeyler olsaydı!"

O an Anne'in aklına bir fikir geldi. Gereken adımı atması için onu teşvik eden bir şeyler hep çıkardı. Hemen mutfağa gidip küçük bir gaz lambası aldı ve arka merdivenden çatı katına çıktı. Gaz lambasını çatı katının limana bakan penceresinin kenarına koydu. Ağaçlar, lambayı dans eden gruptan gizliyordu.

"Belki şu meşhur delikanlımız lambanın ışığını görür de gelir. Nora'nın bana kızacağına eminim ancak Jim gelirse bunun bir önemi kalmayacak. Şimdi, Rebecca Dew için biraz düğün pastasından alayım."

Fakat Jim Wilcox gelmedi. Anne de bir süre sonra onun yolunu gözlemekten vazgeçip akşamın tadını çıkarmaya başladı ve onu unuttu gitti. Nora ortalarda yoktu ve Meraklı Teyze ise merakından uyuyamamıştı. Eğlencenin ardından yorgun misafirler esneyerek odalarına çekiliyordu. Anne de çok yorgundu, çatıdaki gaz lambası aklından çıkıp gitmişti. Fakat saat ikide Meraklı Teyze odaya sızıp elindeki mumu kızların yüzüne doğru tuttu.

"Tanrım, ne oluyor?" diye iç çekti Dot Fraser, yatağında doğrularak.

"Sessiz olun," diye uyardı Meraklı Teyze, gözleri yuvalarından fırlayacakmış gibi bakıyordu. "Sanırım içeride biri var. Olduğuna eminim. Bu gürültü de ne?"

"Kedi miyavlıyor ya da köpek havlıyor gibi," diye söylendi Dot.

"Öyle bir şey değil," dedi Meraklı Teyze ciddi bir ifadeyle. "Ahırda bir köpeğin havladığını biliyorum ama beni uyandıran bu değil. Çarpma sesi gibi bir şeydi, bayağı gürültülüydü."

"'Hayaletlerden, hortlaklardan, uzun bacaklı canavarlardan ve geceleri çarpan şeylerden, yüce Tanrım, bizi kurtar,'" dedi Anne.

"Bayan Shirley, bunda gülecek bir şey yok. Bu evde hırsız var. Ben Samuel'i çağıracağım."

Meraklı Teyze odadan çıkıp gözden kaybolunca kızlar birbirine baktı.

"Düğün hediyeleri… Kütüphanede olabilir mi?" dedi Anne.

"Neyse, ben kalkıp bakacağım," dedi Mamie. "Anne, mumu aşağı doğru tuttuğunda Meraklı Teyze'nin yüzünün aldığı şekilden daha korkunç bir şey gördün mü hiç? Hele o dağınık saçları! Aklıma Endor Cadısı'nı getirdi!"

Sabahlıklarına bürünmüş dört kız koridora çıktı. Meraklı Teyze de oradaydı, peşinde de geceliği ve terlikleriyle Dr. Nelson vardı. Sabahlığını bulamayan Bayan Nelson, ürkek bir yüz ifadesiyle odasının kapısından bakıyordu.

"Ah, Samuel… Sakın aptalca bir şey yapayım deme. Eğer hırsız varsa, ateş edebilirler…"

"Saçmalama! Ben öyle bir şey olduğunu sanmıyorum," dedi doktor.

"Bir patırtı duyduğumu söyledim," diye azarladı Meraklı Teyze.

İki delikanlı da bu gruba dâhil oldu. Doktor en öndeydi. Bir elinde mum, diğerinde ocak demiri olan Meraklı Teyze ile birlikte hep beraber merdivenden indiler.

Gerçekten de kütüphaneden sesler geliyordu. Doktor kapıyı açıp içeri girdi.

Saul ahıra götürüldüğünde bir şekilde kaybolup kütüphaneye giren Barnabas, koltuğun tepesinde oturmuş, eğlenen gözlerle etrafa bakıyordu. Nora ile bir delikanlı da mum ışığıyla aydınlatılmış odanın ortasında duruyorlardı. Genç adam kollarını Nora'ya dolarken büyük, beyaz bir mendili genç kadının yüzüne doğru tutuyordu.

"Aman Tanrım, kızı bayıltıyor!" diye bağırdı Meraklı Teyze, ocak demirini gürültülü bir şekilde yere düşürerek.

Sesten yana dönen genç adam da mendilini yere düşürürken şaşkınlıkla ona bakıyordu. Kan çanağına dönen gözleri, kızıl kahve saçları ve muhteşem çenesiyle oldukça hoş bir adamdı.

Nora mendili yerden kapıp yüzüne tuttu.

"Jim Wilcox, bu da ne demek oluyor?" dedi doktor, ciddi bir ifadeyle.

"Bunun ne demek olduğunu *ben* de bilmiyorum," dedi Jim Wilcox afallamış gibi görünüyordu. "Tek bildiğim Nora'nın bana işaret bıraktığı. Summerside'daki bir ziyafetten döndükten sonra o işareti gördüm. Görünce de hemen geldim."

"Ben sana işaret falan bırakmadım," diye gürledi Nora. "Tanrı aşkına, bana öyle bakma, baba. Uyuyamadım. Odamda oturmuş, dışarıya bakıyordum, daha üstümü bile değiştirmemiştim. Birinin sahil tarafından geldiğini gördüm. Eve yaklaşınca gelen kişinin Jim olduğunu anladım, bu yüzden hemen aşağıya indim. Sonra… Sonra yüzümü kütüphane kapısına çarpıp burnumu kanattım. O da kanamayı durdurmaya çalışıyor."

"Pencereden girip sediri devirdim…"

"Size bir patırtı duyduğumu söylemiştim," dedi Meraklı Teyze.

"…şimdi de Nora bana bir işaret bırakmadığını söylüyor. Size daha fazla rahatsızlık vermeyeceğim, hepinizi endişelendirdiğim için özür dilerim."

"Gece gece uykundan olup beyhude bir merak için körfezin karşısından buraya kadar gelmen çok kötü olmuş," dedi Nora buz gibi bir sesle, bir yandan da Jim'in mendilinde kan bulaşmamış bir yer arıyordu.

"Doğru, beyhude bir merak," dedi doktor.

"Bir anahtar bırakman daha kolay olurdu," dedi Meraklı Teyze.

"Pencereye gaz lambasını bırakan bendim," dedi Anne, utangaç bir ifadeyle. "Sonra da unuttum."

"Nasıl buna cüret edersin?!" diye bağırdı Nora. "Seni hiç affetmeyeceğim."

"Hepiniz aklınızı mı kaçırdınız?" dedi doktor öfkeli bir tavırla. "Bu karmaşa da neyin nesi? Tanrı aşkına, Jim, şu pencereyi kapat. Sırtına rüzgâr vuruyor, üşüteceksin. Nora, sen de başını arkaya yatır, kanaman dursun."

Nora, öfkenin utanca karıştığı bir hisle ağlamaya başladı. Gözyaşları kana bulandığı için yüzü fazlasıyla korkunç görünüyordu. Jim Wilcox'ın ise yer yarılsa da içine girsem der gibi bir ifadesi vardı.

"Eh," dedi Meraklı Teyze öfkeli bir tavırla, "yapman gereken onunla evlenmek, Jim Wilcox. Gecenin ikisinde seninle burada yakalandığı duyulursa bu kızcağız bir daha asla koca bulamaz."

"Onunla evlenmek mi?!" diye bağırdı Jim öfkeyle. "Hayatım boyunca istediğim tek şey, onunla evlenmekti. Ben başka bir şey istemedim ki!"

"Madem öyleydi, neden bunca zaman bir şey söylemedin?" diye diretti Nora, ondan yana dönerek.

"Söylemek mi? Yıllardır beni küçümsedin, hor gördün, azarladın. Ne zaman eline bir fırsat geçse beni hep aşağıladın. Sana bunu sormayı düşünemedim bile. Geçtiğimiz ocak ayında da bana dedin ki…"

"Beni buna sen zorladın…"

"Seni *ben* zorladım! Güzel! Benden kurtulmak için bahane bulup kavga çıkarttın…"

"Yapmadım… Ben…"

"O kadar aptalım ki her zaman yaptığımız gibi pencereye bir işaret bırakıp beni istediğini düşündüğün için gecenin bir yarısı kalkıp buraya geldim! Benimle evlen demek için! Pekâlâ, şimdi sana soracağım ve sen de herkesin gözü önünde beni reddetmenin zevkini yaşayabilirsin. Nora Edith Nelson, benimle evlenir misin?"

"Ben… Evet! Evet!" diye bağırdı Nora, bunu öyle edepsiz bir şekilde söylemişti ki Barnabas bile utanmıştı.

Jim bir süre şaşkınlıkla baktıktan sonra birden ona doğru atıldı. Nora'nın burun kanaması durmuş mu durmamış mı o an pek bir önemi yoktu.

"Hepinizin bugünün cumartesi gecesi olduğunu unuttuğunuzu sanıyorum," dedi Meraklı Teyze, bunu sanki kendine de hatırlatıyormuş gibi. "Yapan olsaydı bir fincan çay çok iyi olurdu. Bu tür gösterilere alışık değilim. Tek umudum, zavallı Nora'nın sonunda bu genç adama kavuşabilmiş olması. En azından bu kez şahitleri var."

Bayan Nelson aşağıya inip çay yapınca herkes mutfağa geçti. Elbette, Barnabas'ın gözetimi eşliğinde kütüphanede kalan Jim ile Nora hariç... Anne sabah oluncaya kadar bir daha Nora'yı görmedi. Sabah olduğunda ise karşısında on yaş daha gençleşmiş, mutluluktan ışıldayan farklı bir Nora vardı artık.

"Tüm bunları sana borçluyum, Anne. Eğer sen gaz lambasını koymasaydın... Yine de dün gece sadece iki buçuk dakikalığına o kulaklarını çekebilirdim!"

"Ah, uyuduğum için her şeyi kaçırdım," diye inledi Tommy Nelson hüzünlü bir sesle.

Ama son sözü Meraklı Teyze söyledi.

"Her neyse, tek umudum sizinkinin aceleye getirilmiş, sonradan pişman olunacak bir evlilik olmaması..."

ON YEDİNCİ BÖLÜM

(Gilbert'a gönderilen mektuptan alıntı…)

"Bugün okullar kapandı. Tam iki ay boyunca Green Gables, dere boyunca ayak bileğine gelen ıslak eğrelti otları, Âşıklar Yolu'ndaki tembel, alacalı gölgeler, Bay Bell'in otlaklarındaki yaban çileği ve Perili Orman'daki köknarların karanlık güzelliği benimle olacak! Hepsi beni beklesin! Havalarda uçuyorum.

"Jen Pringle bana bir buket dağ zambağı getirip iyi tatiller dedi. Bir ara bir hafta sonu yanıma gelmek istediğini belirtti. Ne mucize ama!

"Ancak Küçük Elizabeth bu duruma üzüldü. Onun da beni ziyaret etmesini çok istiyorum fakat Bayan Campbell bunun uygun olmadığı kanaatinde. Neyse ki Elizabeth'e bununla ilgili bir şey dememiştim, bu yüzden hayal kırıklığı falan yaşamadı.

"'Burada olmadığınız süre boyunca kendimi Lizzie gibi hissedeceğim, Bayan Shirley,' dedi bana. 'Öyle ya da böyle Lizzie gibi *hissediyorum* zaten.'

"'Ama geri geldiğimde eğleneceğimiz anları düşünebilirsin,' dedim. 'Elbette, Lizzie olmayacaksın. Senin içinde

Lizzie diye biri yok. Sana her hafta mektup yazacağım, küçük Elizabeth.'

"'Ah, Bayan Shirley, yazacak mısınız?! Hayatım boyunca hiç mektup almadım. Çok eğlenceli olacak! Eğer pul almama izin verirlerse ben de size yazacağım. İzin vermezlerse de sizi düşündüğümü bilmenizi isterim. Arka bahçedeki sincaba sizin adınızı verdim... Shirley. Sakıncası yok, değil mi? Önce Anne Shirley demeye karar vermiştim ama sonra bunun saygısızlık olabileceğini düşündüm. Yani Anne bir sincap adı gibi gelmiyordu kulağa. Ayrıca o çok kibar bir sincaba benziyor. Sincaplar çok tatlı yaratıklar, değil mi? Gerçi Kadın gül ağacının köklerini yemelerinden şikâyetçi.'

"'Tahmin edebiliyorum!' dedim.

"Katherine Brooke'a yazı nerede geçireceğini sorduğumda kısaca, 'Burada. Sen ne sandın?' diye yanıt verdi.

"Onu Green Gables'a davet etmek istesem de bir şey söylemedim. Zaten geleceğini de düşünmüyorum. İnsanın neşesini sömürüyor. Her şeyden şikâyetçi. Yine de bütün yaz o ucuz pansiyonda yalnız kalacağını düşündüğümde vicdanım beni rahatsız ediyor.

"Pasaklı Miller geçen gün canlı bir yılanı getirip mutfağın zeminine bıraktı. Rebecca Dew âdeta hayalet görmüşe döndü. 'Ama artık bu kadarı da fazla!' dedi. Ancak Rebecca Dew bugünlerde biraz huysuz çünkü boş zamanını gül ağaçlarından büyük gri-yeşil böcekleri toplayıp bir kutu gaz yağının içine atarak geçirmek zorunda. Dünyada çok fazla böcek olduğunu düşünüyor.

"'Bir gün şu böcekler dünyayı tamamen yiyip bitirecek,' diye söylendi hüzünle.

"Nora Nelson eylül ayında Jim Wilcox ile evleniyor. Sessiz sedasız bir düğün olacak. Ne kargaşa ne misafir ne de nedime… Hiçbir şey istemiyor. Nora bana Meraklı Teyze'den kaçmak için tek yolun bu olduğunu söyledi. Ayrıca Meraklı Teyze'nin, evlendiğini görmesini istemiyor. Bununla birlikte, bu tam anlamıyla bir düğün olmasa da ben bir şekilde orada olacağım. Nora, o ışığı pencereye koymasaydım Jim'in asla geri gelmeyeceğini söyledi. Normalde mağazasını satıp batıya gidecekmiş. Bir araya getirmem gereken onca insanı düşününce…

"Sally, çoğu zaman kavga edeceklerini ancak başkalarıyla aynı fikirde olmaktansa birbirleriyle kavga etmekten daha mutlu olacaklarını söylüyor. Fakat ben kavga edeceklerini sanmıyorum. Bence dünyadaki sorunların çoğu sadece yanlış anlaşılmadan kaynaklanıyor. Biz de bu durumu uzun süre yaşadık ama şimdi...

"İyi geceler, sevgilim. Benim bunu dilemem bir fark yaratacaksa, size tüm kabimle tatlı rüyalar diliyorum.

"Kalbim sonsuza kadar hep size ait olacak.

"Not: Yukarıdaki cümleler, Chatty Teyze'nin büyükannesinin bir mektubundan harfi harfine alıntılanmıştır."

İKİNCİ YIL

ON SEKİZİNCİ BÖLÜM

"Rüzgârlı Kavaklar,

"Hayalet Yol,

"14 Eylül

"Yaşadığımız o muhteşem iki ayın bittiği gerçeğini kabullenmekte zorlanıyorum. Çok güzel vakit geçirmedik mi, sevgilim? Ama gel gör ki sanki üzerinden iki yıl geçmiş gibi…

(Birkaç sayfa çıkarılmıştır.)

"Ama Rüzgârlı Kavaklar'a, kendi özel kuleme, bana ait olan sandalyeye, kendi koca yatağıma ve hatta mutfak penceresinin önünde pinekleyen Pasaklı Miller'a bile geri dönmenin de ayrı bir zevki var.

"Dullar beni gördüğüne çok sevindi, hatta Rebecca Dew açıkça, 'Seni görmek ne güzel,' dedi. Küçük Elizabeth de aynı duyguları paylaşıyor. Yeşil kapının kenarında dururken koyu bir sohbete daldık.

"'Yarın'ı benden önce bulacaksınız diye biraz korktum,' dedi küçük Elizabeth.

"'Çok güzel bir akşam değil mi?' dedim.

"'Sizin olduğunuz her akşam çok güzel, Bayan Shirley,' dedi küçük Elizabeth.

"Şu iltifata bakar mısın!

"'Yaz tatilin nasıl geçti, tatlım?' diye sordum.

"'Düşünerek,' diye yanıt verdi, 'Yarın gerçekleşecek bütün güzel şeyleri düşünerek.'

"Sonra kuledeki odama çıkıp fillerle ilgili bir hikâye okuduk. Küçük Elizabeth bu aralar fillere çok meraklı.

"'Fillerin adı bile büyüleyici değil mi?' dedi ciddi bir ifadeyle küçük ellerini çenesinin altına dayayarak, son zamanlarda bunu huy edinmiş durumda. "Yarın geldiğinde bir sürü fil görmeyi umuyorum.'

"Durum böyle olunca haritamıza bir de fil parkı ekledik. Sakın küçümseyici bir tavır takınma, bunu okuduğunda öyle yapacağını biliyorum. Hiç deneme bile! Bu dünyanın her zaman perilere ihtiyacı *olacak*. Bu hayat onlar olmadan çekilmez. Ayrıca birinin onları bulması gerekiyor.

"Okula geri dönmek de çok güzel. Katherine Brooke pek cana yakın değildi ama öğrencilerim beni gördüklerine memnundu ve Jen Pringle, pazar günü okulda gerçekleşecek konser için meleklerin başlarına telden haleler yaparken ona yardım etmemi istedi.

"Sanırım bu sene geçen seneye göre daha ilginç geçecek. Müfredata Kanada Tarihi de eklendi. Yarın derste 1812 Savaşı'nı işleyeceğim. Geçmişte kalmış, bir daha yaşanmayacak eski savaş tarihlerini okumak oldukça tuhaf. Kimsenin uzun zaman önce gerçekleşen bir savaşa ilgi duyduğunu sanmıyorum. Kanada'nın bir daha savaşa gireceğini düşünmek imkânsız. Tarihin o korkunç zamanları geçip gittiği için mutluyum.

"Drama Kulübü'nü yeniden kuracağız ve üyelik için okula bağlı her aileyi araştıracağız. Lewis Allen ve ben, Dawlish Yolu'nu kendi bölgemiz olarak belirledik, önümüzdeki cumartesi öğleden sonra çalışmalara başlayacağız. Lewis, bir taşla iki kuş vurmaya çalışacak çünkü en iyi çiftlik evi fotoğrafı için *Country Homes* tarafından sunulan bir ödül için yarışıyor. Ödül yirmi beş dolar ve bu Lewis için fazlasıyla ihtiyaç duyduğu yeni bir takım elbise ve palto anlamına geliyor. Bütün yaz bir çiftlikte çalıştı ve bu yıl da kaldığı pansiyonda ev işlerinde yardım edip danışmaya bakacak. Bundan nefret ediyor olsa da asla şikâyet etmiyor. Lewis'i seviyorum. O kadar cesur ve hırslı ki… Bir de o büyüleyici gülümsemesi yok mu! Aslında yapısı o kadar da güçlü değil. Geçen sene hasta olacak diye korktum. Ancak çiftlikte geçirdiği yaz tatili ona yaramışa benziyor. Bu sene lisedeki son senesi, ardından Queen's'e girmeye çalışacak. Dullar bu kış, gelebildiği sürece pazar günleri akşam yemeklerine gelmesi için onu davet ettiler. Kate Teyze ile birlikte oturup durumu konuştuk, tabii ek masraflara katkı yapmam konusunda onu ikna etmem gerekti. Öte yandan Rebecca Dew'u ikna etmemize gerek kalmadı. Tek yapmam gereken Rebecca Dew'un duyacağı şekilde Kate Teyze'ye, ayda en az iki pazar akşamı Lewis Allen'ı yemeğe davet edebilir miyim diye sormaktı. Kate Teyze soğuk bir tavırla zaten bir kız yetmiyormuş gibi bir de onun yemek masrafını karşılayamayacaklarını söyledi.

"Bunun üzerine Rebecca Dew ıstırap dolu bir çığlık attı.

"'İşte, bu bardağı taşıran son damla. Sofraya bir tabak daha koyamayacak, sırf okumak için çalışıp didinen zavallı bir çocuğun karnını doyuramayacak kadar mı fakiriz! O Kedi için aldığın ciğerin haddi hesabı yok. Ücretimden bir dolar kesersen o çocuğun karnını doyururuz.'

"Ve böylece Rebecca'ya göre anlaşma sağlandı. Lewis Allen yemeğe geliyor. Ne Pasaklı Miller'ın ciğerinden ne de Rebecca Dew'un ücretinden ödün veriliyor. Ah, tatlı Rebecca Dew!

"Chatty Teyze dün gece odama gelip boncuklu bir pelerin giymek istediğinden bahsetti ama Kate Teyze ona, bunun için çok yaşlı olduğunu düşündüğünü söylemiş. Bu yüzden duyguları incinmişti.

"'Sence yaşlı mıyım, Bayan Shirley? Kendimi uygunsuz bir duruma sokmak istemem... Ancak hep boncuklu bir pelerinim olsun istemişimdir. O pelerinlerin her zaman... Nasıl desem, havalı olduğunu düşünmüşümdür. Şimdi yine moda oldular.'

"'Çok mu yaşlı! Elbette, çok yaşlı değilsin, hayatım,' diye ona güvence verdim. 'Hiç kimse giymek istediği kıyafeti giymek için yaşlı değildir. Çok yaşlı olsaydın zaten giymek *istemezdin*.'

"'O zaman o pelerini alacağım ve Kate'e de karşı çıkacağım,' dedi Chatty Teyze kararlı bir tavırla. Yapacağını düşünüyorum ve Kate Teyze'yi de nasıl ikna edeceğimi biliyorum.

"Odamda yalnızım. Dışarısı tamamen sessiz, sakin. Bu öyle kadifemsi bir sessizlik ki yaprak dahi kımıldamıyor. Başımı camdan dışarı uzattım ve Kingsport'tan çok da uzak olmayan birine bir öpücük gönderdim."

ON DOKUZUNCU BÖLÜM

Dawlish Yolu fazlasıyla dolambaçlı bir yoldu ve o akşamüstü hava yürümek için harikaydı. Ya da Anne ile Lewis öyle düşünüyordu çünkü yolda yürürlerken arada sırada durup ağaçların arasından süzülen safir rengindeki gün ışınlarının, sevimli bir manzaranın ya da yaprak dolu bir çukurdaki küçük bir evin hayalini kurmanın tadını çıkarıyorlardı. Tek tek evlere gidip Drama Kulübü'ne üye aramak pek hoş bir durum olmayabilirdi belki ama Anne ile Lewis bunu sırayla yapmaya çalıştılar. Lewis konuşmasıyla kadınları etkilemeye çalışırken Anne de erkekleri etkilemeye çalışıyordu.

"Eğer bu elbise ve şapkayla gideceksen erkeklerle sen konuş," diye tavsiye etmişti Rebecca Dew. "Vakti zamanında oy isteme tecrübem oldu. Şık giyinmek ve güzel görünmek varlıklı olduğun imajını veriyor ya da vaat ediyor. Erkeklerle konuşursan başarılı olursun ama kadınlarla konuşacaksan en eski, en çirkin elbiseni giymelisin."

"Yollar çok ilginç şeyler değil mi, Lewis?" dedi Anne hülyalı bir şekilde. "Düz yollardan bahsetmiyorum, güzelliklerin ve sürprizlerin gizlendiği kıvrımlı yollardan bahsediyorum. Yolların bu şekilde inişli çıkışlı olmasını hep sevmişimdir."

"Bu Dawlish Yolu nereye gidiyor?" diye sordu Lewis, bir yandan da Bayan Shirley'nin ses tonunun ona ilkbaharı hatırlattığını düşünüyordu.

"Korkunç bir öğretmen olup hiçbir yere gitmiyor, yol burada bitiyor diyebilirim, Lewis ama yapmayacağım. Nereye gittiği ya da nereye çıkacağı kimin umurunda? Belki dünyanın sonuna ya da çok daha ötesine gidiyordur. Emerson'ın ne dediğini hatırla… 'Ah, ben bu zamanla ne yapacağım?' Bugünkü sözümüz bu. Bir süre rahat bırakırsak evrenin kendi başının çaresine bakacağına inanıyorum. Şu bulutların gölgelerine bak. Şu dingin yeşil vadiye ne demeli? Her köşesinde bir elma ağacı olan o ev. İlkbaharı düşün. Bu, insanların kendilerini canlı *hissettiği* ve dünyadaki tüm rüzgârların kardeş olduğu günlerden biri. Ah, yol boyunca bir sürü eğrelti otu olduğuna o kadar memnunum ki… Örümcek ağlarıyla kaplı eğrelti otları. Hayal dünyamdan hiç çıkmadığım günler geldi aklıma. Sanırım örümcek ağlarının… perilerin masa örtüleri olduğuna gerçekten inanmıştım."

Yol kenarındaki altın sarısı bir oyukta bir kaynak buldular ve eğrelti otlarıyla kaplanmış gibi görünen bir yosunun üzerine oturup Lewis'in huş ağacından kopardığı ağaç kavuğuyla su içmeye başladılar.

"Susuzluktan dilin damağın kuruyup da su bulana kadar gerçekte su içmenin ne demek olduğunu anlayamıyorsun," dedi Lewis. "Geçtiğimiz yaz batı tarafında inşa edilen demiryolunda çalıştım, sıcaktan kavrulduğumuz bir günde çayırlıkta kayboldum ve saatlerce yürüdüm. Susuzluktan öleceğimi sandığım an bir kulübeye denk geldim. Söğütlerin orada bunun gibi bir pınar vardı. Nasıl kana kana su içtiğimi anlatamam! O gün Kutsal Kitabı ve temiz suyun kıymetini daha iyi anladım."

"Yakında suyla ilgili bir sıkıntımız olmayacak," dedi Anne endişeli bir hâlde. "Galiba yağmur yağacak. Lewis, yağmuru severim ama üstümde en iyi elbisemle şapkam var ve yaklaşık yarım kilometre boyunca hiç ev yok."

"Şurada terk edilmiş eski bir demirci ocağı var," dedi Lewis. "Ama oraya gitmek için koşmamız gerek."

Nihayet koşup o eski demirci ocağına sığındılar ve o sakin akşamüstünün keyfini çıkardılar. Tüm dünyaya bir dinginlik çökmüştü. Dawlish Yolu boyunca fısıldayan, varlığını hissettiren o küçük esintiler birden suspus olmuştu. Ne bir yaprak kımıldıyor ne de bir gölge titreşiyordu. Eğimli yoldaki akçaağaç yaprakları sanki korkudan sararıp solmuş gibi ters dönmüş, kocaman, serin bir gölge onları yeşil bir dalga gibi sarmıştı âdeta. Yağmur bulutu tepelerinde belirdikten sonra bir rüzgâr esti ve rüzgârla birlikte yağmur da kendini gösterdi. Sağanak, yaprakların üzerinde sertçe pıtırdıyor, dumanlı kırmızı yolda dans ediyor ve eski demirhanenin çatısına neşeyle düşüyordu.

"Ya durmazsa..." dedi Lewis.

Ama durmuştu. O sağanak geldiği gibi gitmiş, yerini güneşe bırakmıştı. Islanan ağaçlar gün ışığıyla parıldıyor, beyaz bulutların arasında mavi gökyüzü görünüyordu. Uzaklarda bir yerde bir tepenin hâlâ yağmurla kucaklaştığını ama alt taraftaki vadiyi şeftali rengi bir sisin kapladığını görebiliyorlardı. Etraflarını saran orman âdeta ilkbahar ışıltısıyla parıldıyordu. Demir ocağının tepesinde bulunan akçaağaçtaki bir kuş, gerçekten de ilkbaharın geldiğine inanmış gibi şakımaya başladı. Dünya bir anda yenilenmiş gibiydi, her şey oldukça hoş görünüyordu.

"Haydi, buraları keşfedelim," dedi Anne, yollarına devam ederken bir yandan da altın başak otlarıyla kaplı eski demiryolu çitlerinin arasındaki yan yola bakıyordu.

"Bu yol boyunca birilerinin yaşadığını pek sanmıyorum," dedi Lewis şüpheli bir tavırla. "Limana giden bir yol sadece."

"Önemli değil. Haydi, bu taraftan yürüyelim. Yan yollara hep zaafım olmuştur. Alışılmışın dışında, kayıp, yeşil ve ıssız olurlar. Islak çimlerin kokusunu içine çek, Lewis. Ayrıca içimden bir ses buralarda bir yerde bir ev olduğunu söylüyor. Sade bir ev… Basit bir ev."

Anne'in içindeki ses onu yanıltmamıştı. Bir süre sonra karşılarına gerçekten de bir ev çıktı. Küçük, kare pencereleri, alçak saçaklarıyla eski moda bir evdi. Koca söğüt ağaçları dallarıyla evi koruyor ve evin etrafını sık çalılar çevreliyordu. Hava şartlarından dolayı iyice eskimiş olan evin arkasındaki büyük ahırlar oldukça hoş ve her açıdan yeni görünüyordu. "Bayan Shirley, bir adamın ahırları evinden daha iyiyse geliri, giderinden çoktur lafını çok duymuşumdur," dedi Lewis, çimlerle kaplı derin yoldan giderken.

"Ben de bunun, ev sahibinin ailesinden çok atlarını düşündüğünün bir işareti olduğuna inanıyorum," diye güldü Anne. "Buradan kulübümüz için bir şey çıkacağını sanmıyorum ama fotoğraf yarışması için görüp görebileceğimiz en güzel ev olabilir. Gri olması fotoğraf için sorun teşkil etmeyecektir."

"Bu yol çok kullanılıyormuş gibi durmuyor," dedi Lewis omzunu silkerek. "Öyle görünüyor ki burada yaşayanlar her kimse pek dost canlısı insanlar değil. Drama kulübünün ne demek olduğunu bildiklerinden bile şüpheliyim. Her neyse içeridekiler sığınaklarından çıkmadan fotoğrafımı çeksem iyi olacak."

Ev terk edilmiş gibi duruyordu. Fotoğrafı çektikten sonra küçük beyaz kapıyı açıp bahçeyi geçtiler ve soluk renkli mavi mutfak kapısını tıklattılar. Ön kapının, Rüzgârlı Kavaklar'daki gibi göstermelik olduğu belliydi. Virginia sarmaşığına tam anlamıyla gizlenmiş bir kapının ne kadar gösteriş amaçlı olabileceği ise meçhuldü elbette.

Anne ve Lewis, kapının açılmasını ve cömertlikle olmasa bile en azından nezaketle karşılanmayı bekliyorlardı. Tam geri dönmeye karar vermişlerdi ki kapı gıcırdayarak açıldı. Karşılarında görmeyi umdukları güler yüzlü çiftçi eşi ya da kızı yerine uzun boylu, geniş omuzlu, kır saçlı ve kalın kaşlı, ellilerinde bir adam duruyordu.

"Ne istiyorsunuz?" diye sordu adam kaba bir tavırla.

"Okulumuzun drama kulübüne ilgi duyar mısınız diye bir sormak istemiştik," diye konuşmaya başladı Anne, çekimser bir tavırla fakat kesinlikle daha açıklayıcı olması gerekiyordu.

"Hiç duymadım. Duymak da istemiyorum. İşim olmaz." Adam onları dinlemek istemediğini açıkça belirtmişti, hemen ardından kapı yüzlerine kapandı.

"Hor görüldüğümüze inanıyorum," dedi Anne, yürürlerken.

"Ne kibar bir beyefendiydi," diye ekledi Lewis de sırıtarak. "Karısı için üzüldüm, tabii varsa."

"Olduğundan şüpheliyim, olsaydı şu kaba adama biraz yol yordam öğretirdi," dedi Anne, kırılan gururunu toparlamaya çalışıyordu. "Keşke Rebecca Dew ona haddini bildirebilseydi.

Neyse, en azından evinin fotoğrafını çekebildik. İçimde ödülü kazanacağına dair bir his var. Hay aksi! Ayakkabımın içine taş girdi. Kibar beyefendimizin izni olsun ya da olmasın şu taş yalağa oturup ayakkabımdaki taşı çıkaracağım."

"Neyse ki görüş açısında değiliz," dedi Lewis.

Anne, sağ tarafındaki çalılık ormanda bir şeyin hafifçe itildiğini duyduğunda ayakkabı bağcığını henüz bağlamıştı. Çok geçmeden yaklaşık sekiz yaşlarında küçük bir çocuk göründü ve tombul elleriyle büyük bir dilim elmalı turtayı sıkıca tutarken çekimser bir tavırla onları süzdü. Kahverengi bukleleri, sıcacık bakan, iri kahve gözleri ve güzel yüz hatlarıyla güzel bir çocuktu, ayrıca nazik birine benziyordu. Soluk, mavi bir gömlek ve bağcıksız, kısa kadife pantolonu haricinde üzerinde bir şey olmasa da kılık değiştirmiş küçük bir prensi andırıyordu.

Hemen arkasında, kafası neredeyse çocuğun omzuyla aynı hizada olan büyük, siyah bir Newfoundland köpeği vardı.

Anne genelde çocukların kalbini çalan o sıcak gülümsemesiyle ona baktı.

"Merhaba, küçük dostum," dedi Lewis. "Kimlerdensin?"

Küçük çocuk elindeki turtayı göstererek gülümsedi.

"Bu sizin için," dedi utangaç bir ifadeyle. "Babam benim için yapmıştı ama ben size vermeyi tercih ettim. Evde daha çok var."

Lewis hiç düşünmeden küçük adamın ikramını almayı reddetmek üzereydi ki Anne hemen onu dürttü. İpucunu yakalayan Lewis, ikramı büyük bir ciddiyetle kabul etti ve onu oldukça yavaş bir şekilde ikiye bölüp yarısını çocuğa geri uzatan Anne'e verdi. Artık bu turtayı yemek zorunda olduklarını bilseler de "baba" figürünün yemek pişirme kabiliyeti hakkında şüpheleri vardı. Öte yandan turtadan aldıkları ilk ısırık onları tatmin etmişti. "Baba" nezaket yoksunu olabilirdi ama elmalı turta yapma konusunda gerçekten iyiydi.

"Bu çok lezzetli," dedi Anne. "Adın ne senin, tatlım?"

"Teddy Armstrong," diye yanıt verdi küçük çocuk. "Ama babam bana her zaman Küçük Adam der. Anlayacağınız onun tek dostu benim. Babam bana çok düşkün, ben de babama çok düşkünümdür. Kapıyı yüzünüze kapattığı için babamın kaba biri olduğunu düşünmenizden korktum, niyeti öyle davranmak değildi. Yemek için bir şeyler istediğinizi duydum." ("Öyle bir şey istemedik ama önemli değil," diye düşündü Anne.)

"Bahçede gülhatmilerin arkasındaydım, bu yüzden turtamı size getirebileceğimi düşündüm çünkü yiyecek bir şey bulamayan fakir insanlar için çok üzülüyorum. Benim her zaman yiyecek bir şeyim oluyor. Babam çok iyi bir aşçıdır. Yaptığı sütlaçları bir yeseniz bayılırsınız."

"Üstüne fındık da serpiyor, değil mi?" diye sordu Lewis.

"Hem de bol bol. Babamın eli boldur."

"Annen yok mu, tatlım?" diye sordu Anne.

"Hayır. Benim annem öldü. Bayan Merrill bir keresinde bana annemin cennete gittiğini söyledi ama babam öyle bir yerin olmadığından bahsetti. Babam doğrusunu bilir diye düşündüm. O çok bilge bir adamdır. Binlerce kitap okumuş. Ben de büyüdüğümde onun gibi olmak istiyorum. İstedikleri zaman insanlara yiyecek de vereceğim. Babam insanları pek sevmez ama beni çok sever."

"Okula gidiyor musun?" diye sordu Lewis.

"Hayır. Babam bana evde eğitim veriyor ama güvendiği kişiler ona gelecek sene okula gitmek zorunda olduğumu söylediler. Okula gidip orada arkadaşlarımla oynamayı seveceğimi düşünüyorum. Elbette, boş zamanı olduğunda babamla ve Carlo'yla oynuyorum. Babam çok meşgul bir adamdır. Çiftliği idare etmek, evi çekip çevirmek zorunda. O yüzden etrafında dikkatini dağıtacak kimseyi istemiyor. Büyüdüğümde ona yardım edeceğim, insanlara karşı da daha kibar olacağım."

"Bu turta çok güzelmiş, Küçük Adam," dedi Lewis, son lokmayı yutarken.

Küçük Adam'ın gözleri ışıldıyordu.

"Beğenmenize sevindim."

"Fotoğrafının çekilmesini ister misin?" diye sordu Anne, bu küçük çocuğa para vermenin doğru bir teklif olmayacağını hissederek. "Eğer istersen Lewis fotoğrafını çekebilir."

"Ah, istemem mi hiç!" dedi Küçük Adam hevesle. "Carlo da yanımda olabilir mi?"

"Elbette, olabilir."

Anne, çocukla köpeği çalıların önüne götürüp poz vermelerini sağladı. Küçük çocuk kolunu büyük, kıvırcık oyun arkadaşının boynuna atarken her ikisi de hâllerinden memnun görünüyordu. Lewis de elinde son lokmasıyla fotoğrafını çekti.

"Fotoğraf çıktığında sana mektupla gönderirim," diye söz verdi Lewis. "Adresini alabilir miyim?"

"Teddy Armstrong, Bay James Armstrong'un oğlu, Glencove Yolu," dedi Küçük Adam. "Ah, postaneye benim adıma gelecek bir mektubun olması ne harika, değil mi? Çok gururlandığımı söylemem gerek. Bundan babama bahsetmeyeceğim, ona da sürpriz olsun."

"İki ya da üç hafta içinde posta kutunu kontrol et," dedi Lewis, ardından çocukla vedalaştılar. Ancak Anne birden durup küçük çocuğun yanık tenli yanağından öptü. Bu çocukta kalbini ısıtan bir şey vardı. Öyle tatlı... Öyle akıllı... Ve öyle öksüzdü ki...!

Yol ayrımına gelmeden önce dönüp arkalarına baktıklarında çocuğun su yalağının orada, yanında köpeğiyle onlara el salladığını gördüler.

Elbette, Rebecca Dew, Armstrong Ailesi hakkında her şeyi biliyordu.

"James Armstrong beş yıl önce ölen eşinin ardından hiç evlenmedi," dedi. "O elim olaydan önce hiç böyle biri değildi. Tamam yalnızlığı severdi ama bu kadar değildi. Karısına çok düşkündü. Karısı ondan yirmi yaş küçüktü. Ölümünün onu çok etkilediğini duydum. Huyu suyu tamamen değişmiş, tamamen aksileşmiş. Evi çekip çevirecek, çocuğa bakacak bir kâhya kadın bile tutmamış. Evlenmeden önce kendi başına birçok şeyi hallediyordu, o yüzden bu işte de zorlanmadığı ortada."

"Ama çocuğun bir hayatı yok," dedi Chatty Teyze. "Babası onu ne kiliseye ne de insan içine çıkabileceği bir yere götürüyor."

"Duyduğuma göre çocuğa çok düşkünmüş," diye ekledi Kate Teyze de.

Bunun üzerine Rebecca Dew aniden, "'Tanrı der ki kimseyi benden daha çok sevme,'" diyerek Kutsal Kitap'tan alıntı yapıverdi.

YİRMİNCİ BÖLÜM

Lewis fotoğrafları neredeyse üç hafta sonra çıkarabilmişti. Bir pazar akşam yemeği için Rüzgârlı Kavaklar'a geldiği zaman onları da yanında getirdi. Hem ev hem de Küçük Adam'ın fotoğrafları harika çıkmıştı. Rebecca Dew, Küçük Adam'ın "hayatın kendisi" gibi canlı bir şekilde gülümsediğini söylemişti.

"Ah, sana benziyor, Lewis!" dedi Anne.

"Evet, benziyor," diye onayladı Rebecca Dew, fotoğrafı dikkatle inceleyerek. "Fotoğrafı gördüğüm an bana birini hatırlattığını düşündüm ama çıkaramamıştım."

"Gözleri, alnı, ifadesi... Aynı sen, Lewis," dedi Anne.

"Bu kadar iyi göründüğüm konusunda şüpheliyim," dedi Lewis omzunu silkerek. "Sekiz yaşındayken bir yerde çekilmiş bir fotoğrafım var. O fotoğrafı bulup karşılaştırırım. Fotoğrafı görmek hoşuna gidecektir, Bayan Shirley. Uzun buklelerim, dantelli yakam ve iri iri açtığım gözlerimle namlu çubuğu gibi dimdik durmuşum. Eskiden kullanılan şu üç pençeli aletlerden birine başımı sıkıştırmış gibiyim. Eğer bu fotoğraftaki çocuk gerçekten bana benziyorsa kesinlikle bir tesadüf olmalı. Küçük

Adam ile herhangi bir akrabalığım olduğunu sanmıyorum. Aslında adada kimseyle bir akrabalığım yok."

"Nerede doğdun?" diye sordu Kate Teyze.

"New Brunswick. Babamla annem ben on yaşındayken öldüler. Buraya kuzenlerimin annesiyle yaşamaya geldim. Ona Ida Teyze derdim. Bildiğiniz üzere üç sene önce o da hayatını kaybetti."

"Jim Armstrong da New Brunswick'ten geliyor," dedi Rebecca Dew. "Gerçek bir adalı değil. Yoksa bu kadar tuhaf bir adam olmazdı. Garip insanlar olabiliriz ama *medeniyiz*."

"Açıkçası Bay Armstrong ile herhangi bir akrabalığım var mı diye araştırma yapmak istediğimden emin değilim," diye sırıttı Lewis, Chatty Teyze'nin tarçınlı çöreğine uzanarak. "Her neyse fotoğrafı tamamladığımda bunları Glencove Yolu'na kendim götürüp bir bakarım. Belki uzaktan kuzenimiz falandır. Çünkü anne tarafından yaşayan bir akrabamız var mı hiç bilmiyorum. Sanki kimsesi yokmuş gibi gelirdi hep. Babamın zaten kimsesi yoktu."

"Eğer fotoğrafları bizzat kendin götüreceksen Küçük Adam postaneye kendi adına bir şey gelmediğini öğrendiğinde üzülmez mi?" dedi Anne.

"Bunu da düşündüm. Ona başka bir şey göndereceğim!"

Bir sonraki cumartesi öğleden sonra Lewis, yaşlı bir kısrağın çektiği eski bir arabayla Hayalet Yol'a geldi.

"Küçük Teddy Armstrong'a fotoğrafları vermek için Glencove'a gidiyorum, Bayan Shirley. Bu ani çıkışım kalp krizi geçirmene neden olmazsa, senin de gelmeni isterim. Tekerleklerin ikimizi de taşıyacağına inanıyorum."

"Bu kutsal emaneti nereden aldın, Lewis?" diye sordu Rebecca Dew.

"Benim muhteşem küheylanımla dalga geçmeyin, Bayan Dew. Lütfen, yaşa hürmetiniz olsun. Bay Bender, Dawlish Yolu boyunca onun için bir iş yapmam şartıyla bana hem kısrağı hem de at arabasını ödünç verdi. Glencove'a bugün yürüyerek gidip gelecek kadar zamanım yok."

"Zamanmış!" dedi Rebecca Dew. "Ben bile oraya şu hayvandan daha hızlı gidip gelirim."

"Peki, Bay Bender için bir çuval patates de taşır mıydınız? Ne muhteşem bir kadınsınız!"

Bu sözler üzerine Rebecca Dew'un yanakları daha da kızardı.

"Büyüklerinle dalga geçmek hiç hoş değil," dedi gücenmiş bir tavırla ama arayı düzeltmek için hemen, "Yola devam etmeden önce birkaç çörek yemek ister misin?" diye sordu.

Bununla birlikte yola çıktıklarında beyaz kısrak, göründüğünden çok daha çevik olduğunu kanıtladı. Anne, yolda giderken kendi kendine kıkırdadı. Onu şimdi görselerdi Bayan Gardiner ya da Jamesina Teyze ne derdi? Neyse, umurunda değildi. Sonbaharın eski güzelliğini koruyan bir ülkede gezmek için harika bir gündü ve Lewis iyi bir yol arkadaşıydı. Anne, Lewis'in isteklerine ulaşacağından emindi çünkü tanıdığı başka hiç kimse ondan, Bender kısrağının çektiği bir Bender arabasına binmesini istemeyi hayal bile edemezdi. Öte yandan Lewis'e göre bu hiç de anormal bir durum değildi. Varmak istediğin yere gittiğin sürece nasıl gittiğinin ne önemi vardı ki? Huzur veren tepelerin dokunduğu gökyüzü mavi, yollar kırmızı, akçaağaçlar muhteşem olduğu sürece yolu neyle katettiğinizin ne önemi vardı? Lewis bir filozoftu ve lise öğrencilerinin bazıları kaldığı pansiyonda ev işi yaptığı için ona "Hanım Evladı" dediklerinde insanların ne dediğini umursamamıştı. Ne derlerse desinler, diye düşünmüştü, son gülen iyi güler. Lewis'in cepleri boş olsa da kafası öyle değildi. O öğleden sonra gerçekten rüya gibi geçiyordu ve Küçük Adam'ı tekrar göreceklerdi. Patates çuvalını arabanın arkasına koyduğu sırada Bay Bender'ın kayınbiraderine neden yola çıktıklarını anlattılar.

"Küçük Teddy Armstrong'un fotoğrafını çektiğini mi söylüyorsun?" diye sordu Bay Merrill.

"Evet, hem de çok güzel bir fotoğraf." Lewis fotoğrafı çıkarıp gururla gösterdi. "Profesyonel bir fotoğrafçının bundan daha iyi bir kare çekeceğini sanmıyorum."

Bay Merrill bacağına şiddetli bir şekilde vurdu.

"Ah, bu nasıl olur! Küçük Teddy Armstrong hayatını kaybetti..."

"Ne! Hayatını mı kaybetti?!" diye bağırdı Anne dehşetle. "Yok, hayır. Lütfen Bay Merrill. Bana o küçük çocuğun başına bir şey geldiğini söylemeyin."

"Çok üzgünüm ama bu doğru. Babası çıldırmış durumda, elinde tek bir fotoğrafı bile olmadığı için berbat hâlde. Ve şu an senin elinde bir fotoğrafı var. Şu işe bak!"

"Bu... Bu imkânsız," dedi Anne, gözleri yaşlarla dolmuştu. O küçük çocuğu arkalarından el sallarken görmüştü.

"Bunun doğru olduğunu söylediğim için gerçekten çok üzgünüm. Neredeyse üç hafta önce hayatını kaybetti. Zatürreden. Hastalığı çok şiddetliymiş ama o küçük adam fazlasıyla cesur ve sabırlıymış, öyle diyorlar. Jim Armstrong'un şu an ne hâlde olduğunu hiç bilmiyorum. Aklını kaçırdığını söylüyorlar. Kendi kendine konuşup duruyormuş. 'Keşke Küçük Adamımın elimde bir fotoğrafı olsaydı,' diyormuş."

"O adam için çok üzülüyorum," dedi Bayan Merrill birden. Ağarmış saçlarıyla sıska bir kadındı ve üzerinde basma kumaştan ekose desenli bir önlük vardı, o ana dek kocasının yanında sesini çıkarmadan beklemişti. "O iyi durumda ve biz fakir olduğumuz için her zaman bize tepeden baktığını hissettim. Ama bir oğlumuz var... Sevecek bir şeyiniz olduğu sürece ne kadar fakir olduğunuzun önemi yok."

Anne Bayan Merrill'e bambaşka bir gözle bakmaya başladı. Bayan Merrill güzel bir kadın değildi ancak o derin bakışları Anne'inkilerle buluştuğunda aralarında tanıdık bir bağ oluştu. Anne daha önce Bayan Merrill'i görmemişti, bir daha da görmeyecekti ama onu daima hayatın o gizli yükünü taşıyan bir kadın olarak hatırlayacaktı. Gerçekten de sevecek bir şeyin olduğu sürece fakir sayılmazdın.

O muhteşem gün Anne için mahvolmuştu. Her nasılsa, Küçük Adam o kısacık görüşmelerinde kalbini kazanmayı başarmıştı. Lewis'le birlikte sessizce Glencove Yolu'ndan aşağı inip çim kaplı patikayı tırmandılar. Carlo mavi kapının önündeki taş zeminde yatıyordu. Arabadan indiklerinde koca köpek ayağa kalkıp yanlarına geldi, Anne'in elini yalarken iri gözleriyle sanki küçük oyun arkadaşıyla ilgili üzücü haberleri anlatıyordu. Kapı açıktı, loş odada başını öne eğmiş bir adam masada oturuyordu.

Anne kapıyı tıklatınca, adam ayağa kalkıp yanlarına geldi. Anne, karşısındaki bu adamı tanımakta güçlük çekti, öyle değişmişti ki… Yanakları çökmüştü, bitkindi, tıraş olmamıştı ve gözlerinin derinliklerinde âdeta bir ateş yanıyordu.

Anne, adamın yine onları küçümseyeceğini düşünmüştü fakat adam onu tanımış gibi görünüyordu, bir süre sonra umursamaz bir hâlde konuşmaya başladı.

"Demek geldiniz? Küçük Adam onunla sohbet ettiğini, onu yanağından öptüğünü söyledi. Seni sevmiş. Size karşı fazlasıyla kaba olduğum için özür dilerim. Ne istiyordunuz?"

"Size bir şey göstermek istiyoruz," dedi Anne kibarca.

"İçeri geçip oturmaz mısınız?" dedi adam dalgın bir hâlde.

Lewis tek bir kelime etmeden Küçük Adam'ın fotoğrafını paketinden çıkarıp ona uzattı. Adam, hemen fotoğrafı kaptı. Ona özlemle bakarken kendini sandalyesine bıraktı ve hıçkırarak ağlamaya başladı. Anne daha önce bir erkeğin ağladığını görmemişti. Karşısındaki adam kendini toplayana kadar ikisi de tek bir kelime dahi etmedi.

"Bunun benim için ne demek olduğunu tahmin bile edemezsiniz," dedi adam sonunda. "Elimde tek bir fotoğrafı bile yoktu. Ben diğerleri gibi değilim, yüzleri kolay kolay hatırlayamam. Zihnimde insanların yüzlerini canlandıramam. Küçük Adam öldüğü için bu durum tam bir işkenceye döndü. Oğlumun neye benzediğini bile hatırlayamıyorum. Şimdi siz bana onu geri verdiniz. Hem de size o kadar kaba davrandıktan sonra… Oturun… Lütfen oturun. Keşke size ne kadar minnet duyduğumu gösterebilsem. Beni yaşama döndürdünüz… Beni kurtardınız. Ah, bayan, bu o değil mi? Sanki fotoğraftan çıkıp da konuşacak gibi. Benim canım Küçük Adam'ım! Ben sensiz nasıl yaşarım? Artık bir dayanağım kalmadı. Önce annesi… Şimdi de oğlum bıraktı beni."

"Çok sevimli bir çocuktu," dedi Anne.

"Öyleydi. Küçük Teddy... Theodore, bu adı ona annesi vermişti. 'Tanrının hediyesi' derdi onun için. Oğlum öyle sabırlıydı ki hiç şikâyet etmedi. Bir kere bana bakıp güldü ve şöyle dedi: 'Baba, sanırım bir şeyi kaçırıyorsun. Ben cennete inanıyorum. Cennet var değil mi, baba?' Ona var olduğunu söyledim. Tanrı ona başka bir şey öğretmeye çalıştığım için beni bağışlasın. Yüzünde memnun bir ifadeyle gülümseyip konuşmasına devam etti. 'Baba, ben oraya gidiyorum. Annem ve Tanrı oradalar. Bu yüzden oldukça iyi durumda olacağım ama senin için endişeleniyorum, baba. Bensiz çok yalnız olacaksın. Yine de elinden geleni yap, insanlara karşı nazik ol ve ara sıra bize gelmelerine izin ver.' Deneyeceğime dair ona söz verdim fakat bu dünyadan göçüp gittiğinden beri ardında bıraktığı boşluğu kaldıramıyorum. Eğer bu fotoğrafı bana getirmeseydiniz aklımı kaçırabilirdim. Kalbimdeki bu sızı artık beni zorlamayacak."

James Armstrong, bir süre Küçük Adam'dan bahsedip durdu, anlattıkça rahatlıyor gibiydi. Huysuzluğu yok olup gitmişti sanki. Sonunda Lewis kendisinin küçükken çekilmiş soluk fotoğrafını çıkarıp ona gösterdi.

"Daha önce böyle birini gördünüz mü, Bay Armstrong?" diye sordu Anne.

Bay Armstrong şaşkınlıkla fotoğrafa baktı.

"Korkunç derecede Küçük Adam'a benziyor," dedi sonunda. "Kim olabilir?"

"Ben," dedi Lewis. "Yedi yaşındayken. Teddy ile aramdaki bu tuhaf benzerlik yüzünden Bayan Shirley fotoğrafı size göstermemi istedi. Küçük Adam'la bir şekilde akrabalığımız olabilir mi diye merak ettim. Adım Lewis Allen, babamın adı George Allen idi. New Brunswick doğumluyum."

James Armstrong başını iki yana sallayarak, "Annenin adı neydi?" diye sordu.

"Mary Gardiner."

James Armstrong bir süre sessizce delikanlıya baktı.

"O benim kardeşim," dedi sonunda. "Onu pek tanımazdım. Sadece bir kere görmüştüm. Babam öldükten sonra amcamın yanına taşınmak zorunda kaldım. Annem de yeniden evlenip oralardan ayrılmıştı. Bir keresinde beni görmeye geldiğinde kucağında küçük bir kız vardı. Annem de ölünce kız kardeşimi bir daha görmedim. Adaya yerleşince de izini tamamen kaybettim. Sen benim yeğenim, Küçük Adam'ın da kuzenisin."

Bu, dünyada yapayalnız olduğuna inanan bir delikanlı için bu şaşırtıcı bir haberdi. Lewis ile Anne bütün akşamı Bay Armstrong ile geçirdiler. Karşılarındaki bu adam oldukça bilgili ve zekiydi. Her nasılsa ikisi de ondan hoşlanmıştı. Daha önceki misafirperverlikten yoksun karşılaması çoktan unutulmuştu. Ördüğü duvarların ötesinde gerçek karakterini ve mizacını görebilmişlerdi.

"Böyle olmasaydı Küçük Adam babasını o kadar çok sevmezdi," dedi Anne, gün batımında Lewis ile birlikte Rüzgârlı Kavaklar'a doğru yol alırlarken.

Lewis Allen bir sonraki hafta dayısını görmeye gittiğinde Bay Armstrong, "Delikanlı, gel benimle yaşa," dedi. "Sen benim yeğenimsin. Senin için elimden geleni yaparım. Küçük Adam hayatta olsaydı, ona vereceğim her şeyi sana sunarım.

Bu dünyada kimsen yok, benim de öyle. Benim sana ihtiyacım var. Bu koskoca evde yalnız yaşarsam kahrımdan ölürüm. Küçük Adam'a verdiğim sözü tutmam için bana yardım et. Onun bıraktığı boşluk öyle büyük ki… Gel, bir nebze de olsa o boşluğu sen doldur."

"Teşekkür ederim, dayı. Denerim," dedi Lewis, adamın elini tutarak.

"Arada sırada öğretmenini de getirirsin. O kızı çok sevdim. Küçük Adam da sevmişti. 'Baba,' demişti bana, 'senden başka kimsenin beni öpmesinden hoşlanmayacağımı düşünürdüm ama onu sevdim. Onun gözlerinde farklı bir ışıltı vardı, baba.'"

YİRMİ BİRİNCİ BÖLÜM

"Verandadaki eski termometre sıfırı, yan kapıdaki yeni termometre ise on dereceyi gösteriyor," dedi Anne, soğuk bir aralık akşamı. "Kürkümü alsam mı almasam mı karar veremedim."

"En iyisi eski termometreye uy sen," dedi Rebecca Dew düşünceli bir ifadeyle. "Buranın hava şartlarına alışkın olan o. Gecenin ayazında nereye gidiyorsun böyle?"

"Temple Caddesi'ne. Katherine Brooke'a Noel tatilini benimle birlikte Green Gables'ta geçirmek ister mi diye soracağım."

"Ah, tatilini ziyan edeceksin desene," dedi Rebecca Dew ciddi bir tavırla. "Melekleri küçümseyip durur, haydi buyur gel deseler bile cennete gitmeye tenezzül etmeyecekmiş gibi bir hâli var. Daha da kötüsü bu kötü huylarıyla gurur duyuyor. Aklının gücünü gösterdiğini düşünüyor şüphesiz!"

"Aklım söylediğin her kelimeye katılırken kalbim aksini iddia ediyor," dedi Anne. "Her şeye rağmen Katherine Brooke'un o huysuz tavrının altında utangaç, mutsuz bir kızın yattığına inanıyorum. Summerside'da bu açıdan onunla bir bağ kuramadım ama Green Gables'a gelirse bu sorunu çözeceğime inanıyorum."

"Onu ikna edemeyeceksin. Gelmeyecek," diye tahminde bulundu Rebecca Dew. "Büyük olasılıkla bunu sorduğun için alınacak, ona acıdığını falan düşünecek. Bir keresinde Noel yemeğine davet etmiştik. Sen gelmeden bir sene önceydi. Bayan MacComber'ın bize iki hindi verdiği, bizim de o kadar hindiyi nasıl yiyeceğimizi bilmediğimiz bir yıldı… Neyse, bize verdiği yanıt şu oldu: 'Hayır, teşekkür ederim. Dünyada nefret ettiğim bir şey varsa o da Noel zamanıdır!'"

"Ama bu çok korkunç… Yani Noel'den nefret etmek! Bir şey yapmalıyız, Rebecca Dew. Ona soracağım, içimden bir ses geleceğini söylüyor."

"Her nasılsa," dedi Rebecca Dew isteksiz bir tavırla, "bir şeyin olacağını söylediğinde insan onun gerçekleşeceğine inanıyor. Kalp gözün falan mı açık senin? Bak, Kaptan MacComber'ın annesi öyleydi. Useter beni korkuturdu."

"Korkmana neden olacak bir özelliğim olduğunu sanmıyorum. Sadece… Katherine Brooke'un dışarıya yansıttığı o sert tavrının altında içten içe yalnızlıktan kıvrandığını ve davetimin de ona iyi geleceğini hissediyorum, Rebecca Dew."

"Ben üniversite mezunu değilim," dedi Rebecca çekimser bir tavırla. "Her zaman anlayamadığım kelimeleri kullanma hakkını inkâr etmiyorum. İnsanları parmağının ucunda döndürebildiğini de... Bak, Pringle Ailesi'ni nasıl dize getirdin. Ancak Noel için o buz dağı ve rende karışımı kızı eve götürürsen sana acırım."

Anne, Temple Caddesi'ne doğru yürürken verdiği karardan pek de emin değildi. Katherine Brooke son zamanlarda gerçekten çekilmez olmuştu. Anne, Edgar Allan Poe'nun kuzgunu kadar acımasız bir şekilde "Bir daha asla onunla arkadaş olmaya çalışmayacağım," demişti. Katherine daha dün öğretmenler toplantısında ona hakaret etmişti. Ancak Anne savunmasız olduğu bir an o kızın gözlerinin derinliklerinde bir şey görmüştü... Kafese tıkılmış ve mutsuzluktan neredeyse delirmek üzere olan bir yaratık gibiydi... Anne gecenin ilk yarısını Katherine Brooke'u, Green Gables'a davet edip etmemeye karar vermeye çalışarak geçirdi. Sonunda uykuya daldığında kararını kesin olarak vermişti.

Katherine'in ev sahibesi Anne'i salona yönlendirdi. Anne, Bayan Brooke'u sorduğunda da sadece omzunu silkmekle yetindi.

"Geldiğini haber vereceğim ama aşağıya iner mi, emin değilim. Keyfi pek yerinde değil. Bu akşam yemekte ona, Bayan Rawlins'in onun hakkında dedikodu yaptığını ve Summerside Lisesi öğretmeni olarak çok kötü giyindiğini belirttiğini söyledim. O da buna fazlasıyla alındı."

"Keşke bunu Bayan Brooke'a söylemeseydin," dedi Anne sitem edercesine.

"Ama bilmesi gerektiğini düşündüm," dedi Bayan Dennis, huysuz bir şekilde.

"Peki, müfettişin onun için Maritimes'daki en iyi öğretmenlerden biri olduğunu söylediğini de belirtmeyi düşündün mü?" diye sordu Anne. "Yoksa bilmiyor muydun?"

"Ah, bunu duydum. Ama zaten gururdan yeterince kabarmış durumda. Gerçi neyle gurur duyuyor ondan da emin değilim ya. Bu akşam bir köpek sahiplenemeyeceğini söyledim diye de öfkeden deliye döndü. Köpek sahiplenebileceğine dair bir fikre kapılmış. Masraflarını karşılayacağını, sorun çıkarmaması için ona göz kulak olacağını söyledi fakat o okuldayken köpekle kim ilgilenecek? Ben de onu sert bir dille uyardım. Ben köpek misafir etmiyorum dedim."

"Bayan Dennis, gerçekten bir köpeğe bakmasına izin vermediniz mi? O havyacağız size sıkıntı vermezdi ki... Bayan Brooke okuldayken köpeği bodruma koyardınız. Hem bir köpek geceleri çok iyi koruma sağlıyor. Keşke izin verseniz... *Lütfen.*"

Anne Shirley "lütfen" dediğinde gözlerinde öyle bir ifade belirirdi ki insanlar ona direnmekte zorlanırlardı. Bayan Dennis, şişman omuzlarına ve kaba diline rağmen özünde merhametli bir insandı. Katherine Brooke küstah tavırlarıyla zaman zaman onu da çileden çıkarabiliyordu.

"Neden bir köpeği olmasını bu kadar çok istiyorsun bilmiyorum. İkinizin iyi arkadaş olduğu hakkında da bir fikrim yoktu. Onun *hiç* arkadaşı olmaz. Hiç bu kadar dışarıya kapalı bir misafirim olmadı."

"Sanırım tam da bu yüzden bir köpek istiyor, Bayan Dennis. Hiçbirimiz yapayalnız yaşayamayız."

"Neyse, ilk kez onda böyle insancıl bir yan görüyorum," dedi Bayan Dennis. "Aslında köpek fikrine karşı değilim ancak bunu dile getirme şekli beni deli etti... 'Sanırım bir köpek sahiplenebilir miyim diye sorsam izin vermezsiniz, Bayan Dennis,' dedi kibirli bir tavırla. Tahmin edersin işte! O öyle diyince ben de aynı kibirli tavırla, 'Haklısın,' dedim. Sözümü geri almayı sevmem ama eğer o köpeğin salonu karıştırmayacağına dair söz verirse ona köpek sahiplenebileceğini söyleyebilirsin."

Anne, köpek salonu dağıtsa bile pek bir fark yaratmayacağını düşündü. Kirli güpür tüllerle halıdaki artık görünmez hâlde olan mor güllere bakarken içi ürpermişti.

"Noel'i böyle bir pansiyonda geçirecek olan herkes için üzülürüm," diye düşündü. "Katherine'in bu kelimeden nefret etmemesine şaşmamalı. Buranın güzelce havalandırılması gerek. Her yere yemek kokusu sinmiş. Katherine iyi bir maaş almasına rağmen neden burada kalıyor ki?"

"Yukarı gidebileceğini söyledi," dedi Bayan Dennis, Katherine'in mesajını ileterek. Bayan Brooke, beklediği gibi davranmadığından kadının yüzünde şüpheli bir ifade oluşmuştu.

Dar, dik merdiven ürkütücüydü. Mecbur kalmayan kimse yukarı çıkmazdı. Koridordaki muşamba parçalara ayrılmıştı. Anne'in kendini bulduğu arka taraftaki koridorla yatak odası karışımı oda, oturma odasından daha kasvetliydi. Pek hoş durmayan bir gaz lambasıyla aydınlatılıyordu. Ortada demir bir yatak duruyordu ve etrafa saçılmış teneke kuturlarla dolu bir arka bahçeye bakan dar, kimi yeri kumaşlarla kaplı bir pencere vardı. Fakat bunların hepsi bir yana, pencerenin ötesinde muhteşem bir gökyüzü ile birlikte uzun, mor, uzak tepelere karşı sıra sıra dizilmiş kavak ağaçları görünüyordu.

"Ah, Bayan Brooke şu gün batımına da bakın," dedi Anne, Katherine'in kaba bir şekilde işaret ettiği yastıksız ve gıcırdayan sallanan sandalyeye otururken.

"Birçok gün batımı gördüm," dedi Katherine soğuk bir ses tonuyla, hareket bile etmemişti. ("Gün batımıyla beni küçümsüyor!" diye düşündü Anne acı acı.)

"Bunu görmemişsindir. Her gün batımı aynı olmaz. Buraya otur da ruhumuza işlemesine izin verelim," dedi Anne. Bir yandan da içinden "Ağzından iyi bir şey çıkmaz mı senin?" diye geçiriyordu.

"Saçmalama, lütfen."

İşte, dünyadaki en incitici laf! Bir de Katherine'in o küçümseyen ses tonuyla etkisi daha da artıyordu. Anne başını gün batımından çevirip her an ayağa kalkıp dışarı çıkacakmış gibi duran Katherine'e baktı. Fakat Katherine'in gözlerinde adını koyamadığı bir ifade vardı. Ağlamış mıydı? Yok, hayır o ağlamazdı ki… Katherine Brooke'un ağladığı görülmüş şey değildi.

"Burada istenmiyorum sanırım," dedi Anne usulca.

"Olduğum gibiyimdir, rol yapamam. Senin gibi herkese tam olarak duyması gerekenleri söyleyen kraliçe rolünü oynayamam. Hoş karşılanmıyorsun. Burası birini ağırlayacak türden bir oda mı?"

Katherine, solmuş duvarları, kırık dökük sandalyeleri ve muslin iç etekliğin durduğu tuvalet masasını küçümser bir tavırla gösterdi.

"Hoş bir oda değil, madem burayı sevmiyorsun neden burada kalıyorsun?"

"Neden mi? Gerçekten neden diye mi soruyorsun? Nedenini anlamıyor musun? Neyse, önemli değil. İnsanların ne düşündüğü umurumda değil. Akşam akşam seni buraya getiren nedir? Gün batımını izlemeye geldiğini sanmıyorum."

"Noel tatilini benimle birlikte Green Gables'ta geçirmek ister misin diye sormaya geldim."

("İşte," diye düşündü Anne, "bir alaycı tavır daha! En azından yerinde otursaydı. Sanki bir an önce gitmemi ister gibi ayakta dikiliyor.")

Bir süre kimseden ses çıkmadı, ardından Katherine usulca konuşmaya başladı.

"Bunu neden bana soruyorsun? Beni sevdiğin için değildir... Öyleymiş gibi davranmadın bile."

"Kimsenin böyle bir yerde Noel'i tek başına geçirmesine dayanamam," dedi Anne açık yüreklilikle.

İşte, alaycı tavır şimdi geliyordu.

"Anlıyorum. Mevsimlik bir hayırseverlik patlaması. Henüz buna aday değilim, Bayan Shirley."

Anna ayağa kalktı. Bu garip, buz gibi yaratığa karşı sabrı kalmamıştı. Odanın diğer tarafına gidip Katherine'e baktı. "Katherine Brooke, farkında mısın bilmiyorum ama istediğin tek şey güzel bir dayak."

Bir an birbirlerine öfkeyle baktılar.

"Bunu söyledin ya için rahatlamıştır," dedi Katherine. Ancak her nasılsa o küçümseyici tavrından eser kalmamıştı. Ağzının köşesi hafiften seğiriyordu.

"Evet, öyle," dedi Anne. "Bir süredir bunu dememek için kendimi zor tutuyordum. Seni Green Gables'a hayır işlemek için davet etmedim. Bunu gayet iyi biliyorsun. Söylediklerimde samimiydim. *Hiç kimse* Noel'i burada tek başına geçirmemeli. Gayet açık ve net."

"Bana acıdığın için mi beni Green Gables'a davet ediyorsun?"

"Senin için üzülüyorum çünkü kendini hayattan soyutluyorsun. Şimdi de hayat seni dışlıyor. Kes şunu artık, Katherine. Kalbini hayata aç ki hayat da seni kucaklasın."

"Bir atasözünün Anne Shirley yorumu, 'Aynaya gülümserseniz ayna da size gülümser,'" dedi Katherine omzunu silkerek.

"Tüm atasözleri gibi bu da doğru. Şimdi benimle birlikte Green Gables'a geliyor musun, gelmiyor musun?"

"Kabul edersem ne dersin? Bana değil, kendine?"

"İçten içe sende var olduğuna inandığım sağduyu ışıltısını nihayet açıkça gösterdiğini söyleyebilirim," diye karşılık verdi Anne.

Katherine kahkaha attı... İşte, bu şaşırtıcıydı. Pencereye doğru yürüyüp gün batımının geride kalan kızıllığına bir göz attı ve geri döndü.

"Tamam... Geliyorum. Şimdi bana mutlu olduğunu ve harika zaman geçireceğimizi söyleyebilirsin."

"Çok mutlu oldum ama harika zaman geçirip geçiremeyeceğini bilmiyorum. Bu tamamen sana bağlı, Bayan Brooke."

"Kendime iyi davranacağım. Şaşıracaksın. Sanırım heyecan verici bir konuk olamam ama sana söz veriyorum, bıçağımla yemek yemeyeceğim ve günümüm güzel geçmesiyle ilgili bir şeyler dediklerinde kimseye hakaret etmeyeceğim. Açıkçası, seninle gelmemin tek sebebi, tatilleri bir başına burada geçirme düşüncesine bile katlanamadığım. Bayan Dennis, Noel haftasını Charlottetown'daki kızında geçirir. Ne yiyeceğimi düşünme fikri çok sıkıcı. Berbat bir aşçıyım. Bu sorunu çözmek için irademi zorlamam gerekiyor. Bu arada bana mutlu Noeller dilemeyeceğine dair şeref sözü verir misin? Noel'imin kutlanmasına dayanamıyorum."

"Söz veriyorum ama ikizler için aynı şeyi söyleyemeyeceğim."

"Senden burada oturmanı istemeyeceğim donarsın ama dışarıda gün batımının yerini muhteşem bir ayın aldığını görüyorum. İstersen seninle birlikte eve kadar yürüyüp bu anın tadını çıkarmana yardımcı olabilirim."

"Çok isterim," dedi Anne. "Fakat söylemem gerek, Avonlea'de çok daha güzel ay manzaralarımız olur."

"Yani geliyor?" dedi Rebecca Dew, Anne için sıcak su torbası doldururken. "Bayan Shirley, umarım beni dinden çıkarmazsın çünkü başarılı olacağına inanmaya başladım. O Kedi nerede? Summerside'da turlamıyordur umarım, dışarısı sıfır derece."

"Yeni termometreye göre değil. Ayrıca Pasaklı Miller kuledeki sobamın yanında sallanan sandalyemde kıvrılmış, mışıl mışıl uyuyor."

"Neyse," dedi Rebecca Dew, mutfak kapısını kapatırken ürpermişti. "Keşke dünyadaki herkes bizim gibi sıcacık evlerinde kalabilseydi."

YİRMİ İKİNCİ BÖLÜM

Anne, Rüzgârlı Kavaklar'dan uzaklaşırken, küçük Elizabeth'in Evergreen'in çatı katı penceresinden hüzünlü gözlerle onu izlediğini bilmiyordu. Elizabeth için sanki hayatı yaşamaya değer kılan her şey o an hayatından uzaklaşmıştı ve sonsuza kadar Lizzie olarak kalacakmış gibi içli içli gözyaşı döküyordu. Gösterişli kızak, Hayalet Yol'un köşesinden dönüp gözden kaybolunca Elizabeth yatağının yanına gidip diz çöktü.

"Canım Tanrım," diye fısıldadı. "Mutlu bir Noel geçirmem için dua etmenin bir faydası olmadığını biliyorum çünkü büyükannemle Kadın asla mutlu olamaz ama lütfen, sevgili Bayan Shirley mutlu bir Noel geçirsin ve tatil bittiğinde onu bana geri gönder."

"Şimdi," dedi Elizabeth ayağa kalkarak. "Elimden geleni yaptım."

Bu arada Anne çoktan Noel mutluluğunu yaşamaya başlamıştı. Tren istasyondan ayrılırken mutluluktan içi içine sığmıyordu. Kirli sokaklar ardında kalıyordu. Eve gidiyordu… Green Gables'a gidiyordu. Açık araziye bakınca dünya tamamen altın-beyaz ve açık menekşe renklerine bürünmüş gibiydi, ladinlerin kara büyüsü ile yapraksız huş ağaçlarının zarafeti orada burada göze çarpıyordu. Tren hızla yol alırken çıplak ormanın ardında batmakta olan güneş, ağaçların üzerine Tanrı'nın muhteşem ışığını serpiyor gibiydi. Katherine sessizliğini korusa da hâlinden memnun görünüyordu.

"Sakın konuşmamı bekleme," diye uyarmıştı Anne'i kısaca.

"Beklemem. Umarım insanlara sürekli konuşmak *zorundalarmış* gibi hissettiren şu korkunç insanlardan biri olduğumu düşünmüyorsundur. İstediğimiz zaman konuşuruz. Konuşmanın zamanı değerlendirmek açısından iyi bir şey olduğunu kabul etmeliyim ama söylediklerimi dinleme zorunluluğun yok."

Davy, onları Bright River'da bekleyen, tüylü kabanlarla dolu iki kişilik büyük bir kızakla karşıladı... Ve Anne'e sıkıca sarıldı. İki kız arka koltuğa oturdu. İstasyondan Green Gables'a olan yolculuk her zaman, Anne'in hafta sonu evine yaptığı yolculukların hoş bir parçası olmuştu. Her seferinde Matthew ile birlikte Bright River'dan, Green Gables'a doğru ilk kez yol aldıkları o günü hatırlardı. O zaman ilkbahardı, şimdiyse aralık ayındaydılar ancak yol boyunca gördüğü her şey ona âdeta "Hatırladın mı?" diye soruyordu. Kar atların toynakları altında çatırdıyordu. Çanların sesi, karla kaplı köknar ağaçlarının dallarının arasından yankılanıyor, Mutluluğun Beyaz Yolu'nda ağaçlar beyaz yıldızlarla bezenmiş gibi duruyordu. Ve son tepeyi çıktıklarında, henüz buzla kaplı olmasa da ayın altında büyüleyici bir beyazlıkla ışıldayan büyük körfezi gördüler.

"Bu yolda 'İşte evimdeyim' dediğim bir nokta var," dedi Anne. "Green Gables'ın ışıklarını göreceğimiz bir sonraki tepenin zirvesi. Daha şimdiden Marilla'nın bizim için hazırladığı akşam yemeğini düşünüyorum. Kokusunu ta buradan alabildiğime yemin edebilirim. Ah, evde olmak öyle güzel ki!"

Green Gables'ın bahçesindeki her ağaç ona yeniden hoş geldin diyordu sanki. Işığı yanan her pencere onu çağırıyordu. İşte, tam beklediği gibi kapıyı açtıklarında Marilla'nın mutfağından harika kokular yükseliyordu. Kucaklaşmalar, konuşmalar, gülüşmeler havada uçuştu. Katherine bile bir yabancı değil de onlardan biriymiş gibi davranmıştı. Bayan Rachel Lynde, değerli oturma odasının lambasını yemek masasına koymuş ve yakmıştı. Gerçekten iğrenç bir kırmızı küresi olan iğrenç bir şeydi ama o kırmızı ışığıyla her şeyi sıcacık göstermişti! Gölgeler ne kadar sıcak ve dost canlısıydı! Dora ne kadar güzel büyüyordu! Ve Davy gerçekten neredeyse yetişkin bir erkek olmuştu.

Şimdi sıra verilecek havadislerdeydi. Diana'nın küçük bir kızı olmuştu. Josie Pye genç bir adamla birlikteydi. Charlie Sloane da nişanlanmıştı. Bunlar gerçekten de kıymetli haberlerdi. Bayan Lynde'in yeni kırkyama işi yorganı henüz bitmişti, tam beş bin parçadan oluşuyordu ve gören herkesten övgü topluyordu.

"Anne, sen eve geldiğin zaman, her şey hayat buluyor sanki," dedi Davy.

"Ah, olması gereken bu," dermiş gibi mırladı Dora'nın sahiplendiği kedi yavrusu.

"Ay ışığı altında uzanan bir gecenin cazibesine direnmeyi her zaman zor bulmuşumdur," dedi Anne akşam yemeğinden sonra. "Kar ayakkabılarımızı giyip dolaşmaya ne dersin, Bayan Brooke? Karda yürümeyi sevdiğini biliyorum."

"Evet... Yapabildiğim tek şey bu... Ama altı senedir yapmadım," dedi Katherine omzunu silkerek.

Anne, kar ayakkabılarını çatı katından çıkardı. Davy de Katherine için Diana'nın eski bir ayakkabısını ödünç almak üzere Orchard Slope'a gitti. Birbirinden güzel ağaç gölgeleriyle dolu Âşıklar Yolu'ndan devam edip küçük köknar ağaçlarının çitleri çevrelediği tarlalardan, sanki size fısıldayacak sırları varmış da buna rağmen sessiz kalıyorlarmış gibi görünen ormanlardan ve gümüş havuzlara benzeyen açıklıklardan geçtiler.

Yürürken sohbet etmediler ya da konuşmak istemediler. Bu güzel anı bozmanın korkusuyla konuşmaktan çekiniyor gibiydiler. Yine de Anne, kendini Katherine Brooke'a daha önce hiç bu kadar *yakın* hissetmemişti. Kışın büyüsü bir şekilde onları bir araya getirmişti. Tam olmasa da *neredeyse*...

Ana yola vardıklarında, kahkahalarla çınlayan bir kızak zillerini çalarak hızla yanlarından geçince iki kız da istemsizce derin bir iç çekti. O an her ikisi de yaşadıklarıyla hiçbir ilgisi olmayan bambaşka bir dünyayı arkalarında bırakıyor gibi hissetmişlerdi. Zamanın olmadığı bir dünya... Ölümsüz gençlikle taçlandırılmış bir dünya... Ruhların kelimelerin kabalığına bile ihtiyaç duymadan iletişim kurabildiği bir yer.

"Harika," dedi Katherine ancak kendi kendine konuştuğu belli olduğundan Anne yanıt vermedi.

Yolun aşağısına inip Green Gables'a doğru ilerlediler ama bahçe kapısına gelmeden önce bir an sessizce durup yosun kaplı eski çite yaslandılar ve ağaçların verdiği mahremiyetle gizlenen eski eve hayranlıkla baktılar. Green Gables bu kış akşamında öyle güzeldi ki!

Ağaçların gölgeleriyle çevrili Pırıltılı Sular Gölü buzla kaplıydı. Toynaklarının sesi köprünün üstünde çınlayan at haricinde her yer sessizdi. Anne, çatı katındaki odasında yatarken bu sesi ne zaman duysa, geceleri at arabasıyla geçen periler olduğunu düşündüğü günleri hatırlayarak gülümsedi.

Birden başka bir ses sessizliği bozdu!

"Katherine… Nasıl? Ne oldu, neden ağlıyorsun?!"

Her nasılsa Karherine'in ağladığını düşünmek imkânsız geliyordu ama ağlıyordu işte. Ve o gözyaşları onun da göğsünde bir kalp taşıdığını gösteriyordu. Anne artık ondan çekinmiyordu.

"Katherine… Sevgili Katherine… Ne oldu? Yardımcı olabileceğim bir şey var mı?"

"Ah… Anlatsam da anlayamazsın!" diye soludu Katherine. "Senin hayatın oldukça kolay ve *rahat.* Sen… Güzelliklerle çevrili küçük, sihirli bir dünyada yaşıyormuşsun gibi görünüyor. 'Merak ediyorum da bugün hangi keşif günümü güzelleştirir'… Sanırım bu söz sana ithaf edilmiş, Anne. Bana gelince, ben nasıl yaşandığını bile unuttum. Hayır, aslında hiç bilmedim ki… Ben… kendimi kafese kapatılmış bir hayvan gibi hissediyorum ve o kafesten hiç çıkmadım. Sanki biri o parmaklıkların arasından beni hep sopayla dürttü. Sen ise… Etrafın o kadar büyük bir mutlulukla çevrili ki bununla ne yapacağını şaşırıyorsun. Arkadaşların, sevgilin var! Bir sevgili istediğimden değil. Erkeklerden nefret ediyorum ama bu akşam ölüp gitsem beni özleyecek tek bir kişi bile yok. Bu dünyada yapayalnız olmak ne demek bilir misin?"

Katherine'in sözü hıçkırıklarla kesildi.

"Katherine, dürüstlüğü sevdiğini söylüyorsun bu yüzden açık konuşacağım. Bu kadar yalnızsan, bu senin hatan. Seninle arkadaş olmak istedim ama bana dikenlerini batırmaktan başka bir şey yapmadın."

"Biliyorum... Biliyorum. İlk geldiğinde senden nasıl nefret etmiştim! İnci kolyenle gösteriş yapmıştın..."

"Katherine ben 'gösteriş' falan yapmadım!"

"Muhtemelen öyledir, sorun benim. Nefret âdeta kanıma işlemiş. O kolye de gerçekten gösterişliydi. Güzelliğini kıskandığımdan değil. Evlenmeyi hiç istemedim. Annemle babamın evliliğini görmek yetti. Ancak benden daha genç olmana rağmen benden üstün olmandan nefret ediyorum. Pringle Ailesi seninle uğraştığı zaman içten içe sevinmiştim. Sen sahip olamadığım her şeye sahipmişsin gibi görünüyordun. Çekicilik... Dostluk... Gençlik. Gençlik! Gençlik hâllerime dönmek için neler vermezdim. Bunun ne demek olduğunu bilemezsin. Bilemezsin... Kimse... Hiç kimse tarafından istenmemenin nasıl bir his olduğu hakkında en ucacık bir fikrin yok senin!"

"Öyle mi?" diye bağırdı Anne.

Anne birkaç cümleyle Green Gables'a gelmeden önce yaşadıklarını anlattı.

"Keşke bunu bilseydim," dedi Katherine. "O zaman farklı olabilirdi. Bana göre sen dünyanın en şanslı kızlarından biriydin. Senin yüzünden deyim yerindeyse kıskançlıktan çatlıyordum. Sen benim istediğim konumdaydın. Benden daha donanımlı olduğunun farkındayım ama işte, durum ortada. Sen hoşsun. En azından insanları buna inandırabiliyorsun. Benimse ilk hatırladığım şey birinin bana, 'Ne çirkin bir çocuk!' demesi.

Sen ise âdeta güneş gibi doğuyorsun. Okula geldiğin ilk sabahı hatırlıyorum. Ancak senden nefret etmemin asıl nedeni, içinde bir yerde her zaman gizli bir mutluluk olması. Sanki her gün yeni bir maceraymış gibi davranıyorsun. Nefretime rağmen çok uzak bir yıldızdan gelmiş olabileceğini kabul ettiğim zamanlar da oldu."

"Katherine, bu iltifatlar gerçekten nefesimi kesti ama artık benden nefret etmiyorsun, değil mi? Artık arkadaş olabiliriz."

"Bilmiyorum... Bırak kendi yaşıtım biri olmasını, hiç arkadaşım olmadı. Ben bir yere ait değilim. Asla ait olmadım. Nasıl arkadaş *olunacağını* bildiğimi sanmıyorum. Hayır, artık senden nefret etmiyorum... Senin hakkında nasıl hissettiğimi bilmiyorum... Sanırım ben de senin etkin altına girmeye başlıyorum. Sadece hayatımın nasıl olduğunu sana anlatmak istediğimi biliyorum. Green Gables'a gelmeden önceki hayatından bana bahsetmeseydin sana bunu asla söyleyemezdim. Beni ben yapan şeyin ne olduğunu anlamanı istiyorum. Neden anlamanı istemeliyim bilmiyorum... Ama istiyorum işte."

"Bana anlatabilirsin, Katherine. Ben de seni anlamak istiyorum."

"İstenmemenin nasıl bir his olduğunu gayet iyi *biliyorsun*, kabul ediyorum. Fakat annenle babanın seni istememesinin nasıl bir his olduğunu bilemezsin. Benim ailem beni istemedi. Doğduğum andan itibaren benden nefret ettiler. Öncesindeyse... Birbirlerinden nefret ediyorlardı. Evet, gerçekten de nefret ediyorlardı. Sürekli kavga ediyorlardı. Sadece dırdır, sürekli atışmalar... Çocukluğum bir kâbustu. Ben yedi yaşındayken öldüler ve Henry Amca'nın ailesiyle yaşamaya gittim. Onlar da beni istemedi. Hepsi beni küçümsedi çünkü bana 'hayır olsun diye' bakıyorlardı. Herkesin... Söylediği tüm o küçümseyici sözleri hatırlıyorum. Tek bir güzel kelime bile hatırlayamıyorum. Kuzenlerimin eskilerini giymek zorundaydım. Bir şapka kalmış aklımda... Beni mantar gibi gösteriyordu. Ne zaman o şapkayı taksam bana kahkahalarla gülerlerdi. Bir gün o şapkayı kesip ateşe attım. Sonrasında ise kışın geri kalanı boyunca kiliseye belki de dünyadaki en eski, en çirkin kıyafeti giyerek gitmek zorunda kaldım. Hiç köpeğim olmadı. Bir köpeğim olmasını öyle çok istiyordum ki... Akıllı bir kızdım. Üniversiteye gitmek istedim. Elbette, imkânsızı istediğimi biliyordum. Ancak Henry Amca masrafları ona geri ödemem şartıyla Queen's'e gitmemi kabul etti. Benim için kışın buz gibi soğuk, yazın sıcaktan kavrulan ve her mevsim bayat yemek kokularıyla dolu bir mutfağın üzerinde yer alan, üçüncü sınıf bir oda tuttu. Giyebildiğim tek kıyafet ise Queen's üniformasıydı. Yine de diplomamı aldım ve Summerside Lisesi'ne atandım. Yakalayabildiğim tek şans kırıntısı... O zamandan beri de Henry Amca'ya olan borcumu ödemek için çalışıp didindim. Sadece Queen's masraflarını değil, o çürük pansiyonda kaldığım odanın parasını da ödemek zorundaydım. Ona tek bir kuruş borcum bile kalsın istemiyordum. Bu yüzden Bayan Dennis'in yerinde kaldım ve eski püskü kıyafetlerle idare etmek zorunda kaldım. Amcama olan borcum yeni bitti. Hayatımda ilk kez kendimi özgür hissediyorum ama tüm bunlar olurken de yanlış bir yol izledim maalesef. Sosyal biri olmadığımın, konuşurken doğru kelimeleri seçemediğimin farkındayım. Sosyal etkinliklerde her zaman ihmal ve göz ardı edilmemin benim hatam olduğunu, anlaşılmaz olmak konusunda uzmanlaştığımı biliyorum. Alaycı olduğumu, öğrencilerim tarafından bir zorba olarak görüldüğümü ve benden nefret ettiklerini de... Bunu bilmenin canımı yakmadığını mı sanıyorsun? Bana bakarken korkuyorlar. İnsanların bana, benden korkuyorlarmış gibi bakmalarından nefret ediyorum. Anne… Bu nefret duygusu sanki içime işlemiş bir hastalık... Ben de diğer insanlar gibi olmak istiyorum ama artık olamam… Beni üzen, canımı yakan da bu."

"Olabilirsin!" dedi Anne, elini Katherine'in koluna koyarak. "Bu nefreti zihninden silebilirsin. Kendini ondan arındırabilirsin. Hayat senin için şimdi başlıyor çünkü sonunda özgür ve bağımsızsın. Hem bir sonraki dönemeçte karşına ne çıkacak asla bilemezsin."

"Bunu daha önce de söylediğini duydum… 'Yoldaki dönemeç' tabiri komiğime gitmişti. Fakat ben hangi dönemeci dönersem döneyim beni karşılayan sıkıntı, başka bir şey değil. Ufuk çizgisine kadar önümde uzanıp gittiğini görebiliyorum. Sonsuz bir döngü… Hayat o koca *boşluğuyla,* soğuk, ilgisiz insanlarıyla seni hiç *korkutuyor* mu, Anne? Hayır, elbette korkutmuyor. Hayatının geri kalanını öğretmenlik yaparak geçirmene gerek yok. Sen *herkeste,* şu toparlak, kırmızı suratlı Rebecca Dew'da bile ilginç bir şeyler bulabiliyorsun. Gerçek şu ki ben öğretmekten nefret ediyorum… Ama elimden gelen başka bir şey yok. Okulda öğretmenlik yapmak zamanın kölesi olmak gibi bir şey. Senin bu mesleği sevdiğini biliyorum. Gerçi nesini seviyorsun onu da anlamıyorum. Anne, ben seyahat etmek istiyorum. Hep istediğim şeylerden biriydi bu. Henry Amca'nın tavan arasındaki odamın duvarında asılı duran tek resmi hatırlıyorum. Diğer odalardan küçümsenerek atılmış, solmuş eski bir baskıydı. Çölde bir pınarın etrafında yürüyen bir dizi deve ile palmiyelerin fotoğrafıydı. Kelimenin tam anlamıyla beni büyülemişti. Hep gidip onu bulmak istemişimdir… Güney Haçı ile Tac Mahal'i ve Karnak'ın sütunlarını görmek istiyorum. Tüm bunların dünyada bir yerde olduğuna *inanmak* değil, artık hepsini kendi gözlerimle *görmek* istiyorum. Ve bunu bir öğretmen maaşıyla yapamam. Kral Sekizinci Henry'nin eşlerini ve sömürge ülkelerinin sonsuz kaynaklarını anlatmaya devam etmek zorundayım."

Anne kahkaha attı. Katherine'in sesindeki hüzün yok olduğu için kahkaha atmanın güvenli olduğunun farkındaydı. O ses artık daha çok kederli ve sabırsız geliyordu.

"Öyle ya da böyle, arkadaş olacağız. Arkadaşlık kurmamız için önümüzde tam on gün var. Ben hep seninle arkadaş olmayı istedim, Katherine. Tüm bu huysuzluğunun altında bir arkadaş olarak seni değerli kılacak bir şey olduğunu hep hissettim."

"Yani benim hakkımda gerçekten böyle düşünüyordun, öyle mi? Bunu hep merak etmişimdir. Pekâlâ, değişmesi gereken ne varsa değişecek. Yani, belki gerçekten değişebilir… Green Gables'tayken neredeyse her şeye inanabilirim. Kendimi *evde* gibi hissettiğim ilk yer burası. Diğer insanlar gibi olmayı daha çok sevmeliyim. Umarım, her şey için çok geç değildir. Hatta yarın gece geldiğinde Gilbert'ı sıcacık bir gülümsemeyle karşılayacağım. Genç bir adamla nasıl konuşulur, onu bile unuttum. Tabii, hiç biliyor muydum orası da ayrı. Benim yaşlı bir muşmula olduğumu düşünecek. Merak ediyorum, bu gece yatağa yatıp kendimle baş başa kaldığımda titreyen ruhumu görmene izin verdiğim için kendime kızacak mıyım?"

"Hayır, kızmayacaksın. 'İnsan olduğumu öğrendiğine sevindim,' diye düşüneceksin. Muhtemelen iki sıcak su torbasıyla, sıcak kabarık battaniyelerin arasına sokulacağız çünkü Marilla ve Bayan Lynde, birinden birinin unutması ihtimaline karşılık iki sıcak su torbasını da yataklarımıza koyacaklar. Soğuk ay ışığında yapılan bu yürüyüşten sonra üstüne tatlı bir uykunun çöktüğünü hissedeceksin. Göreceğin ilk şey, sabah olacak ve gökyüzünün mavi olduğunu ilk keşfeden kişi senmişsin gibi hissedeceksin. Ve erikli puding nasıl yapılır öğreneceksin çünkü salı günü yapmama yardım edeceksin. Hem de en lezzetli olanını..."

Anne, içeri girdiklerinde Katherine'in güzelliğine hayran kalmıştı. Buz gibi havadaki uzun yürüyüşün ardından teni ışıldıyordu ve rengi oldukça farklı görünüyordu.

"Katherine, doğru şapka ve kıyafetlerle çok hoş görünecektir," diye düşündü Anne. Summerside'da bir dükkânda gördüğü koyu kırmızı şapkayla Katherine'in siyah saçlarının ve kehribar rengi gözlerinin nasıl görüneceğini hayal etmeye çalışıyordu. "Bu konuda neler yapabilirim bir düşüneyim."

YİRMİ ÜÇÜNCÜ BÖLÜM

Cumartesiden pazartesiye, Green Gables tatlı telaşlarla doluydu. Erikli puding hazırlandı ve Noel ağacı eve getirildi. Katherine, Anne, Davy ve Dora bunun için ormana kadar gitmişlerdi. Bay Harrison'ın arazisinde yer alan küçük, güzel bir köknar ağacını keserken Anne'i, ağacın bahar ayında her hâlükârda yeşerip canlanacağı konusunda ikna ettiler.

Kapı süsleri için yerdeki ladin ve çam ağaçlarının dallarını, hatta bütün kış ormanın derin bir çukurunda yeşil kalan bazı eğrelti otlarını topladılar. Geceye dönen gün yeniden bembeyaz tepelerin üzerinden gülümserken, Green Gables'a zaferle geri döndüler. Ela gözlü ve onu olduğundan daha yaşlı, olgun gösteren hafif bıyıkları olan bir genç ile karşılaşacaklardı. Anne karşısındaki bu adamın gerçekten Gilbert mı yoksa yabancı biri mi olduğunu merak ettiği korkunç bir an yaşadı.

Alaycı görünmemeye çalıştıysa da pek başarılı olamadığı gülümsemesiyle Katherine, onları salonda bırakıp tüm gece mutfakta ikizlerle oyun oynadı. Bundan zevk aldığını fark etmesi kendisini bile şaşırtmıştı. Ve Davy ile bodrum katına gidip dünyada hâlâ tatlı elma gibi şeyler olduğunu fark etmek ne kadar eğlenceliydi.

Katherine daha önce bir kır evinin kilerine hiç gitmemişti ve mum ışığında buranın ne kadar hoş, ürkütücü, gölgeli bir yer olabileceği hakkında hiçbir fikri yoktu. Hayat burada, olduğundan çok daha *sıcak* görünüyordu. Katherine, hayatın kendisi için bile güzel olabileceğini ilk kez hatırlamıştı.

Davy, Noel sabahı fazlasıyla yersiz bir saatte elindeki çıngırakla merdivenden bir aşağı bir yukarı koşarak neredeyse Yedi Uyuyanlar'ı bile uyandıracak kadar şiddetli bir gürültü çıkardı. Marilla evde misafir varken böyle bir şey yaşanması sonucu dehşete düşmüştü ama Katherine gülerek aşağı indi. Nasıl olduysa, Davy ile onun arasında tuhaf bir yoldaşlık oluşmuştu. Katherine, Anne'e varlığının kusursuz Dora'ya hiç faydası olmadığını ancak Davy ile kafalarının uyuştuğunu içtenlikle söylemişti.

Salona girip kahvaltıdan önce hediyelerini verdiler çünkü ikizler, Dora bile, hediyelerini almadan ağzına bir lokma atmamıştı. Anne'den gelecek bir nezaket hediyesi dışında hiçbir şey beklemeyen Katherine, kendini herkesten hediye alırken buldu. Bayan Lynde'den canlı renkleriyle tığ işi bir battaniye... Dora'dan bir kese süsen kökü... Davy'den kâğıt bıçağı... Marilla'dan bir sepet dolusu reçel ve marmelat... Gilbert'tan Cheshire Kedisi şeklindeki küçük, bronz bir kâğıt ağırlığı.

Ve son olarak ağacın altında yünlü bir battaniyeye kıvrılmış, minicik kuyruğu, ipek gibi kulakları olan, tatlı kahverengi gözleriyle etrafa bakan bir köpek yavrusu... Boynundaki kartta ise şu not yazılıydı: "Her şeye rağmen sana 'Mutlu Noeller' demeye cesaret eden Anne'den."

Katherine küçük yavruyu kucağını alıp titrek bir sesle konuşmaya başladı.

"Anne... Bu çok tatlı! Ama Bayan Dennis bunu beslememe izin vermez ki. Bir köpek sahiplenebilir miyim diye sorduğumda hayır demişti."

"Ben bu durumu Bayan Dennis ile konuştum. İtiraz etmeyeceğini göreceksin. Katherine, ayrıca orada daha fazla kalmana gerek yok. Borçlarını ödediğine göre yaşamak için uygun bir yer bulmalısın. Diana'nın bana gönderdiği güzel kırtasiye malzemelerine de bir bak. Boş sayfalara bakıp üzerine ne yazılacağını merak etmek büyüleyici, değil mi?"

Bayan Lynde karlarla kaplı bir Noel geçirdikleri için çok mutluydu çünkü Noel, karlar altında yaşandığında mezarlar görünmezdi. Ancak Katherine'e göre bu mor, kırmızı ve altın renginde bir Noel'di. Bir sonraki hafta da bir o kadar güzel geçti. Katherine, önceleri genelde acı bir şekilde mutlu olmanın nasıl bir şey olduğunu merak ederdi ama artık anlıyordu. Sanki sihirli bir değnek dokunmuş da çiçek açmış gibiydi. Anne, onun arkadaşlığından zevk aldığını fark etti.

"Bir de Katherine'in Noel tatilimi ziyan etmesinden korkuyordum," dedi Anne şaşkınlıkla.

"Ben de Anne beni davet ettiğinde reddetmenin eşiğindeydim!" diye düşündü Katherine kendi kendine.

Âşıklar Yolu'nda ve sessizliğin onları kucakladığı Perili Orman'da uzun uzun yürüyüş yaptılar. Karın dans ettiği tepelerde gezindiler. Menekşe renginin hâkim olduğu eski meyve bahçelerinde dolaşıp gün batımıyla aydınlanan korularda koşturdular. Şakıyan kuşlar, çağıldayan dereler ya da dedikodu yapan sincaplar yoktu ama rüzgâr, ben buradayım dercesine müziğini konuşturuyordu.

"Burada her zaman bakılmaya ya da dinlemeye değer güzel şeyler bulunabilir," dedi Anne.

'Cabbages and Kings'ten* ve ideallerinden bahsettiler. Ardından Green Gables kilerinin stoklarını bile tehlikeye atacak bir iştahla eve döndüler. Bir gün fırtınalı olduğu için evden dışarı çıkmadılar. Doğu rüzgârı saçaklara çarpıyor ve gri körfez âdeta kükrüyordu. Ancak Green Gables'taki bir fırtınanın bile kendine has bir cazibesi vardı. Sobanın yanında oturmak çok rahattı ve elmalarla şekerlemeleri yerken, ateşin tavanda titreyen ışığını seyretmek muhteşemdi. Dışarıda feryat eden fırtına eşliğinde yenen ne güzel bir akşam yemeğiydi bu böyle!

Bir akşam Gilbert, Diana ile yeni doğan bebeğini görmeleri için onları Orchard Slope'a götürdü.

"Daha önce bir bebeği kucağıma hiç almamıştım," dedi Katherine eve dönerlerken. "Birincisi bunu hiç istemedim, ikincisi ise zarar vermekten korkardım. Bebeği tutarken nasıl hissettiğimi hayal dahi edemezsiniz. O minik, kırılgan şey kollarımın arasındayken kendimi çok büyük ve sakar hissettim. Bayan Wright'ın onu her an bırakacağımı düşündüğünü

---

* *İng.* Lahanalar ve Krallar. O. Henry tarafından yazılmış ve Anchuria Cumhuriyeti adı verilen hayali bir Orta Amerika ülkesinde geçen birbirine bağlı kısa öykülerden oluşan 1904 tarihli romandır. Ünvanını Lewis Carroll'un *The Looking Glass*'ında yer alan "The Walrus and the Carpenter" adlı şiirinden almıştır. (Ç.N.)

biliyorum. Korkusunu gizlemek için kahramanca çabaladığını görebiliyordum ama bana bir şey yaptı… Yani bebek… Ne olduğuna karar vermedim."

"Bebekler gerçekten mucizevi yaratıklar," dedi Anne hülyalı bir sesle. "Redmond'dan birinin onlar için 'müthiş potansiyeller demeti' dediğini duymuştum. Bir düşün Katherine. Homeros da bir zamanlar bebekti. Gamzeli ve parıldayan gözleri olan bir bebek. Tabii, o zamanlar kör değildir."

"Annesinin onun bir gün Homeros olacağını bilememesi ne acı," dedi Katherine.

"Yine de Yahuda'nın* annesinin onun Yahuda olduğunu bilmediğine sevindim," dedi Anne usulca. "Umarım asla öğrenmemiştir."

Bir akşam belediye binasında bir konser verildi, ardından da Abner Solane'da bir parti düzenlendi. Anne birlikte gitmek için Katherine'i ikna etti.

"Programımız için bir okuma yapmanı istiyorum, Katherine. Senin çok güzel okuduğunu duydum."

"Eskiden okurdum… Sanırım yapmayı en çok sevdiğim şeydi ama geçen yaz bir grup yazlıkçının katıldığı bir sahil konserinde okudum… Ve daha sonra bana güldüklerini duydum."

"Sana güldüklerini nereden anladın?"

"Öyle olmalı çünkü gülecek başka bir şey yoktu."

Anne, gülümsemesini bastırıp okuma yapması için ısrar etti.

---

* Yahuda veya Hristiyanların söylemiyle Yahuda İşkariyot, birinci yüzyılda Yahudilerin yaşadığı Yahudiye eyaletine, İsa'yı öldürmek için gelmiş Roma lejyonlarına, para karşılığı İsa'nın saklandığı yeri söyleyen Yahudi havari ve din adamı. (Ç.N.)

"*Genevra*'yı yeniden oku. Onu çok güzel canlandırdığını söylediler bana. Bayan Stephen Pringle okumandan sonra o gece gözüne uyku girmediğini anlattı."

"Hayır, *Genevra*'yı okumayı hiç sevmedim. Okuma dersinde arada sırada sınıfa nasıl okunacağını göstermeye çalışıyorum o kadar. *Genevra*'ya karşı gerçekten sabrım yok. Kilitlendiğini anladığında neden çığlık atmadı? Herkes onu bulmaya çalışırken kesinlikle biri onu duyardı."

Katherine sonunda okuyacağına dair söz verdi ama parti konusunda şüpheliydi. "Tamam geleceğim ama kimse bana dans teklifinde bulunmayacak, kendimi dalga geçilmiş ve hor görülmüş hissedeceğim. Ön yargıların kurbanı olmuş ve alay edilmiş... Partilerde her zaman mutsuz olmuşumdur. Şimdiye kadar gittiğim birkaç partide hep böyle oldu. Kimse benim dans edebileceğimi ve bunda gayet başarılı olabileceğimi düşünmüyor... Dans etmeyi Henry Amca'nın evinde öğrenmiştim çünkü zavallı bir hizmetçinin dahi dans bilmesini istiyorlardı. Bu yüzden geceleri salonda çaldıkları müzik eşliğinde o kızla birlikte mutfakta dans ederdik. Doğru bir eşle dans etmeyi severim diye düşünüyorum."

"Bu partide kendini kötü hissetmeyeceksin, Katherine. Kendini dışarıdan görmeye çalışma. Biliyorsun, içeriden dışarıya bakmakla insanların dışarıdan seni nasıl gördükleri arasında büyük bir fark var. Ne kadar güzel saçların var, Katherine. Saçında yeni bir model denememe izin verir misin?"

Katherine omzunu silkti.

"Ah, hiç durma. Sanırım saçım berbat görünüyor. Ama her zaman saçımı yapmaya fırsat bulamıyorum. Bu arada parti için bir elbisem yok. Yeşil tafta elbisem işe yarar mı?"

"İşe yaramalı... Her ne kadar diğerlerine nazaran yeşil giymemen gereken bir renk olsa da, sevgili Katherine. Senin için diktiğim pilili, kırmızı şifon yakalığı da takacaksın. Evet, öyle. Kırmızı bir elbisen olmalı, Katherine."

"Kırmızıdan her zaman nefret etmişimdir. Henry Amca'nın evine gittiğimde Gertrude Yenge benden kırmızı önlük giymemi istemişti. O önlükle okula gittiğim zaman öğrenciler bana 'yangın var' diye bağırırdı. Gerçi kıyafetleri dert etmeme gerek yok."

"Tanrım, sen bana yardım et! Kıyafetler önemli detaylardır," dedi Anne ciddi bir ifadeyle, Katherine'in saçını tarayıp örerken. Ardından aynadan yaptığı işe bakıp sonucunu beğeni dolu gözlerle inceledi. Kollarını Katherine'in omzuna dolayıp onu aynadan yana çevirdi.

"Gerçekten güzel bir çift olduğumuzu düşünmüyor musun?" diye güldü. "Ve insanların bize bakmaktan zevk alacağını düşünmek gerçekten güzel, değil mi? Kendilerine biraz çekidüzen verseler gerçekten çekici görünecek pek çok gösterişsiz insan var. Üç pazar önce kilisede, zavallı ihtiyar Bay Milvain'in vaaz verdiği ve başını şiddetli derecede üşüttüğü için kimsenin ne dediğini anlamadığı o günü hatırlıyor musun? O gün zamanımı etrafımdaki insanları zihnimde güzelleştirerek geçirmeyi tercih ettim. Hayallerimde Bayan Brent'e yeni bir burun verdim. Marry Addison'ın saçını yaptım, Jane Marden cildini de limonlu suyla yıkadım. Emma Dill'in kahverengi elbisesini mavi bir elbiseyle değiştirdim. Cahrlotte Blair'in çizgili bir elbise giymesine yardımcı oldum. Bazı benleri sildim. Mesela, Thomas Anderson'ın uzun, fırça gibi bıyıklarını tıraş ettim. O bıyıklarla nasıl başa çıktığımı tahmin bile edemezsin, o hâliyle şimdiki hâli arasında dağlar kadar fark var. Belki de Bayan Brent'in burnu dışında yaptığım her şeyi kendileri de yapabilirdi. Ah, Katherine, çay rengi gözlerin kehribar gibi parıldıyor. Bu akşam isminin hakkını vermelisin. Işıldayan, çağıldayan ve mutlu bir nehir gibi olmalısın..."

"Bunların hiçbiri değilim ben."

"Bu hafta hep böyleydin. Ve bundan sonra da hep olabilirsin."

"Bu Green Gables'tan kaynaklanıyor. Summerside'a geri döndüğümde Cinderella için saat gece yarısını gösterecek."

"Tüm bu sihri her zaman beraberinde taşıyabilirsin. Kendine bir bak... Uzun zamandır olman gereken kişiye bir bak."

Katherine aynadaki yansımasına bakarken gördüğü kişinin kendisi olduğuna inanamadı.

"On yıl gençleşmiş gibiyim," diye kabullendi. "Haklısın. Kıyafetler insanı değiştiriyormuş. Yaşımdan daha büyük göründüğümün farkındaydım ama umurumda değildi. Neden umursayayım ki? Kimsenin umurunda değil nasılsa. Ben senin gibi değilim, Anne. Açıkçası dünyaya nasıl yaşaman gerektiğini bilerek gelmişsin. Bense bu dünya hakkında hiçbir şey bilmiyorum. Alfabe hariç hiçbir şey... Öğrenmek için çok geç olup olmadığını merak ediyorum. Uzun zamandır hiçbir şeyi ciddiye almadığım için başka türlüsünü yapabilir miyim bilmiyorum. İnsanlar üzerinde herhangi bir izlenim bırakmamın tek yolu, onlarla dalga geçmekmiş gibi geliyordu. Aslında başkalarının yanında olduğumda hep korkmuşumdur. Aptalca bir şey söylerim de insanlar bana güler diye korkarım."

"Katherine Brooke, şu aynada kendine bir bak ve gördüğün bu kişiden hiç uzaklaşma. Yüzünü geriye doğru çekmek yerine çevreleyen muhteşem saçlar... Karanlık yıldızlar gibi parıldayan gözler... Heyecandan kızaran yanaklar... Korkmanı gerektirecek bir şey yok. Haydi gel. Geç kalacağız ama neyse ki Dora'dan duyduğum kadarıyla tüm sanatçılar için yer ayrılmış."

Gilbert onları belediye binasına götürdü. Tıpkı eski zamanlardaki gibiydi... Sadece Diana yerine yanında bu sefer Katherine vardı. Anne derin bir iç çekti. Diana'nın artık farklı ilgi alanları vardı. Konserlere ya da partilere gitmeye vakti yoktu.

Ama ne akşamdı! Hafif bir kar yağışının ardından batı tarafındaki gökyüzü açık yeşile dönmüştü ve gümüş yollar ona eşlik ediyordu! Orion göklerde görkemli yürüyüşünü yapıyor, inci gibi bir sessizlik içinde tepeler, tarlalar ve ormanlar etraflarında uzanıyordu.

Katherine okumasını yaparken seyirciyi daha ilk cümlede kendine hayran bıraktı. Partideyse onunla dans etmek isteyen kişilerin hepsine vakit ayıramadı. Dertten, tasadan uzak şen kahkahaları havada çınlıyordu. Sonra eve, Green Gables'a döndüklerinde ateşe karşı oturarak şöminenin üstündeki iki mum ışığının altında ayaklarını ısıttılar. Gecenin ilerleyen saatlerinde Bayan Lynde parmak uçlarında odalarına gelerek başka bir battaniye isteyip istemediklerini sordu ve Katherine'e küçük köpeğinin mutfaktaki sobanın arkasındaki sepette battaniyeye sarılı bir şekilde uyuduğunu söyledi.

"Artık hayata farklı gözlerle bakıyorum," dedi Katherine, uykulu bir hâlde. "Dünyada bir yerde böyle insanların var olduğunu bilmiyordum."

"Yine gel," dedi Marilla, yola çıktıklarında.

Marilla ciddi olmadığı sürece böyle bir cümleyi kimse için kurmazdı.

"Elbette gelecek," dedi Anne. "Hafta sonları... Ve yazın da hafta içleri. Bahçede şenlik ateşi yakacağız. Elma toplayıp inekleri otlatacağız. Gölde kürek çekip ormanda kaybolacağız. Katherine, sana Küçük Hester Gray'in bahçesini, Yankı Evi'ni ve menekşelerle dolu olduğu zaman Menekşe Diyarı'nı göstermek istiyorum."

YİRMİ DÖRDÜNCÜ BÖLÜM

"Rüzgârlı Kavaklar,

"5 Ocak,

"Hayaletlerin yürüdüğü cadde.

"Saygıdeğer Arkadaşım:

"Bu Chatty Teyze'nin büyükannesinin yazdığı bir tabir olmasa da onun yazacağı türden bir tabir.

"Mantıklı aşk mektupları yazacağıma dair bir Yeni Yıl kararı aldım. Böyle bir şeyin mümkün olduğunu düşünüyor musun?

"Çok sevdiğim Green Gables'tan ayrıldım ama aynı derecede çok sevdiğim Rüzgârlı Kavaklar'a geri döndüm. Rebecca Dew kule odamdaki sobayı yakıp yatağıma da sıcak su torbası koymuş.

"Rüzgârlı Kavaklar'ı sevdiğim için mutluyum. Beğenmediğim, kendimi iyi hissetmediğim ve döndüğümde bana 'iyi ki geldin' demeyen bir yerde kalmak işkenceden farksız olurdu. Belki biraz eski moda ama o da beni seviyor.

"Kate Teyze, Chatty Teyze ve Rebecca Dew'u tekrar gördüğüme çok sevindim. Komik taraflarını görmekten kendimi alamasam da onları bu kadar çok sevmemin nedeni bu.

"Rebecca Dew dün bana çok güzel bir şey söyledi:

"'Sen geldiğinden beri Hayalet Yol bambaşka bir yere dönüştü, Bayan Shirley.'

"Katherine'den hoşlanmana çok sevindim, Gilbert. Şaşırtıcı ama o da seni sevmiş. İstediğinde bu kadar kibar bir insan olabilmesi gerçekten ilginç. Herkes bir yana kendisi bile bu hâline şaşırıyor. Bu kadar kolay olabileceği hakkında en ufacık bir fikri bile yoktu.

"Okulda gerçekten birlikte çalışabileceğin bir yardımcının olması çok fark yaratıyor. Katherine kaldığı pansiyonu değiştirecek. Ben de şu kadife şapkayı alması için onu ikna ettim, koroya katılması adına ikna çalışmalarım ise sürüyor.

"Dün Bay Hamilton'ın köpeği aşağıya inip Pasaklı Miller'ı kovaladı. 'Bu bardağı taşıran son damla,' dedi Rebecca Dew. O kırmızı yanakları daha da kızardı, tombul vücudu öfkeden titredi. Ardından aceleyle şapkasını ters taktı ama bunun farkına bile varmadı ve o hâlde yokuşu çıkıp Bay Hamilton'a ağzına geleni saydı. Rebecca Dew'u dinlerken onun o şapşal, sevimli yüzünü hayal edebiliyordum.

"'O Kedi'yi sevmiyorum,' dedi Rebecca Dew bana, 'ama o hayvan BİZİM ve hiçbir Hamilton köpeği buraya gelip de kendi bahçesinde o kediye huzursuzluk veremez. Jabez Hamilton kendini, 'Köpek sadece biraz eğlence olsun diye kovaladı o kediyi,' diyerek savundu. Ben de ona, 'Hamiltonlar'ın eğlence anlayışı, MacComberlar'ın veya MacLean'lerin, daha doğrusu Dewlar'ın eğlence anlayışından farklıdır,' dedim. 'Vah, vah, akşam yemeğine lahana yapmış olmalısın, Bayan Dew,' dedi. 'Hayır,' diye yanıt verdim, 'ama yapabilirdim. Bayan Kaptan

MacComber, fiyatı çok iyi olmasına rağmen geçtiğimiz sonbaharda bütün lahanaları satıp ailesini lahanasız bırakmadı. O, ceplerindeki şıngırtadan başka bir şey duymayanlardan değil. Sonra başka da bir şey demedim. Gerçi bir Hamilton'dan ne beklersin ki? Pis herif!'

"Beyaz Fırtına Kralı'nın üzerinde kırmızı bir yıldız duruyor. Keşke sen de yanımda olsaydın da birlikte gökyüzünü izleseydik. Öyle olsaydı, saygı ve dostlukla dolu bir andan daha fazlası olacağını düşünüyorum."

"12 Ocak

"Küçük Elizabeth iki gece önce geldiğinde Papa boğalarının* ne türden korkunç hayvanlar olduğuna dair ona bilgi vermemi istedi. Sonra da gözü yaşlı bir şekilde bana öğretmeninin ondan bir devlet okulunun düzenlediği gösteride şarkı söylemesini istediğini ama Bayan Campbell'ın buna şiddetle karşı çıktığını söyledi. Elizabeth yalvarmaya kalktığında da Bayan Campbell,

"'Tanrı aşkına, lütfen bana karşılık verme, Elizabeth,' demiş.

"Küçük Elizabeth o akşam kuledeki odamda biraz ağladı ve kendini sonsuza kadar Lizzie gibi hissedeceğini söyledi. Bir daha diğer isimlerdeki ruh hâllerine bürünemeyecekmiş.

"'Geçen hafta Tanrı'yı çok seviyordum ama bu hafta sevmiyorum işte,' dedi.

"Sınıfındaki herkes programda yer alıyormuş ve kendini bir 'cüzdan' gibi hissediyormuş. Sanırım, tatlı bıdık kendini cüz-

---

* İngilizcesi *Papal bull* olan kelime. Katolik Kilisesi'nin bir papası tarafından çıkarılan bir tür kamu kararnamesi, mektup patenti veya tüzüktür. İsmini, kimlik doğrulaması için geleneksel olarak sonuna eklenen kurşun mühürden alır. (Ç.N.)

zamlı gibi hissettiğini söylemeye çalıştı. Öte yandan bu gerçekten çok korkunç. Sevgili Elizabeth kendini cüzzamlı gibi hissetmemeli.

"Bu yüzden bir sonraki akşam bir bahaneyle Evergreen'e gittim. Kadın... Büyük Tufan'dan bile öncesinden kalma olmalı gerçekten. Öyle yaşlı ki... İfadesiz bir suratla bana bakıp misafir odasını gösterdi ve Bayan Campbell'a geldiğimi haber vermeye gitti.

"O ev yapıldığından beri misafir odasına güneş girdiğinden şüpheliyim. İçeride bir piyano vardı ancak hiç çalınmadığına eminim. Sırmalı ipek kumaşla kaplı sert sandalyeler duvara dayanıyordu... Ortadaki mermer kaplı masa dışında *tüm* mobilyalar duvara yaslıydı ve hiçbiri geri kalanıyla tanışmamış gibiydi.

"Bayan Campbell içeri girdi. Onu daha önce görmemiştim. Siyah gözleri ve buz beyazı saçlarının altındaki siyah gür kaşlarıyla bir erkeğe ait olabilecek güzel, yontulmuş gibi duran yaşlı bir yüze sahipti. Omuzlarına kadar uzanan büyük siyah oniks küpeler taktığı için sade giyinmeyi tercih etmişti. Bana acı verecek kadar kibardı, ben de ona karşı yeterince kibardım ama daha acısız bir şekilde... Tacitus'un birkaç bin yıl önce belirttiği gibi 'duruma göre ayarlanmış yüz ifadeleriyle' birkaç dakikalığına oturup havadan sudan sohbet ettik. Bana kısa bir süreliğine Rahip James Wallace Campbell'ın *Memoirs* adlı kitabını ödünç verip vermeyeceğini sormaya geldiğimden çünkü Prens Adası'nın erken tarihiyle ilgili okul yararına bir şeyler yapmak istediğimden bahsettim.

"Bayan Campbell oldukça belirgin bir şekilde rahatladı, ardından Elizabeth'i çağırdı, ona odasına gitmesini ve *Memo-*

irs kitabını aşağı indirmesini söyledi. Elizabeth'in yüzünden ağladığı belli oluyordu. Bayan Campbell, küçük Elizabeth'in konserde şarkı söylemesine izin verilmesi için yalvaran başka bir notun daha Elizabeth'in öğretmeni tarafından gönderildiğini küçümser bir tavırla açıkladı. Yarın küçük Elizabeth'in öğretmenine ileteceği, sert bir dille yazdığı cevabı da açıklamayı ihmal etmedi.

"'Elizabeth yaşındaki çocukların kalabalık önünde şarkı söylemesini onaylamıyorum,' dedi Bayan Campbell. 'Bu onların cesaretini ve göz önünde olma eğilimini artırıyor.'

"Sanki küçük Elizabeth göz önünde olmaya kalkıyormuş gibi!

"'Bu duruma akıllıca yaklaştığınızı düşünüyorum, Bayan Campbell,' dedim kibirli bir ses tonuyla. 'Her hâlükârda Mabel Phillips şarkı söyler. Bana onun sesinin gerçekten muhteşem olduğu ve onun yanında diğerlerinin hiçbir etkisinin olmayacağı söylendi. Elizabeth'in onunla rekabet ediyormuş gibi görünmemesi belki de daha iyidir.'

"Bayan Campbell'ın yüzünde ciddi bir ifade belirdi. Dışarıdan bir Campbell olsa da o içten içe bir Pringle'dı. Yine de hiçbir şey söylemedi. Daha fazla üstüne gitmemem gerektiğini biliyordum. Kitap için teşekkür edip oradan ayrıldım.

"Ertesi akşam küçük Elizabeth sütünü içmek için bahçe kapısına geldiğinde solgun bir çiçek gibi olan yüzü âdeta yıldız gibi ışıldıyordu. Bayan Campbell, kendini kaptırmadığı sürece şarkı söylemesine izin vermişti.

"Rebecca Dew bana Phillip ve Campbell Ailelerinin iyi sesler konusunda her zaman rakip olduklarını söylemişti!

"Elizabeth'e Noel hediyesi olarak yatağının üzerine asması için birkaç tane resim verdim. Birkaç ağacın arasındaki şirin, küçük bir evin olduğu bir tepeye çıkan orman yolunu betimleyen bir resim. Küçük Elizabeth artık karanlıkta tek başına uyumaktan korkmadığını söylüyor çünkü yatağa girer girmez eve giden o yolda yürüdüğünü, içeri girdiğinde aydınlık bir salonda babasının durduğunu hayal ediyormuş.

"Zavallı tatlı kızım! Babasından nefret etmekten kendimi alamıyorum!"

"19 Ocak

"Dün akşam Carry Pringleların evinde bir dans partisi vardı. Katherine yanları fırfırlı koyu kırmızı ipek bir elbise giymiş, saçlarını da kuaföre yaptırmıştı. İnanmayacaksın ama Summerside'a öğretmen olarak geldiği ilk günden beri onu tanıyan insanlar, Katherine içeri girdiğinde neredeyse bu kim diye soracaklardı. Yine de elbise ya da saçındaki yenilikten ziyade ruhundaki değişimin bunda etkili olduğunu düşünüyorum.

"Daha önceleri dışarıdayken tavrı, 'Bu insanlar beni sıktı. Umarım ben de onları sıkarım,' şeklindeydi. Ancak dün gece sanki hayat evinin bütün pencerelerinde birer mum yakmış gibiydi.

"Katherine'in arkadaşlığını kazanmak için çok uğraşsam da sonrası kendiliğinden gelişti ve onun arkadaşlığının bunca zahmete değeceğini hep hissetmiştim.

"Chatty teyze fena hâlde üşüttüğünden iki gündür yatıyor ve zatürree olma ihtimaline karşı yarın doktora görünmesi gerektiğini düşünüyor. Bu yüzden Rebecca Dew, olur da doktor gelirse diye başını havluyla sararak evi temizlemeye girişti. Şimdi de mutfakta fanilasının üstüne giymesi için Chatty teyzenin tığ işi pamuklu beyaz geceliğini ütülüyor. Aslında gecelik tertemizdi ama Rebecca Dew sandıkta olduğu için renginin sarardığını düşünüyor."

"28 Ocak

"Ocak ayı şu ana kadar limanda ara sıra kendini gösteren ve Hayalet Yol'u etkisi altına alan fırtınalı, bolca gri günlerle dolu bir aydı. Ancak dün gece her yer buz tuttu, bugün de güneş kendini gösterdi. Akçaağaç koruluğum şu an hayal diyarları kadar güzel bir yer. Sıradan yerler bile güzelleşti sanki. Her bir tel örgü kristal birer dantel harikası gibi âdeta.

"Rebecca Dew bu akşam, dergilerimden birindeki 'En Güzel Kadın Tipi' adlı fotoğraflı makaleyi inceliyordu.

"'Bayan Shirley, biri asasını sallayıp herkesi güzelleştirseydi hoş olmaz mıydı?' dedi dalgın bir ifadeyle. 'Mesela birden kendimi güzel olarak bulsam, bir düşünsene, Bayan Shirley! Ama işte…' derin bir iç çekti… 'hepimiz güzel olsaydık işleri kim yapardı ki?'"

YİRMİ BEŞİNCİ BÖLÜM

"Ah, çok yoruldum," diye iç çekti Kuzen Ernestine Bugle, Rüzgârlı Kavaklar'daki yemek masasında akşam yemeğine oturduklarında. "Bazen böyle otururken bir daha kalkamayacakmışım gibi geliyor."

Merhum Kaptan MacComber tarafından tam üç kez uzaklaştırılan ama Kate Teyze'nin yakın davrandığı Kuzen Ernestine, o öğleden sonra Lowvale'den Rüzgârlı Kavaklar'a akrabalarını ziyarete gelmişti. Aile bağlarına rağmen dulların onu içten karşıladığı söylenemezdi. Kuzen Ernestine, sadece kendi işleri için değil, başkalarının işleri için de sürekli endişelenen, bu nedenle kendisini ya da başkalarını hiç rahat bırakmayan talihsizlerden biriydi ve etrafına neşe saçan biri olduğu da söylenemezdi. Rebecca Dew'a göre kadının bakışı, insana hayatın bir gözyaşı vadisi olduğu izlenimini veriyordu. Kuzen Ernestine kesinlikle güzel bir kadın değildi, vakti zamanında güzel olduğu da meçhuldü. Kuru, zayıf, küçük bir yüzü, feri kaçmış diyebileceğiniz açık mavi gözleri, birçok beni ve incecik sesi vardı. Rengi solmuş siyah bir elbise giymiş ve cereyanda kalma korkusuyla masada dahi çıkarmadığı, üzerinde Hudson mührü olan eski bir yün şala sarınmıştı. Rebecca Dew istese yemekte masada oturabilirdi çünkü dullar Kuzen Ernestine'i özel misafirden saymıyordu ama Rebecca, neşe kaçıranın olduğu yerde "yemeğinin tadını" çıkaramayacağını söyledi. Bu yüzden "kendi payını" mutfakta yemeyi tercih ettiyse de bu durum masada beklerken söyleyeceklerini engellemedi.

"Seni canlanmış gördüm," dedi sevimsiz bir tavırla.

"Ah, keşke öyle olsam, Bayan Dew. Korkarım ihtiyar Bayan Oliver Gage'den bir farkım yok. Geçen mantar yedi ama aralarında zehirli mantar da olmalı ki o zamandan beri kendini hiç iyi hissetmiyor."

"Ama bu zamanlarda mantar yenmez," dedi Chatty Teyze.

"Hayır, ben başka bir şey yedim. Beni neşelendirmeye çalışma, Charlotte. İyilik yapmaya çalışıyorsun ama faydası yok. Ben çok şey yaşadım. O krema sürahisinde örümcek olmadığına emin misin, Kate? Korkarım bardağımı doldururken bir tane gördüm."

"Krema sürahimizde örümcek olmaz," dedi Rebecca Dew gücenmiş bir tavırla, ardından kapıyı çarpıp gitti.

"Belki de bir gölgedir," dedi Kuzen Ernestine süklüm püklüm. "Gözlerim artık pek iyi değil. Yakında kör olacağım diye korkuyorum. Bak aklıma ne geldi. Bu öğleden sonra Martha MacKay'e uğradım. Ateşi varmış, vücudunda bazı döküntüler de çıkmış. 'Sanki kızamık geçiriyorsun gibi geldi bana,' dedim. 'Bunun yüzünden kör olabilirsin. Zaten sizin ailede görme problemi var.' Yani, hazırlıklı olması gerektiğini düşündüm. Annesi de iyi değil. Doktor hazımsızlık demiş ama bence onda ur var. 'Olur da ameliyat olup narkoz alman gerekirse, bundan kurtuluşun yok,' dedim. 'Unutma sen bir Hillis'sin ve tüm Hillisler kalp rahatsızlığından mustarip. Baban da kalp yetmezliğinden ölmüştü zaten.'"

"Seksen yedi yaşındaydı!" dedi Rebecca Dew, masadan bir tabağı alarak.

"Kutsal Kitap'a göre yetmiş yaş sınır, biliyorsun," dedi Chatty Teyze neşeli bir ifadeyle.

Kuzen Ernestine çayına üç çay kaşığı şeker katıp karıştırmaya başladı. "Kral David de öyle diyordu ama David pek saygı gören biri değildi."

Anne, Chatty Teyze ile göz göze gelince kendine hâkim olamayıp bir kahkaha attı. Kuzen Ernestine hoşnutsuz bir ifadeyle ona baktı.

"Muhteşem bir gülüşün olduğunu duydum. Umarım hep böyle gülersin ama bu çok zor. Korkarım hayatın melankolik bir iş olduğunu çok erken öğreneceksin. Ah, ben de bir zamanlar gençtim."

"Gerçekten mi?" diye sordu Rebecca Dew alaycı bir tavırla, o sırada kekleri getiriyordu. "Bana hep genç olmaktan korkuyormuşsun gibi geldi. Genç olmak cesaret ister, Bayan Buggle."

"Rebecca Dew'un konuşma tarzı gerçekten bir tuhaf," diye şikâyet etti Kuzen Ernestine. "Onu dikkate aldığımdan değil, elbette. Bayan Shirley, fırsatınız varken kahkahanızın tadını çıkarın ama korkarım böyle mutlu olarak Tanrı'yı kışkırtıyorsun. Bizim son papazın karısının teyzesi kadar korkunçsun. O kadın da böyle çok gülerdi sonra felçten öldü gitti. Üç kere felç geçirirsen üçüncüsünde öbür tarafa gidiverirsin. Korkarım Lowvale'deki yeni papazımızın aklı bir karış havada. Onu gördüğüm an Louisy'ye, 'Böyle bacakları olan bir adam korkarım dansa bağımlı olmalı,' dedim. Papazlığa döndüğünden beri danstan vazgeçmiş gibi görünüyor ama korkarım ailesinde gerginlik yaşanacak. Genç bir karısı var ve ona korkunç bir şekilde âşık olduğunu söylüyorlar. Bir papazın aşk evliliği yaptığı düşüncesini aklım almıyor. Korkarım, tam bir saygı yoksunu. Çok adil vaazlar veriyor ama geçen pazar İlyas peygamber için söylediklerine bakılırsa korkarım görüşleri Kutsal Kitap'a göre fazla liberal."

"Gazetelerde Peter Ellis ile Fanny Bugle'ın geçen hafta evlendiklerini okudum," dedi Chatty Teyze.

"Ah, evet. Korkarım bu da acele işe şeytanın karıştığı evliliklerden biri olacak. Birbirlerini sadece üç yıldır tanıyorlar. Korkarım Peter, çok yakında güzelliğin beş para etmediğini anlayacak. Korkarım Fanny çok beceriksizin teki. Sadece sağ tarafta kalan peçeteleri ütülüyor. O melek annesi gibi değil. Ah, gerçekten titiz bir kadındı. Yastayken hep siyah gecelik giyerdi. Geceleri kendini gündüz olduğundan daha beter hissettiğini söylerdi. Yemek pişirmesine yardım etmek için Andy Bugle'daydım. Düğün sabahı aşağıya indiğimde Fanny kahvaltıda yumurta yemiyordu... O gün evleneceği gündü. Buna inanmayacaksınız belki ama ben de kendi gözlerimle görmesem inanmazdım. Benim zavallı kardeşim evlenmeden önce tam üç gün boyunca hiçbir şey yememişti. Kocası hayatını kaybedince bir daha ağzına tek bir lokma atmayacak diye çok korktuk. Bazen Bugleları hiç anlamadığım zamanlar oluyor. Eskiden aile bağları güçlü olurdu ama artık öyle değil."

"Jean Young'ın yeniden evleneceği doğru mu?" diye sordu Kate Teyze.

"Korkarım öyle. Elbette, Fred Young hayatını kaybetmiş olmalı ama ben birden ortaya çıkacak diye korkuyorum. O adama asla güven olmaz. Ira Roberts ile evlenecek. Korkarım sadece o kadını mutlu etmek için evleniyor. Bir keresinde Philip Amca da benimle evlenmek istedi fakat ben ona, 'Bugle doğdum Bugle olarak ölürüm. Evlilik kör kuyuya atlamak gibidir. Ben o kuyuya düşmeyeceğim,' diye yanıt verdim. Bu kış Lowvale'de evlenen evlenene... Bunun bedelini de yazın bolca cenazeyle ödeyeceğiz korkarım. Annie Edwards ve Chris Hunter geçen ay evlendi. Birkaç seneye kalmaz aşk böceği hâlleri yok olur gider. Korkarım adamın türlü oyunlarıyla kızın ayakları yerden kesildi. Hiram Amca biraz çılgındır. Adam yıllardır bir köpek olduğuna inanıyor."

"Kendi kendine havlıyorsa kimsenin onunla dalga geçmesine de gerek kalmıyordur," dedi Rebecca Dew, armut reçeliyle keki getirerek.

"Onun havladığını hiç duymadım," dedi Kuzen Ernestine. "Kimse ortalıkta yokken kemikleri alıp gömüyor, o kadar. Onu da karısı anlamış."

"Bayan Lily Hunter bu kış nerede?" diye sordu Chatty Teyze.

"San Francisco'da oğlunun yanında kalıyor. Korkarım o buraya dönmeden başka bir deprem daha olacak. Diyelim ki kurtuldu, muhtemelen kaçmaya çalışacak ve sınırda sorun yaşayacaktır. Hadi diyelim bu da olmadı, o zaman kesin yolculuk esnasında bir sıkıntı çıkar. İnsanlar aklını kaçırmış olmalı. Kuzenim Jim Bugle kışı Florida'da geçirdi. Korkarım zenginleştikçe dünyaya daha çok bağlanıyor. Gitmeden önce onunla konuştum. Coleman'ın köpeğinin öldüğü geceydi. Ya da öyle miydi? Evet,

evet öyleydi. 'Gurur belayı, kibirli ruh da çöküşü getirir,' dedim. Kızı Bugle Yolu Okulu'nda öğretmen ve kimle birlikte olacağına karar veremiyor. 'Sana şu konuda teminat verebilirim, Mary Annetta,' dedim, 'hiçbir zaman gerçekten sevdiğinle birlikte olamayacaksın. Bu yüzden seni seven biriyle birlikte olman daha iyi. Tabii, seni sevdiğinden eminse…' Umarım Jessi Chipman'a göre daha iyi birini tercih eder. Korkarım o kız Oscar Green ile evlenecek çünkü çocuk etrafta dolanıp duruyor. 'Seçtiğin delikanlı bu mu?' diye sordum. Çocuğun ağabeyi veremden öldü. 'Ben olsam mayısta evlenmezdim,' dedim, 'mayıs düğün yapmak için uğursuz bir ay.'"

"Ne kadar da cesaret verici sözler böyle!" dedi Rebecca Dew, kurabiye tabağını getirirken.

"Ya söylesenize,' dedi Kuzen Ernestine, Rebecca Dew'u umursamayıp armut reçelinden alarak, "çanta çiçeği bir çiçek mi yoksa hastalık mı?"

"Bir çiçek," dedi Chatty Teyze.

Kuzen Ernestine hayal kırıklığına uğramış gibi bir ifade takındı. "Neyse ne, Sandy Bugle'ın dulu ondan almış. Geçtiğimiz cumartesi kilisede kız kardeşine sonunda kendisinin de bir çanta çiçeği olduğunu söyledi. Bu arada sardunyalarınız çok zayıf, Charlotte. Korkarım, onları doğru düzgün budamıyorsunuz. Neyse, Bayan Sandy sonunda yastan çıktı, zavallı Sandy dört yıldır toprağın altında. Ah, ölümler bu zamanda çabuk unutuluyor. Kız kardeşim kocası için tam yirmi beş sene matem tülünü çıkarmamıştı."

"Fermuarının açık olduğunu biliyor muydun?" diye sordu Rebecca, Kate Teyze'nin önüne hindistan cevizli bir turta koyarken.

"Aynada kendime bakma fırsatım olmadı," diye karşılık verdi Kuzen Ernestine ters ters. "Ne olmuş fermuarım açıksa? Üstümde üç tane içlik var, değil mi? Kızlar bugünlerde bunlardan bir tane giyiyormuş. Korkarım, dünyanın gittikçe çivisi çıkıyor. Merak ediyorum, akıllarına hiç hesap günü geliyor mu?"

"Geçen hafta gazetede yaşlı Alec Crowdy'nin ölüm haberini görmüşsünüzdür sanıyorum," diye iç çekti Kuzen Ernestine. "Karısı da iki sene önce ölmüştü, zavallı tam anlamıyla karısının yanına gitmek için acele etti. Karısının ölümünden sonra çok yalnız kalmış, korkarım bu doğru. Korkarım toprağın altında olsa bile dertleri henüz bitmiş değil. Bir vasiyetname hazırlamadığını duydum. Korkarım, malikânede korkunç kesintiler olacak. Annabel Crowdy'nin elinden her iş gelen bir esnafla evleneceğini söylüyorlar. Annesinin ilk kocası da öyleydi, bu yüzden bu onun kaderi. Annabel zor bir hayat geçirdi ama korkarım o adamın zaten bir karısı olduğu ortaya çıkmasa bile bir şekilde hapı yutacak."

"Jane Goldwin bu kış neler yapıyor?" diye sordu Kate Teyze. "Uzun zamandır kasabada görünmüyor."

"Ah, zavallı Jane! Uzaklara kaçıp gitti. Kimse ona ne olduğunu bilmiyor ama korkarım tüm bunlar sadece bir mazaretten ibaret olacak. Ne diye Rebecca Dew mutfakta sırtlan gibi gülüyor? Korkarım, ona biraz göz kulak olmanız gerekiyor. Dewların akılları pek yerinde değildir."

"Thyra Cooper'ın bebeği olmuş," dedi Chatty Teyze.

"Ah, evet, zavallı şey. Neyse ki bir tane oldu. Ben ikiz olacak diye korktum. Cooperlar arasında ikiz bebek yaygındır."

"Thyra ile Ned hoş bir çift," dedi Kate Teyze, devasa bir enkazın altından güzel bir şey çıkarmaya çalışıyor gibiydi.

Ancak Kuzen Ernestine, Lowvale şöyle dursun Gilead'da* bile hoş bir şey bulabileceğinden emin değildi.

"Ah, o kız sonunda o adamla evlendiği için kendini şanslı saysın. Kocası batıdan dönemeyecek diye az korkmadı ama ben onu uyardım. 'Bak gör, seni hayal kırıklığına uğratacak,' dedim. 'O adam hep insanları hayal kırıklığına uğratmıştır. Herkes onun için bir yaşını görmeden ölür diyordu ama hâlâ hayatta işte.' Kocası, Holly'nin yerini satın aldığında onu yine uyardım. 'Bak, orası tifo yuvası. Kiracısı beş sene önce tifodan öldü.' Eğer olur da başlarına bir şey gelirse kalkıp *bana* bir şey demesinler. Joseph Holly'nin sırtında bir ağrı var. Bel ağrısı diyor ama bence menenjit başlangıcı."

"Yaşlı Joseph Holly Amca dünyadaki en iyi insanlardan biri," dedi Rebecca Dew, yeni bir demlik çay getirerek.

"Ah, iyidir evet," dedi Kuzen Ernestine asık suratla. "Çok iyi! Korkarım, oğulları yoldan çıkacak. Hep öyle olur. Sanki bir şekilde mutlaka ortalama tutturulmalı. Hayır, teşekkür ederim, Kate. Daha fazla çay içmeyeceğim, belki kurabiye alabilirim. Mideme pek iyi gelmiyor ama galiba fazla yedim. Sanırım erkenden yola düşsem iyi olacak çünkü eve varmadan karanlığa kalırım diye korkuyorum. Ayaklarım ıslansın istemiyorum. Amonyaktan korkarım. Bütün kış kolumdan alt uzuvlarıma doğru bir şeyler oldu. Geceler boyu o tuhaf hisle uyandım. Ah, neler yaşadığımı kimse bilmiyor ama sürekli yakınan biri değilim. Sizi bir kez daha göreyim istedim, belki bahara artık

* İncil'de geçen şifa veren merhemleri ile ünlü bir bölge ismi. (Ed.N.)

buralarda olmam ama ikiniz de çok hatalar yaptınız, belki siz benden önce bu dünyadan göçüp gidersiniz. Her neyse, geride seni cenazene hazırlayacak biri olması varken gitmek en iyisi. Eyvahlar olsun, rüzgâr nasıl da esiyor! Korkarım bir fırtınaya denk gelirsek bu çatı başımızdan uçar. Bu baharda çok rüzgâr aldık, korkarım iklim değişiyor. Teşekkür ederim, Bayan Shirley…" O sırada Anne paltosunu giymesine yardımcı oluyordu. "Kendine dikkat et. Çok yorgun görünüyorsun. Korkarım, kırmızı saçlı insanların bünyesi pek sağlam olmuyor."

"Bünyemin sağlam olduğunu düşünüyorum," diye gülümsedi Anne, arkasından bir deve kuşu tüyünün sarktığı tuhaf şapkayı kadına vererek. "Bu akşam hafiften boğazım ağrıyor o kadar, Bayan Bugle."

"Ah!" İşte, Kuzen Ernestine'den muhteşem bir kehanet daha yoldaydı. "Boğaz ağrısına dikkat et, tatlım. Difteri ve bademcik iltihabının belirtileri üçüncü güne kadar tamamen aynıdır ama üzülme, genç yaşta ölürsen çok fazla beladan kurtulursun."

YİRMİ ALTINCI BÖLÜM

"Kule Odası,
"Rüzgârlı Kavaklar,
"20 Nisan.

"Zavallı Sevgili Gilbert,

"'Kahkaha artık bir delilik belirtisi ve neşe… Ah, o ne demekti?' Korkarım, genç yaşımda saçlarım ağaracak. Korkarım, bu fakirhanede solup gideceğim. Korkarım, öğrencilerimin hiçbiri sınavlarını geçemeyecek. Geçen cumartesi akşamı Bay Hamilton'ın köpeği bana havladı. Korkarım kuduz olacağım. Bu akşam Katherine ile görüştüğüm zaman şemsiyemin ters dönmesinden de korktum. Korkarım, Katherine beni hiç sevmediği kadar çok seviyor. Korkarım, ne de olsa saçım kızıl kahve değil. Korkarım, elli yaşına geldiğim zaman burnumda kocaman bir ben çıkacak. Korkarım okulumda bir yangın çıkacak ve içeride mahsur kalacağım… Korkarım bu gece yatağımda bir fare bulacağım… Korkarım her zaman yanında olduğum için benimle nişanlandın… Korkarım yakında bir yatak örtüsü seçeceğim.

"Hayır, tatlım, delirmedim... Henüz değil. Sadece bu evden bir Kuzen Ernestine geçti.

"Artık Rebecca Dew'un neden ona 'Bayan Çok Korkak' dediğini anlıyorum. Ruhu o kadar büyük bir sıkıntıyı ödünç almış ki resmen kadere borcu var.

"Dünyada birçok Bugle var ama hiçbirinin Kuzen Ernestine kadar yarının getireceklerinden korkarak bugünün neşesini kaçırdığını sanmıyorum.

"Gilbert, sevgilim, lütfen hiçbir şeyden korkma. Bu korkunç bir kölelik. Biz hep cesur, maceracı ve umut dolu olalım. Hayatı ve bize getirebileceği her şeyi neşeyle karşılamak için dans edelim. İster bela, ister tifo, isterse ikiz çocuklar olsun!

"Bugün nisan ayında hazirandan kalma bir gün yaşıyoruz âdeta. Kar tamamen kalktı, kırlar ve altın tepeler baharı karşılıyor. Pan'in* akçaağaç çalılığımdaki küçük yeşil oyukta çaldığı flütün sesini duyabiliyorum ve Fırtına Kralı'm neşeli, mor bir pusla çevrili.

"Son zamanlarda hava hep yağmurluydu. Bahar alacakaranlığının durgun, yağmurlu saatlerinde kulemde oturmak çok hoşuma gidiyor ama bu gece fırtınalı ve aceleci bir gece... Gökyüzünde birbiriyle yarışan bulutlar bile acele ediyor ve aralarından süzülen ay ışığı dünyayı ışığıyla boyamak için fazlasıyla sabırsız.

"Gilbert, keşke bu akşam Avonlea'nin uzun caddelerinden birinde el ele yürüyebilseydik!

"Gilbert, korkarım sana fena hâlde âşığım. Bu münasebetsizce bir davranış değil, değil mi? Her neyse, ne de olsa sen bir papaz değilsin."

---

* Çobanların tanrısı olarak bilinen mitolojik karakter. (Ed.N.)

YİRMİ YEDİNCİ BÖLÜM

"Ben çok farklıyım," diye iç çekti Hazel.

Diğer insanlardan farklı olmak gerçekten korkunç bir histi. Öte yandan başka bir yıldızdan kopup gelmişsin gibi de muhteşemdi. Farklılığından dolayı ne kadar acı çekiyor olursa olsun, Hazel hiçbir şeyde sıradan olamazdı.

"Herkes kendi içinde farklıdır," dedi Anne neşeyle.

"Gülümsüyorsunuz." Hazel, Anne'in bembeyaz ellerini tutup ona hayranlıkla baktı. Söylediği her kelimeyi bastırarak dile getiriyordu. "Öyle muhteşem bir gülüşünüz var ki… *Büyüleyici.* Sizi görür görmez *her şeyi* anlayan biri olduğunuzu fark etmiştim. Biz aynı yıldızdan gelmiş olmalıyız. Bazen psişik olduğumu düşünüyorum, Bayan Shirley. İçgüdüsel olarak ilk görüşte birini sevip sevmeyeceğimi anlayabiliyorum. Sizin cana yakın olduğunuzu… Hâlden anlayacağınızı hemen anladım. Anlaşılmak öyle güzel ki… Kimse beni anlamıyor, Bayan Shirley ama sizi gördüğüm zaman içimden bir ses bana, 'O anlayacak… Senin *gerçekten* nasıl biri olduğunu anlayacak,' dedi. Ah, Bayan Shirley, gerçek olalım. Hep gerçek olalım. Beni biraz olsun sever misiniz?"

"Sen çok tatlısın," dedi Anne, kahkaha atıp narin parmaklarını Hazel'ın altın buklelerinde gezdirerek. Hazel'ı sevmek çok kolaydı.

Hazel, pencerelerin altındaki laleleri kırmızıya boyayan bir mayıs akşamında, limanın üzerinde asılı duran yeni ay eşliğinde, kule odasında Anne'e içini döküyordu.

"Işıkları hemen yakmayalım," diye yalvarmıştı Hazel.

"Elbette… Karanlığın arkadaşlığı sayesinde burası çok hoş görünüyor, değil mi?" diye yanıt vermişti Anne. "Işığı açınca sanki karanlık senin düşmanın oluyor ve ışık, seni gücendirircesine parlıyor."

"Ben de böyle şeyler düşünebiliyorum ama bu kadar güzel ifade edemem," diye inledi Hazel dalgın bir ifadeyle. "Menekşelerin dilinden konuşuyormuşsunuz gibi, Bayan Shirley."

Hazel, Anne'in bu sözlerle ne demek istediğini açıklayamazdı ama bunun bir önemi yoktu. Kulağa şiir gibi geliyordu.

Kule odası evdeki tek huzurlu yerdi. Rebecca Dew o sabah endişeli bir bakışla, "Kadınlar Yardım Toplantısı yapılmadan önce salonla misafir odasını hazırlamamız gerek," demiş ve duvar kâğıdı döşeyecek olan usta gelmeden her iki odadaki bütün mobilyaları dışarı çıkarmıştı ancak usta bir sonraki gün geleceğini belirtmişti. Rüzgârlı Kavaklar, o kadar karmaşık bir hâldeydi ki tek derli toplu yer olan kule odası âdeta çöldeki vaha gibiydi.

Hazel Marr Anne'e korkunç derecede düşkündü. Marr Ailesi, Summerside'a yeni gelmiş, kışın Charlottetown'dan buraya taşınmışlardı. Hazel, altın sarısı saçları ve kahverengi gözleriyle kendi tabiriyle 'ekim sarısı' gibi bir kızdı. Rebecca Dew, onun güzelliğini gördüğünden beri dünyanın çok daha güzel bir yer olduğunu söylemişti. Hazel o güzel gözleri ve kıvırcık saçlarıyla dikkat çekici bir kız olduğundan erkekler arasında da popülerdi.

Anne onu sevmişti. O öğleden sonra okulda üstüne çöken hâlsizlik yüzünden kendini bitkin ve sıkkın hissediyordu ama artık kendini toparlamıştı. Elma çiçeklerinin kokusunu camdan içeri taşıyan mayıs ayı esintisinden mi, yoksa Hazel'ın cıvıl cıvıl konuşmasından mı kaynaklanıyor bilinmez ama kendini daha iyi hissediyordu. Belki her ikisi de etkiliydi. Anne, tüm bu dalgınlığı, değişik fikirleri ve hayalperestliğiyle Hazel'ın bir şekilde ona gençlik yıllarını hatırlattığını düşündü.

Hazel, Anne'in elini tutup birden dudaklarına götürdü. "Benden önce sevdiğiniz herkesten *nefret* ediyorum, Bayan Shirley. Şu an sevdiğiniz diğer insanlardan da *nefret* ediyorum. Siz tamamen benim olun istiyorum."

"Bu biraz mantık dışı değil mi, tatlım? Sen benim dışımda başkalarını da seviyorsun. Mesela Terry?"

"Ah, Bayan Shirley! Bu konuyu sizinle konuşmak istiyorum. Artık sessiz kalmaya dayanamıyorum. *Yapamıyorum.* Bu konuyu biriyle konuşmak zorundayım. Beni *anlayan* biriyle... Geçen akşam dışarıya çıktım, tüm gece gölün etrafında dolanıp durdum. Neredeyse gece yarısına kadar. Her şeyi düşündüm... *Her şeyi.*"

Hazel yuvarlak, pembe yüzü, uzun kirpikli gözleri ve çehresini çevreleyen bukleleriyle olabildiğince üzgün görünüyordu.

"Ah, ne oldu, tatlım? Terry ile mutlu olduğunu sanıyordum. Her şey yolundaydı sanki."

Böyle düşünmesi Anne'in suçu değildi. Önceki üç hafta boyunca Hazel ona Terry Garland hakkında övgüler yağdırmıştı çünkü Hazel'a göre birine onu anlatmadığun sürece bir sevgiliye sahip olmanın ne anlamı vardı ki?

"*Herkes* böyle düşünüyor," dedi Hazel acıklı bir ifadeyle. "Ah, Bayan Shirley, hayat kafa karıştırıcı problemlerle dolu. Bazen bir yere uzanmak istiyormuşum gibi hissediyorum… Yani böyle herhangi bir yere… Sonra ellerimi birbirine kavuşturup bir daha düşünmemek istiyorum."

"Tatlım, neyin var?"

"Hiçbir şeyim… Ve *her şeyim*. Ah, Bayan Shirley, size anlatabilir *miyim*? Ruhumdan dolup taşanları size dökebilir *miyim*?"

"Elbette, tatlım."

Hazel acınası bir tavırla, "Ruhumu boşaltacak yerim yok," dedi. "Günlüğüm hariç, tabii. Bir gün size günlüğümü göstermeme izin verir misiniz, Bayan Shirley? Gerçi bu şekilde kendimi ifşa etmiş olacağım. Yine de ruhumu yakan şeyleri yazamıyorum. Bu beni *boğuyor*!" Hazel dramatik bir şekilde boğazını tuttu.

"Elbette, göstermek istiyorsan ben de seve seve bakarım. Peki, Terry ile aranızdaki sıkıntı tam olarak nedir?"

"Ah, Terry! Bayan Shirley, Terry'nin bana sanki bir *yabancı*ymış gibi geldiğini söylesem bana inanır mısınız? Bir yabancı!" dedi Hazel ve daha iyi anlaşılmak için ekledi: "Daha önce görmediğim biri gibi."

"Ama Hazel, ben senin onu sevdiğini sanıyordum."

"Ah, biliyorum. Ben de onu sevdiğimi *sanıyordum* ama artık bunun tamamen korkunç bir hata olduğunu biliyorum. Ah, Bayan Shirley, hayatımın ne kadar *zor* olduğunu… Her şeyin nasıl da *imkânsıza* dönüştüğünü hayal bile edemezsiniz."

"Bu durumu bilirim," dedi Anne, hâlden anlarcasına, aklına Roy Gardiner gelmişti.

"Bayan Shirley, onu, onunla evlenecek kadar sevmediğime eminim. Bunun farkına vardım... Ancak artık her şey için çok geç. O gece ayın etkisiyle onu sevdiğimi sandım. Ay olmasaydı, eminim bunu düşünmek için zaman isterdim. Ama ay yüzünden ayaklarım yerden kesildi... Bunu şimdi görebiliyorum. Ah, kaçacağım. Vahim bir şey yapacağım!"

"Sevgili Hazel, bir hata yaptığını düşünüyorsan neden bunu ona söylemiyorsun?"

"Ah, Bayan Shirley, yapamam! Bu onu öldürür. Terry resmen bana tapıyor. Bundan kurtulmanın bir yolu yok. Terry evlilikten bahsetmeye başladı. Bir düşünseneze... Ben daha çocuğum. On sekiz yaşındayım. Gizli saklı nişandan bahsettiğim arkadaşlarım beni tebrik ediyor. Tam bir saçmalık. Terry henüz yirmi beş yaşında olmasına rağmen on bin doları olduğu için onun muhteşem bir aday olduğunu düşünüyorlar. O parayı ona büyükannesi bırakmıştı. Sanki para gibi iğrenç bir şeyi önemsiyorum da! Ah, Bayan Shirley, neden bu dünya *parayla* dönüyor... *Neden*?"

"Sanırım her açıdan olmasa da bazı açılardan para önemli, Hazel. Ve Terry hakkında da böyle düşünüyorsan... Hepimiz hata yaparız, bazen zihnimizi anlamak gerçekten zor..."

"Öyle mi? Anlayacağınızı *biliyordum*. Onu önemsediğimi sanıyordum, Bayan Shirley. Onu ilk gördüğüm zaman sadece karşısında oturup bütün akşam onu izledim. Gözlerine baktığımda o deniz gözleri beni içine âdeta hapsetti. Öyle yakışıklıydı ki... Saçları kıvır kıvır, kirpikleri bembeyaz gibi görünüyordu. O an anlamam gerekirdi ama işte, ben her şeye ruhumla sarılıyorum, biliyorsunuz. Duygularımı yoğun yaşayan biriyim. Ne zaman yanıma gelse heyecanlanıyordum ama şimdi hiçbir şey hissetmiyorum... *Hem de hiçbir şey*! Bu son birkaç haftada resmen yaşlandım, Bayan Shirley! Gerçekten yaşlandım! Nişanlandığımdan bu yana doğru düzgün bir şey yiyemiyorum. Anneme sorabilirsiniz. Onu evlenecek kadar sevmiyorum, *eminim*. Her şeyden şüphe ederim ama *bundan* eminim."

"O zaman evlenmemelisin..."

"Ay ışığında bana evlenmek teklif ettiği akşam bile Joan Pringle'ın düzenleyeceği maskeli baloda giyeceğim elbiseyi düşünüyordum. Saçımda açık pembe güller, kemeri koyu, kendisi açık yeşil olan bir elbiseyle Mayıs Kraliçesi olarak gitsem ne güzel olur diye düşünmüştüm. Elimde de küçük güllerin ve pembe yeşil kurdelelerin bezediği bir mayıs değneği olurdu... Baloya böyle gitmek muhteşem olmaz mıydı? Sonra Joan'un amcası hayatını kaybetti Joan da partiyi yapamadı. Tüm çaba boşa gitmişti ama önemli olan... Zihnimde böyle düşünceler varken onu gerçekten seviyor olamam, değil mi?"

"Bilmiyorum... Zihnimiz bazen bize türlü oyunlar oynar."

"Gerçekten evlenmek istediğimi sanmıyorum, Bayan Shirley. Yakınında bir portakal ağacı çubuğu var mı? Teşekkürler. Yarım aylarım bozuluyor. Bir yandan konuşurken bir yandan bunları düzelteyim. Böyle sırları paylaşmak çok hoş, değil mi? Bu birinin özeline girmek gibi olduğundan böylesi anlar çok nadir yakalanır. Ben neden bahsediyordum? Evet, Terry. Ne yapayım, Bayan Shirley? Tavsiyenize ihtiyacım var. Ah, kapana kısılmış bir yaratık gibi hissediyorum!"

"Ama Hazel, durum çok basit…"

"Hiç basit değil, Bayan Shirley! Karmakarışık. Annem durumdan aşırı derecede memnun olsa da Jean Teyze değil. Terry'den hoşlanmıyor ve herkes onun insan sarrafı olduğunu söyler. Ben kimseyle evlenmek istemiyorum. Ben hırslıyım… Kariyer sahibi olmak istiyorum. Bazen rahibe olmak istediğimi düşünüyorum. Cennetin gelini olmak harika olmaz mıydı? Katolik kilisesi çok güzel, değil mi? Ama elbette, Katolik değilim… Her neyse, sanırım buna kariyer denmez. Her zaman hemşire olmayı çok seveceğimi düşünmüşümdür. Çok romantik bir meslek, sizce de öyle değil mi? Ateş içinde yanan birinin çatık kaşlarını düzeltmek… Sana âşık olup seni, sabah güneşini ve masmavi Akdeniz'i gören Riviera'daki villasına götüren zengin hasta… Ah, kendimi o senaryonun içinde görebiliyorum. Belki kulağa aptalca geliyordur ama işte, çok sevimli değil mi? Terry Garland ile evlenip *Summerside*'a yerleşme gerçeği yüzünden o hayallerimden vazgeçemem."

Hazel bu fikrin düşüncesiyle ürperip yaptığı yarım aya eleştirel bir ifadeyle baktı.

"Sanırım…" diye konuşmaya başladı Anne.

"Ortak *hiçbir* noktamız yok, Bayan Shirley. Ne şiire ne de romana ilgisi var ama onlar benim *hayatım*. Bazen kendimi Kleopatra'nın yerine geçmişim gibi hissediyorum… Ya da Truva'lı Helen? Ya da tüm o bayık, baştan çıkarıcı karakterlerden herhangi biri. Harika düşüncelerim ve hislerim var. Gerçi tüm bu hüner bana nereden geldi, gerçekten bilmiyorum. Terry'nin ise kimsenin yerine geçmediği ortada. Ona Vera Fry'ın tüy kaleminden bahsettiğimde söylediği şey bunu kanıtlamaz mı?"

"Ama ben de Vera Fry'ın tüy kalemini duymadım," dedi Anne sabırlı bir ifadeyle.

"Ah, duymadınız mı? Size anlattığımı sanıyordum. Size öyle çok şey anlattım ki... Vera'nın nişanlısı ona bir karganın kanadından düşen tüyden yaptığı bir tüy kalem vermiş. Kalemi verirken de, 'Bu kalemi her kullandığında ruhun, bu tüyün sahibi olan kuş gibi kanatlanıp göklere uçsun,' demiş. *Muhteşem* değil mi? Ama Terry bunu duyunca Vera o kalemle konuştuğu kadar çok yazarsa o kalem fazla dayanmaz dedi, ayrıca kargaların da göklere uçacağını sanmıyor. Yani o cümledeki inceliği, zarafeti anlamaktan yoksun."

"Peki, o cümlenin ne anlamı var ki?"

"Ah, yükselmek... Yeryüzünü kaplayan bulutların da ötesine geçmek. Vera'nın yüzüğünü fark ettin mi? Bir safir. Safirleri nişan yüzüğü olamayacak kadar karamsar bulmuşumdur. Ben romantik incileri tercih ederdim. Terry bana yüzüğümü hemen vermek istedi ancak henüz ona bir yanıt vermedim. Bu, bana zincire bağlanmak gibi geliyor... Bir daha geri dönüşü olmayacakmış gibi. Anlayın beni işte. Onu gerçekten seviyor olsam böyle hissetmezdim, değil mi?"

"Hayır, korkarım hissetmezdin."

"İçimdeki duyguları birine anlatmak gerçekten harika bir his. Bayan Shirley, umarım yine özgür olurum... Sadece hayatımın anlamını kavramak için istiyorum bunu! Bunu Terry'ye söylesem ne demek istediğimi bile anlamaz. Ayrıca Terry öfkeli bir yapıya sahip. Tüm Garlandlar gibi... Bayan Shirley, onunla siz konuşsanız... Ne hissettiğimi ona söyleseniz... Sizin harika bir insan olduğunuzu düşünüyor... Dediklerinize uyacaktır."

"Hazel, tatlım, ben bunu nasıl yapabilirim?"

"Yapmamanız için herhangi bir neden göremiyorum." Hazel son yarım ayı da bitirdi ve portakal çubuğunu hüzünlü bir şekilde bıraktı. "Eğer size yapmazsanız bana kimse yardım edemez. Ama ben asla, asla, ASLA Terry Garland ile evlenemem."

"Eğer Terry'yi sevmiyorsan onunla konuşup bu durumu ona açıklamalısın… Sonucu onun için ne kadar üzücü olursa olsun… Tatlı Hazel, bir gün gerçekten seveceğin adamla karşılaşacaksın, o zaman hiçbir şüphen olmayacak, bunu bileceksin…"

"Ben bir daha *kimseyi* sevmeyeceğim," dedi Hazel sakince. "Aşk acıdan başka bir şey getirmiyor. Bu gencecik yaşımda bunu öğrendim. Bu sizin hikâyelerinizden biri için harika bir konu olmaz mı, Bayan Shirley? Ah, gitmem lazım. Saatin bu kadar geç olduğunu fark etmemişim. Size güvendiğimden beri kendimi çok daha iyi hissediyorum… Shakespeare'in dediği gibi 'Gölge diyarında ruhuma dokundunuz.'"

"Sanırım bu Pauline Johnson'dı," dedi Anne nazik bir ifadeyle.

"Her neyse… Vakti zamanında *yaşayan* birinin işte. Bu akşam rahat bir uyku çekeceğim sanırım, Bayan Shirley. Nasıl olduğu hakkında bir fikrim olmadan kendimi Terry ile nişanlı bulduğumdan beri neredeyse hiç uyumadım."

Hazel saçlarını havalandırıp şapkasını taktı. Pembe astarı kenarlara dek uzanan, çevresinde pembe çiçekler olan bir şapkaydı. Bu şapkayla o kadar güzel görünüyordu ki Anne kendine hâkim olamayıp onu öptü. "Tatlım, sen çok güzelsin," dedi hayranlıkla.

Hazel öylece kalakaldı.

Sonra başını yukarı kaldırdı. Kule odasının tavanına, hatta daha da ötesine yıldızlara bakıyor gibiydi.

"Bu muhteşem anı asla ama *asla* unutmayacağım, Bayan Shirley," diye mırıldandı âdeta kendinden geçmiş bir hâlde. "Varsa eğer gerçekten güzelliğimin kutsandığını hissediyorum. Ah, Bayan Shirley, güzellikle ün salmanın ve insanlar sizi gördüğü zaman duydukları kadar güzel olmadığınızı düşüneceklerinden korkmanın ne kadar korkunç olduğunu tahmin bile edemezsiniz. Tam bir işkence! Bazen yüzlerinde hayal kırıklığı ifadesi gördüğümü düşünerek utançtan öleceğimi sanıyorum. Belki de sadece hayal gücümün ürünüdür. Ben çok hayalperest bir insanım. Korkarım bu huyum kendime de zarar veriyor. Anladığınız üzere Terry'ye âşık olduğumu da hayal ettim. Ah, Bayan Shirley, elma çiçeği kokusunu alabiliyor musunuz?"

Anne de o kokuyu alabiliyordu.

"Çok ulvi değil mi? Umarım cennet de tamamen çiçeklerden oluşuyordur. Düşünsenize, bir zambağın içinde yaşıyorsunuz?"

"Korkarım biraz dar olurdu," dedi Anne muzip bir tavırla.

"Ah, Bayan Shirley, sakın... Küçük hayranınızla alay etmeyin. Benimle dalga geçilmesi yaprak gibi titrememe neden oluyor."

Anne, Hazel'ı Hayalet Yol'un sonuna kadar götürdükten sonra geri döndüğünde Rebecca Dew, "Neyse ki konuşmasıyla seni ölümün eşiğine getirmemiş," dedi. "Ona nasıl tahammül ettiğini anlamıyorum."

"Onu seviyorum, Rebecca. Gerçekten seviyorum. Benim de çocukken çenem düşüktü. Acaba Hazel gibi ben de beni dinleyen insanlara aptal gibi mi görünüyordum, merak ediyorum."

"Senin çocukluğunu bilmiyorum ama öyle görünmediğine eminim," dedi Rebecca. "Çünkü nasıl ifade edersen et sen mantıklı konuşuyorsun ama Hazel Marr öyle değil. Yani o kız krema olmaya çalışan ekşi süt gibi."

"Ah, çoğu kız gibi o da abartmayı seviyor ama ben yine de onun mantıklı şeyler söylediğini düşünüyorum," dedi Anne, Terry'yi düşünerek. Belki de Terry hakkında pek bir şey bilmediğinden Hazel'ın onunla ilgili söylediklerini fazla ciddiye almıştı. Terry'nin alacağı on bin dolara rağmen Hazel'ın ondan uzaklaştığını düşünüyordu. Anne'e göre Terry yakışıklı ve ondan hoşlandığını söyleyen ilk güzel kıza âşık olacak, Bir Numara onu reddettiğinde ya da onu çok uzun süre yalnız bıraktığında ise bir sonraki kıza geçecek kadar zayıf bir gençti. Anne o baharda Terry'yi çok kez görmüştü çünkü Hazel her daim yanlarında olması için âdeta ona yalvarmıştı. Görmeye de devam ediyordu çünkü Hazel, Kingsport'taki arkadaşlarını ziyarete gittiğinden Terry onun yokluğunda Anne'in dostluğunu arıyor, onu atla gezintiye çıkarıp evine kadar bırakıyordu. Aynı yaşta olduklarından birbirlerine isimleriyle hitap etseler de Anne, ona anne şefkatiyle yaklaşıyordu. Terry de "zeki Bayan Shirley'nin" onun arkadaşlığından hoşlandığını düşündüğünden son derece gururluydu. May Connelly'nin partisinin olduğu akşam, akasyaların gölgelerinin titreştiği, ay ışığının aydınlattığı bir bahçede Terry biraz duygusallaşınca, Anne ona neşeyle Hazel'ın yokluğunu hatırlatmak zorunda kaldı.

"Ah, Hazel!" dedi Terry. "Şu çocuk!"

"'Şu çocuk' dediğin kızla nişanlı olduğunun farkında mısın?" diye sordu Anne ciddi bir ifadeyle.

"Gerçek bir nişan sayılmaz. Eh, kızlar ve erkekler arasında olan saçmalıktan ibaret sadece. Ben… Ben ay ışığının beni fena hâlde etkilediğini düşünüyorum."

Anne bir an düşündü. Terry, Hazel'ı pek önemsemiyorsa kızın ondan kurtulması daha iyi olacaktı. Belki de bu, gençliğin ölümcül ciddiyeti yüzünden içine düştükleri ve nasıl kaçacaklarını bilemedikleri tuzaktan kurtulmaları için bir şanstı.

"Elbette," diye devam etti Terry, Anne'in sessizliğini yanlış yorumlayarak. "Aslında çıkmazda sayılırım ama bunu halledeceğim. Korkarım Hazel beni biraz fazla ciddiye aldı ve bunun bir hata olduğunu anlaması için onun gözünü nasıl açacağımı bilmiyorum."

Duygusal biri olan Anne delikanlıya şefkatle baktı. "Terry, ikiniz de yetişkin rolünü oynayan iki çocuksunuz. Hazel, senin onu umursadığından daha fazla umursamıyor seni."

Ay ışığının her ikisini de etkilediği ortadaydı. Hazel özgür olmak istiyor ama Terry'nin duygularını incitmekten çekiniyordu.

"O sadece şaşkın, romantik bir kız ve sen de aşka âşık bir adamsın. Bir gün ikiniz de bu hâlinize güleceksiniz."

(Anne rahatlamış bir şekilde, "Bunu çok güzel bir şekilde ifade ettiğimi düşünüyorum," diye geçirdi içinden.)

Terry derin bir nefes aldı. "Ah, içimi rahatlattın, Anne. Hazel gerçekten çok tatlı ama onu incitmekten çekiniyordum. Haftalardır bu hatanın yükünü taşıyordum. Bir kadınla… Gerçek bir kadınla karşılaştığın zaman… Hemen içeriye girmeyeceksin, değil mi Anne? Bu güzel ay ışığı ziyan olmasın. Ay ışığı altında beyaz bir gül gibi görünüyorsun… Anne…"

Ama Anne çoktan gitmişti.

YİRMİ SEKİZİNCİ BÖLÜM

Haziranın ortasında bir akşam kuledeki odasında sınav kâğıtlarını inceleyen Anne, burnunu silmek için duraksadı. O akşam burnunu o kadar çok silmişti ki burnu kıpkırmızı olmuştu ve acıyordu. Gerçek şuydu ki Anne çok şiddetli ve pek de romantik olmayan bir soğuk algınlığının kurbanı olmuştu. Bu hastalık Evergreen'in katran ağaçlarının arkasındaki açıl yeşil gökyüzünün, Fırtına Kralı'nın üzerinde salınan gümüşi beyaz renkteki ayın tadını çıkarmasına ve penceresinin altındaki leylakların ya da masasındaki vazoda duran mavi süsenlerin kokusunu almasına izin vermiyordu. Bu durum âdeta tüm geçmişini karartıp geleceğini gölgelemişti.

"Haziranın ortasında soğuk algınlığına yakalanmak berbat bir şey," dedi Anne, pencere eşiğinde pinekleyen Pasaklı Miller'a. "Ama bugünden itibaren iki hafta içinde burnumu silip sınav kâğıtları üzerinde çalışmak yerine Green Gables'ta olacağım. Ah, bunu bir düşünsene, Pasaklı Miller."

Pasaklı Miller'ın bunu düşündüğü ortadaydı. Ayrıca Hayalet Yol boyunca yolun aşağısına doğru hızla yürüyen genç bayanın, haziran ayına hiç yakışmayacak şekilde öfkeli ve huzursuz göründüğünü de düşünmüş olabilirdi. O genç bayan, Kingsport'tan sadece bir gün önce dönen Hazel Marr'dı ve birkaç dakika sonra kapıyı sertçe vurup yanıt beklemeden kule odasına fırtına gibi girmesine bakılırsa gerçekten fazlasıyla öfkeliydi.

"Ah, sevgili Hazel... Kingsport'tan döndün mü? Gelecek haftaya kadar seni beklemiyordum."

"Hayır, tabii ki beklemezdiniz," dedi Hazel alaycı bir ifadeyle. "Evet, Bayan Shirley, geldim. Peki, ne buldum? Terry'yi benden uzaklaştırmak için elinizden geleni yaptığınızı... Başarılı da olmuşsunuz!"

"Hazel!" (Hapşuuu!)

"Ah, hepsini öğrendim! Terry'ye onu sevmediğimi... Nişanımızı... Bizim kutsal nişanımızı bozmak istediğimi söylemişsiniz!"

"Hazel... Çocuğum!" (Hapşuuu!)

"Ah, evet, alay edin. Her şeyle alay edin zaten ama sakın inkâr etmeye kalkmayın. Siz yaptınız. Bunu bilerek yaptınız."

"Elbette, yaptım çünkü benden yapmamı istedin."

"Ben... Sizden... İstedim!"

"Burada, bu odada. Bana onu sevmediğini, onunla evlenmek istemediğini söyledin."

"O sadece bir anlıktı. Beni ciddiye alacağınızı bile düşünmedim. O anlık gelgitleri anlarsınız diye düşündüm. Benden kaç yaş büyüksünüz ama kızların o deli anlarında nasıl konuştuğunu unutmuşsunuz... Hissedememişsiniz bile. Ben sizi arkadaşım sandım!"

"Bu bir kâbus olmalı," diye aklından geçirdi zavallı Anne, burnunu silerek. "Otur şuraya Hazel... Lütfen."

"Oturmak!" Hazel âdeta delirmiş gibi odanın içinde bir aşağı bir yukarı yürümeye başladı. "Nasıl oturabilirim... Hayatı mahvolmuş bir insan nasıl oturur? Ah, yaşlı olmanın insana yaptığı buymuş demek... Gençlerin mutluluğunu kıskanıyorsunuz ve bunu mahvetmeye kararlısınız. Asla yaşlanmamak için dua edeceğim."

Anne'in elleri bir anda tuhaf, korkunç, ilkel bir arzuyla Hazel'ın kulaklarını çekme isteğiyle kaşınmaya başladı. Ancak bu hissi o kadar hızlı kontrol altına aldı ki sonradan bunu gerçekten hissedip hissetmediğine bile emin olamadı. Yine de hafif bir cezalandırmanın gerekli olduğunu düşünüyordu.

"Hazel, eğer şuraya oturup mantıklı bir şekilde konuşmazsan gitmeni rica edeceğim. Yapmam gereken işlerim var." (Ardından burun çekme sesi! Ve şiddetli bir hapşırık. Hapşuuu!)

"Sizin hakkınızdaki düşüncelerimi söylemeden hiçbir yere gitmiyorum. Gerçi suçlanacak bir kişi varsa o da benim... Böyle olacağını bilmeliydim. Aslında biliyordum da... Sizi ilk gördüğüm an *tehlikeli* bir kadın olduğunuzu hissetmiştim. Şu kızıl saçlar, yeşil gözler! Ama Terry ile arama girecek kadar ileriye gideceğinizi hiç *hayal etmemiştim*. En azından inançlı bir insan olduğunuzu düşünmüştüm. İnançlı birinin böyle davrandığını hiç *duymadım* ben. Eğer bunu duymak hoşunuza gidecekse kalbim çok kırıldı."

"Ah, seni küçük aptal..."

"Sizinle konuşmuyorum! Siz her şeyi mahvedene kadar Terry ile ben çok mutluyduk. *Ben* çok mutluydum... Ailenin nişanlanan ilk kızıydım. Düğünümü bile planlamıştım. Volanlarında siyah kadife kurdeleleri olan açık mavi ipek elbiseler giymiş dört tane nedimem olacaktı. Çok şık olacaklardı! Ah, sizden nefret mi ediyorum yoksa size acıyor muyum bilmiyorum! Ben sizi bu kadar *severken*... Size bu kadar *güvenmişken*... Size bu kadar *inanmışken* bunu bana nasıl yaparsınız!"

Hazel'ın sesi çatladı, gözleri yaşlarla dolmuştu. Aniden kendini sallanan sandalyeye attı.

"Geriye kullabileceği pek ünlem kalmadı sanırım," diye içinden geçirdi Anne, "ama özellikle vurgulamak istediği italik kelimeler hâlâ mevcut olsa gerek."

"Bu durum zavallı annemi öldürecek," diye hıçkırdı Hazel. "Öyle seviniyordu ki... Herkes seviniyordu. Herkes bunun ideal bir eşleşme olduğuna inanıyordu. Ah, hiçbir şey eskisi gibi olamaz mı?"

"Ay ışığının aydınlattığı bir sonraki geceyi bekleyip yeniden deneyebilirsin," dedi Anne kibarca.

"Bir de dalga geçiyorsunuz, Bayan Shirley. Acımla dalga geçip bana gülüyorsunuz. Bunu komik bulduğunuza dair en ufak bir şüphem bile yok. Hem de çok komik! *Siz* acının ne demek olduğunu bile bilmiyorsunuz! Çok berbat bir his... *Berbat*!"

Anne saate bakıp hapşırdı.

"O zaman acı çekme," dedi düz bir sesle.

"Acı çekiyorum, çekeceğim de... *Derin* duygular besliyorum. *Sığ* bir ruh acı çekmenin ne demek olduğunu bilmez. Siz aşk ne demek bilir misiniz, Bayan Shirley? Gerçekten derinden hissedilen, tutkulu, *muhteşem* bir aşktan bahsediyorum. Peki ya güvenip ihanete uğramanın ne demek olduğunu? Kingsport'a gittiğimde çok mutluydum. Dünya etrafımda dönüyordu sanki! Terry'ye ben yokken size iyi davranmasını, sizi yalnız bırakmamasını söyledim. Dün gece eve geldiğimde de çok mutluydum. Sonra Terry bana artık beni sevmediğini söyledi. Yaşadığımız her şey bir hataymış. Bir *hata*! Ve *siz* ona benim artık onu umursamadığımı, özgür olmak istediğimi söylemişsiniz!"

"Benim kötü bir niyetim yoktu," dedi Anne kahkaha atarak. Korkunç mizah anlayışı durumu kurtarmak için geri dönmüştü ve Hazel'a olduğu kadar kendine de gülüyordu.

"Ah, tüm gece nasıl hayatta kalabildim?" diye sordu Hazel, aklını kaçırmış gibiydi. "Yerlerde süründüm âdeta. Bugün neler yaşadığımı bilmiyorsunuz... Bunu *hayal* dahi edemezsiniz. Terry'nin *size* olan sevgisinden bahseden insanları *dinlemek* zorunda kaldım... Bunu gerçekten dinledim. Ah, insanlar sizi izlemiş! Ne yaptığınızı biliyorlar. Neden... *Neden*! Anlayamadığım şey bu. Sizin sevgiliniz vardı. Neden benim sevgilimi de istediniz? Ben sizin gözünüzde neydim? Ben size ne *yaptım*?"

"Bence," dedi Anne, iyice tükenmiş bir hâlde, "Terry ile sen güzel bir dayağı hak ediyorsunuz. Nedenini anlatmama izin vermeyecek kadar kızgın olmasan..."

"Hayır, *kızgın* falan değilim, Bayan Shirley. Sadece *kırgınım*... Çok kırgın," diye karşılık verdi Hazel, gözyaşları içinde. "Hem aşkta hem de dostlukta ihanete uğramış gibi hissediyorum. Kalp bir kere kırılınca bir daha acı çekmezsin diyorlar. Umarım doğrudur ama korkarım değil."

"Senin şu hırsına ne oldu, Hazel? Peki ya milyoner hastana ve mavi Akdeniz'e bakan villasında geçecek balayına?"

"Neden bahsettiğinizi bilmediğime eminim, Bayan Shirley. Ben hırslı biri falan değilim. Ben o korkunç kadınlardan biri de değilim. Benim en büyük tutkum mutlu bir eş olmak ve kocamla birlikte mutlu bir yuva kurmak. Yani önceden buydu! Fakat artık hepsi geçmişte kaldı! Artık *kimseye* güvenmek yok. Ben dersimi aldım. Acı bir ders!"

Hazel gözlerini, Anne de burnunu sildi. Bu sırada Pasaklı Miller da insanlardan bıkmış gibi ters bir ifadeyle bakarak akşam yıldızını izliyordu.

"Bence gitsen iyi olur, Hazel. Gerçekten çok yoğunum ve bu konuşmayı daha fazla uzatarak bir şey elde edeceğimizi sanmıyorum."

Hazel, İskoçların Kraliçe Mary'si gibi küçümser bir edayla kapıya gidip dramatik bir şekilde arkasını döndü.

"Elveda, Bayan Shirley. Sizi vicdanınızla baş başa bırakıyorum."

Vicdanıyla baş başa kalan Anne, kalemini bırakıp üç kez hapşırdı ve sesli bir şekilde düşünmeye başladı.

"Evet, üniversite mezunu olabilirsin, Anne Shirley ama öğrenecek birkaç şeyin hâlâ var. Özellikle de Rebecca Dew'un bile sana söyleyebileceği, hatta zaten söylediği şeyler… Tatlı kız, kendine karşı dürüst ol ve cesur bir kadın gibi ilaçlarını al. Pohpohlanmak hoşuna gitti, itiraf et. Hazel'ın sana olan hayranlığını gerçekten sevdiğini kabul et. Tapılırcasına sevilmek hoşuna gitti, kabul et. Her şeyi çözmek için aniden gökten inen bir tür melek olmak hoşuna gitti, kabul et. Yani en azından insanları kurtulmak istemedikleri aptallıklarından kurtarmak hoşuna gitti… Tüm bunları kabul ettikten sonra daha akıllı, daha üzgün ve birkaç bin yıl daha yaşlı hissederek kalemini eline al ve sınav kâğıtlarını okumaya devam et. Myra Pringle'ın bir meleğin 'Afrika'da bol miktarda bulunan bir hayvan' olduğunu düşündüğünü de es geçmeyi unutma."

YİRMİ DOKUZUNCU BÖLÜM

O olaydan bir hafta sonra Anne'e, kenarları gümüş şeritli açık mavi kâğıda yazılmış bir mektup geldi.

"Sevgili Bayan Shirley,

"Terry ile aramdaki tüm yanlış anlamaların netleştiğini bildirmek ve kalplerimizde hissettiğimiz derin duygularla mutluluğun doruklarında olduğumuzdan sizi affetmeye karar verdiğimizi söylemek için bu mektubu yazıyorum. Terry o akşam ay ışığının etkisiyle size öyle davrandığını ama kalbinin *her daim* bana ait olduğunu açıkladı. Her erkek gibi kendisinin de *tatlı, masum* kızlardan hoşlandığını, *düzenbaz ve içten pazarlıklı* kızları sevmediğini söyledi. Bize neden öyle davrandığınızı gerçekten anlamıyoruz. Hiç de anlamayacağız. Belki de hikâyeniz için malzeme arayışı içindeydiniz ve bir kızın tatlı, masum ilk aşkıyla süslemek istediniz. Yine de birbirimize olan gerçek duygularımızı ortaya çıkarmamıza yardımcı olduğunuz için size teşekkür ediyoruz. Terry daha önce hayatın hiçbir anlamı olmadığını söylüyor. Böylesi daha iyi oldu. Gerçekten birlikte çok tatlıyız. Birbirimizin düşüncelerini *anlıyoruz*. Onu benden başka kimse anlayamaz ve ben de sonsuza dek onun *ilham kaynağı* olmaya kararlıyım. Evet, *sizin* kadar zeki olamayabilirim ama günün birinde *olacağımı* hissediyorum. Biz Terry ile birbirimizin ruh eşiyiz. Her ne kadar etrafımız kıskanç insanlarla ve bize sıkıntı çıkarmaya çalışan sahte arkadaşlarla çevrili olsa da birbirimize bağlılık ve sadakat yemini ettik.

"Çeyizim hazır olur olmaz evleneceğiz. Bunun için Boston'a gidiyorum. Summerside'da gerçekten *hiçbir* şey yok. Elbisem beyaz hareli kumaştan yapılacak, seyahat kıyafetlerim ise kumru grisi şapka, eldiven ve hezaran çiçeği mavisi bluzdan oluşacak. Elbette çok gencim ama hayatımın baharı geçip gitmeden evlenmek istiyorum.

"Terry, *en çılgın rüyalarıma* girebilecek tek şey ve kalbimin her zerresinde o var. Çok mutlu olacağımızı *biliyorum*. *Bir zamanlar* tüm arkadaşlarımın benim mutluluğumla *sevineceklerine* inanırdım ama o zamandan beri *bilgelik* konusunda acı bir ders aldım.

"*Saygılarımla*,

"HAZEL MARR

"Not 1: Bana Terry'nin öfkeli bir mizaca sahip olduğunu söylediniz ama kız kardeşleri onun kuzu gibi olduğunu söylüyor.

"H.M.

"Not 2: Limon suyunun çil lekelerini yok edebileceğini duydum. Burnunuz için deneyebilirsiniz.

"H.M."

"Şimdi Rebecca Dew'un kulaklarını çınlatacağım," dedi Anne Pasaklı Miller'a. "Şu *Not İki* kısmı bardağı taşıran son damla."

OTUZUNCU BÖLÜM

Anne, ikinci Summerside tatili için karışık duygularla evine gitti. Gilbert o yaz Avonlea'de olmayacaktı. İnşa edilmekte olan yeni bir demiryolu üzerinde çalışmak için batıya gitmişti. Ancak Green Gables hâlâ Green Gables'tı ve Avonlea de hâlâ Avonlea'ydi. Pırıltılı Sular Gölü her zamanki gibi ışıl ışıldı. Eğrelti otları hâlâ Orman Perisi'nin Köpüğü'nün üzerinde sık bir şekilde büyüyordu ve ağaç köprü… Her yıl biraz daha kırılgan ve yosunlu olsa da hâlâ Perili Orman'ın gölgelerini, sessizliğini ve rüzgârın şarkılarını taşıyordu.

Anne, küçük Elizabeth'in sadece iki haftalığına onunla birlikte kalmasına izin vermesi için Bayan Campbell ile konuşup durmuştu. Tüm iki haftayı Bayan Shirley ile geçirmeyi dört gözle bekleyen Elizabeth hayattan daha fazlasını isteyemezdi.

"Bugün kendimi Bayan Elizabeth gibi hissediyorum," dedi Anne'e gözle görülür bir heyecanla, o sırada Rüzgârlı Kavaklar'dan yeni ayrılmışlardı. "Beni Green Gables'taki arkadaşlarınıza tanıtırken 'Bayan Elizabeth' diye tanıtır mısınız? Böylece kendimi daha büyük hissedebileceğim."

"Olur," diye söz verdi Anne, bir zamanlar Cordelia olarak tanıtılmak için yalvaran küçük, kızıl saçlı bir genç kızı hatırlayarak.

Elizabeth'in haziran ayında yalnızca Prens Edward Adası'nda görülebilecek güzellikte bir yol üzerinden, Blight River'dan Green Gables'a olan yolculuğu, yıllar önceki unutulmaz bir bahar akşamında Anne için olduğu kadar onun için de rüya gibi bir durumdu. Her yanda rüzgârla salınan çayırlar ve her köşede gizlenen sürprizlerle bu dünya güzeldi. Sevgili Bayan Shirley ile birlikteydi. İki hafta boyunca Kadın'dan uzak kalacaktı. Yeni bir pembe pötikareli elbisesi ve bir çift sevimli yeni kahverengi botu vardı. Sanki Yarın zaten orada onu bekliyordu. On dört gün boyunca da Yarınlar devam edecekti. Pembe yaban güllerinin yetiştiği Green Gables yoluna saptıklarında, Elizabeth'in gözleri âdeta ışıldıyordu.

Green Gables'a adımını attığı an Elizabeth için her şey sanki sihirli değnek değmişçesine değişmişti. İki hafta boyunca âdeta bir masal diyarındaydı. Kapının dışarı adım attığın an romantik olmayan bir şeyle karşılaşmak imkânsızdı. Avonlea'de her şey olabilirdi... Bugün değilse bile yarın. Elizabeth, Yarın'ın henüz tam olarak gelmediğini biliyordu ama çok yaklaştığının farkındaydı.

Green Gables'ta her şey ona çok tanıdık geliyordu. Marilla'nın pembe gül goncası çayı bile eski bir dost gibiydi. Sanki o odaları uzun zamandır biliyor ve seviyordu. Kırlar başka herhangi bir yerdeki çimlerden daha yeşildi ve Green Gables'ta yaşayan insanlar Yarın'da yaşayan türden insanlardı. Onları hem sevmiş hem de onlar tarafından sevilmişti. Davy ile Dora ona âdeta taparak onu şımartıyorlardı; Marilla ile Bayan Lynde de onu takdir etmişti. Düzenliydi, hanımefendi gibiydi, büyüklerine karşı da kibardı. Anne'in Bayan Campbell'ın yöntemlerinden hoşlanmadığını bilseler de kadının büyük torununu düzgün bir şekilde eğittiği belli oluyordu.

"Ah, uyumak istemiyorum, Bayan Shirley," diye fısıldadı Elizabeth, yorucu bir akşamın ardından küçük verandada yatarken. "Bu muhteşem iki haftanın tek bir dakikasını bile uyuyarak ziyan etmek istemiyorum. Burada kaldığım sürece keşke hiç uyumasam."

Elizabeth bir süre uyumadı. Orada öylece yatıp Bayan Shirley'nin denizin sesi olduğunu söylediği, hafif gök gürültüsünü andıran sesi dinlemek muhteşem bir histi. Elizabeth bu hissi de saçakların etrafında dolanan ve iç çekiyormuşa benzeyen rüzgârı da çok sevmişti. Elizabeth her zaman geceden korkardı ama bu tuhaf huyun birden yok olup gideceğini kim bilebilirdi ki? Artık geceden korkmuyordu. Hayatında ilk kez gece ona arkadaş olmuştu.

Bayan Shirley'nin söz verdiği gibi yarın sahil kenarına gideceklerdi ve son tepeyi geçtiklerinde, Avonlea'nin yeşil tepelerinin ötesindeki dalgalara bakacaklardı. Elizabeth o dalgaların peşpeşe geldiğini görebiliyordu. Bunlardan biri büyük ve karanlık bir uyku dalgasıydı. Onu sarıp sarmalıyordu. Elizabeth derin bir iç çekerek bu dalgaya teslim oldu.

"Burada... Tanrı'yı... Sevmek... Çok... Kolay," diye düşündü.

Ancak Green Gables'ta kaldığı her gece, Bayan Shirley uyuduktan çok sonra bir şeyler düşünerek bir süre uyanık yatıyordu. Evergreens'teki yaşam neden Green Gables'taki gibi değildi? Elizabeth rahatlıkla gürültü yapabileceği bir yerde hiç yaşamamıştı. Evergreens'teki herkes yavaş hareket etmek, usulca konuşmak zorundaydı bu yüzden Elizabeth de usulca yaşar ve usulca *düşünürdü*. Elizabeth'in de avazı çıktığı kadar bağırmak istediği anlar olmuyor değildi.

"Burada istediğin kadar gürültü yapabilirsin," demişti Anne ona ama ne tuhaftır ki Elizabeth artık bağırmak istemiyordu çünkü burada onu engelleyen hiçbir şey yoktu. Sessizce yürüyüp etrafını saran her şeye kibarlıkla yaklaşıyordu. Öte yandan Elizabeth Green Gables'ta kaldığı sürede kahkaha atmayı öğrenmişti. Summerside'a geri döndüğünde, beraberinde güzel anılar getirmiş ve aynı derecede keyifli anıları da arkasında bırakmıştı. Green Gables halkı için de Green Gables aylarca küçük Elizabeth'in anılarıyla dolu olacakmış gibi görünüyordu. Her ne kadar Anne onu "Bayan Elizabeth" olarak tanıtsa da onlara göre o Küçük Elizabeth'ti. O kadar küçük, o kadar ışıl ışıldı ve küçük bir orman perisine o kadar benziyordu ki onu küçük Elizabeth'ten başka bir şey olarak düşünemiyorlardı. Küçük Elizabeth, beyaz haziran zambakları arasında alacakaranlığın doldurduğu bahçede dans ediyor... Düşes elması ağacının dallarından birine tünemiş rahat bir şekilde peri masalı okuyor... Küçük Elizabeth, altın renkli kafasının sadece kocaman bir düğün çiçeği gibi göründüğü bir düğün çiçeği tarlasında neredeyse kayboluyor... Gümüş-yeşil güveleri kovalıyor ya da Âşıklar Yolu'ndaki ateş böceklerini saymaya çalışıyor... Çan çiçeğinde vızıldayan arıları dinliyor... Kilerde Dora'nın verdiği çilekle kremayı yiyor ya da bahçede onunla kırmızı kuş üzümü atıştırıyor... "Kırmızı kuş üzümleri çok güzel değil mi, Dora? Sanki şeker yiyormuşsun gibi." Küçük Elizabeth, köknarların periliymiş gibi duran alacakaranlığında kendi kendine şarkı söylüyor... O tatlı parmaklarıyla büyük, iri pembe güllere dokunuyor... Vadinin üzerinde asılı duran büyük aya bakıyor... "Ayın endişeli gözleri olduğunu düşünüyorum, sizce de öyle değil mi Bayan Lynde?" Davy'nin dergilerindeki bir seri hikâyede kahraman çıkmaza girdiği için acı bir şekilde ağlıyor... "Ah, Bayan Shirley, bu işin üstesinden gelemeyeceğine eminim!" Bir öğleden sonra küçük Elizabeth yüzü gül gibi kızarmış bir hâlde mutfaktaki kanapeye kıvrılıp Dora'nın kedileri kucağında dolanırken uyuyakalıyor... Rüzgârın, ağırbaşlı tavukların kuyruklarını sırtlarına savurduğunu gördüğünde kahkahalar atıyor... Küçük Elizabeth gerçekten böyle kahkaha atıyor olabilir miydi? Anne'in kek yapmasına, Bayan Lynde'in yeni bir "çift İrlanda zinciri" yorganı için yamaları kesmesine ve Dora'nın eski pirinç şamdanları üstlerinde yüzünü görene kadar ovuşturmasına yardım ediyor. Marilla'nın gözetimi altında kurabiyeleri küçük küçük kesiyor. Green Gables halkı baktıkları her yerde küçük Elizabeth'i görüyor ve hatırlıyordu.

"Acaba bir daha böyle mutlu bir şekilde geçireceğim iki haftam daha olacak mı, merak ediyorum," diye düşündü küçük Elizabeth, Green Gables'tan ayrılırken. İstasyona giden yol da iki hafta önceki gibi güzeldi ama küçük Elizabeth ağlamaktan yolun yarısını fark edememişti bile.

"Bir çocuğu bu kadar çok özleyeceğimi hiç düşünmezdim," dedi Bayan Lynde.

Küçük Elizabeth gittiğinde Katherine Brooke ve köpeği yaz tatili için Green Gables'a geldi. Katherine okulun kadrosundan istifa etmişti. Yılın sonunda Redmond Üniversitesi'nde sekreterlik dersi almak için sonbaharda Redmond'a gitmek istiyordu. Bunu ona Anne tavsiye etmişti.

"Bunu seveceğini biliyorum, sen öğretmenliği sevmiyorsun," demişti Anne, yonca tarlasının eğrelti otlarıyla dolu köşesinde oturmuş, ihtişamlı gün batımını izledikleri bir akşam.

"Hayat bana ödediğimden çok daha fazlasını borçlu ve ben de hakkım olanı almaya kararlıyım," dedi Katherine kararlı bir ifadeyle. "Bu sefer geçen seneye göre kendimi daha genç hissediyorum." Ardından kahkaha attı.

"Senin için en iyisinin bu olduğuna eminim ama Summerside'ı ve okulu sensiz düşünmekten nefret ediyorum. Gelecek yıl herkesle, her şeyle ilgili yaptığımız şakalar, sohbet ve tartışma akşamlarımız, saçmalama saatlerimiz olmadan kule odası nasıl olacak?"

ÜÇÜNCÜ YIL

OTUZ BİRİNCİ BÖLÜM

"Rüzgârlı Kavaklar,
"Hayalet Yol,
"18 Eylül,

"Sevgilim,

"Yaz bitti… Bu yaz seni sadece mayıs ayında ve ancak hafta sonları görebildim. Üçüncü kez Rüzgârlı Kavaklar'a geliyorum ve bu sene Summerside Lisesi'ndeki son senem. Katherine ile birlikte Green Gables'ta harika zaman geçirdik, bu sene onu gerçekten çok özleyeceğim. Yeni ilkokul öğretmeni minyon, neşeli, tombul, pembe suratlı ve bir köpek yavrusu kadar arkadaş canlısı… Ancak her nedense onda bundan daha fazlası yok. Herhangi bir ifade barındırmayan parlak, açık mavi gözleri var. Onu sevdim ama hepsi bu kadar işte. Ne eksik ne fazla. Kendisinde *keşfedilecek* yeni bir şey yok, her şeyi ortada. Katherine'de koruma kalkanlarını geçtiğin takdirde keşfedecek çok şey vardı.

"Rüzgârlı Kavaklar'da değişen bir şey yok… Aslında var. Yaşlı kırmızı inek ebediyete gitmiş, Rebecca Dew pazartesi akşamı yemeğe geldiğimde haberi bana büyük bir üzüntüyle verdi. Dullar bir başka inekle uğraşmayıp Bay Cherry'den süt ve krema almaya karar verdiler. Bu, küçük Elizabeth'in süt için artık bahçe kapısına gelmeyeceği anlamına geliyor ama Bayan Campbell, istediği zaman buraya gelmesine karışmayacakmış gibi görünüyor, bu yüzden süt meselesi artık pek bir fark yaratmıyor.

"Ve bir başka değişiklik daha kapıda. Kate Teyze bana üzülerek kendisine uygun bir ev bulur bulmaz Pasaklı Miller'ı sahiplendirmeye karar verdiklerini söyledi. İtiraz ettiğimde ise herkes için en iyisinin bu olduğunu belirtti. Rebecca Dew bütün yaz boyunca sürekli ondan şikâyet etmiş ve onu mutlu etmenin başka bir yolu yokmuş gibi görünüyormuş. Zavallı Pasaklı Miller... Kendisi etrafta öylece dolaşıp mırıldanan çok sevimli bir kedi!

"Yarın, yani cumartesi günü, bir akrabasının cenazesi için Charlottetown'a gidecek olan Bayan Raymond'ın ikizlerine bakmaya gideceğim. Bayan Raymond geçen kış bizim kasabamıza gelen bir dul. Rebecca Dew ve Rüzgârlı Kavaklar dullarını da hesaba katarsan Summerside gerçekten dulların yeri. Gerçi Bayan Raymond Summerside için 'biraz fazla iri' ama Drama Kulubü'müzde Katherine ile bana çok faydası dokunmuştu. İyiliğe iyilikle karşılık vermek gerekir.

"Gerald ile Geraldine sekiz yaşındalar ve melek gibi çocuklar ancak Rebecca Dew yapacağım şeyi öğrendiğinde kendi ifadelerinden birini kullanarak dudak büktü.

"'Ama ben çocukları seviyorum, Rebecca.'

"'Çocuklar, evet ama onlar tam bir felaket, Bayan Shirley. Bayan Reymond ne yaparlarsa yapsınlar o çocukların cezalandırılmaması gerektiğine inanıyor. Onlara 'doğal' bir hayat sunmakta kararlıymış. İnsanlar o melek yüzlerine aldanıyor ama bir de komşuların onlar hakkında söylediklerini duysan... Bir akşamüstü papazın karısı çağırdı. Bayan Reymond ona çok nazik davrandı ama oradan ayrılırken bir çuval soğan merdivenden aşağıya yuvarlandı ve biri kadının şapkasına çarptı. Bayan Raymond sadece, "Çocuklar özellikle de uslu durmalarını istediğinizde birer canavar gibi davranırlar," dedi. Sanki raydan bu kadar çıktıkları için onlarla gurur duyuyormuş gibiydi. Bilirsin, onlar Amerika'dan geldiler,' dedi son olarak Rebecca, sanki bu her şeyi açıklıyormuş gibi... Bu arada Rebecca da Bayan Lynde gibi 'Yankeeler' lafını çok kullanıyor."

OTUZ İKİNCİ BÖLÜM

Cumartesi sabahı Anne, Bayan Raymond ve ünlü ikizlerinin yaşadığı, kasabanın biraz dışında kalan bir sokaktaki güzel, eski moda bir eve gitti. Bayan Raymond yola çıkmaya hazırdı. Cenaze töreni için biraz fazla canlı giyinmişti… Özellikle de dalgalar hâlinde dökülen kahverengi saçlarının üzerine taktığı çiçekli şapka yüzünden… Yine de çok güzel görünüyordu. Güzelliklerini annesinden alan sekiz yaşındaki ikizler ise merdivende oturuyordu. Yüzlerinde melekleri aratmayan bir ifade vardı. Tenleri pembe-beyaz, iri gözleri masmaviydi ve kabarık saçları da açık sarı rengindeydi.

Anneleri onları Anne'le tanıştırıp onlara, sevgili Bayan Shirley'nin, anneleri sevgili Ella Teyze'nin cenazesindeyken gelip onlara bakacak kadar nazik davrandığını ve elbette uslu durup onu üzmemeleri gerektiğini söylediğinde tatlı bir ifadeyle gülümsediler.

Sevimli çocuklar başlarını olumlu anlamda sallarken, daha fazlası mümkün olmazmış gibi görünse de az öncekinden bile daha masum görünüyorlardı.

Bayan Raymond, Anne'i de alıp kapıya kadar yürüdü.

"Bana kalan tek şey onlar," dedi Bayan Raymond dokunaklı bir sesle. "Belki onları biraz fazla şımartmış olabilirim. İnsanların ne dediklerini biliyorum. Bazen insanlar sen çocuk büyütürken her şeyi senden daha iyi biliyorlarmış gibi bir tavır takınıyorlar, hiç fark ettiniz mi, Bayan Shirley? Ama *bence* çocukları sevmek onları her gün dövmekten daha iyidir, değil mi Bayan Shirley? Onlarla bir sıkıntı yaşamayacağınıza eminim. Çocuklar her zaman kiminle oynayabileceklerini ve kiminle oynayamayacaklarını *bilir*, sizce de öyle değil mi? Sokağın başındaki zavallı yaşlı Bayan Prouty... Bir gün çocukların yanında kaldı ama zavallı şeyler ona dayanamadı. Bu yüzden elbette onunla biraz dalga geçmişler... Çocukların nasıl olduklarını bilirsiniz. Yaşlı kadın da öfkesinden kasabaya onlar hakkında olur olmaz şeyler yaymış ama sizi sevecekler, çocuklarımın melek gibi olduklarını biliyorum. Elbette, biraz hareketliler ama çocuk dediğin başka nasıl olur? Çocukları korkak biri olarak yetiştirmek çok acınası bir şey, değil mi? Doğal davranmalarını seviyorum. Çok uslu çocuklar hiç doğal görünmüyor, değil mi? Gemilerini küvette yüzdürmelerine ya da gölete gitmelerine izin vermeyin, olur mu? Üşütmelerinden çok korkuyorum... Babaları zatürreden öldü."

Bayan Raymond'ın iri mavi gözleri, sanki yuvalarından çıkacakmış gibi görünüyordu ama gözlerine dolan yaşları hemen sildi.

"Kavga ederlerse telaş yapmanıza gerek yok. Çocuk bunlar, her zaman kavga ederler ama olur da yabancı biri onlara vurmaya kalkarsa... Ah, tatlım! Çocuklarım birbirine çok düşkünler. Birini alıp yanımda cenazeye götürebilirdim ama bunu duymak bile istemediler. Şu zamana kadar tek günü bile ayrı geçirmediler. Ben de iki çocuğa birden cenazede göz kulak *olamam.*"

"Endişelenmeyin, Bayan Raymond," dedi Anne kibar bir şekilde. "Gerald ve Grealdine ile harika bir gün geçireceğimize eminim. Ben çocukları severim."

"Biliyorum. Sizi gördüğüm ilk an çocukları sevdiğinizi anlamıştım. Bu kolayca anlaşılıyor. Çocukları seven birinde *farklı bir hava* oluyor. Zavallı ihtiyar Bayan Prouty çocuklardan nefret eder. Sürekli çocuklarda kusur arıyor bu yüzden de buluyor. Sevdiklerimin çocukları seven ve anlayan birinin bakımı altında olduğunu düşünmenin benim için ne kadar büyük bir kolaylık olduğunu tahmin edemezsiniz. Eminim bugün gözüm arkada kalmayacak."

"Bizi de cenazeye götürmelisin," diye bağırdı Gerald, başını aniden yukarıdaki pencerelerden birinden çıkararak. "Eğlenceyi kaçıracağız."

"Ah, banyoya girmişler!" diye bağırdı Bayan Raymond telaşla. "Sevgili Bayan Shirley, lütfen gidip onları oradan alın. Ah, Bayan Shirley, salonda yerde duran çakal derisini alıp pençelerini boynuna dolamış. Deriyi mahvedecek. Lütfen, onu da çıkarmasını sağlar mısınız? Benim acele etmem lazım yoksa treni kaçıracağım."

Bayan Raymond, zarif bir tavırla yola koyulurken yukarı koşan Anne, melek Geraldine'in kardeşini bacaklarından tuttuğunu ve onu pencereden dışarı fırlatmaya çalıştığını görmüştü.

"Bayan Shirley, Gerald'a bana dil çıkarmaması gerektiğini söyleyin," diye diretti öfkeyle.

"Bu seni incitti mi?" diye sordu Anne gülümseyerek.

"Bana dil çıkarmaması gerekir," diye yeniledi Geraldine, ona ilgiyle bakan Gerald'a kötümser bir ifadeyle karşılık vererek.

"Dil benim, istediğimi yaparım, beni durduramazsın ki, değil mi Bayan Shirley?"

Anne, bu soruyu duymazlıktan geldi.

"Canlarım, öğle yemeği vaktine tam bir saat var. Bahçede oturup oyun oynayarak birbirimize hikâyeler anlatalım mı? Gerald, çakal derisini de yere serer misin?"

"Ama ben kurdum," dedi Gerald.

"O kurt taklidi yapmak istiyor," diye bağırdı Geraldine, birden kardeşinin tarafına geçmişti.

"Biz kurt taklidi yapmak istiyoruz," diye bağırdılar ikisi birlikte.

Tam o sırada çalan kapı Anne'i bu çıkmazdan kurtardı.

"Ah, haydi gel, kim gelmiş bakalım," diye bağırdı Geraldine. İkisi birden merdivene âdeta uçarak gittiler ve tırabzanlardan aşağı kayarak ön kapıya Anne'den çok daha hızlı vardılar. Bu sırada çakal derisi de gevşemiş, yerde sürükleniyordu.

"Satıcılardan bir şey almıyoruz," dedi Gerald, kapıda duran kadına.

"Anneni görebilir miyim?" diye sordu gelen kişi.

"Hayır, göremezsin. Annem Ella Teyze'nin cenazesine gitti. Bize Bayan Shirley bakıyor. İşte, o da şu an aşağıya iniyor. Şimdi *seni* kovacak."

Anne, gelen kişinin kim olduğunu görünce "kovma" kelimesinin duruma gerçekten uygun düşebileceğini düşündü.

Bayan Pamela Drake, Summerside'da pek sevilmezdi. Her zaman bir şey "pazarlardı" ve satın almadığınız sürece ondan kurtulmak genellikle imkânsızdı çünkü tüm aşağılamalara ve imalara karşı daima hazırlıklıydı. Ayrıca görünüşe göre dünya hep onun emrindeydi.

Bu sefer ansiklopedi için "sipariş" topluyordu. Her öğretmenin ihtiyacı olan bir şeydi. Anne, ansiklopediye ihtiyacı olmadığını söyledi. Okulda zaten çok iyi bir kaynak vardı.

"On senelik bir kaynak," dedi Bayan Pamela açıkça. "Bayan Shirley, şu sıraya oturalım da size gerçek bir kaynağın ne olduğunu göstereyim."

"Korkarım vaktim yok, Bayan Drake. İlgilenmem gereken çocuklar var."

"Çok fazla zamanınızı almayacağım, en fazla birkaç dakika. Ben zaten sizi aramayı planlıyordum, Bayan Shirley ama şansıma bakın ki sizi gökte ararken yerde buldum. Ben bu güzel kaynağı Bayan Shirley'ye gösterirken siz de oynayın, çocuklar."

"Annem Bayan Shirley'yi bize baksın diye tuttu," dedi Geraldine, güzel buklelerini sallayarak. Ancak Gerald onu arkasından çekip kapıyı sertçe kapattı.

"Ansiklopedi ne demekmiş bir bakın, Bayan Shirley. Şu güzelim sayfalara da bakın. Şu işlemeleri hissedin. Piyasadaki hiçbir ansiklopedide böyle işleme yok. Harika bir baskı. Gözleri görmeyen biri bile rahatlıkla okur, o derece. Ve sadece seksen dolara... Ayda sekiz dolara sizin olabilir. Böyle bir fırsat bir daha elinize geçmez. Bu tanıtım fiyatı, gelecek sene yüz yirmi dolar olacak."

"Ama ben ansiklopedi almak istemiyorum, Bayan Drake," dedi Anne çaresizce.

"Elbette, istersiniz. Herkes bir ansiklopedi ister. *Ulusal* ansiklopedi. Ulusal ansiklopedi yokken ne yapmışım bilmiyorum. Yaşamak mı! Yaşamıyormuşum ki… Sadece bir şekilde var oluyormuşum. Şu kuşun işlemelerine de bakın, Bayan Shirley. Daha önce böyle bir kuş *gördünüz* mü?"

"Ama Bayan Drake, ben…"

"Eğer şartların zor olduğunu düşünüyorsan öğretmen olduğun için bir ayarlama yapabilirim… Yani ayda sekiz yerine altı dolar verebilirsin. Böyle bir teklifi geri çeviremezsin, Bayan Shirley."

Anne neredeyse geri çeviremeyecekti. Sipariş alana kadar gitmemeye karar vermiş olduğu belli olan bu korkunç kadından kurtulmak için ayda altı dolara değmez miydi? Ayrıca ikizler *ne* yapıyordu? Korkunç derecede sessizdiler. Büyük ihtimalle gemilerini küvette yüzdürüyorlardı. Ya da arka kapıdan gizlice çıkmış ve gölün dibine batmaya başlamışlardı.

Anne, kadından kurtulmak için çaresizce bir girişimde bulundu.

"Bunu düşüneceğim, Bayan Drake ama izin verirse…"

"Şu andan daha iyi bir zaman yok," dedi Bayan Drake, hemen dolma kalemini çıkararak. "*Ulusal*'ı zaten alacaksınız, bu yüzden şimdi de imzalayabilirsiniz. İşleri ertelemek iyi değildir. Fiyat her an yükselebilir, sonra yüz yirmi dolar ödemek zorunda kalırsınız. Burayı imzalayabilirsiniz, Bayan Shirley."

Anne, kalemin eline tutuşturulduğunu hissetti… Tam o anda… Bayan Drake'den öylesine kan donduran bir çığlık duyuldu ki Anne, dolma kalemi rustik koltuğun etrafını saran altın parıltı kümesinin altına düşürdü ve kadına dehşet içinde bakakaldı.

O tarif edilmez nesne… Şapkasız, gözlüksüz ve neredeyse saçsız duran Bayan Drake miydi? Şapka, okuma gözlüğü ve peruk, iki sarı kafanın gördündüğü banyo penceresine doğru havada süzülüyordu. Gerald, ucunda olta iğnesi olan iki misinanın bağlı olduğu bir oltayı tutuyordu. Bu üç nesneyi yakalamak için nasıl sihirli bir icat yaptığını da ancak o söyleyebilirdi. Muhtemelen tamamen şans işiydi.

Anne, hızla içeri girip yukarı çıktı. Banyoya vardığında ikizler koşturmaya başladı. Gerald oltayı yere atmıştı. Pencereden dışarı baktığında Bayan Drake'in öfkeli bir tavırla dolma kalemi dâhil eşyalarını alıp kapıya doğru uzaklaştığını gördü. Belki de hayatında ilk kez Bayan Pamela Drake sipariş almakta başarısız olmuştu.

Anne, ikizleri arka verandada âdeta birer melek gibi elma yerken buldu. Ne yapacağına karar vermek zordu. Böyle bir davranış sağlam bir azarı hak ediyordu. Ancak şüphesiz Gerald onu zor bir durumdan kurtarmıştı ve Bayan Drake de gerçek bir derse ihtiyacı olan korkunç bir kadındı. Yine de…

"Koca bir kurt yuttun!" diye bağıdı Gerald. "Onu ağzında çiğnerken gördüm."

Beti benzi solan Geraldine elmayı yere attı. Anne, bir süre kızın ellerini tuttu. Geraldine kendini toparladığında artık öğle yemeği saati gelmişti. Anne aniden Gerald'ı hafifçe azarladıktan sonra onu rahat bırakmaya karar verdi. Ne de olsa muhtemelen kendi iyiliği için yaşananlar hakkında dilini tutacak olan Bayan Drake, kalıcı bir zarar görmemişti.

"Gerald, bu yaptığının centilmence bir davranış olduğunu düşünüyor musun?"

"Hayır ama eğlenceliydi," dedi Gerald ve kardeşine bakıp, "Gee, ben bir balıkçıyım, değil mi?" diye sordu.

Öğle yemeği harika geçmişti. Bayan Raymond gitmeden yemeği hazırlamıştı, her ne kadar disiplin konusunda biraz rahat olsa da harika bir aşçıydı. Yemekleriyle meşgul olan Gerald ile Geraldine, masada diğer çocuklardan daha fazla kavga edip yaramazlık yapmadılar. Anne, yemekten sonra bulaşıkları yıkayıp Geraldine'den ona yardım etmesini, Gerald'dan da bulaşıkları yerlerine dikkatlice yerleştirmesini istedi. İkisi de bu konuda oldukça becerikliydi ve Anne çaresizce ihtiyaç duydukları tek şeyin düzgün bir eğitimle biraz disiplin olduğunu düşündü.

OTUZ ÜÇÜNCÜ BÖLÜM

Bay James Grand saat ikide aradı. Bay Grand, lise mütevelli heyetinin başkanıydı ve Kingsport'taki bir eğitim konferansına katılmak için pazartesi günü yola çıkmadan önce konuşmak istediği önemli konular vardı. Anne, o akşam Rüzgârlı Kavaklar'a gelip gelemeyeceğini sordu ancak mümkün olmadığı yanıtını aldı.

Bay Grand kendi tarzında hoş bir adam olsa da Anne, uzun zaman önce onun dikkatlice yaklaşılması gereken biri olduğunu öğrenmişti. Dahası Anne, okula alınması gereken yeni ekipmanlarla ilgili savaşta onu kendi tarafına çekebilmek konusunda bir hayli endişeliydi. İkizlerin yanına gitti.

"Canlarım, ben biraz Bay Grand ile konuşurken siz arka bahçede oynasanız olur mu? Çok uzun sürmeyecek. Sonrasında gölet kenarında beş çayı pikniği yaparız. Hem size kırmızı boyalı sabun köpüğü yapmasını da öğretirim. Çok tatlı oluyorlar."

"Uslu durursak bize para verir misin?" diye sordu Gerald.

"Hayır, Gerald canım," dedi Anne kararlı bir şekilde. "Sana rüşvet vermeyeceğim. Uslu duracağını çünkü bir centilmenin yapması gerektiği gibi beni üzmeyeceğini biliyorum."

"Uslu duracağız, Bayan Shirley," diye söz verdi Gerald ciddi bir ifadeyle.

"Hem de çok uslu," dedi Geraldine, aynı ciddiyetle.

Anne, Bay Grand ile salona geçtiği sırada Ivy Trent gelmeseydi çocuklar büyük ihtimalle sözlerini tutacaktı. Ancak Ivy Trent gelmişti ve Raymond ikizleri, Ivy Trent'ten nefret ediyordu. Hiç yanlış bir şey yapmayan ve her zaman kutusundan yeni çıkmış bir oyuncak bebek gibi görünen kusursuz Ivy Trent…

O öğleden sonra Ivy Trent'in güzel yeni kahverengi botlarını, kuşağını, omuzlarındaki kurdeleleri ve kırmızı kurdeleyle süslenen saçlarını göstermek için geldiğine hiç şüphe yoktu. Bayan Raymond'ın başka açılardan eksikleri olsa da çocuklarını giydirme konusunda mantıklı davrandığı açıktı. Ancak bazı hayırsever komşuları ikizlere, kendine harcadığı kadar para harcamadığını söylüyordu. Geraldine'in sokaklarda, hafta içleri her öğleden sonra yeni bir elbiseyle ortada salınan Ivy Trent gibi gezme şansı hiç olmamıştı. Bayan Trent onu her daim bembeyaz giydirirdi. Yani en azından Ivy evden çıktığında hep tertemiz olurdu. Eve döndüğünde üstü başı kirli olursa da bu, etraftaki "kıskanç" komşu çocuklarının suçu olurdu, elbette…

Geraldine çok kıskanmıştı. O da geniş kuşaklı, fiyonklu, işlemeli beyaz bir elbisesi olsun isterdi. Böyle düğmeli, kahverengi botları olsun diye neler vermezdi?

"Yeni kuşağımla omzumdaki fiyonklarım nasıl?" diye sordu Ivy gururlu bir ifadeyle.

"Yeni kuşağımla omzumdaki fiyonklarım nasıl?" diyerek onu taklit etti Geraldine.

"Ama senin böyle fiyongun yok," dedi Ivy böbürlenerek.

"Ama senin böyle fiyongun yok," diye ciyakladı Geraldine.

Ivy şaşkın bir ifadeyle ona baktı.

"Ama benim var. Bak, gördün mü?"

"Ama benim var. Bak, gördün mü?" diye devam etti Geraldine, Ivy'nin söylediği her cümleyle dalga geçmek onu mutlu etmişti.

"Onların parası ödenmedi ki," dedi Gerald.

Ivy Trent öfkelendi. Yüzü, omzundaki fiyonklar gibi kızarmıştı.

"Ödendi. *Benim* annem her zaman ödemesini yapar."

"*Benim* annem her zaman ödemesini yapar," diye devam etti Geraldine.

Ivy huzursuz olmuştu. Bununla nasıl başa çıkması gerektiğini tam anlamıyla bilmiyordu. Bu yüzden gerçekten sokaktaki en yakışıklı çocuk olan Gerald'dan yana döndü. Ivy küçük çocuğun aklını çelmeye kararlıydı.

"Senin erkek arkadaşım olmanı istediğimi söylemek için geldim," dedi, o kahverengi gözleriyle onu ikna etmeye çalışarak. Daha yedi yaşında olmasına rağmen, Ivy'nin çocuklar üzerinde dayanılmaz bir etkisi vardı.

Gerald kıpkırmızı kesildi.

"Ben senin sevgilin olmam."

"Ama olmak zorundasın," dedi Ivy ciddi bir ifadeyle.

"Ama olmak zorundasın," dedi Geraldine, başını kardeşinden yana sallayarak.

"Olmayacağım," diye bağırdı Gerald öfkeyle. "Bir daha bana dudaklarını da uzatma, Ivy Trent."

"Olmak zorundasın," dedi Ivy inatla.

"Olmak zorundasın," diye tekrarladı Geraldine.

Ivy ona öfkeyle baktı.

"Kes sesini, Geraldine Raymond!"

"Kendi evimde konuşabilirim diye düşünüyorum," dedi Geraldine.

"Elbette, konuşabilir," diyerek kardeşine arka çıktı Gerald. "Eğer *sen* de çeneni kapatmazsan, Ivy Trent, evinize gider bebeğinin gözlerini çıkarırım."

"Bunu yaparsan annem seni döver!" diye bağırdı Ivy.

"Ah, öyle mi? Senin annen öyle davranırsa *benim* annem ne yapar peki? Burnunun üstüne bir yumruk atar."

"Her neyse, öyle ya da böyle benim sevgilim olacaksın," dedi Ivy, sakin bir şekilde asıl konuya dönerek.

"Ben... Başını yağmur variline sokacağım," diye bağırdı öfkeden deliye dönmüş olan Gerald. "Yüzünü karıncaların yuvasına bastıracağım... Ben... Şu fiyonklarla kuşağını paramparça edeceğim." Bu son dediği yapabileceği bir şey olduğundan, bunu söylerken yüzünde zafer dolu bir ifade vardı.

"Haydi, yapalım," diye bağırdı Geraldine.

İki kardeş tekmeleyen, çığlık atan ve ısırmaya çalışan ama ikisiyle de aynı anda baş edemeyen talihsiz Ivy'ye öfkeyle saldırdılar. Birlikte onu bahçenin karşısına, çığlıklarının duyulmayacağı odunluğa götürdüler.

"Acele et," diye soludu Geraldine. "Bayan Shirley gelmeden yapalım."

Kaybedilecek zaman yoktu. Gerald, Ivy'nin bacaklarını tutarken Geraldine de bir eliyle bileklerini tutuyor, diğeriyle de saçındaki ve omzundaki fiyonklarla kuşağı söküyordu.

"Haydi, bacaklarını boyayalım," diye bağırdı Gerald, önceki hafta işçilerin bıraktığı iki teneke boya kutusuna bakıyordu. "Ben onu tutayım sen de onu boya."

Ivy çaresizce bağırıyordu. Çorapları aşağıya indirilmiş, birkaç dakika içinde de bacakları kırmızı ve yeşil boyalara bulanmıştı. Aynı zamanda boya işlemeli elbisesine ve yeni botlarına da sıçramıştı. Son olarak kızın buklelerini talaşlarla doldurmuşlardı.

Onu serbest bıraktıklarında zavallı kız acınası bir hâldeydi. İkizler kızın hâline bakarken neşeli bir şekilde kahkaha atıyorlardı. Ivy'nin haftalardır sergilediği o küçümseyici tavırların intikamını almışlardı.

"Şimdi evine git," dedi Gerald. "Bu sana etrafta dolaşıp sevgilin olsunlar diye insanları zorlamaman gerektiğini öğretir."

"Seni anneme söyleyeceğim," diye ağladı Ivy. "Eve gidip yaptıklarını anlatacağım. Seni korkunç, pis, kötü, çirkin çocuk!"

"Sakın kardeşime çirkin deme, seni sülük," diye bağırdı Geraldine. "Sen ve o fiyonkların! Onları da al ve git. Odunluğumuzu kirletmelerini *istemiyoruz*."

Geraldine'in peşinden attığı tahta parçalarından kaçan Ivy, bahçeden çıkıp ağlayarak sokakta koşmaya başladı.

"Çabuk... Haydi, arka merdivenden gizlice banyoya çıkalım ve Bayan Shirley bizi görmeden önce temizlenelim," dedi Geraldine nefes nefese.

OTUZ DÖRDÜNCÜ BÖLÜM

Bay Grand, konuşmasını bitirdikten sonra izin isteyip gitti. Anne, çocukların nerede olduğunu merak ederek kapıda bir süre bekledi. O sırada eliyle hüzünlü ve hâlâ hıçkırmakta olan bir çocuğa önderlik eden öfkeli bir kadın, sokağın yukarısına doğru yürüyüp kapının önüne geldi.

"Bayan Shirley, Bayan Raymond nerede?" diye diretti Bayan Trent.

"Bayan Raymond…"

"Bayan Raymond'ı görmek istiyorum. Çocuklarınının benim zavallı, çaresiz, masum yavrum Ivy'ye neler yaptıklarını kendi gözleriyle görsün. Şu hâline bakın, Bayan Shirley… Sadece bakın!"

"Ah, Bayan Trent… Ben çok üzgünüm! Hepsi benim hatam. Bayan Raymond evde değil. Ben de o yokken çocuklarına bakacağıma dair söz verdim. Ama Bay Grand geldi…"

"Hayır, bu sizin hatanız değil, Bayan Shirley. Sizi suçlamıyorum. O şeytani çocuklarla kimse baş edemez. Bütün sokak onların nasıl çocuklar olduklarını biliyor. Bayan Raymond evde yoksa burada durmamın da bir anlamı yok. Zavallı yavrumu eve götürsem iyi olacak. Ama Bayan Raymond'ın bundan haberi olacak, gerçekten olacak. Ah, Bayan Shirley, birbirlerinin kollarını bacaklarını koparmadıklarına şaşıyorum!"

"Bu" esnada yukarıdan bağırışlar, çağrışlar ve uluma sesleri geliyordu. Anne hemen yukarı koşturdu. İkizler koridorda, yerdeydiler ve itişmelerden, kakışmalardan, ısırmalardan ve tırmalamalardan oluşan bir girdabın içine düşmüş gibiydiler. Anne zor da olsa öfkeli ikizleri ayırıp her birini omuzlarından sertçe tutarak bu davranışın ne anlama geldiğini sordu.

"Ivy Trent'in sevgilisi olmam gerektiğini söylüyor," diye homurdandı Gerald.

"Ama olmalı," diye bağırdı Geraldine.

"Olmayacağım işte!"

"Çocuklar!" dedi Anne. Ses tonundaki bir şey onları susturmuştu. Anne'e bakarken karşılarında çok farklı bir Bayan Shirley görüyorlardı. O kısa hayatlarında ilk kez otoritenin gücünü hissetmişlerdi.

"Sen, Geraldine," dedi Anne uculca, "yatağına gidiyorsun ve iki saat oradan çıkmıyorsun. Gerald sen de iki saat gömme dolapta kalacaksın. Tek kelime dahi istemiyorum. Çok pervasızca davrandınız ve cezanızı çekmelisiniz. Anneniz sizi bana emanet etti, siz de sözümün dışına çıkmayacaksınız."

"O zaman bizi *birlikte* cezalandır," dedi Geraldine, ağlayarak.

"Evet... Bizi ayırmaya hakkın yok. Biz hiç ayrı kalmadık," diye mırıldandı Gerald.

"Ama şimdi ayrılacaksınız." Anne hâlâ sakinliğini koruyordu. Geraldine süklüm püklüm bir vaziyette üstünü değiştirip odalarındaki yataklardan birine geçti. Gerald da aynı şekilde dolaba girdi. Penceresi ve bir sandalyesi olan oldukça havadar bir gömme dolaptı. Anne, kapısını kilitleyip elinde bir kitapla koridor penceresinin yanına oturdu. En azından iki saat kafasını dinleyebilecekti.

Birkaç dakika sonra baktığında Geraldine derin uykudaydı, uykusunda öyle sevimli görünüyordu ki Anne neredeyse bu kadar sert davrandığı için kendine kızacaktı. Gerçi, biraz şekerleme ona iyi gelecekti. İki saat dolmadan uyanırsa Anne cezasını bitmiş saymaya karar verdi.

Bir saatin sonunda Geraldine hâlâ uyuyordu. Gerald ise o kadar sessizdi ki Anne, gerçek bir erkek gibi cezasını çektiğine ve affedilmeyi hak ettiğine karar verdi. Ne de olsa Ivy Trent küçük, zalim bir maymundu ve muhtemelen sinir bozucu bir şekilde davranmıştı.

Anne, dolabın kilidini açıp kapıyı araladı.

Gömme dolapta Gerald'dan eser yoktu. Pencere açıktı ve yan verandanın çatısı pencerenin hemen altındaydı. Anne, dudaklarını birbirine bastırdı. Merdivenden aşağıya inip bahçeye gitti. Gerald orada da yoktu. Odunluğu kontrol etti, sokağa baktı ama Gerald'dan hâlâ eser yoktu.

Bahçeden geçip kapıdan, ormanlık alana çıkan yola koşarak Bay Robert Creedmore'un tarlasındaki küçük gölete vardı. Gerald, Bay Creedmore'un her zaman orada tuttuğu küçük platformun üzerinde mutlulukla oynuyordu. Tam Anne ağaçların arasından geçerken, Gerald'ın çamurun içinde oldukça derine sapladığı sırık, üçüncü çekişinde beklenmedik bir şekilde çamurdan kurtuldu ve Gerald'ın kayarak arkaüstü suya düşmesine neden oldu.

Anne dehşet içinde çığlık atsa da sesinde panik yoktu. Gölet en derin hâliyle bile Gerald'ın omuzlarını geçmez, en fazla belini aşabilirdi. Gerald bir şekilde ayağa kalktı. Yüzünde şapşal bir ifadeyle öylece ayakta dikilirken başından aşağıya sular damlıyordu. Anne'in çığlığı yankılandığı sırada Geraldine de üzerinde geceliğiyle ağaçların arasından fırlamış ve halatla bağlanmış ahşap platformun diğer tarafına koşmuştu.

Kulakları sağır eden bir "Gerald!" nidasıyla Gerald'ın yanına atladı, neredeyse o da suya batacaktı.

"Gerald, boğuldun mu?" diye bağırdı Geraldine. "Boğuldun mu, canım kardeşim?"

"Hayır… Hayır… Canım kardeşim," diye güvence verdi Gerald, dişleri takırdarken.

Kucaklaşıp birbirlerini sevgiyle öptüler.

"Çocuklar, hemen buraya gelin," dedi Anne.

Çocuklar kıyıya geldiler. O eylül günü sabah saatlerinde hava gayet sıcakken akşamüstü soğuk ve rüzgârlıydı. İkizler tir titriyordu… Yüzleri morarmıştı. Anne, tek bir kelime etmeden onları hemen eve götürüp ıslak kıyafetlerini çıkardı ve onları Bayan Raymond'ın yatağına yatırıp ayaklarına da sıcak su torbası koydu. Hâlâ titriyorlardı. Acaba üşütmüşler miydi? Zatürre olurlar mıydı?

"Bize daha iyi bakman gerekirdi, Bayan Shirley," dedi Gerald, hâlâ dişleri birbirine vuruyordu.

"Elbette, bize daha iyi bakmalıydın," dedi Geraldine.

Anne, dalgın bir hâlde merdivenden aşağıya inip doktor çağırdı. Doktor geldiğinde ikizler artık ısınmıştı. Doktor da Anne'e herhangi bir tehlike olmadığını söyledi, yarına kadar dinlenirlerse bir şeyleri kalmazdı.

Anne, dönüş yolunda istasyondan gelmekte olan Bayan Raymond'la karşılaştı. Bayan Raymond tamamen solgun ve neredeyse histerik bir hâldeydi.

"Ah, Bayan Shirley, benim küçük hazinelerimi nasıl böyle bir tehlikeye atarsınız?"

"Biz de aynısını söyledik, anne," dedi ikizler.

"Size güvenmiştim... Size söylemiştim..."

"Neden suçlandığımı anlamış değilim, Bayan Raymond," dedi Anne, sis kadar soğuk bakışlarla. "Sakinleştiğinizde siz de benimle hemfikir olacaksınızdır. Çocuklar gayet iyi... Doktoru sadece tedbir amaçlı çağırdım. Gerald ve Geraldine sözümü dinleselerdi böyle olmazdı."

"Bir öğretmenin çocuklar üzerinde az da olsa otorite kurabileceğini sanmıştım," dedi Bayan Raymond sert bir tavırla.

"Çocuklar üzerinde belki... Ama küçük şeytanlar üzerinde değil," diye düşündü Anne ancak ağzından çıkan kelimeler bunlar değildi.

"Burada olduğunuza göre Bayan Raymond, eve gitsem iyi olacak. Daha fazla yardım edemeyeceğimi düşünüyorum ve bu akşam okulla ilgili yapmam gereken birtakım işler var."

Çocuklardan biri yataktan fırlayıp kollarını Anne'e doladı.

"Umarım her hafta bir cenaze olur," diye bağırdı Gerald. "Ben seni sevdim, Bayan Shirley ve umarım, annem her gittiğinde bize bakmaya sen gelirsin."

"Ben de, ben de," dedi Geraldine.

"Ben seni Bayan Prouty'den daha çok sevdim."

"Ah, ben daha çok," dedi Geraldine.

"Bizi de hikâyelerine yazacak mısın?" diye sordu Gerald.

"Yaz lütfen," dedi Geraldine.

"Niyetinizin kötü olmadığına eminim," dedi Bayan Raymond, biraz ürkek bir tavırla.

"Teşekkür ederim," diye karşılık verdi Anne buz gibi bir sesle, ikizlerini onu saran kollarından kurtulmaya çalışarak.

"Ah, bu konuda tartışmayalım," diye yalvardı Bayan Raymond, iri gözleri yaşlarla doluydu. "Kimseyle tartışmaya tahammül *edemem.*"

"Elbette," diyen Anne sakindi. Anne istediği zaman fazlasıyla sakin *olabilirdi.* "Tartışmak için en ufak bir gerekçe görmüyorum. Gerald ile Geraldine'in bugünden oldukça keyif aldıklarını düşünüyorum ancak zavallı küçük Ivy Trent için aynısını söyleyemeyeceğim."

Anne, eve gittiğinde kendini yaşlanmış hissediyordu.

"Bir de Davy'nin yaramaz olduğunu düşünürdüm," dedi.

Rebecca'yı alacakaranlıkla yıkanan bahçede geç açan hercai menekşeleri toplarken bulmuştu.

"Rebecca Dew, eskiden 'çocuklar görülmeli ama duyulmamalı' sözünü çok sert bulurdum ama şimdi anlıyorum."

"Ah, zavallım benim. Ben sana güzel bir akşam yemeği hazırlayayım," dedi Rebecca Dew. İçinden, "Ben sana demiştim," diye geçirse de bunu belirtmemişti.

OTUZ BEŞİNCİ BÖLÜM

(Gilbert'a gönderilen mektuplardan alıntı.)

"Bayan Raymond dün gece gelip yaşlı gözlerle 'pervasız çıkışından' dolayı onu affetmem için bana yalvardı. 'Eğer bir anne yüreğini anlayan biriyseniz, Bayan Shirley, bağışlamak o kadar da zor olmamalı,' dedi.

"Aslında onu affetmek çok da zor olmadı. Bayan Raymond'da onu sevmemi sağlayan bir şey var ve kendisi Drama Kulubü'ndeki ilginç tiplerden biri. Öte yandan onu affetmiş olsam da 'cumartesileri evde olmadığınız zaman çocuklarınıza ben bakarım,' demedim. Tecrübe iyi bir öğretmen, benim gibi son derece iyimser ve güvenilir bir insan için bile…

"Bu aralar Summerside halkının dilinde Jarvis Morrow ile Dovie Westcott aşkı var. Rebecca Dew'un dediğine göre bir yılı aşkın süredir nişanlılarmış ama bunun ötesine geçememişler. Dovie'nin uzaktan teyzesi olan, yani Dovie'nin anne tarafından ikinci kuzeninin teyzesi olduğunu düşündüğüm Kate Teyze, konuyla bayağı ilgili çünkü Jarvis'in Dovie için biçilmiş kaftan olduğuna inanıyor. Fakat ben Franklin Westcott'tan nefret ettiğinden ve onun tamamen bozguna uğradığını görmek istediğinden şüpheleniyorum. Kate Teyze kimseden nefret ettiğini kabul etmese de Bayan Franklin onun çok sevdiği bir arkadaşıymış ve ciddi bir şekilde o adamın onu öldürdüğüne inanıyor.

"*Ben* de bu konuyla kısmen ilgiliyim çünkü Jarvis'i seviyorum, bu sebeple Dovie'yi de seviyorum, yani kısmen... Aslında insanların işine fazla karıştığımı düşünmeye başladım. Elbette, her zaman iyi niyetlerle...

"Kısaca durum şu: Franklin Westcott, uzun boylu, sıkıcı, pişkin bir tüccar, laubali ve içine kapanık bir adam. Şehrin hemen dışında, üst liman yolunda Elmcroft adında büyük, eski tarz bir evde yaşıyor. Onunla bir veya iki kez karşılaştım ama onun hakkında gerçekten çok az şey biliyorum, bir şey söyledikten sonra sessizce kıkırdamak gibi esrarengiz bir alışkanlığı var. İlahiler başladığından beri kiliseye hiç gitmemiş, kışın ortasında bile evdeki bütün pencereleri açıyormuş. Bu konuda ona sinsice bir sempati duyduğumu itiraf ediyorum ama muhtemelen Summerside'da bunu yapan tek kişi benim. Kasabanın önde gelenlerinden, bu yüzden onun onayı olmadan resmi bir şey yapmaya cesaret edilemiyor.

"Karısı hayatta değil. Söylenilene göre hayattayken kadının köleden farkı yokmuş, zavallı ona hiç sesini çıkaramıyormuş. Franklin kadını eve getirdiğinde ona, onun efendisi olacağını söylemiş.

"Gerçek adı Sibyl olan Dovie, onun tek çocuğu... On dokuz yaşında balıketli, sevimli bir kız. Küçük beyaz dişlerinin aralarından hafifçe göründüğü kırmızı dudakları, parlak kestane rengi saçları, gerçek olup olmadığını anlamak için dönüp yeniden bakmana neden olan göz alıcı mavi gözleri ve uzun kirpikleri var. Jen Pringle, Jarvis'nin onda en çok sevdiği şeyin gözleri olduğunu söylüyor. Jen'le bu ilişki üzerine konuştuk. Jarvis onun kuzeni oluyor.

"(Yeri gelmişken, Jen'in bana ne kadar düşkün olduğuna inanamazsın... Ben de Jen'e düşkünüm, elbette. Gerçekten çok tatlı biri.)

"Franklin Westcott, Dovie'nin bir erkek arkadaşı olmasına izin vermemiş. Jarvis Morrow 'onun dikkatini çekmeye' başladığında, eve gelmesini istememiş ve Dovie'ye artık 'o adamla gezip tozamayacağını' söylemiş ama bunun için çok geçmiş çünkü Dovie ile Jarvis zaten derin bir aşk yaşıyorlarmış.

"Kasabadaki herkes bu genç âşıklara sempati duyuyor. Franklin Westcott'a akıl erdirmek gerçekten imkânsız. Jarvis başarılı, genç bir avukat, varlıklı iyi bir aileden geliyor ve kendisi de oldukça hoş, kibar bir beyefendi.

"'O kız daha iyisini bulamaz,' dedi Rebecca Dew. 'Jarvis Morrow Summerside'da istediği her kızı elde edebilirdi. Franklin Westcott, Dovie'yi yaşlı bir kız kurusuna dönüştürmeye karar vermişti. Maggie Hala öldüğünde evi çekip çevirecek biri olsun istiyordu.'

"Ona akıl verebilecek kimse yok mu?' diye sordum.

"'Kimse Franklin Westcott'a söz geçiremez. O adam her şeyi eleştirir ve ona baskın çıkarsan sinir krizi geçirir. Onu öfke nöbeti geçirirken hiç görmedim ama Bayan Prouty orada dikiş dikerken nasıl davrandığını duydum. Bir şeye kızmış... Kimse neye olduğunu bilmiyormuş. Eline geçen her şeyi dışarı fırlatmış. Milton'ın şiirleri çitin üzerinden George Clarke'ın nilüfer göletine doğru uçmuş. Hayata karşı her zaman kin besleyen bir adam. Bayan Prouty'nin anlattığına göre annesi, Franklin'in doğduğu gün attığı çığlıklardan daha korkunç bir ses hiç duymamış. Tanrı'nın böyle adamları yaratmak için mutlaka bir nedeni olmalı ama ne olduğunu merak ediyorsun işte. Yani hayır, kaçmadıkları sürece Jarvis ve Dovie için hiç şans göremiyorum. Kaçmak birçok insanın abarttığı romantik saçmalıklardan biri, çok da aşağılayıcı bir durum. Ancak onları herkes mazur görecektir.'

"Ne yapacağımı bilmesem de kendimi bir şey yapmak zorundaymışım gibi hissediyorum. Franklin Westcott ne kadar öfke nöbeti geçirirse geçirsin, öylece yerimde oturup insanların hayatlarının gözlerimin önünde mahvolmasını izleyemiyorum. Jarvis Morrow sonsuza kadar beklemeyecektir... Söylentilere göre sabrı taşmak üzereymiş ve ismini kazıdığı bir ağaçtan Dovie'nin adını söküp atmış. Çoktan kollarına atılmayı bekleyen hoş bir Palmer kızı varmış. Kız kardeşinin anlattığına göre anneleri, *oğlunun* yıllarca bir kızın peşinden koşmasına gerek olmadığını söyleyip duruyormuş.

"Gilbert, gerçekten bu durum hiç hoşuma gitmiyor.

"Bugün gökyüzünde ay var, sevgilim. Bahçedeki kavaklara vuran ay ışığı... Hayali bir günün süzüldüğü limanı aydınlatan ay ışığı... Eski mezarlığa vuran ay ışığı... Benim küçük vadimi, Fırtına Kralı'nı aydınlatan ay ışığı... O ay ışığı şu an Âşıklar Yolu'nu, Pırıltılı Sular Gölü'nü, Perili Ormanı ve Menekşe Diyarı'nı aydınlatan aynı ay ışığı. Bu gece tüm tepelerde periler dans ediyor olmalı ama Gilbert, sevgilim, yanında ay ışığını paylaşacak kimse yoksa hiçbir anlamı olmuyor. Sadece bir *ay ışığı* işte.

"Keşke küçük Elizabeth ile yürüyüşe çıkabilsem. O da ay ışığında yürümeyi çok seviyor. Green Gables'tayken birlikte yürüyüş yapabilmiştik ama Elizabeth evdeyken ay ışığını ancak pencereden görebiliyor.

"Onun için biraz endişelenmeye başladım. Artık on yaşında ve o iki yaşlı kadın, o kızın duygusal olarak neye ihtiyaç duyduğunun farkında bile değil. Kursağından geçecek yemeği, üzerine giyecek giysisi olduğu sürece başka bir şeye ihtiyaç duyup duymadığını düşünemiyorlar bile. Ve bu durum her geçen yıl daha da kötü bir hâl alıyor. O zavallı kız genç kızlığa nasıl adım atacak?"

OTUZ ALTINCI BÖLÜM

Lise Diploma Töreni'nden çıkmış eve doğru yürürlerken Jarvis Morrow, Anne'e sıkıntılarından bahsetti.

"Onunla kaçman gerekecek, Jarvis. Herkes öyle söylüyor. Kaçma işini asla onaylamıyorum," (Kırk yıllık deneyime sahip bir öğretmen gibi konuştum, diye düşündü Anne, içinden gülümseyerek) "ancak her şeyin bir istisnası vardır."

"Bu iki kişilik bir anlaşma, Anne. Bunu tek başına yapamam. Dovie babasından çok korkuyor, onu ikna edemiyorum. Hem bu kaçmak olmuyor. Yani tam olarak... Dovie, bir keresinde kardeşim Julia'nın evine gelmişti. Bayan Stevens'ı, bilirsin. Yani bazı akşamlar... Papaz da orada oluyor. Herkesi memnun edeceğimiz saygın bir evlilik gerçekleştirebilir, sonra da balayımızı Kingsport'ta Bertha Teyze ile geçirebilirdik. Bu kadar basitti ama Dovie'yi ikna edemedim. Zavallı sevgilim, o kadar uzun süredir babasının kaprislerine boyun eğiyor ki hiç iradesi kalmamış."

"Bunu yapması için onu ikna etmen gerekiyor, Jarvis."

"Ah, denemedim mi sanıyorsun, Anne? Yalvardım, yakardım. Dilimde tüy bitti. Benim yanımdayken yapacağına dair söz veriyor ama eve gittiği zaman olmaz diye haber gönderiyor. Anne, çok tuhaf ama zavallı kız babasına çok düşkün ve babasının onu affetmeyeceği düşüncesine dayanamıyor."

"Babası ve senin aranda bir seçim yapması gerektiğini söyle."

"Ya onu seçerse?"

"Bunda bir tehlike görmüyorum."

"Bilemezsin," dedi Jarvis umutsuzca. "Ama yakında bir karar vermek zorundayım. Sonsuza kadar böyle devam edemem. Dovie'ye deli oluyorum. Summerside'daki herkes bunu biliyor. O sanki erişilmesi zor bir gül gibi ve benim ona erişmem lazım, Anne."

Anne bütün soğukkanlılığıyla, "Böyle edebi sözler söyleyebilmen harika ama şu an sana hiçbir faydası yok, Jarvis," dedi. "Bu, tam da Rebecca Dew'un kuracağı tarzda bir cümle olsa da oldukça doğru. Bu ilişkide ihtiyacınız olan şey, açık ve sağlam bir sağduyu. Dovie'ye tereddüt etmekten bıktığını, ya seninle birlikte olması ya da seni terk etmesi gerektiğini söyle. Seni, babasını ardında bırakamayacak kadar umursamıyorsa, senin de bunu fark etmen iyi olur."

Jarvis homurdandı.

"Hayatın boyunca Franklin Westcott'un kontrolü altında değildin, Anne. Onun nasıl biri olduğunun farkında değilsin. Pekâlâ, son bir kez daha deneyeceğim. Söylediğin gibi, Dovie beni gerçekten önemsiyorsa yanımda olur, değilse de en kötü ihtimali düşüneceğim. Kendimi gülünç duruma soktuğumu hissetmeye başladım."

"Eğcr böylc hissctmcyc başladıysan," diye düşündü Anne, "Dovie'nin dikkat etmesi gerek."

Dovie, birkaç akşam sonra ayrıntıları Anne'le konuşmak için Rüzgârlı Kavaklar'a geldi.

"Ne yapmalıyım, Anne? Ne *yapabilirim*? Jarvis onunla kaçmamı istiyor. Babam önümüzdeki hafta bir akşam yemek için Charlottetown'a gidecek. Yani bu iyi bir fırsat diye düşünüyorum. Maggie Hala asla şüphelenmez. Jarvis, Bayan Stevenslara gidip orada evlenmemizi istiyor."

"Peki, neden bunu yapmıyorsun, Dovie?"

"Ah, Anne, gerçekten bunu yapmam gerektiğini düşünüyor musun?" diye sordu Dovie, tatlı bir ifadeyle. "Lütfen, *lütfen*, bana bir akıl ver. Aklım çok karışık." Sesi oldukça hüzünlüydü. "Anne, babamı bilmiyorsun. Nedenini bilmiyorum ama Jarvis'ten nefret ediyor. İnsan Jarvis'ten nasıl nefret eder ki? Jarvis evimize ilk geldiği zaman babam bir daha gelmemesini, gelirse peşinden bizim iri köpeği salacağını söyleyerek onu evden kovdu. Biliyorsun o köpekler de insanı bir yakaladı mı bırakmaz. Eğer Jarvis ile kaçarsam babam beni asla affetmez."

"Ama bir seçim yapman gerek, Dovie."

"Jarvis de böyle söyledi," diye ağladı Dovie. "Ah, öyle ciddiydi ki... Onu daha önce hiç böyle görmemiştim. Yapamam... Yapamam... Ben onsuz yaşayamam, Anne."

"O zaman onunla yaşa, tatlım. Buna kaçmak da denmez. Summerside'a gelip arkadaşlar arasında evlenmek, kaçmak sayılmaz."

"Ama babam öyle düşünecek," dedi Dovie, hıçkırarak. "Yine de tavsiyene uyacağım, Anne. *Senin* yanlış bir adım atmamı sağlayacak bir tavsiye vermeyeceğine eminim. Jarvis'e gidip izin belgesini almasını söyleyeceğim ve babamın Charlottetown'da olduğu gece kız kardeşinin evine gideceğim."

Jarvis, Anne'e zafer dolu bir edayla Dovie'nin sonunda teslim olduğunu söyledi.

"Bir sonraki hafta salı akşamı sokağın sonunda onunla buluşacağız. Maggie Hala görür korkusuyla eve kadar gitmemi istemiyor. Hemen Julia'nın evine gideceğiz ve bir çırpıda evleneceğiz. Bütün ailem orada olacak, böylece zavallı sevgilim kendini biraz daha rahat hissedecek. Franklin Westcott, kızıyla asla evlenemeyeceğimi söylemişti. Görsün bakalım, nasıl yanıldığını..."

OTUZ YEDİNCİ BÖLÜM

Kasım ayının sonlarında kasvetli bir salı günüydü. Soğuk kendini ara sıra şiddetli sağanak yağışlar hâlinde tepelerde gösteriyordu. Dünya, çiseleyen gri bir yağmur perdesinin arasından görünen kasvetli ve eski bir yer gibiydi.

"Zavallı Dovie, evlenmek için pek de hoş bir gün değil," diye düşündü Anne. "Belki de… Belki de…" Birden ürperdi. "Ya hiçbir şey yolunda gitmezse… Bunların hepsi benim hatam olacak. Tavsiye vermeseydim, Dovie bunu asla kabul etmezdi. Ayrıca Franklin Westcott'ın onu asla affetmediğini varsayalım... Anne Shirley, kes şunu! Senin tek sorunun hava."

Gece yağmur durmuş olsa da hava hâlâ soğuktu ve yerler çiğ, gökyüzü de bulutlarla kaplıydı. Anne, kule odasında okul kâğıtlarını düzenlerken Pasaklı Miller da sobanın altına kıvrılmıştı. O sırada ön kapıdan gök gürültüsünü andıran bir ses geldi, biri kapıyı yumrukluyordu.

Anne aşağıya koşarak indi. Rebecca Dew yüzünde dehşet dolu bir ifadeyle yatak odasından başını uzatınca Anne, onu odasına geri göndermeye çalıştı.

"Ön kapıda biri var!" dedi Rebecca.

"Sorun yok, Rebecca. Yani, korkarım ters giden bir şeyler var... Ama öyle ya da böyle gelen kişi, Jarvis Morrow. Kulenin camından onu gördüm. Beni görmek isteyeceğini biliyorum."

"Jarvis Morrow!" Rebecca odasına geri gidip kapıyı sertçe kapattı. "Ama bu bardağı taşıran son damla."

"Jarvis, ne oldu?"

"Dovie gelmedi," dedi Jarvis, çıldırmış bir hâldeydi. "Saatlerdir bekliyoruz... Papaz, arkadaşlarım... Herkes orada. Julia da ziyafet hazırlamış ama Dovie ortalarda yok. Sokağın sonunda saatlerce onu bekledim, beklemekten deliye döndüm. Ne olduğunu bilmediğim için evine gitmeye de cesaret edemedim. Şu yaşlı bunak Franklin Westcott geri dönmüş olabilir. Maggie Hala onu odaya kilitlemiş olabilir. Ne olduğunu öğrenmemiz lazım. Anne, Elmcroft'a gidip neler olduğunu öğrenmen gerekiyor."

"Ben mi?" diye sordu Anne, şüpheyle.

"Evet, sen. Güvenebileceğim başka kimse yok... Durumu kimse bilmiyor. Anne, lütfen beni şimdi yarı yolda bırakma. Bu zamana kadar bize destek oldun. Dovie, tek gerçek arkadaşının sen olduğunu söyledi. Saat geç değil... Daha akşamın dokuzu. Lütfen, git."

"Gideyim de o koca köpek tarafından paramparça mı edileyim?" dedi Anne duyduklarına inanamıyormuş gibi.

"Şu yaşlı köpek!" dedi Jarvis, yüzünde küçümser bir ifade vardı. "O bir hırsızı bile kovalayamaz. O köpekten korktuğumu düşünmüyorsun, değil mi? Ayrıca o köpek akşamları kulübesine kapatılıyor. Her şey ortaya çıkarsa Dovie'nin başı derde girsin istemiyorum sadece. Anne, lütfen!"

"Sanırım bu işe çoktan karıştım," dedi Anne, çaresizlikle omzunu silkerek.

Jarvis onu Elmcroft yoluna kadar götürse de Anne, geri kalan kısmı yalnız yürümek istedi.

"Dediğin gibi, babası geldiyse Dovie için işler daha da kötüye gitmesin."

Anne, ağaçlarla çevrili uzun yolu yürümeye başladı. Ay bulutların arasından arada sırada kendini gösterse de çoğunlukla yol karanlıktı ve o köpeği azıcık da olsa dert etmiyordu.

Elmcroft'ta sadece bir yerde ışık yanıyordu… O da mutfak ışığıydı. Maggie Hala, Anne'i yan kapıda karşıladı. Maggie Hala, Franklin Westcott'ın oldukça yaşlı olan kız kardeşiydi. Ev işlerini mükemmel bir şekilde çekip çevirmesine rağmen zihinsel anlamda hiçbir zaman çok zeki olmamış, biraz kambur ve buruşuk bir kadındı.

"Maggie Hala, Dovie evde mi?"

"Dovie yatıyor," dedi Maggie Hala duygusuz bir sesle.

"Yatıyor mu? Hasta mı?"

"Bildiğim kadarıyla hayır. Bütün gün titreyip durdu. Yemekten sonra da yorgun olduğunu, yatacağını söyledi."

"Onu görmem lazım, Maggie Hala. Önemli bir bilgi vermem gerekiyor da…"

"O zaman odasına çıksan iyi edersin. Yukarı çıkınca sağda kalan oda."

Maggie Hala merdiveni gösterip mutfağa geçti.

Anne odaya pat diye girdiğinde Dovie oturduğu yerde doğruldu. Küçük bir mumun ışığında görebildiği kadarıyla Dovie gözyaşları içindeydi ama bu gözyaşları Anne'i sadece kızdırmıştı.

"Dovie Westcott, Jarvis Morrow'a *bu akşam* onunla evlenmek için söz verdiğini unuttun mu?"

"Hayır... Hayır..." diye mırıldandı Dovie. "Anne, çok mutsuzum... Korkunç bir gün geçirdim. Neyin içine düştüğümü asla ama asla anlayamazsın."

"Tek bildiğim, zavallı Jarvis'in bu soğukta iki saattir o yolda beklediği ve onun neler çektiği," dedi Anne, sesinde merhametten eser yoktu.

"O... Bana çok kızgın mı, Anne?"

"Tahmin edebileceğin üzere..."

"Anne, çok korkuyorum. Dün gece gözüme uyku girmedi. Bununla baş edemiyorum... Yapamam... Bu kaçma fikri gerçekten çok aşağılayıcı, Anne. Hiç hediye alamayacağım... Ben her zaman... Kilisede... Güzel süslemeler altında... Beyaz duvağım, gelinliğim ve gümüş rengi ayakkabılarımla... Evlenmeyi hayal etmiştim!"

"Dovie Westcott, şu yataktan kalk... Hemen... Ve üstünü giyin. Sonra da benimle gel."

"Anne... Artık her şey için çok geç."

"Geç falan değil; ya şimdi ya da hiçbir zaman... Eğer ufacık da olsa aklın varsa, bunun ne demek olduğunu biliyorsundur, Dovie. Onu böyle aptal yerine koyarsan Jarvis Morrow'un bir daha senin yüzüne bakmayacağını biliyorsun."

"Anne, beni affedecektir, yani öğrendiği zaman..."

"Etmeyecek. Jarvis Morrow'u tanıyorum. Sonsuza dek hayatıyla oynamana izin vermeyecektir. Dovie, seni kolundan tutup o yataktan çıkarmamı ister misin?"

Dovie ürpererek iç çekti.

"Hiç uygun bir elbisem yok ki…"

"Yarım düzine güzel elbisen var. Gül rengi elbiseni giy."

"Benim hiç çeyizim yok. Morrowlar bunu hep yüzüme vuracaklardır…"

"Bu işi sonra da halledebilirsin. Dovie, tüm bunları daha önce hiç düşünmedin mi?"

"Hayır… Hayır… Sıkıntı da bu. Tüm bunları dün gece düşündüm ve babam… Babamı bilmiyorsun, Anne…"

"Dovie. Üstünü giymen için sana on dakika veriyorum!"

Dovie o kısa sürede üstünü giyindi.

"Bu elbise… Beni çok sıkıyor," diye hıçkırdı, Anne fermuarını çekiştirirken. "Eğer çok kilo aldıysam Jarvis'in… Beni… Artık seveceğini sanmıyorum. Keşke ben de senin gibi uzun boylu, zayıf ve açık tenli bir kız olsaydım, Anne. Anne, ya Maggie Hala bizi duyarsa!"

"Duymaz. Kendisi mutfakta, ayrıca onun yarı sağır olduğunu da biliyorsun. Al bakalım, şapkan ve palton. Ben de çantana birkaç parça eşya koyayım."

"Kalbim yerinden fırlayacak sanki. Korkunç mu görünüyorum, Anne?"

"Çok sevimli görünüyorsun," dedi Anne içtenlikle. Dovie'nin krem rengi ipeksi teni gül gibi kızarmıştı, o gözyaşları da gözlerinin güzelliğini hiç mi hiç etkilememişti. Öte yandan Jarvis, bu karanlıkta onun gözlerini göremiyordu ve hayran olduğu güzel sevgisiline biraz kızmıştı bu yüzden şehre giderken oldukça soğuk davranıyordu.

"Tanrı aşkına, Dovie, benimle evleneceğin için korkuyormuşsun gibi bakma," dedi, Stevensların merdiveninden sabırsızlıkla inerken. "Ve ağlama... Burnun şişecek. Saat neredeyse on ve saat on bir trenini yakalamalıyız."

Ancak her şeye rağmen Dovie, kendisini Jarvis ile geri dönülmez bir şekilde evli bulduğunda oldukça mutluydu. Anne'in, Gilbert'a yazdığı mektuplardan birinde "balayı ifadesi" şeklinde oldukça titiz bir şekilde tanımladığı o ifade, şimdi genç kızın yüzündeydi.

"Anne, canım, hepsini sana borçluyuz. Bunu asla unutmayacağız, değil mi Jarvis? Ah, Anne, benim için bir şey daha yapar mısın? Lütfen, babama haber ver. Yarın akşam erken saatlerde evde olacak... Ve *birinin* bunu ona söylemesi gerekiyor. Bunu yapabilecek tek kişi sensin. Lütfen, beni bağışlaması için elinden geleni yap."

Anne, artık biraz rahatlaması gerektiğini düşünse de bu ilişkide kendisinin de payı olduğundan, kendini fazlasıyla sorumlu hissederek yapacağına dair söz verdi.

"Elbette, çok kötü bir ruh hâlinde olacak. Hem de fazlasıyla... Ama seni öldürmez, Anne," dedi Dovie onu rahatlatmak istercesine. "Ah, Anne, Jarvis ile beraberken kendimi ne kadar *güvende* hissettiğimi bilemezsin... Anlayamazsın."

Anne eve döndüğünde Rebecca Dew öyle bir hâldeydi ki merakını gidermezse ölecek gibiydi. Üstünde geceliği, başında bonesiyle Anne'i kule odasına kadar takip edip tüm hikâyeyi dinledi.

"Neyse, sanırım bu senin 'hayat' görüşün," dedi eleştirel bir tavırla. "Ama Franklin Westcott'un sonunda hak ettiği cezayı bulmasına çok sevindim, Bayan Kaptan MacComber da buna çok sevinecek. Öte yandan Franklin Westcott'a bu haberi verecek olan kişi olmanı asla kıskanmadığımı söylemeliyim. Muhtemelen öfkelenecek ve boş şeyler söyleyecektir. Eğer yerinde olsaydım, Bayan Shirley, bu gece gözümü kırpmazdım."

"Pek, hoş bir tecrübe olmayacağını hissediyorum," diye onayladı Anne kederle.

OTUZ SEKİZİNCİ BÖLÜM

Anne, ertesi akşam kasım sisinin rüya gibi manzarası eşliğinde Elmcroft'a giderken, hoş olmayan hisler tarafından ele geçirildiğini hissediyordu. Bu hiç güzel bir görev değildi. Dovie'nin de söylediği gibi elbette, Franklin Westcott onu öldürmeyecekti. Anne fiziksel şiddetten korkmuyordu ancak o adam hakkında söylenilenler doğruysa ona bir şey fırlatabilirdi. Öfkeden saçmalar mıydı? Anne, daha önce öfkeyle konuşan bir adam görmemişti ve bunun oldukça nahoş bir manzara olabileceğini düşündü. Fakat Bay Westcott kadın erkek fark etmeksizin herkesin üzerinde kullandığı o küçümseme yeteneğini tekrar kullanacaktı ve bu, Anne'in en çok korktuğu tek silahtı. Onu hep incitmiş, ruhunda aylarca süren derin yaralar açmıştı.

"Jamesina Teyze eskiden 'Mümkünse asla kötü haber getirme' derdi," diye düşündü Anne. "Her şeyde olduğu gibi bu konuda da bilgeydi. İşte, geldiğim nokta."

Elmcroft, her köşesinde kuleleri ve çatısında kubbesi olan eski moda bir evdi. Ve şu meşhur köpek ön basamakların tepesinde oturuyordu.

Bu köpekler için, "'Yakalarlarsa asla bırakmazlar,'" denildiğini hatırladı. Yan kapıya gitmeyi denemeli miydi? Franklin Westcott'un onu pencereden izliyor olabileceği düşüncesi aniden onu güçlendirdi. Köpeğinden korktuğunu görmenin mutluluğunu ona yaşatamazdı. Sonuç olarak, başını kaldırdı ve sert adımlarla merdiveni çıkıp köpeğin yanından geçerek zile bastı. Köpek kılını bile kıpırdatmamıştı. Anne, omzunun üzerinden baktığında köpeğin horul horul uyuduğunu gördü.

Anlaşıldığı kadarıyla Franklin Westcott evde değildi ama Charlottetown treni zamanında geldiği için her an eve varabilirdi. Maggie Hala, Anne'i "kitaphane" dediği yere götürüp orada bıraktı. Bu sırada köpek de ayağa kalkıp içeri kadar onları takip etmişti; gelip Anne'in ayaklarının dibine yerleşti.

Anne bu "kitaphane" denen yeri sevmişti. Şöminede gürleyen ateşi, yıpranmış kırmızı halı üzerindeki ayı postuyla kilimlerle süslü, neşeli, salaş bir odaydı. Franklin Westcott, kitaplar ve pipolar konusunda gerçekten iyi bir iş çıkarmışa benziyordu.

O sırada yaşlı adamın içeri girdiğini duydu. Şapkasıyla montunu koridora astıktan sonra kaşlarını çatarak kütüphanenin girişinde öylece durdu. Anne, onu ilk gördüğünde adamın centilmen bir korsana benzediğini düşündüğünü hatırladı; şimdi de aynı fikirdeydi.

"Ah, demek sen geldin?" dedi Franklin Westcott, oldukça huysuz bir tavırla. "Peki, ne istiyorsun?"

Tokalaşmak için elini uzatmamıştı bile. Anne ona nazaran köpeğin daha nezaketli davrandığını düşündü.

"Bay Westcott, önce beni sabırlı bir şekilde dinlemenizi istiyorum..."

"Ben sabırlıyım… Hem de çok. Devam et!"

Anne, Franklin Westcott gibi bir adamla lafı uzatarak konuşmanın bir anlamı olmadığına karar verdi.

"Dovie'nin Jarvis Morrow ile evlendiğini söylemeye geldim," dedi.

Ve o şiddetli depremi bekledi ama hiçbir şey olmadı. Franklin Westcott'ın zayıf, esmer yüzünde en ufak bir değişiklik bile olmadı. Odaya girip Anne'in karşısındaki deri koltuğa oturdu.

"Ne zaman?" diye sordu.

"Dün gece… Jarvis'in kız kardeşinin evinde," diye yanıt verdi Anne.

Franklin Westcott, kırçıllı kaşlarının altındaki derin bakışlı, altın bir ışıkla dolu kahverengi gözleriyle ona baktı. Anne, bu adamın bebekken nasıl göründüğünü merak etmişti. Sonra Franklin Westcott başını geriye attı ve her zamanki sessiz kahkaha krizlerinden birine girdi.

"Dovie'yi suçlayamazsınız, Bay Westcott," dedi Anne ciddiyetle, korkunç gerçek ortaya çıktığına göre artık konuşabilirdi. "Bu onun suçu değildi."

"Öyle olmadığına bahse girerim," dedi Franklin Westcott.

Dalga mı geçiyordu?

"Hayır, hepsi benim suçum," dedi Anne, cesurca. "Ona… Evlenmesini tavsiye ettim… Bunu yapması için onu *ikna* ettim. Bu yüzden onu affedin, Bay Westcott."

Franklin Westcott soğukkanlı bir tavırla bir pipo alıp içini doldurmaya başladı.

"Eğer Sibly'yi Jarvis Morrow ile kaçması için teşvik ettiysen, Bayan Shirley, herhangi birinin yapabileceğini düşündüğümden daha fazlasını başardın demektir. Bunu yapacak cesareti olmamasından korkmaya başlamıştım. Yoksa eninde sonunda geri adım atmak zorunda kalırdım... Tanrım, biz Westcottlar geri adım atmaktan nasıl da nefret ederiz! İtibarımı kurtardın, Bayan Shirley, sana minnettarım."

Franklin Westcott tütününü bastırırken, muzip bir ifadeyle Anne'in yüzüne bakıyordu. Aralarında kocaman bir sessizlik oluşmuştu. Anne o kadar şaşkındı ki ne diyeceğini bilmiyordu.

"Sanırım," dedi, "bu korkunç haberi bana vermek için buraya kadar korkarak geldin?"

"Evet," dedi Anne kısaca.

Franklin Westcott sessiz bir şekilde kıkırdadı.

"Korkmana gerek yok. Bana daha güzel bir haber getiremezdin. Nedenine gelince, Jarvis Morrow'u daha çocukken Sibyl için ideal eş adayı olarak seçmiştim. Diğer delikanlılar kızımı fark etmeye başlar başlamaz hepsini uzaklaştırdım. Böylece ilk erkek arkadaşı Jarvis oldu. Yaşlı adama kendisi gösterme cesareti olan da oydu! Ancak kızlar arasında o kadar popülerdi ki kızıma gerçek bir hayranlık duyduğunda bu kör talihe inanamadım. Sonra planımı devreye soktum. Sen bilmezsin ama ben Morrowları iyi bilirim. İyi bir aile olsalar da erkekleri kolay elde edilen şeyleri istemez. Yapmamaları söylenilen şeyi yapmaya kararlı bir yapıları vardır. Her zaman zıtlıktan beslenirler. Jarvis'in babası üç kızın kalbini kırdı çünkü aileleri o kızları ona vermekte hevesliydi. Jarvis açısından da böyle olacağını tahmin etmiştim. Sibyl hemen ona âşık olacaktı ve Jarvis de ondan sıkılacaktı. Eğer Sibyl elde edilmesi kolay biri olsaydı Jarvis onu bu kadar çok istemezdi. O yüzden Jarvis'e bir daha buraya gelmemesini, Sibyl'e de onunla bir daha görüşmemesini söyledim ve korumacı ebeveyn rolünü üstlendim. Erişilmez olanının cazibesi işte! Erişilmezin büyüsü hiçbir şeyde yoktur. Her şey planladığım gibi gitti ama Sibyl'nin cesaretsizliğiyle karşılaştım. O iyi bir çocuk ama cesaretsiz. Onda beni karşısına alıp da evlenecek cesareti hiç göremedim. Şimdi, kendine gelmeyi başardıysan genç ve tatlı hanımefendi, kendini suçlamaktan vazgeçebilirsin."

Anne'in espri anlayışı yine onu kurtarmaya gelmişti. Söz konusu kendisi bile olsa gülme fırsatını asla reddedemezdi. Ve birden Franklin Westcott'u çok iyi tanıdığını hissetti.

Yaşlı adam tüm hikâyeyi dinlerken sessizliğini koruyup piposunun tadını çıkardı. Anne anlatmayı bitirdiğinde rahat bir tavırla başını olumlu anlamda salladı.

"Görünen o ki sana sandığımdan daha çok şey borçluyum. Sen olmasaydın bunu yapma cesaretini gösteremeyecekmiş demek ki. Jarvis Morrow da aynı hataya iki kez düşecek bir adam değil... Onun ailesini çok iyi bilirim ben. Tanrım, resmen kıl payı kurtulmuşum! Emrine amadeyim. Duyduğun onca dedikoduya rağmen lafının arkasında durup buraya kadar geldin. Şimdiye kadar sana neler anlatılmıştır, kim bilir!"

Anne, başını olumlu anlamda sallarken, köpek de başını genç kadının kucağına koyup huzurlu bir şekilde horuldamasına devam etti.

"Herkes senin huysuz, aksi ve ters olduğun konusunda hemfikirdi," dedi Anne açık yüreklilikle.

"Ve sanırım sana bir zorba olduğumu, zavallı karımın hayatını perişan ettiğimi ve ailemi de elimde demir sopayla yönettiğimi söylemişlerdir?"

"Evet ama tüm dedikodulara temkinli yaklaştım, Bay Westcott. Eğer dedikoduların belirttiği kadar korkunç olsaydınız, Dovie size bu kadar düşkün olmazdı."

"Akıllı kız! Eşim çok mutlu bir kadındı, Bayan Shirley. Bayan Kaptan MacComber sana onu ölüme sürüklediğimi söylediğinde onu benim yerime azarla. Bu da benim orta yolu bulma şeklim. Mollie güzeldi... Sibyl'den daha güzeldi. Pembenin beyaza karıştığı muhteşem bir ten... Altın rengine çalan kahverengi saçlar... Muhteşem parıldayan gözler! Summerside'daki en güzel kadındı. Olmak zorundaydı. Kiliseye benimkinden daha güzel bir eşle giren olsaydı, buna dayanamazdım. Evimi bir erkeğin yapması gerektiği gibi yönettim ama tavırlarım asla zorbaca değildi. Elbette, ara sıra sinirleniyordum ama Mollie bana alıştıktan sonra hiçbirini önemsemedi. Bir erkeğin karısıyla ara sıra tartışmaya hakkı vardır, değil mi? Kadınlar monoton kocalardan çabuk sıkılır. Ayrıca sakinleştikten sonra her zaman ona bir yüzük, kolye ya da o tür hediyeler almışımdır. Summerside'da hediye olarak bu kadar mücevher alan başka bir kadın daha yoktur. Onları kutularından çıkarıp Sibyl'ye vermeliyim."

Anne bir an kendini kötü hissetti.

"Peki, Milton'ın şiirleri?"

"Milton'ın şiirleri mi? Ah, şu! Milton'ın şiirleri değildi ki... Tennyson'ın şiirleriydi. Milton'a saygı duyuyorum ama Alfred'e tahammül edemem. Fazlasıyla tatlı. *Enoch Arden*'ın son iki satırı beni bir gece o kadar kızdırdı ki kitabı pencereden dışarıya attım. Fakat *Bugle Song* uğruna ertesi gün gidip onu aldım. O şiir için her şeyi affederim. Ayrıca kitap George Clarke'ın zambak göletine falan gitmedi... O yaşlı Prouty'nin uydurmasıydı. Gitmiyorsun, değil mi? Yalnız, yaşlı bir adamla bir akşam yemeğine ne dersin?"

"Çok üzgünüm ama gerçekten kalamam, Bay Westcott. Bu akşam bir öğretmenler toplantısına katılmam gerekiyor."

"Neyse, Sibyl geri geldiğinde seninle yeniden görüşürüz. Onlar için bir kutlama yapacağım, elbette. Omuzlarımdan nasıl bir yük kalktı anlatamam. 'Kızımla evlenebilirsin,' demek ne kadar da ağrıma gidecekti. Şimdi tek yapmam gereken, kalbi kırılmış ve duruma razı olmuş gibi davranmak, elbette, zavallı annesinin hatırı için onu üzüntüyle affetmek. Bu rolü çok iyi oynayacağımdan emin olabilirsin. Jarvis asla şüphelenmemeli. Beni sakın ele verme."

"Vermem," diye söz verdi Anne.

Franklin Westcott, Anne'i nazik bir şekilde kapıya kadar geçirdi. Köpek de oturmuş arkasından havlıyordu.

Derken yaşlı adam ağzındaki pipoyu çıkarıp onunla Anne'in omzuna hafifçe vurdu.

"Şunu unutma," dedi ciddi bir ifadeyle, "bir hedefe ulaşmanın birden fazla yolu vardır. Karda yürüyüp izini belli etmemek de mümkün. Rebecca Dew'a sevgilerimi ilet. Onu doğru bir şekilde okşarsan, güzel yaşlı bir kedi oluverir. Ve yeniden teşekkür ederim... Çok teşekkür ederim."

Anne, sakin akşam havası eşliğinde evinin yolunu tuttu. Sis kalkmış, rüzgâr yön değiştirmiş ve ayaz, açık yeşil gökyüzünü ele geçirmişti.

"İnsanlar bana Franklin Westcott'u tanımadığımı söyleyip durdu," dedi kendi kendine. "Haklılarmış... Tanımıyormuşum ama onlar da tanımıyormuş."

"Durumu nasıl karşıladı?" diye sordu Rebecca, Anne eve vardığında. Anne'in yokluğunda diken üstünde durduğu belliydi.

"Hiç de fena değildi," dedi Anne tereddüt etmeden. "Zamanla Dovie'yi affedeceğini *düşünüyorum*."

"İnsanlarla iletişim kurmak konusunda üstüne yok, Bayan Shirley," dedi Rebecca Dew hayranlık dolu bir ifadeyle. "Bir şekilde bir yol buluyorsun."

"'Bir adım atıldı ve o adım sayesinde gece huzura boyandı,*'" diye alıntı yaptı Anne, yatağıma çıkan üç basamaklı merdivenini yorgun bir şekilde tırmanırken. "Ama bir daha kaçmakla ilgili bir tavsiye vermeden önce durup düşüneceğim!"

---

* İng. Henry Wadsworth Longfellow'un "The Village Blacksmith" (Köy Demircisi) adlı şiirinden. (Ç.N.)

OTUZ DOKUZUNCU BÖLÜM

(Gilbert'a gönderilen mektuplarından alıntı.)

"Yarın akşam Summerside sakini bir hanıma yemeğe davetliyim. Gilbert, kadının adının Tomgallon olduğunu söylediğimde bana inanmayacağını biliyorum… Bayan Minerva Tomgallon. Çok geç saatlerde ve çok fazla Dickens romanı okuduğumu söyleyebilirsin.

"Sevgilim, adın Blythe olduğu için memnun musun? Tomgallon olsaydı seninle asla evlenmeyeceğime eminim… Anne Tomgallon! Hayır, hayali bile kötü.

"Summerside'ın Tomgallon Evinde bir davet düzenlemesi büyük onur. Başka isme gerek yok. Tomgallonlar varken Elm, Chestnut veya Croftlar'ın adı bile geçmez.

"Görünen o ki eskiden 'Kraliyet Ailesi' onlarmış. Pringlelar onların yanında hiçbir şeymiş. Ve şimdi altı nesillik kocaman Tomgallon sülalesinden sağ kalan tek kişi Bayan Minerva. Queen Caddesi'ndeki büyük bir evde yalnız yaşıyor… Büyük bacaları, yeşil panjurları ve koca kasabada vitraylı pencereleri olan tek ev. Dört ailenin rahatlıkla yaşayabileceği bir ev olmasına rağmen sadece Bayan Minerva, bir aşçı ve bir hizmetçi tarafından kullanılıyor. Çok iyi korunuyor olsa da her nasılsa önünden geçtiğimde hayatın unuttuğu bir yer olduğunu hissediyorum.

"Bayan Minerva, kiliseye gitmek dışında evden dışarı çok az çıkıyor. Birkaç hafta önce babasının değerli kütüphanesini okula hediye etmek için öğretmenler toplantısına gelene kadar onunla hiç tanışmamıştım. Bir Minerva Tomgallon nasıl görünebilirse tam olarak öyle görünüyor. Uzun boy, ince, uzun, dar beyaz bir yüz, uzun, ince bir burun ve uzun ince bir ağız... Bu kulağa pek çekici gelmese de Bayan Minerva'nın görkemli, aristokratvari bir giyim tarzı var ve biraz eski moda olsa da kesinlikle şık giyiniyor. Rebecca Dew'un bana söylediğine göre gençliğinde güzel bir kadınmış ve o iri siyah gözleri hâlâ kor bir ateşle parıldıyor gibi. Kelimelerle de arası çok iyi, sunum konuşmaları yapmaktan onun kadar zevk alan başka birini daha görmedim.

"Bayan Minerva bana karşı özellikle nazikti. Dün de ondan, beni akşam yemeğine davet eden küçük resmi bir not aldım. Rebecca Dew'a söylediğimde, sanki Buckingham Sarayı'na davet edilmişim gibi gözlerini iri iri açtı.

"'Tomgallon Evi'ne davet edilmek büyük onurdur,' dedi Rebecca huşu içinde. 'Bayan Minerva'nın daha önce hiçbir okul müdürünü davet ettiğini duymadım. Gerçi hepsi erkekti, bu yüzden sanırım uygun olmazdı. Her neyse, seni köşeye sıkıştıracağını sanmıyorum. Tomgallonlar konuşmayı sever ve göz önünde olmak hoşlarına gider. Bazıları Bayan Minerva'nın bu kadar geri planda kalmasının sebebinin, artık yaşlandığı için eskiden olduğu gibi liderliği ele alamaması ve kimseyle kurnazlık yarışına girmemesi olduğunu düşünüyor. Ne giyeceksin, Bayan Shirley? Siyah kadife fiyonkları olan, krem rengi ipek tül elbiseni giydiğini görmeyi çok isterim. Çok şık.'

"'Korkarım o elbise sakin bir akşam yemeği için fazla 'şık' olur,' dedim.

"'Bence Bayan Minerva o elbiseyi beğenir. Tomgallonlar misafirlerinin özenli bir şekilde hazırlandığını görmekten hoşlanır. Bayan Minerva'nın büyükbabasının bir keresinde kapıyı baloya davet edilen bir kadının yüzüne kapattığını söylüyorlar çünkü ikinci en iyi elbisesiyle gelmiş. Ona, elinden gelenin en iyisinin, Tomgallonlar için pek de iyi olmadığını söylemiş.'

"Nihayetinde sanırım yeşil tül elbisemi giyeceğim. Umarım Tomgallonların hayaletleri bunun kıymetini bilir.

"Gilbert, sana geçen hafta yaptığım bir şeyi itiraf etmek istiyorum. Sanırım yine başkalarının işine karıştığımı düşüneceksin ama bir şey yapmak *zorundaydım*. Gelecek yıl Summerside'da olmayacağım ve küçük Elizabeth'i her geçen yıl daha da acımasızlaşan, sığ düşünceli o iki yaşlı kadının ellerine bırakma düşüncesine dayanamıyorum. Öyle köhne bir yerde gençliğini nasıl yaşayacak ki? Nasıl bir insana dönüşecek?

Birkaç zaman önce bana, "'Korkmadığın bir büyükanneye sahip olmak nasıl bir duygu, merak ediyorum,' demişti düşünceli bir ifadeyle. "Şimdi, sana ne yaptığımı söylüyorum: *Babasına yazdım*. Paris'te yaşıyor, adresini bilmiyordum ancak Rebecca Dew orada iş yaptığı firmanın adını duymuş. Ben de şansımı deneyerek onun adına bir mektup yazıp oraya gönderdim. Elimden geldiğince resmi olmaya çalıştım ama Elizabeth'i yanına alması gerektiğini de belirttim. Onu nasıl beklediğini, hayalini kurduğunu ve Bayan Campbell'ın ona fazlasıyla katı davrandığını söyledim. Belki bir sonuca ulaşmayacak ama bunu yapmasaydım içim içimi yiyecekti.

"Bu düşünceye kapılmamın sebebi ise Elizabeth'in bana bir gün 'Tanrı'ya bir mektup yazdığını', babasını ona geri göndermesini ve onu sevmesini istediğini ciddi bir şekilde ifade etmesiydi. Okuldan eve dönerken boş bir arsanın ortasında durduğunu ve gökyüzüne bakarak mektubunu okuduğunu söyledi. Garip bir şey yaptığını biliyordum çünkü Bayan Prouty onu görmüş ve ertesi gün dullar için dikiş dikmeye geldiğinde bana bundan bahsetti. Elizabeth'in gökyüzüyle bu şekilde konuştuğunu görünce delirdiğini düşünmeye başlamış.

"Bunu Elizabeth'e söyleyince o da bana durumdan bahsetti.

"'Tanrı'nın bir duadan ziyade bir mektubu daha çok dikkate alacağını düşündüm,' dedi. 'Çok dua ettim. Bu zamana kadar dualarımı duymuş olmalıydı.'

"Ben de o akşam babasına mektup yazdım.

"Mektubu bitirmeden önce sana Pasaklı Miller'dan da bahsedeyim. Bir süre önce Kate Teyze bana, Rebecca Dew sürekli ondan şikâyet ettiği için bu şekilde devam edemeyeceğini düşündüğünü söylemişti. O kedicik için başka bir ev bulması gerekiyordu. Geçen hafta bir akşam okuldan eve geldiğimde Pasaklı Miller yoktu. Chatty Teyze bana kediyi Summerside'ın diğer ucunda, Rüzgârlı Kavaklar'dan çok uzaklarda yaşayan Bayan Edmonds'a verdiklerini söyledi. Çok üzüldüm çünkü Pasaklı

Miller ile muhteşem bir arkadaşlığımız vardı. 'Ama en azından Rebecca Dew artık daha mutlu olacak,' diye düşündüm.

"Rebecca o gün kilim dokuması için bir akrabasına yardıma gittiğinden kasabanın dışındaydı. Akşam eve döndüğünde kimse ona bir şey söylemedi ama yatma vakti gelip de arka bahçeye çıkarak Pasaklı Miller'ı çağırınca Kate Teyze usulca açıklamaya yapmaya başladı:

"'Pasaklı Miller'a seslenmene gerek yok, Rebecca. Burada değil. Ona başka bir yerde ev bulduk. Artık canını sıkamayacak.'

"Rebecca Dew'un beti benzi attı.

"'Ne demek burada değil? Ona bir ev mi buldunuz? Tanrım! Burası onun evi değil miydi zaten?'

"'Onu Bayan Edmonds'a verdik. Kızı evlendiğinden beri tek başına yaşıyor, iyi bir kedinin ona arkadaşlık edeceğini düşündük.'

"Rebecca Dew içeri girip kapıyı sertçe kapattı. Öfkeden deliye dönmüşe benziyordu.

"'Bu bardağı taşıran *son* damla,' dedi. Gerçekten de öyleymiş gibi görünüyordu. Daha önce Rebecca Dew'un gözlerinden ateş saçtığını hiç görmemiştim. 'Ay sonunda ayrılıyorum, Bayan MacComber, tabii uygun görürseniz daha erken de olabilir,' dedi.

"'Ama Rebecca,' dedi Kate Teyze şaşkın bir ifadeyle. 'Anlamıyorum. Sen Pasaklı Miller'ı hiç sevmedin ki. Daha geçen hafta demedin mi…'

"'Doğru,' dedi Rebecca hüzünle. 'Her şeyi benden bilin! Benim hislerimi hiç önemsemeyin! Zavallı tatlı Kedi! Onu bekledim, onu besledim, geceleri onu içeri almak için yatağımdan kalktım ve siz bana sorma zahmetine bile katlanmadan zavallı kediyi gizlice verdiniz. Hem de o çok sevdiği ciğeri ona vermeyecek olan Sarah Edmonds'a! O kedi benim mutfaktaki tek arkadaşımdı!'

"'Ama Rebecca, sen her zaman...'

"'Devam edin... Devam edin! Benim tek kelime bile etmeme izin vermeyin, Bayan MacComber. Ben o kediyi daha yavruyken büyüttüm. Sağlığı yerinde mi, keyfi nasıl, sürekli gözetip kolladım. Peki, ne için? Şu Jane Edmonds iyi eğitimli bir kediyi yanına arkadaş olarak alsın diye. Umarım geceleri o da soğukta bekleyip benim yaptığım gibi saatlerce dışarıda donmaması için onu çağırıp durur. Ama şüpheliyim... Gerçekten şüpheliyim. Neyse Bayan MacComber, umarım vicdanınız hava durumu gece eksileri gösterince sızlamaz. Çünkü benim gözüme uyku girmeyecek, gerçi ben kime konuşuyorum ki...'

"'Rebecca, sen sadece...'

"'Bayan MacComber, ben solucan değilim, paspas da değilim. Her neyse, bu benim için bir ders oldu... İyi, değerli bir ders! Bir daha hiçbir hayvana ya da o tür bir şeye sevgi, şefkat göstermeyeceğim. Keşke bunu ben varken yapsaydınız... Resmen arkamdan iş çevirdiniz! Hiç bu kadar kötü bir şey duymadım! Ama ben kimim ki duygularımın dikkate alınmasını bekleyeyim!'

"'Rebecca,' dedi Kate Teyze çaresizce, 'Pasaklı Miller'ı geri istiyorsan onu geri getirebiliriz.'

"'Neden bunu en baştan söylemediniz?' diye diretti Rebecca Dew. 'Bundan şüpheliyim. Jane Edmonds çoktan ona pençelerini geçirmiştir. Sizce onu geri verir mi?'

"'Vereceğini düşünüyorum,' dedi Kate Teyze, âdeta pelteye dönmüştü. 'Peki, kediyi geri getirirsek bizimle kalacak mısın Rebecca?'

"'Bu konu üzerinde düşüneceğim,' dedi Rebecca, muazzam tavizler veren birinin havasıyla.

"Ertesi gün Chatty Teyze bir sepet içinde Pasaklı Miller'ı geri getirdi. Rebecca, Pasaklı Miller'ı mutfağa götürüp kapıyı kapattıktan sonra Kate Teyze ile bakıştıklarını fark ettim. Acaba Jane Edmonds'ın yardım ve yataklığıyla dullar bir oyun mu oynamıştı? Bunu merak etmeden duramadım.

"Rebecca o zamandan beri Pasaklı Miller hakkında hiçbir şikâyette bulunmadı ve yatmadan önce onu çağırdığında sesindeki zafer dolu tınıyı duymamak imkânsız. Sanki tüm Summerside'ın Pasaklı Miller'ın ait olduğu yere geri döndüğünü, kendisinin de dul kadınları bir kez daha yendiğini bilmesini istiyormuş gibi görünüyor!"

KIRKINCI BÖLÜM

Gökyüzünde hızla gezinen bulutların bile aceleci göründüğü, karanlık, rüzgârlı bir mart akşamıydı. Anne, Tomgallon Evi'nin devasa ön kapısına açılan geniş, sığ basamakların etrafını saran, taş vazo ve taş aslanlarla çevrili üçlü merdiven koluna göz gezdirdi. Genellikle buradan geçtiğinde ev hep karanlık olurdu, sadece bir ya da iki pencerede ışık seçilirdi. Ancak şimdi yan kanatlardaki girişler bile ışıl ışıldı, sanki Bayan Minerva tüm kasabayı yemeğe davet etmişti. Tüm bunlar Anne'in gelişinin şerefineydi ve Anne o an krem rengi elbisesini giymediğine pişman oldu.

Yine de yeşil elbisesiyle fazlasıyla büyüleyici görünüyordu. Onu salonda karşılayan Bayan Minerva da aynı şeyi düşünmüş olabilirdi çünkü yüzündeki ifade de sesi de oldukça samimiydi. Bayan Minerva da siyah kadifeler içinde muhteşem görünüyordu. Kalın kıvrımları bir elmas tarak toka ile ayrılmış olan demir grisi saçlarını, bu dünyadan göçüp gitmiş Tomgallonların saçlarından yapılma bir örgüyle çevrelenmiş bir minyatür broş süslüyordu. Baştan aşağı eski moda olsalar da Bayan Minerva, üstündekileri öyle bir havayla taşıyordu ki kraliyet ailesi gibi zamansız görünüyordu.

"Tomgallon Evi'ne hoş geldin, hayatım," dedi, elmaslarla bezeli zarif elini Anne'e uzatarak. "Seni ağırlamak benim için bir şeref, çok mutluyum."

"Ben de..."

"Tomgallon Evi, eski günlerde her zaman güzelliği ve gençliği temsil ederdi. Eskiden çok sayıda parti verirdik, gelen tüm ünlüleri eğlendirirdik," dedi Bayan Minevra, Anne'i soluk kırmızı kadife bir halıyla kaplı büyük merdivene yönlendirerek. "Ben pek eğlenmezdim. Tomgalonların sonuncusuyum. Ah, hayatım, ailemiz sanki lanetlendi."

Bayan Minerva öyle gizemli ve ürkütücü bir ses tonuyla konuşuyordu ki Anne neredeyse korkudan tir tir titreyecekti. Tomgallon Laneti! Hikâye için ne başlıktı ama!

"Bu, büyük büyükbabam Tomgallon'un yeni evinin tamamlanması şerefine düzenlediği partide düşüp boynunu kırdığı merdiven. Bu ev insan kanıyla kutsandı. Şurada *düşmüştü*..." Bayan Minerva uzun, beyaz parmağıyla salondaki kaplan derisi halıyı o kadar çarpıcı bir şekilde gösterdi ki Anne neredeyse göçüp giden Tomgallon'un üzerinde ölmekte olduğunu görebiliyordu. Gerçekten ne söyleyeceğini bilmiyordu, bu yüzden anlamsızca, "Ah!" diyebildi.

Bayan Minerva sonunda onu ünlü vitray pencerelerin olduğu, soluk bir güzelliğe sahip portreler ve fotoğraflarla dolu koridordan büyük, yüksek tavanlı ve oldukça görkemli bir misafir odasına götürdü. Ceviz ağacından yapılmış, kocaman başlığı olan yüksek yatak, o kadar muhteşem ve ipeksi bir yorganla kaplıydı ki Anne, üzerine paltosunu ve şapkasını koymanın saygısızlık olacağını düşündü.

"Saçların çok güzel, hayatım," dedi Bayan Minevra hayran hayran bakarak. "Kızıl saçı hep sevmişimdir. Lydia halamın da saçı böyleydi. Tomgallon Ailesi'ndeki tek kızıl saçlı kadındı kendisi. Bir gece kuzey odasında saçını tararken saçını mum ateşi sardı. Alevlerle sarılmış bir hâlde koridorda çığlık atarak koştu. Lanetin bir parçası, canım..."

"O acaba..."

"Hayır, ölmedi ama tüm güzelliğini kaybetti. Çok güzel ve çekici bir kadındı. O geceden öldüğü güne kadar evden hiç çıkmadı ve yaralı yüzünü kimsenin görmemesi için tabutunun kapatılması yönünde talimat verdi. Ayakkabılarını çıkarmak için oturmaz mısın, hayatım? Çok rahat bir koltuktur. Kız kardeşime orada otururken inme indi, zavallıcık vefat etti. Duldu, kocasının ölümünden sonra bizimle birlikte yaşamak için buraya gelmişti. Ah, küçük kızı da mutfağımızda bir tencere kaynar suyla haşlanmıştı. Bir çocuk bundan daha trajik bir şekilde ölemez, değil mi?"

"Ah, nasıl..."

"Ama en azından *nasıl* olduğunu biliyoruz. Üvey halam Eliza... En azından yaşasaydı benim üvey halam olurdu... Sadece altı yaşındayken ortadan kayboldu. Ona ne olduğunu kimse bilmiyor."

"Ama yine de..."

"*Bütün* araştırmalar yapılsa da hiçbir şey bulunamadı. Annesinin... Yani benim üvey büyükannemin... Burada büyütülen büyükbabamın yetim yeğenine çok acımasız davrandığını söylerlerdi. Yaz sıcağında bir gün çocuğu ceza olsun diye merdivenin başındaki dolaba kilitlemiş ama sonra kapıyı açtığı zaman… Çocuğun *öldüğü* anlaşılmış. Kendi çocuğunun kaybolmasının da o günahının cezası olduğunu söylemişler. Ama ben bunun Bizim Lanetimiz olduğuna inanıyorum."

"Kim koymuş…?"

"Ayağının üst kısmı ne kadar da yüksek, hayatım! Benimki de çok beğenilirdi. O oyuk kısmından şelale bile akar derlerdi… Aristokrat göstergesi."

Bayan Minerva mütevazı bir tavırla kadife eteğinin altından terliğini gözler önüne serdi ve gerçekten hoş olan ayağını gösterdi.

"Gerçekten de öyleymiş…"

"Yemeğimizi yemeden önce evi dolaşmak ister misin, hayatım? Burası için Summerside'ın Gururu denir. Artık hepsinin modası geçti ama belki birkaç şey hâlâ dikkatini çeker. Merdivenin başından sarkan o kılıç, İngiliz Ordusu'nda subay olan ve hizmetlerinden dolayı Prens Edward Adası'nda toprak kazanan büyük büyük büyükbabama aitti. O bu evde hiç yaşamadı ama büyük büyük büyükannem birkaç hafta yaşayabildi. Oğlunun trajik ölümünden sonra o da erkenden göçüp gitti."

Bayan Minerva, Anne'i acımasızca, büyük kare odalarla dolu büyük evde dolaştırdı… Balo salonu, kış bahçesi, bilardo salonu, üç misafir salonu, kahvaltı odası, yatak odalarının ve çatı katının sonu yok gibiydi.

Hepsi muhteşem ve kasvetliydi.

"Bunlar Ronald Amcam ve Reuben Amcam'dı," dedi Bayan Minerva, bir şöminenin iki ucundan birbirlerine kaşlarını çatıyor gibi görünen iki değerli kişiyi işaret ederek. "İkizlerdi ve birbirlerinden doğuştan nefret ediyorlardı. Ev kavgalarıyla çınlardı. Annelerinin tüm hayatını kararttılar. Ve tam da bu odadaki son tartışmaları sırasında, dışarıda bir fırtına devam ederken, Reuben çakan bir şimşeğin ona denk gelmesiyle hayatını kaybetti. Ronald asla bunun üstesinden gelemedi. O günden sonra *aklını kaçırmış* gibi ortalarda dolaşıp durdu. Karısı da alyansını yuttu." Son cümleyi anılara dalıyormuş gibi dalgın bir şekilde söylemişti.

"Nasıl bir talihsizlik…"

"Ronald bunun dikkatsizlik olduğunu düşündü ve hiçbir şey yapmadı. Kusturucu bir ilaç iş görebilirdi… Ama bir daha bunun konusu bile açılmadı. Bu durum kadının hayatını mahvetti. Bir evlilik yüzüğü olmadığı için kendini hiç evlenmemiş gibi hissediyordu."

"Ne güzel bir…"

"Ah, evet, o benim Emilia halamdı. Elbette, gerçek halam değildi. Alexander amcamın eşiydi ama ona hala derdim. Manevi yönü kuvvetli biri olarak bilinirdi ancak kocasını güveç mantarla zehirledi… Bunu gerçekten yaptı ama biz her zaman bir kazaymış gibi davrandık çünkü cinayeti kabul edersek aile dağılırdı. Yine de hepimiz gerçeği biliyorduk. Elbette, o kadın kendi rızası dışında onunla evlenmişti. Fazlasıyla gençti, amcamsa onun için bir hayli yaşlıydı. Aralık ile mayıs ne kadar farklıysa, onlar da birbirlerinden o kadar farklıydı hayatım. Yine de bu durum amcamı mantarla zehirlemesini haklı çıkarmazdı. Ondan sonra çok geçmeden kendisi de hayata gözlerini yumdu. Birlikte Charlottetown'a gömüldüler. Bütün Tomgallonlar oraya gömülür. Bu da Louise halam. O da afyon ruhu içti. Doktor midesini yıkayıp onu kurtardı ancak ona bir daha güvenemeyeceğimizi biliyorduk. Sonunda saygın bir şekilde zatürreden ölmesi gerçekten çok rahatlatıcıydı. Tabii, bazılarımız onu pek suçlamadı. Anlarsın ya canım, kocası onu dövüyordu."

"Dövmek mi..."

"Kesinlikle... Hiçbir beyefendinin yapmaması gereken bazı şeyler vardır, canım ve bunlardan birisi de eşini dövmektir. Yere itmek... Belki... Ama dövmek, asla!" Bayan Minerva, çok görkemli bir tavırla konuşmasına devam etti. "*Bana* dayak atmaya cesaret edecek adamı görmek isterdim."

Anne, kendisinin de o adamı görmek isteyeceğini hissetti. İlk defa hayal gücünün sınırları olduğunu fark etmişti. Bayan Minerva Tomgallon'ı döven bir kocayı hayal bile edemezdi.

"Burası balo salonu. Elbette, artık kullanılmıyor ama vakti zamanında burada ne balolar yapılmış! Tomgallon baloları meşhurdu. İnsanlar sırf o balolara katılmak için adanın dört bir yanıdan gelirdi. O avize babama beş yüz dolara mal oldu. Büyük halam Patience bir gece burada dans ederken öldü... Tam orada, o köşede. Onu hayal kırıklığına uğratan bir adam için çok endişelenmişti. Bir kızın bir erkek yüzünden kalbinin kırılacağını hayal edemiyorum. Erkekler," dedi Bayan Minerva, babasının bir fotoğrafına bakarak. Favorileri ve kanca gibi burnu olan bir adamdı. "Bana her zaman önemsiz yaratıklar gibi gelmiştir."

KIRK BİRİNCİ BÖLÜM

Yemek odası evin geri kalanıyla uyumluydu. Bu odada da başka bir süslü avize, şöminenin üzerinde aynı şekilde süslü, yaldızlı çerçeveli bir ayna ve gümüşler, kristaller ile eski Crown Derby porselenleriyle güzelce kurulmuş bir masa vardı. Oldukça acımasız, yaşlı bir hizmetçinin servis ettiği akşam yemeği bol ve fazlasıyla iyiydi. Anne'in sağlıklı gençlere özgü iştahı tüm yemeklerin hakkını verdi. Bayan Minerva bir süre sessizliğini korudu. Anne de başka bir trajedi silsilesini başlatır korkusuyla konuşmaya cesaret edemiyordu. İri, siyah bir kedi odaya girip kısık sesle miyavlayarak Bayan Minerva'nın yanına oturdu. Bayan Minerva, bir çay tabağı kremayı minik kedinin önüne koydu. O an yaşlı kadın gözüne o kadar insancıl görünmüştü ki Anne'in, Tomgallonlar'ın son ferdine duyduğu korkunun büyük bir kısmı kayboldu.

"Biraz da şeftali ister misin, hayatım? Hiçbir şey yemedin... Gerçekten hiçbir şey yemedin."

"Ah, Bayan Tomgallon, her şey çok güzeldi..."

Bayan Minerva kayıtsızca, "Tomgallonlar her zaman iyi bir masa kurarlar," dedi. "Sophia halam, yediğim en iyi pandispanyayı yapardı. Sanırım babamın evimize gelmesini görmekten gerçekten nefret ettiği tek kişi kız kardeşi Mary'ydi çünkü çok iştahı yoktu. Sadece yapılanların tadına bakardı. Babam da bunu kişisel bir hakaret olarak algılardı. Babam çok amansız bir adamdı. Rızası olmadan evlendiği için erkek kardeşim Richard'ı hiç affetmedi. Onu evden kovdu ve buraya bir daha ayak basmasına izin vermedi. Ailecek yaptığımız sabah ibadetleri sırasında Babamız Duası'nı mutlaka okurdu ancak Richard ona karşı geldikten sonra, 'Bize karşı suç işleyenleri affettiğimiz gibi sen de bizim günahlarımızı bağışla,' cümlesini bir daha asla okumadı. Onu hâlâ görebiliyorum…" dedi Bayan Minerva dalgın bir şekilde, "…dışarıda diz çökmüş bir hâlde dururken."

Yemekten sonra üç misafir odası arasında en küçük olanına geçtiler. Küçük olmasına rağmen büyük ve sıkıcı bir odadaydı. Akşamı şömine ateşinin karşısında geçirdiler. Ateş içlerini ısıttığı kadar ruhlarını da ısıtıyordu. Anne bir dizi tığ işi bardak altlığı yaparken Bayan Minerva da ördüğü battaniyeye devam etti, renkli ve ürkütücü Tomgallon tarihinin büyük bir bölümünü oluşturan bir monolog gibiydi.

"Bu ev çok şey gördü, hayatım," dedi Bayan Minerva.

"Bayan Tomgallon, bu evde *hiç* iyi bir şey olmadı mı?" diye sordu Anne, şans eseri tam bir cümle kurmayı başararak. Bayan Minerva bir süre burnunu silmekle uğraştı.

"Ah, sanırım oldu," dedi, sanki bunu itiraf etmek hoşuna gitmiyormuş gibi. "Evet, elbette, ben daha küçükken güzel zamanlar da geçirdik burada. Bana Summerside hakkında bir kitap yazdığından bahsettiler, hayatım."

"Ben hayır, yani tam anlamıyla değil…"

"Ah!" Bayan Minerva açıkça biraz hayal kırıklığına uğramıştı. "Pekâlâ, ailemize ait beğendiğin bir hikâye olursa isimleri değiştirerek kullanabilme özgürlüğüne sahipsin. Parchesi* oyunu oynamaya ne dersin?"

"Korkarım, gitme vakti…"

"Hayatım, bu akşam gitme. Bardaktan boşanırcasına yağmur yağıyor. Hem şu rüzgâra kulak ver. Şimdi araba çağıramam. Ben de kullanmayı pek bilmiyorum. Bu yağmurda onca yolu yürüyemezsin. Bu akşam benim misafirim ol."

Anne geceyi Tomgallon Evi'nde geçirmek istediğinden emin olmasa da mart ayındaki bu fırtınada Rüzgârlı Kavaklar'a kadar yürümek istemiyordu. Böylece oyun oynadılar, Bayan Minerva kendini oyuna öyle kaptırmıştı ki korku dolu hikâyelerini unutmuştu. Sonra yatma vakti gelip çattı. Tarçınlı kurabiyelerini yiyip ziyadesiyle zarif eski Tomgallon fincanlarında sıcak çikolatalarını içtiler.

Sonunda Bayan Minerva onu misafir odasına götürdü. Kız kardeşinin inme sonucu öldüğü oda olmaması Anne'i memnun etmişti.

"Burası Annabella halamın odası," dedi Bayan Minerva, oldukça güzel yeşil bir tuvalet masasındaki mumları yakıp gaz lambasını söndürürken. Matthew Tomgallon da bir gece gaz lambasını söndürmüştü… Sonra Matthew Tomgallon ölmüştü. "Halam Tomgallonların en güzeliydi. Aynanın üstündeki resim ona ait. Ne kadar güzel bir ağzı var, fark ettin mi? Yatağın üzerindeki o çılgın yorganı o yaptı. Umarım rahat edersin, hayatım.

---

* Tavlayı andıran eski bir tahta oyunu, çapraz şekilli bir tahtada oynanır. (Ç.N.)

Mary yatağı havalandırdı ve içine iki sıcak tuğla koydu. Bu geceliği de senin için havalandırdı…" Bir sandalyenin üzerinde asılı duran ve rutubet kokan geniş bir pazen geceliği işaret etti. "Umarım sana olur. Annem üstünde o gecelikle öldüğünden beri onu kimse giymedi. Ah, bak, neredeyse söylemeyi unutuyordum…" Bayan Minerva başını kapıdan yana çevirdi… "Bu, Oscar Tomgallon'un tam iki gün ölü sanıldıktan sonra hayata döndüğü oda. Uyanmasını hiç *istememişlerdi...* Bilirsin, tam bir trajediydi. Umarım iyi uyursun, hayatım."

Anne, uyuyup uyuyamayacağını bilmiyordu. Birden odada tuhaf ve yabancı bir şey gördü. Biraz düşmanca bir şey... Ama nesiller boyu işgal edilmiş her odada tuhaf bir şey olmaz mıydı? Ölüm burada kol gezmişti. Ve gül kırmızısı aşk... Doğumlar da burada yaşanmıştı. Tüm tutkular… Tüm umutlar… Gazaplar... Hepsi buradaydı.

Öte yandan burası ölülere ait nefretlerin ve kalp kırıklıklarının hayaletleriyle, aydınlığa kavuşamamış karanlık niyetlerle dolu olan gerçekten çok eski, korkunç bir evdi ve tüm bunlar hiç gün ışığına kavuşamadan köşelerde, gizli saklı yerlerde beklemeye devam ediyordu. Burada çok fazla kadın ağlamış olmalıydı. Rüzgâr, pencerenin yanındaki ladinlerde ürkütücü bir şekilde feryat etti. Bir an için Anne, fırtına olsun ya da olmasın her anlamda tükeniyormuş gibi hissetti.

Sonra kendini toparlayıp mantığını eline aldı. Burada yıllar boyunca trajik ve korkunç şeyler yaşanmış olsa da eğlenceli ve hoş şeyler de yaşanmıştı. Neşeli, güzel kızlar burada dans etmiş, büyüleyici sırları hakkında konuşmuşlardı. Gamzeli bebekler burada doğmuştu. Düğünler, balolar, müzik ve kahkahalar da buradaydı. En iyi keki yapabilen hanımefendi oldukça rahat biri, babası tarafından hiç affedilmeyen Richard ise cesur bir âşık olmalıydı.

"Bunları düşünerek yatağa gideceğim. Tam da altında uyunacak yorgan! Merak ediyorum, sabaha kadar delirir miyim? Hem burası boş bir oda! Birinin boş odasında uyumamın beni ne kadar heyecanlandırdığını asla unutmam."

Anne, o muhteşem güzelliğine karışan acımasızlık ve gururla ona bakan Annabella Tomgallon'un burnunun dibinde saçını açıp taramaya başladı. Aynaya bakarken içi ürpermişti. Kim bilir kimler aynadan ona bakıyordu şu an? Belki de sonsuza dek bu aynaya bakmaya mahkûm edilmiş olan bütün o trajik ve perili kadınlar... Cesurca dolabın kapısını açan Anne, ister istemez hatırı sayılır bir sayıda iskeletin önüne düşmesini bekledi, ardından elbisesini astı. Sanki üstüne biri otursa gücenecekmiş gibi görünen sert bir sandalyeye sakince oturdu ve ayakkabılarını çıkardı. Ardından pazen geceliğini giydi, mumları üfledi ve Mary'nin bıraktığı tuğlalardan yayılan hoş sıcaklık eşliğinde yatağa girdi. Camlara çarpan yağmur ve eski saçakların etrafındaki rüzgârın çığlığı yüzünden hemen uykuya dalamasa da sonrasında daldığı rüyasız uykuda tüm Tomgallon trajedilerini unuttu, ta ki kendini kırmızı bir gün doğumuna karşı titreşen ladin dallarına bakarken bulana kadar.

"Seni ağırlamak çok hoştu, hayatım," dedi Bayan Minerva, Anne kahvaltıdan sonra ayrılmaya hazırlanırken. "Çok keyifli vakit geçirdik, değil mi? Onca sene yalnız yaşadığımdan neredeyse sohbet etmeyi unutmuştum. Bu anlamsız çağda gerçekten çekici ve hâlâ değerlerini kaybetmemiş bir genç kızla tanışmanın ne büyük bir zevk olduğunu söylememe gerek yok. Dün söylemedim ama benim doğum günümdü ve evin biraz gençlik enerjisiyle dolması harika oldu. Artık doğum günümü hatırlayacak kimse yok..." Bayan Minerva hafifçe iç çekti. "Bir zamanlar ne çok kişi hatırlardı."

O gece Chatty Teyze, "Sanırım oldukça korkunç hikâyeler duymuşsundur," dedi.

"Bayan Minerva'nın bana anlattığı şeylerin hepsi gerçekten yaşandı mı, Chatty Teyze?"

"Şey, tuhaf olan da bu evet," dedi Chatty Teyze. "Bu ilginç bir şey, Bayan Shirley ama Tomgallonların başına gelmeyen kalmadı."

Kate Teyze, "Altı kuşak boyunca bu kadar trajedi yaşamış bir ailenin var olduğunu bilmiyordum," dedi.

"Ah, sanırım onlar yaşadı. Gerçekten bir lanet altındaymış gibi görünüyorlardı. Birçoğu ani ya da şiddetli ölümlerle hayatını kaybetti. Elbette, ailede delilik de mevcuttu. Bunu herkes biliyor ki bu da yeterince büyük bir lanet. Onlarla ilgili eski bir hikâye duymuştum. Evi inşa eden marangozun onlara lanet ettiğiyle ilgiliydi ama detaylarını tam hatırlayamıyorum. Sözleşmeyle ilgili bir şeydi. İşi ona ihtiyar Paul Tomgallon vermişti ama sonunda bütün aile lanetlenince ona hesap ettiğinden pahalıya mal olmuş olmalı."

"Bayan Minerva bu lanetle gurur duyuyor gibi görünüyor," dedi Anne.

"Zavallı şey, sahip olduğu tek şey bu," dedi Rebecca Dew.

Anne, görkemli Bayan Minerva'nın zavallı yaşlı bir kadın

olarak anıldığını düşününce gülümsedi. Bir süre sonra kule odasına çıkıp Gilbert'a yazdı:

"Tomgallon Evinin hiçbir şeyin yaşanmadığı, uykuda olan eski bir yer olduğunu sanıyordum. Şimdi bir şey yaşanmasa da vakti zamanında yaşandığı ortada. Küçük Elizabeth her zaman Yarın'dan bahsediyor ama eski Tomgallon Evi Dün'ün ta kendisi. Dün'de yaşamadığıma sevindim. Yarın hâlâ bir dost.

"Elbette, Bayan Minerva'nın Tomgallon sevgisinin sadece bir dikkat çekme çabası olduğunu, bu yüzden trajedilerinden de sonsuz bir zevk aldığını düşünüyorum. Diğer kadınlar için kocası ve çocukları neyse, Bayan Minerva için trajedileri de o. Ah, Gilbert, önümüzdeki yıllarda yaşlandığımızda hayatı bir trajedi olarak görmeyelim, eğlenmesini bilelim. Yüz yirmi senelik bir evden hoşlanmayacağımı düşünüyorum. Umarım rüyalar evimiz pek de geleneksel olmayan, yeni, hayaletsiz bir ev olur. Bu mümkün değilse de en azından zamanında makul derecede mutlu insanlar tarafından işgal edilmiş olmasını dilerim. Tomgallon Evindeki gecemi asla unutmayacağım. Hayatımda ilk kez biri konuşmasıyla beni bastırdı."

KIRK İKİNCİ BÖLÜM

Küçük Elizabeth Grayson bir şeylerin gerçekleşmesini beklemekten sıkılmıştı. Büyükannesinin dikkatli gözleri altında pek bir şey olmuyordu ve Kadın onun beklentilerini biraz olsun aydınlatmıyordu. Bir şeyler olacaksa bu zaman alacaktı… Bugün değilse yarın.

Bayan Shirley, Rüzgârlı Kavaklar'a geldiğinde Elizabeth, Yarın'ın çok yaklaştığını hissetmişti, hatta Green Gables'a yaptığı ziyaret bunun bir ön gösterimi gibi bir şeydi ama artık haziran ayındaydılar ve bu, Bayan Shirley'nin Summerside Lisesi'ndeki üçüncü ve son senesiydi. Küçük Elizabeth'in kalbi, büyükannesinin her zaman giymesini istediği güzel düğmeli botların altında ezilip gitmişti sanki. Gittiği okuldaki birçok çocuk, küçük Elizabeth'in giydiği o güzel düğmeli çocuk botlarını kıskanıyordu fakat küçük Elizabeth, içindeki özgürlüğün yolunu açamayan bu düğmeli botları hiç umursamıyordu. Ve şimdi hayranlık duyduğu Bayan Shirley sonsuza dek ondan uzaklaşıyordu. Bayan Shirley haziran sonunda Summerside'dan ayrılıp o güzelim Green Gables'a dönecekti. Küçük Elizabeth bu düşünceye katlanamıyordu. Bayan Shirley'nin evlenmeden önceki yaz onu Green Gables'a götüreceğine söz vermesinin bir faydası yoktu. Küçük Elizabeth, bir şekilde büyükannesinin onu bir daha bırakmayacağını, onun Bayan Shirley ile yakınlığını asla onaylamadığını biliyordu.

"Her şeyin sonu geldi, Bayan Shirley," diye hıçkırdı Elizabeth.

Anne neşeyle, "Hayatım, umalım da bu sadece yeni bir başlangıç olsun," dedi. Ancak o da kendini mahvolmuş gibi hissediyordu. Küçük Elizabeth'in babasından hiçbir haber gelmemişti. Ya mektubu ona hiç ulaşmamıştı ya da adamın umurunda değildi. Peki, gerçekten umursamazsa, Elizabeth'e ne olacaktı? Zaten kötü bir çocukluk geçirmişti sonrasında ne vardı?

"Şu iki yaşlı kadın o kızın hayatını yönetmekten başka bir şey yapmıyor, mahvedecekler kızı," demişti Rebecca Dew. Anne bu cümlesinde nezaketten çok gerçeklik payı olduğunu hissetmişti.

Elizabeth "yönetildiğinin" farkındaydı. Özellikle şu Kadın tarafından yönetilmek gücüne gidiyordu. Büyükannesinin de o şekilde davranmasından hoşlanmıyordu ama bir büyükanne olarak buna hakkı vardı. Ancak o Kadın ne hakla ona karşıyordu ki? Elizabeth bunu haykırmamak için kendini zor tutuyordu. Bunu da bir ara yapacaktı… Yarın geldiğinde. Tanrım, o Kadın'ın yüzüne bakmaya nasıl danıyordu?

Büyükanne, Çingeneler tarafından kaçırılır korkusuyla küçük Elizabeth'in tek başına yürüyüş yapmasına bir daha izin vermezdi. Bir keresinde bir çocuk kaçırılmıştı, kırk sene önce… Artık Çingeneler Ada'ya gelmiyordu bile ve küçük Elizabeth bunun sadece bir bahane olduğunu hissediyordu. Zaten Elizabeth kaçırılmış mı kaçırılmamış mı büyükannesinin umurunda olmazdı ki… Elizabeth, büyükannesiyle O Kadın'ın onu sevmediklerini biliyordu. Ellerinden gelse adını bile kullanmayacaklardı. Her zaman ona "çocuk" diye hitap ediyorlardı. Elizabeth, sanki bir evcil hayvandan bahsediyorlarmış gibi kendisine "çocuk" diye hitap edilmesinden nefret ediyordu. Elizabeth buna karşı çıktığında büyükannesinin yüzü öfkeden kıpkırmızı kesilmişti ve küçük Elizabeth küstahlık yaptığı gerekçesiyle cezalandırılmıştı. Bu sırada Kadın da yüzünde hoşnut bir ifadeyle olanları izlemişti. Küçük Elizabeth, sık sık Kadın'ın ondan neden nefret ettiğini merak ederdi. Küçücük bir kızdan nefret etmesinin sebebi ne olabilirdi? Acaba nefret edilmeyi mi hak ediyordu? Küçük Elizabeth, hayatına mal olduğu annesinin bu yaşlı kadının her şeyi olduğunu bilmiyordu. Bilseydi de sevginin ne kadar sapkın bir his olduğunu anlayamayabilirdi.

Küçük Elizabeth, tüm hayatı boyunca içinde yaşamış olmasına rağmen ona hiç tanıdık gelmeyen kasvetli, şatafatlı Evergreens'ten nefret ediyordu. Ancak Bayan Shirley, Rüzgârlı Kavaklar'a geldikten sonra her şey sihirli bir şekilde değişmişti. Küçük Elizabeth, Bayan Shirley'nin gelişinden sonra âdeta bir masal dünyasında yaşamaya başlamıştı. Nereye baksa bir güzellik görüyordu. Neyse ki büyükannesi ile Kadın o güzellikleri görmesini engelleyememişti fakat Elizabeth, yapabilseler onu da yapacaklarına emindi. Nadiren izin verilse de Bayan Shirley ile liman yolunun kızıl büyüsü boyunca yaptıkları kısa yürüyüşler, gölgeli hayatındaki parlak ışıklardı. O anlarda gördüğü her şeyi sevmişti. Uzaklardan ışıldayan, kırmızı beyaz ışıklı deniz fenerini… Uzaklardaki loş mavi kıyıları… Gümüşi bir şekilde ışıldayan mavi dalgaları… Menekşe gölgelerinin arasından parıldayan menzil ışıklarını… Hepsi acı verici derecede güzeldi. Hele o puslu adaları ve parlayan gün batımları ile güzel liman! Elizabeth, ağaçların tepesinden yükselen ay ışığında denize açılan gemileri izlemek için çatı katına çıkıp pencereden bakardı. Dönen gemilere… Asla geri dönmeyen gemilere. Onlardan birine binmeyi öyle çok isterdi ki… Elbette, Mutluluk Adası'na gitmek için... Asla geri dönmeyen gemiler, her zaman Yarın'ın olduğu yerde kalırlardı.

O gizemli kırmızı yol uzayıp gidiyordu ve ayakları o yolda yürümek için sabırsızlanıyordu. Acaba o yol nereye gidiyordu? Bazen Elizabeth bunu öğrenemezse meraktan patlayacağını düşünüyordu. Yarın gerçekten geldiğinde oraya gider ve belki de Bayan Shirley ile yalnız yaşayabilecekleri, Büyükanne ile Kadın'ın asla gelemeyeceği bir ada bulurdu. İkisi de sudan nefret ediyorlardı ve ne olursa olsun kayığa ayak basmıyorlardı. Kendi adasında durduğunu ve ana karanın kıyısında öyle boş boş beklerken onlarla dalga geçtiğini hayal etmek, Elizabeth'in hoşuna gidiyordu.

"İşte Yarın," diye onlarla alay ederdi. "Beni artık yakalayamazsınız. Siz Bugün'de kaldınız."

Ne eğlenceli olurdu! Kadın'ın yüzündeki bakıştan nasıl da zevk alırdı!

Derken haziran ayının sonlarında bir akşam inanılmaz bir şey oldu. Bayan Shirley, Bayan Campbell'a ertesi gün Uçan Bulut'ta bir işi olduğunu ve Kadınlar Yardım Toplantısı'nın kurucusu olan Bayan Thompson'ı görmeye giderken Elizabeth'i de yanında götürmek istediğini söyledi. Büyükanne her zamanki asık suratlılığıyla izin verdi. Elizabeth, neden bu kadar kolay izin verdiğini anlayamamıştı çünkü Bayan Campell'daki Pringle korkusu hakkında Anne kadar bilgi sahibi değildi.

"Doğruca limana gideceğiz," diye fısıldadı Anne, "ama önce Uçan Bulut'taki işimi halledeceğim."

Küçük Elizabeth o kadar heyecanlıydı ki yatağa yattığında gözünü bile kırpmadı. Sonunda uzun zamandır onu çağıran o yola cevap verebilecekti. Heyecanına rağmen vicdanının sesini dinleyerek her zamanki görevlerini yerine getirdi. Elbiselerini katladı, dişlerini fırçaladı, altın rengi saçlarını taradı. Saçlarının oldukça güzel olduğunu düşündü, elbette Bayan Shirley'nin kulaklarının etrafında kıvrılan, kırmızı-altın rengi hoş bukleleriyle kıyaslanamazdı. Küçük Elizabeth, Bayan Shirley'ninki gibi saçlara sahip olmak için her şeyini verebilirdi.

Küçük Elizabeth, yatağa girmeden önce yüksek, siyah, cilalı eski yazı masasının çekmecelerinden birini açtı ve bir mendil yığınının altından dikkatlice saklanmış bir fotoğraf çıkardı... Okul personelinin bir fotoğrafını yeniden yayımlayan *Weekly Courier*'in özel baskısından kestiği, Bayan Shirley'e ait bir fotoğraftı.

"İyi geceler, canım Bayan Shirley." Elizabeth fotoğrafı öptü ve onu yeniden sakladığı yere koydu. Ardından yatağına tırmanıp yorganın altına kıvrıldı... Bir haziran akşamı için hava oldukça serindi, limandaki esinti kendini hissettiriyordu. Aslında bu akşam esintiden çok daha fazlası vardı. Rüzgâr âdeta ıslık çalıyor, sağa sola çarpıyor ve ben buradayım diyordu. Elizabeth ay ışığı altındaki limanın dalgalarla çalkalandığını biliyordu. Ayın altında ona yaklaşmak ne kadar da eğlenceli olurdu! Ama sadece Yarın bunu yapabilirdi.

Uçan Bulut neredeydi? Ne isimdi ama! Yine Yarın'ın ötesinde bir isimdi. Yarın'a bu kadar yakın olmak ama bir türlü içine girememek onu çileden çıkarıyordu. Ama belki de rüzgâr yarın için yağmur getiriyordu! Elizabeth yağmurda bir yere gitmesine asla izin verilmeyeceğini biliyordu.

Birden yatakta doğrulup ellerini birbirine kenetledi.

"Sevgili Tanrım," dedi, "işine karışmayı sevmem ama yarın hava iyi olacak mı? *Lütfen*, sevgili Tanrım."

Ertesi gün öğleden sonra hava muhteşemdi. Küçük Elizabeth, Bayan Shirley ile birlikte o kasvetli evden uzaklaştığında görünmez kelepçelerinden kurtulmuş gibi hissetti. Kadın, büyük ön kapının kırmızı camının arkasından kaşlarını çatarak baksa bile, Elizabeth o lezzetli özgürlüğü yudumladı. Bayan Shirley ile şu güzel dünyada yürümek cennette olmak gibiydi! Zaten Bayan Shirley ile yalnız kalmak her zaman çok güzeldi. Bayan Shirley gittiğinde ne yapacaktı? Ancak küçük Elizabeth bu düşünceyi hemen aklından uzaklaştırdı. Bunu düşünerek günü mahvedemezdi. Belki… Koca bir belki… O ve Bayan Shirley bu öğleden sonra Yarın'a gider ve sonsuza dek orada kalırlardı. Küçük Elizabeth, dünyanın sonundaki o maviliğe doğru sessizce yürümek, etrafındaki güzelliği içine içmek istedi. Yoldaki her dönemeç yeni güzellikleri ortaya çıkarıyordu… Ve birdenbire ortaya çıkmış gibi görünen minik bir nehrin kıvrımlarını takip eden o yol, önlerinde dönüp kıvrılarak sonsuza dek uzandı.

Her tarafta üzerlerinde arıların vızıldadığı düğün çiçekleri ve yonca tarlaları vardı. Arada sırada, papatyaların oluşturduğu beyaz yolun arasından yürüdüler. Uzakta, gümüş uçlu dalgalar gibi görünen boğaz onlara gülümsüyordu. Liman ipek gibiydi. Küçük Elizabeth limanın bu hâlini, soluk mavi, saten bir elbise giymişe benzeyen hâlinden daha çok sevmişti. Rüzgârı içlerine çektiler. Rüzgâr bile o kadar nazikti ki sanki onlara mırıldanıyor, onları ikna ediyor gibiydi.

"Rüzgârlı havada böyle yürümek ne kadar güzel, değil mi?" dedi küçük Elizabeth.

"Hoş, arkadaş canlısı, mis kokulu rüzgâr," dedi Anne, Elizabeth'ten ziyade kendisiyle konuşur gibiydi. "Önceden kara yellerin böyle olduğunu düşünürdüm. Bana göre kara yel böyle eserdi. Onun aslında sert ve pek de hoş olmayan bir rüzgâr olduğunu öğrendiğimde ne büyük bir hayal kırıklığı yaşamıştım!"

Elizabeth, Anne'in neden bahsettiğini tam olarak anlamadı. Kara yeli hiç duymamıştı ama sevdiği bu sesi duymak ona yetiyordu. Gökyüzü de memnundu. Kulaklarında altın yüzükler olan bir denizci... Yarın tanışacağı türden biri... Yanlarından geçerken gülümsedi. Elizabeth, Pazar Okulu'nda öğrendiği bir dizeyi düşündü. "Coşkulu küçük tepeler her yerdedir." Acaba bu dizeyi az önce gördükleri denizci gibi bir adam mı yazmıştı?

"Sanırım bu yol sevgili Tanrı'ya çıkıyor," dedi Elizabeth hülyalı bir sesle.

"Belki de," dedi Anne. "Belki de tüm yollar ona çıkıyordur, küçük Elizabeth. Şimdi buradan sapıyoruz. Şu adaya gitmemiz lazım... Orası Uçan Bulut."

Uçan Bulut, kıyıdan yaklaşık çeyrek mil uzaklıkta bulunan uzun, ince bir adacıktı. Üzerinde ağaçların arasında duran bir ev vardı. Küçük Elizabeth, gümüş kumlarla kaplı koyuyla kendine ait bir adası olmasını dilemişti hep.

"Oraya nasıl gideceğiz?"

"Şuna binip kürek çekerek," dedi Bayan Shirley, eğilmiş bir ağaca bağlı küçük bir sandaldaki kürekleri alarak.

Bayan Shirley kürek çekebiliyordu! Bayan Shirley'nin yapamayacağı bir şey var mıydı? Adaya vardıklarında, oranın her an her şeyin gerçekleşebileceği büyüleyici bir yer olduğu ortaya çıktı. Elbette, bu ancak Yarın'da olurdu. Bunun gibi adalar Elizabeth'in karşısına ancak Yarın'da çıkardı. Sıkıcı Bugün'de bu tür şeylere yer yoktu.

Evin kapısını açan kısa boylu bir hizmetçi, Anne'e Bayan Thompson'ın adanın diğer ucunda dağ çileği topladığını söyledi. Dağ çileğinin bile yetiştiği muhteşem bir adaydı burası!

Anne, Bayan Thompson'ı bulmaya gitmeden önce küçük Elizabeth'ten oturma odasında beklemesini rica etti. Anne, küçük Elizabeth'in alışkın olmadığı uzun bir yürüyüşten sonra oldukça yorgun göründüğünü ve dinlenmeye ihtiyacı olduğunu düşünüyordu. Küçük Elizabeth ise yorgun olduğunu sanmıyordu ama Bayan Shirley'nin en basit ricası bile onun için kanun sayılırdı.

Dört bir yanında çiçekler ve içeri esen deniz meltemiyle güzel bir odaydı. Elizabeth, odayı hoş bir şekilde yansıtan şöminenin üzerindeki aynayı çok beğenmişti, açık pencereden limana, tepeye ve boğaza bir bakış attı.

Tam o sırada bir adam içeriye girdi. Elizabeth bir an korkuya kapıldı. Acaba bir Çingene olabilir miydi? Gerçi bir Çingeneye benzemiyordu ama hayatında hiç Çingene görmemişti ki… Ama olabilirdi de… Fakat Elizabeth aniden bu adam onu kaçırsa bile umurunda olmayacağına karar verdi. Kenarları kırışmış ela gözlerini, kıvırcık kahverengi saçlarını, köşeli çenesini ve gülümsemesini beğenmişti çünkü bu, gerçek bir gülümsemeydi.

"Sen de kimsin?" diye sordu adam.

"Ben… Ben benim," diye kekeledi Elizabeth, hâlâ telaşlıydı.

"Ah, kesinlikle sen… Sensin. Sanırım denizden öylece çıkageldin, kum tepelerini aştın… Ölümlüler dünyasında ismi olmayan birisin."

Elizabeth onunla dalga geçildiğini anladıysa da önemsemedi. Aslında bu hoşuna gitmişti ama ciddi bir ifadeyle yanıt verdi.

"Adım Elizabeth Grayson."

Odada derin bir sessizlik hâkimdi… Fazlasıyla derin bir sessizlikti bu. Adam bir süre hiç sesini çıkarmadan öylece ona baktı. Ardından nazik bir şekilde küçük kıza oturmasını önerdi.

"Bayan Shirley'yi bekliyorum," diye açıkladı Elizabeth. "Kadınlar Yardım Toplantısı yemeği hakkında konuşmak için Bayan Thompson'ı görmeye gitti. Geri geldiğinde de dünyanın sonuna gideceğiz."

Yani, beni kaçırmakla alakalı bir niyetin varsa, haberin olsun, Bay Adam!

"Elbette ama beklerken sen de keyfine bakabilirsin. Ben de ev sahipliği yaparım. İçecek bir şeyler ister misin? Bayan Thompson'ın kedisi muhtemelen içeri bir şey getirdi."

Elizabeth gösterilen yere oturdu. Her nasılsa kendini mutlu ve evindeymiş gibi hissediyordu.

"İstediğimi alabilir miyim?"

"Elbette."

"O zaman," dedi Elizabeth zafer kazanmışçasına, "üstünde çilek reçeli olan dondurma istiyorum."

Adam zili çalıp kızın isteğini söyledi. Evet, bu kesinlikle Yarın olmalıydı… Hiç şüphe yoktu. Dondurma ve çilek reçeli Bugün'de sihirli bir şekilde belirmezdi, kediler olsun ya da olmasın.

"Bayan Shirley için de biraz ayıracağız," dedi adam.

Hemen arkadaş olmuşlardı. Adam pek fazla konuşmasa da gözü sürekli Elizabeth'teydi. Yüzünde bir hassasiyet vardı. Daha önce hiç kimsenin yüzünde görmediği bir şefkatti bu, Bayan Shirley'nin bile... Elizabeth adamın ondan hoşlandığını anladı, gelin görün ki Elizabeth de karşısındaki bu yabancıyı sevmişti.

Sonunda adam pencereden dışarı bakıp ayağa kalktı.

"Artık gitsem iyi olacak," dedi. "Bayan Shirley'nin geldiğini görüyorum, yani yalnız olmayacaksın."

"Bekleyip Bayan Shirley ile tanışmayacak mısın?" diye sordu Elizabeth, reçelin son kalıntısını almak için kaşığını yalayarak. Büyükanne ve Kadın onu böyle görselerdi dehşete düşüp ölürlerdi.

"Bu seferlik hayır," diye yanıt verdi adam.

Elizabeth, adamın onu kaçırmak gibi bir derdi olmadığını anladı, her nedense derinlerinde bir yerde tuhaf, bilinmedik bir hayal kırıklığı hissetti.

"Peki, güle güle ve teşekkür ederim," dedi nazik bir ifadeyle. "Yarın'da burada olmak çok güzel."

"Yarın mı?"

"Bu Yarın," diye açıkladı Elizabeth. "Her zaman Yarın'da bulunmak istemişimdir ve artık Yarın'dayım."

"Ah, anlıyorum. Neyse, Yarın'ı pek umursamadığımı söylediğim için üzgünüm. *Ben* Dün'e gitmeyi çok isterdim."

Küçük Elizabeth karşısındaki bu yabancıya üzüldü. Nasıl mutlu olamazdı ki? Yarın'da yaşayan biri nasıl olur da mutsuz olurdu?

Elizabeth, sandalla geri dönerlerken özlemle Uçan Bulut'a baktı. Tam kıyıdan yola çıkan çalılıkların arasından geçerlerken bir kez daha arkasına dönüp baktı. Âdeta uçarak gelen atlar bir arabayı çekerken virajı hızla dönüyorlardı, belli ki sürücünün kontrolünden çıkmışlardı.

Elizabeth, Bayan Shirley'nin çığlık attığını duydu…

KIRK ÜÇÜNCÜ BÖLÜM

Oda tuhaf bir şekilde dönüyor, mobilyalar sanki ona doğru başlarını sallıyordu. Yatak… Yatağa nasıl gelmişti? Beyaz başlıklı biri kapıdan çıkıyordu. Hangi kapıydı bu? Kafasının içinde şenlik var gibiydi! Bir yerlerden sesler geliyordu… Kısık sesler. Kimin konuştuğunu göremiyordu ama bir şekilde Bayan Shirley ve adam olduğunu biliyordu.

Ne konuşuyorlardı? Elizabeth bir mırıldanma karmaşasından sıyrılabilen bazı cümleler duydu.

"Sen gerçekten…?" Bayan Shirley'nin sesi kulağa oldukça heyecanlı geliyordu.

"Evet… Mektubun… Kendim gördüm… Bayan Campbell'a gelmeden öncc… Uçan Bulut, genel müdürümüzün yazlık evi…"

Şu oda bir durduğu yerde dursaydı ya! Gerçekten, Yarın'da işler biraz tuhaf yürüyordu. Keşke başını çevirip konuşanları görebilseydi… Elizabeth uzun bir iç çekti.

Sonra konuşanlar yatağın başına geldiler. Bayan Shirley ve adam... Bayan Shirley bir zambak gibi uzun boylu ve beyazdı, korkunç bir deneyim yaşamış gibi görünüyordu ama yüzüne, her karanlığın ardında bir aydınlık vardır dercesinde bir ışıltı hâkimdi. Bir anda odayı saran gün batımının altın ışıklarının bir parçası gibi görünen bir parlaklık. Adam ona gülümsüyordu. Elizabeth, adamın onu çok sevdiğini ve aralarında, Yarın'da konuşulan dili öğrenir öğrenmez çözebileceği bir sır ya da şefkat ve sevgi gibi bir hissin olduğunu biliyordu.

"Daha iyi misin, hayatım?" diye sordu Bayan Shirley.

"Hasta mıydım ki?"

"Ana caddede giderken sana bir at arabası çarptı," dedi Bayan Shirley. "Ben… Ben yeteri kadar hızlı olamadım. Öldüğünü sandım. Hemen seni buraya getirdim ve senin… Bu beyefendi de hemen bir doktorla hemşire çağırdı."

"Ölecek miyim?" diye sordu küçük Elizabeth.

"Hayır, öyle bir şey yok, hayatım. Sadece şoktasın ve kısa zaman içinde de geçecek. Ve Elizabeth… Tatlım, bu adam… Senin baban."

"Benim babam Fransa'da. Ben de Fransa'da mıyım?" Elizabeth hiç şaşırmışa benzemiyordu. Sonuçta şu an Yarın'daydı, değil mi? Ayrıca her şey tuhaf bir şekilde etrafında dönüyordu.

"Baban tam olarak burada, tatlım." Adamın öyle hoş bir sesi vardı ki… Sadece sesi için bile sevilebilirdi. Adam eğilip onu öptü. "Senin için geldim. Artık hiç ayrılmayacağız."

Beyaz başlıklı kadın tekrar içeri girdi. Her nasılsa Elizabeth, kadın dışarı çıkmadan önce söylenmesi gereken her şeyin söylenmesi gerektiğini biliyordu.

"Birlikte mi yaşayacağız?"

"Her zaman," dedi babası.

"Peki, büyükannem ile Kadın da bizimle birlikte yaşayacak mı?"

"Hayır, yaşamayacaklar," diye yanıt verdi babası.

Güneş ışıkları gittikçe azalıyor, hemşire de hoşnutsuz bir ifadeyle ona bakıyordu ama Elizabeth'in umurunda değildi.

"Demek Yarın'ı buldum," dedi Elizabeth, hemşire babası ile Bayan Shirley'ye dışarı çıkmalarını istercesine bakarken.

"Ben de sahip olduğumu hiç bilmediğim bir hazineye kavuştum," dedi babası ve tam o sırada hemşire kapıyı onun yüzüne kapattı. "O mektup için sana ne kadar teşekkür etsem azdır, Bayan Shirley."

O gece Anne, Gilbert'a şöyle yazdı: "Küçük Elizabeth'in gizemli yolu, mutluluğa çıktı. Artık yepyeni bir dünyası var."

KIRK DÖRDÜNCÜ BÖLÜM

"Rüzgârlı Kavaklar,

"Hayalet Yol,

"(Son kez),

"27 Haziran,

"Canım Sevgilim,

"Bir yolun daha sonuna geldim. Geçtiğimiz üç sene boyunca bu eski kule odasından sana ne çok mektup yazdım ve bu sanırım artık uzun, çok uzun bir süreliğine sana yazacağım son mektup olacak çünkü bundan sonra mektuplara gerek kalmayacak. Birkaç hafta içinde sonsuza kadar birbirimize ait olacağız. Birlikte olacağız. Bir düşünsene… Birlikte olmak… Konuşmak, yürümek, yemek yemek… Hayal etmek, birlikte planlar yapmak. Birbirimizin muhteşem anlarına tanık olmak. Rüya evimizi birlikte bir yuva dönüştürmek… *Bizim* evimiz! Bu kulağa fazlasıyla 'mistik ve harika' gelmiyor mu, Gilbert? Ömrüm hep bir yuvaya ait olma hayaliyle geçti, artık kendi yuvama kavuşacağım. Hayalimdeki evi kiminle paylaşmak istediğime gelince… Neyse, gelecek sene saat dörtte sana bundan bahsedeceğim.

"Üç sene ilk başta hiç bitmeyecekmiş gibi gelmişti, Gilbert ama şimdi dönüp bakınca o yıllar su gibi akıp geçmiş. O üç yıl mutlulukla geçti, Pringle Ailesi ile yaşadığım sıkıntılı birkaç ay hariç, tabii. Ondan sonra hayat sanki muhteşem bir altın nehrine, Pringle Ailesi ile olan eski kan davam da bir rüyaya dönüştü. Şimdi beni çok seviyorlar. Benden nefret ettiklerini bile unuttular. Dul Pringle'ın çocuklarından biri olan Cora Pringle, dün bana bir buket gül getirdi. Bükülen saplarına, 'Dünyadaki en tatlı öğretmene,' yazan bir kâğıt parçası iliştirilmişti. Bunu bir Pringle'ın yaptığını hayal edebiliyor musun?!

"Jen gideceğim için çok üzgün. Onun kariyer yolunu merakla izleyeceğim. Zeki ve öngörülemez bir kız ama kesin olan bir şey var… Kimseye benzemiyor. Becky Sharp* hariç...

"Lewis Allen, McGill'e gidiyor. Sophy Sinclair da Queen's'e. Kingsport'taki Drama Okulu'na gitmesini sağlayacak parayı biriktirene kadar orada eğitim vermek niyetinde. Myra Pringle önümüzdeki sonbahar 'cemiyete' tanıtılacak. O kadar güzel ki dil bilgisi hakkında en ufak bir fikrinin olmamasının bile önemi kalmıyor.

"Ve asma kaplı evdeki küçük komşumuz artık yok. Küçük Elizabeth o gün o ışıktan yoksun evden sonsuza kadar ayrıldı… Yarın'a gitti. Eğer Summerside'da kalıyor olsaydım gerçekten üzülürdüm, onu şimdiden özledim. Yine de şimdi iyi olması beni çok mutlu ediyor. Pierce Grayson kızını yanına aldı. Paris'e dönmeyecek ama Boston'da yaşayacak. Elizabeth

* William Makepeace Thackeray'ın 1847-48 tarihli Vanity Fair romanının baş kahramanıdır. (Ed.N.)

biz ayrılırken biraz ağlasa da babasıyla gideceği için öyle mutluydu ki o gözyaşlarının hemen dindiğini düşünüyorum. Bayan Campbell ve Kadın bundan dolayı çok üzgündüler ve tüm suçu bana attılar. Ben de bunu neşeyle ve hiç pişmanlık duymadan kabul ettim.

"'Burada iyi bir evi vardı,' dedi Bayan Campbell hor görürcesine.

"'İlgi nedir bilmeden büyüdüğü bir ev,' diye düşünsem de bunu söylemedim.

"'Artık hep Betty olacağımı düşünüyorum, sevgili Bayan Shirley.' Bunlar Elizabeth'in son sözleriydi. 'Ama seni özlediğim zamanlarda Lizzie olacağım.'

"'Ne olursa olsun sakın Lizzie olayım deme,' dedim.

"Gözden kaybolana kadar birbirimize öpücük atıp durduk. Kule odama çıktığımda gözlerim yaşlarla doluydu. Benim canım altın kızım, öyle tatlıydı ki. Bana hep küçük bir Aeolian arpını andırıyordu, yoluna çıkan en küçük şefkat esintisinin bile peşinden gidiyordu. Onun arkadaşı olmak muhteşem bir maceraydı. Umarım Pierce Grayson ne muhteşem bir evlada sahip olduğunun farkındadır. Aslında öyle olduğuna inanıyorum. Fazlasıyla minnettar ve pişman görünüyordu.

"'Onun artık bir bebek olmadığının farkında bile değildim,' dedi, 'çevresindeki insanların bu kadar kötü kalpli olduğunu da bilmiyordum. Onun için yaptıklarından dolayı sana binlerce kez teşekkür ederim.'

"Peri diyarı haritamızı çerçeveletip hoşça kal hediyesi olarak küçük Elizabeth'e verdim.

"Rüzgârlı Kavaklar'dan ayrılacağım için gerçekten çok üzgünüm. Küçücük bir yerde yaşamak beni biraz yorsa da burayı sevdim. Penceremden içime çektiğim serin sabah saatlerini... Her gece tırmandığım yatağımı sevdim. Mavi çörek yastığımı sevdim... Esen tüm rüzgârları sevdim Korkarım, rüzgârlarla bir daha asla burada olduğum kadar samimi olmayacağım. Ve acaba bir daha güneşin hem doğuşunu hem de batışını görebileceğim bir odam olacak mı?

"Rüzgârlı Kavaklar'daki görev sürem ve burada geçirdiğim o üç yıl sona erdi. İnancımı hep korudum. Chatty Teyze'nin, Kate Teyze'den sakladığı gizli yerini ya da birbirlerinden sakladıkları o süt maskesi sırrını hiç ele vermedim.

"Beni uğurlayacakları için fazlasıyla üzgün olduklarını düşünüyorum. Bir yandan da bu beni mutlu ediyor çünkü gidiyorum diye sevindiklerini ya da gittiğimde beni bir nebze bile olsa özlemeyeceklerini anlamak kötü olurdu. Rebecca Dew bir haftadır en sevdiğim yemekleri pişiriyor. Tam iki kez pandispanya yapmak için on tane yumurta feda etti ve en iyi porselenleri kullandı. Ne zaman gideceğim günden bahsetsem Chatty Teyze'nin o yumuşak bakışlı, kahverengi gözleri yaşlarla doluyor. Pasaklı Miller bile poposunun üzerinde otururken bana sitem dolu gözlerle bakıyor.

"Geçen hafta Katherine'den sayfalar dolusu bir mektup aldım. Onda gerçekten mektup yazma yeteneği var. Dünya turu yapan M. P.'nin özel sekreteri oldu. 'Dünya turu' ne büyüleyici bir ifade! Birinin 'Haydi, Charlettetown'a gidelim' der gibi, 'Haydi, Mısır'a gidelim,' demesiyle aynı... Bu hayat Katherine'e çok yakışacak.

"Değişen bakış açısının ve beklentilerinin mimarının ben olduğumda ısrar ediyor. 'Keşke hayatıma neler kattığını sana anlatabilseydim,' diye yazmış. Sanırım ona yardım ettim. Ve evet, ilk başta kolay olmadı. Laf çarpıtmadan cümle kurduğu zamanlar gerçekten nadirdi ve okul çalışmasıyla ilgili yaptığım her öneriyi küçümseyerek dinlemişti. Ancak bir şekilde hepsini unuttum. Bu durumun hayattan aldığı gizli yaralardan kaynaklandığını biliyorum.

"Herkes beni akşam yemeğine davet ediyor… Pauline Gibson bile. İhtiyar Bayan Gibson, birkaç ay önce hayatını kaybetti, bu yüzden Pauline buna cesaret edebildi. Bayan Minerva ile bir akşam yemeği daha yemek için Tomgallon Evi'ne de gittim. Tabii, sohbet yine tek taraflıydı ama Bayan Minerva'nın sunduğu lezzetli yemekleri yerken çok iyi vakit geçirdim. Birkaç trajedi daha anlatma fırsatı yakalayan Bayan Minerva da öyle... Tomgallon olmayan biri için üzgün olduğu gerçeğini tam olarak gizleyemese de bana birkaç güzel iltifatta bulundu ve ay ışığı altında ışıldayan, mavi ile yeşil karışımı deniz yeşili zümrüt taşından yapılma bir yüzük seti hediye etti. Daha da önemlisi bu seti ona babası on sekizinci yaş günü hediyesi olarak vermiş. 'Genç ve güzelken, hayatım… Gerçekten güzelken, sevgili babacığım bunu bana hediye etmişti. Sanırım hâlâ güzel olduğumu söylemeye cüret edebilirim.' Bu setin Alexander amcanın eşinden ziyade Bayan Minerva'ya ait olmasına sevindim. Eğer öyle olsaydı o seti kullanmaya cesaret edemezdim. Gerçekten çok güzel. Deniz mücevherlerinde gizemli bir çekicilik oluyor.

"Tomgallon Evi kesinlikle çok görkemli, özellikle de şimdi arazinin tamamı yaprak ve çiçeklerle doluyken... Ama rüya evimi kesinlikle Tomgallon Evi ve hayaletlerle dolu arazisine benzeyen bir yer olarak hayal etmiyorum.

"Aslında hoş, aristokrat bir hayalet fena olmazdı sanki! Hayalet Yol ile ilgili tek hayal kırıklığım burada gerçekten hayaletlerin olmaması.

"Dün akşam son kez eski mezarlığa gidip yürüyüş yaptım. Etrafta dolaşırken Herbert Pringle'ın mezarında ara sıra kendi kendine kıkırdayarak gülüp gülmediğini merak ettim. Ve bu gece, alacakaranlıkla dolu kıvrımlı vadime ve güneşin kaşlarında battığı yaşlı Fırtına Kralı'na veda ediyorum.

"Bir aylık sınavlardan, vedalardan ve 'son işlerden' sonra biraz yorgunum. Green Gables'a döndüğüm hafta hiçbir şey yapmayacağım. Yapacağım tek şey, yazın güzelliğinin yemyeşil dünyasında özgürce koşmak olacak. Alacakaranlıkta Orman Perisinin Köpüğü'nün hayalini kuracağım. Ay ışığıyla şekillenen Pırıltılı Sular Gölü'nde sandalla açılacağım, ay ışığını göremezsem de Bay Barry'nin göletinde, Perili Orman'da yıldız ve küpe çiçekleri, Bay Harrison'ın çayırlık arazisinde de yaban çileği toplacağım. Âşıklar Yolu'nda ateşböceklerinin dansına katılacağım ve Hester Gray'in eski, unutulmuş bahçesini ziyaret edeceğim… Ve arka kapının merdiveninde yıldızların altında oturup uykuda olan denizin çağrısını dinleyeceğim.

"Ve o hafta bittiğinde *sen* eve geleceksin… Başka ne isterim."

***

Ertesi gün, Anne'in Rüzgârlı Kavaklar sakinlerine veda etme zamanı geldiğinde Rebecca Dew buna hazır değildi. Bu yüzden Kate Teyze ciddi bir ifadeyle Anne'e bir mektup verdi.

"Sevgili Bayan Shirley," diye yazmıştı Rebecca Dew. "Bu mektubu elveda demek için yazdım çünkü bunu yüzüne karşı söyleyebileceğim konusunda kendime güvenmiyorum. Üç yıl boyunca çatımızın altında kaldın. Neşeli bir ruha ve gençliğin karmaşık sihrine sahip biri olarak kendini hiçbir zaman baş döndürücü ve kararsız kalabalığın boş zevklerine kaptırmadın. Her fırsatta ve herkese, özellikle de bu satırları kaleme döken kişiye, incelikle yaklaştın. Sen her zaman duygularıma en hassas şekilde yaklaşan kişi oldun ve gidiyor oluşun ruhuma çok ağır geliyor. Ama Tanrı'nın buyurduğuna karşı gelemeyiz. (1. Samuel, 29. ve 18. kısım.)

"Summerside'da seni tanıma ayrıcalığına sahip olan herkes üzgün fakat sadık ama alçakgönüllü bir yüreğin hürmeti daima seninle olacak. Bu dünyadaki mutluluğun, refahın ve diğer dünyadaki sonsuz mutlulukların için sürekli dua edeceğim.

"İçimden bir ses bana uzun süre daha 'Bayan Shirley' olarak kalmayacağını, kalbinin seçtiği kişiyle ruhlarınızın sonsuza dek açılmayacak bir düğümle bağlanacağını söylüyor. Anlattıklarından anladığım kadarıyla o çok özel bir genç adam. Bu mektubu yazan kişi, hâlâ bazı yönlerden çekici olsa da artık yaşını hissetmeye başladı ancak evliliğe hiçbir zaman ilgi duymadı. Yine de dostlarının evliliklerine ilgi duymaktan zevk aldığını inkâr etmiyor. Ayrıca evliliğinin sonsuz bir mutlulukla sonsuza dek devam etmesini dilerim! (Sadece bir erkekten çok fazla şey bekleme.)

"Sana olan saygım ve müsaaden olursa sevgim asla azalmayacak ve arada bir yapacak daha iyi bir şeyin kalmadığında böyle birinin varlığını hatırlarsan ne mutlu bana!

"Her zaman hizmetinde olan,

"REBECCA DEW.

"Not: Tanrı seni korusun."

Mektubu katlarken Anne'in gözleri yaşlıydı. Rebecca Dew'un bu cümlelerin çoğunu en sevdiği *Tavır ve Görgü Kuralları* kitabından aldığından kuvvetle şüphelense de bu, mektubun samimiyetini etkilememişti. Not kısmı ise kesinlikle Rebecca Dew'un şefkatli kalbinden kopup gelmişti.

"Rebecca Dew'a onu hiç unutmayacağımı ve her yaz sizi ziyarete geleceğimizi söyleyin."

"Kalbimizden silinmeyecek anıların sahibisin," dedi Chatty Teyze hıçkırarak.

"Asla silinmeyecek," dedi Kate Teyze de aynı duygularla.

Ancak Anne, Rüzgârlı Kavaklar'dan uzaklaşırken gelen son mesaj, kule penceresinden çılgınca dalgalanan büyük, beyaz bir banyo havlusuydu. Onu sallayan ise Rebecca Dew'un ta kendisiydi...

Küçük Kadınlar, İç Savaş döneminde babaları cepheye gidince anneleriyle zorlu bir yaşam mücadelesi veren dört kız kardeşin hikâyesidir. Zengin olma hayali kuran güzel Meg; kız çocuklarının evliliğe mahkûm edilişine isyan eden, yazar adayı Jo; piyano tutkunu, yardımsever, utangaç Beth ve sanatçı ruhlu, uçarı Amy. Birbirlerinden farklı karakterlere sahip bu dört kardeş kendi ayakları üzerinde durmaya çalışırken bazen yalpalayacak bazen düştükleri yerden tek başlarına ya da el birliğiyle kalkıp yollarına devam edeceklerdir.

Louisa May Alcott'ı kariyerinin en üst noktasına taşıyan ve otobiyografik öğeler içeren, çocukluğun naifliği ile yetişkinliğin acımasız gerçeklerini karşı karşıya getiren ve her yaştan okur için ilham verici olan bu eseri Çiğdem Öztekin'in özenli çevirisiyle sunuyoruz.

Aşk ve Gurur
SUÇ VE CEZA